# 眩《まばゆ》い闇《やみ》

## 宗教的想像力

奥田裕子

# はじめに

二〇〇〇年十二月に、『笛とたて琴―審美的想像力』（近代文芸社）を、二〇〇六年十一月に、『死の舞踏―倫理的想像力』（近代文芸社）を出版した。その後書き継いだ、二十篇の宗教的想像力論をまとめたものが、本書である。各篇の要旨は、次の通りである。

一．「カメレオンの夢―その三十五（第三章　宗教的想像力　第一節　「一粒の真砂《まさご》」第二節　「心の貧しき人」）」（二〇〇六年十月十五日脱稿）

芸術家は、「一粒の真砂《まさご》の内に、全世界を認め」る人である。芸術家は、形ある物の中に、「形なき、霊的な本質」を把握する。「霊は、形の中に漲《みなぎ》る、形なき息吹」であり、その息吹が受肉した時、芸術作品が成就する。

神秘家は、像と像化を否定する。神は、像を持たない。神は、像を越えた存在である。魂が、自らの裡に、如何なる像や形も受け入れず、無に帰するなら、その時、魂は、神と一つになる。エックハルトの言う、「何も望まず、何も知らず、何も持たない」清貧は、完全な無の状態である。

二．「カメレオンの夢―その三十六（第三節「不死の麦」）」（二〇〇七年六月三十日脱稿）

トラハーンは、隠喩を否定する。実人生において、はたまた、詩において、トラハーンが求めるのは、「赤裸の真実」である。「赤裸の真実」を表すに足る文体は、赤裸の文体である。トラハーンは、装飾を排除する。トラハーンの文体は、率直そのもの、単純そのものである。この文体を決定したのは、第一に、トラハーンの気質であり、第二に、時代の精神風土である。気質が、神秘家の型を決定するように、気質が、詩人の文体を決定する。トラハーンは、又、共和国時代の、清教主義的な宗教思想、及び、宗教感情の、強い影響を蒙《こうむ》った。

三．「カメレオンの夢―その三十七（第三節「不死の麦」・続）（二〇〇七年七月二十一日脱稿）

　トラハーンは、言う。「我が本質は、受容の力なりき」と。魂は、受容性の深淵《しんえん》である。魂は、「果てしなき深淵《しんえん》」の中に、天地万物を受容する。人間は、天空を、身にまとい、海が、血管の中に、流れ込む。魂は、伸縮自在である。魂が、一粒の真砂《まさご》を認識する時、魂は、一粒の真砂《まさご》と合致して、色も、形も、大きさも、一粒の真砂《まさご》そのものとなる。魂が、天空を認識する時、魂は、広大無辺の天空となる。世界が、魂の中へ、入り込む一方で、人間の霊は、全世界を満たす。世界と人間の一体化は、世界と人間の相互浸透である。

四．「カメレオンの夢―その三十八（第三節「不死の麦」・続・続）（二〇〇七年八月十五日脱稿）

　魂は、鏡である。魂は、そこに、外なる世界が宿る、鏡である。魂は、鏡であると同時に、光である。魂は、対象《もの》を映し、外なる対象《もの》を内側に包含し、霊の光によって、対象《もの》を「照ら」し、「飾る」。霊の目に映る麦は、「黄金《きん》の麦」である。霊の目は、「対象《もの》を変容させる視《め》の能力《ちから》」である。「黄金《きん》の麦」は、「不死の麦」である。霊の目は、神の目である。万物は、神の似像《にすがた》である。神のまなざしを以《もっ》て、神の似像《にすがた》を見ること。これが、「至福の直観」である。トラハーンは、この至福に、人人を、差し招く。

五．「カメレオンの夢―その三十九（第三節「不死の麦」・続・続・続）（二〇〇七年九月十二日脱稿）

　絶対者を求める神秘家は、内的希求の型に従って、三種類に分けられる。一．失われた故郷を求める、旅人型。神は、懐《なつか》しい故郷である。二．完全な伴侶《はんりょ》を求める、恋人型。神は、聖なる配偶者である。三．完全な清らかさを求める、禁欲型。神は、無垢《むく》そのものである。各各の神秘家の型を決定するのは、「気質の偏《かたよ》りと分析力」である。トラハーンは、第三のグループに属する。この型の神秘家は、絶対者を、状態として、表現する。神は、無垢《むく》そのものであり、神と一体化した魂も、無垢《むく》そのものである。トラハーンの「幼児《おさなご》」、又は、「幼年期」は、「無垢《むく》の状態」を表すための「客観的相関物」である。

六．「カメレオンの夢―その四十―（第四節　純白《ましろ》き想念《おもい》）」二〇〇八年十月七日脱稿）

ヴォーンの『後退』は、三重の文脈において、読まれるべきである。キリスト教神秘主義、ヘルメス哲学、プラトン主義、という三つの文脈を剥奪《はくだつ》される時、作品は、意味を失う。「後退」は、幼児帰りの退行現象を意味しない。幼年期は、霊的な達成の目標である。聖書に曰《いわ》く、「人新《あらた》に生まるるに非《あら》ずば、神の国を見ること能《あた》わず」と。ヴォーンの幼児《おさなご》、又は、幼年期は、生まれ変わった魂の状態の表象である。人は幼児《おさなご》から、幼児《おさなご》に、帰らねばならぬ。ヴォーンの時間意識は、円環を描く。ランサントフレドの城に生まれ、ランサントフレドの墓に葬られた、ヴォーンの生涯が、円環を描いたように。

七．「カメレオンの夢―その四十一―（第四節　純白《ましろ》き想念《おもい》・続）」（二〇〇八年十一月二十四日脱稿）

神は、万物に内在する。神は、内在神である。神は、霊そのものである。神は、像を持たない。神は、万物を超越する。神は、超越神である。内在神を求めるか、それとも、超越神に向かうかは、各各の神秘家の気質が、決定する。ヴォーンの気質に合っているのは、内在神である。「我が凝視《みつ》める魂」は、花や、雲の中に、「永遠の投影《かげ》」を認めた。万物は、神の内に在り、万物の中に、神の充溢《じゅういつ》が在る。「我が凝視《みつ》める魂」は、照明の途上の、「優れて「観想的な状態」」にある。「後退」は、「かの状態」に到達し、「かの状態」を回復するための「後戻り」である。

八．「カメレオンの夢―その四十二―（第五節　石の火花）」（二〇〇九年三月十日脱稿）

『火花散らす火打ち石』の題扉には、エンブレムの銅版画が、付されている。雲の中から突き出た神の御手《みて》が、鋼鉄《はがね》の錐《きり》で、火打ち石の心臓を打ち、発火させる。冷たい石の心臓が、火花を散らせ、燃え上がる。石は、血の涙を滴《したた》らせ、溶け始める。「堅固《かた》き石の心」は、「肉の心」に変質する。石を燃え上がらせ、涙を滴らせるのは、「霊の錬金術士」の「偉大なる術《わざ》」である。石が、火を発し、水を滴らせるのは、石が、本来、火と水を内臓しているからである。魂は、生ける水である。魂は、燃え盛る火である。

九．「カメレオンの夢―その四十三―（第五節　石の火花・続）」（二〇〇九年四月二十五日脱稿）

『再生』の最終の二行は、死を請い求める祈りである。「我に、霊の息吹《いぶき》を与え給え。然《しか》して、死の時期《とき》を待たずして、死するを得しめ給え！」聖霊は、神の息吹《いぶき》（pneuma）である。神の息吹《いぶき》を吹き込まれることは、神から「接吻《くちづけ》の死」を受けることである。これによって、魂は、自我に死し、神と合一する。死の直中《ただなか》に、生が、ある。魂が、自我に死ぬ時、魂の内に神性が誕生し、キリストが宿る。キリストは、受肉した神である。再生とは、古き人、アダムを脱ぎ棄《す》てて、新しき人、キリストを着ることである。

十．「カメレオンの夢―その四十四―（第六節　歌う光）」（二〇〇九年七月二〇日脱稿）

ヴォーンは、妻と弟に死別した。最愛の者達の夭折《ようせつ》が引き起こした悲しみは、終生、癒《いや》されることがなかった。もはや、此方《こなた》の世界には存在しない人人に対する、深い哀惜《あいせき》と、その人人が、今、住まう、彼方《かなた》の世界に対する、強い憧《あこが》れと切望が、珠玉のエレジーとなって、結晶した。それが、『彼等《かれら》は、皆、光の世界《くに》へ逝《ゆ》けり』である。肉体は、塵土《ちり》である。塵土《ちり》の死は、闇《やみ》である。が、闇《やみ》の彼方《かなた》には、光がある。魂は、闇《やみ》を通過して後《のち》、初めて、光を享受する。死は、闇《やみ》である。死は、光である。死は、「闇《やみ》の中《うち》にのみ輝く、珠玉《たま》」である。

十一．「カメレオンの夢―その四十五―（第六節　歌う光・続）」（二〇一〇年一月二十五日脱稿）

『鶏鳴』の鶏は、太陽の鳥である。ヘルメス哲学の世界は、三重構造を持つ。地上の世界の鶏は、天空の世界の太陽の「同等物（a counterpart）」であり、天空の世界の太陽は、霊の世界の太陽、即ち、キリストの「同等物」である。太陽の「視線《まなざし》」は、鶏の中に、「光の粒」を封じ込める。鶏の「内なる光」は、「輝き、歌う」。ヴォーンは、光の歌を聴き、歌の光を見る。ウェイルズの、比類ない自然が育《はぐく》んだ、比類ない音感。そして、ヘルメス哲学が明かす、彼方《かなた》の世界の神の歌。ヴォーンは、二重の意味で、「聴く人（homo audiens）」である。

十二．「カメレオンの夢―その四十六―（第六節　歌う光・続・続）」（二〇一〇年三月二十五日脱稿）

『鶏鳴』第三スタンザは、「染料（a tincture）」に彩《いろど》られる。太陽の光は、鶏を赤く染め、光に対する強い憧《あこが》れの能力《ちから》を与える。「染料」は、錬金術用語で、不純なる物を純化する、「秘薬」である。キリストは、「神の羔《こひつじ》」である。羔《こひつじ》の血は、贖罪《しょくざい》の血である。贖罪《しょくざい》の赤い血は、魂を純化し、純白にする。キリストは、霊の世界の太陽である。霊の世界の太陽の、赤い血は、「いと崇高《たか》き染料」である。それは、魂を、赤く染め、白く晒《さら》し、神の光に対する強い憧《あこが》れの能力を与える。

十三．「カメレオンの夢―その四十七―（第六節　歌う光・続・続・続）」（二〇一〇年四月十五日脱稿）

魂は、翼を持つ、と『パイドロス』に記されている。飛翔は、魂の本性である。『鶏鳴』第六スタンザにおいては、魂に、「翔《ま》うべき翼」を与えるキリストが歌われる。魂の飛翔には、二種類がある。一つは、肉体の死後における飛翔。魂は、肉体の死後、初めて、その束縛から解放されて、天の高みに飛翔する。もう一つの飛翔は、脱魂による飛翔。特殊な恩寵《おんちょう》に恵まれた者は、この世に在りながら、神との合一を体験する。魂が、体から抜け出して、神と合一することは、「脱魂（raptus animi）」、又は、「恍惚《こうこつ》（ecstasy）」と呼ばれる。

十四．「カメレオンの夢―その四十八―（第六節　歌う光・続・続・続・続）」（二〇一〇年十一月二十五日脱稿）

『此の世』の宇宙像は、ダンテの『神曲』の宇宙像と同じである。真《ま》ん中《なか》に、丸い地球があり、その周《まわ》りを、九つの天球が回転し、九層の天を成す。第一天は、月天、第二天は、水星天、第三天は、金星天、第四天は、太陽天、第五天は、火星天、第六天は、木星天、第七天は、土星天、第八天は、恒星天、第九天は、透明球体天、即ち、原動天である。その上に、第十天、即ち、最高天がある。ヴォーンが、幻視のうちに観《み》た「永遠」は、「清浄《きよ》らにして、果てしなき光より成る、壮大《おお》いなる環（わ）の如く」であった。「永遠」の輝く環は、第十天、即ち、最高天の環である。

十五．「カメレオンの夢―その四十九―（第六節　歌う光・続・続・続・続・続）」（二〇一一年一月二十五日脱稿）

『此の世』の第一スタンザは、天空への飛翔から始まるが、第四行目以下は、「時」と、「時」に従属する、此の世についての考察である。「時」は、「壮大《おお》いなる影」である。その影の中を、人間の堕落の諸相が、走馬灯の如くに、通り過ぎる。情事、政治、蓄財、放蕩三昧《ほうとうざんまい》、肉の快楽、軽佻浮薄《けいちょうふはく》、等等、ヴォーンは、此の世の人間の営みを列挙する。第一スタンザには、「色惚《いろぼ》け男」が、第二スタンザには、「腹黒き政治家」が、登場する。この作品は、実在の人物の諷刺を目的としてはいない。登場人物は、皆、何らかの種類の悪徳の典型である。

十六.「カメレオンの夢—その五十—（第六節　歌う光・続・続・続・続・続・続）」（二〇一一年三月二十六日脱稿）

『此の世』の第三スタンザには、守銭奴《しゅせんど》と、大食漢が、登場する。それぞれ、貪欲《どんよく》と、暴食の具現化である。第四スタンザには、「泣く人」が、登場する。「泣く人」の魂は、「永遠」の輝く環（わ）の中に、飛翔する。悔悛《かいしゅん》の涙は、讃美《さんび》の歌に、変貌《へんぼう》するからである。終結部の「この環（わ）」は、第一スタンザの、「壮大《おお》いなる環（わ）」と一致する。こうして、終りが、初めに還《かえ》り往《ゆ》き、作品全体が、ロンド形式を成して、円環を描く。あたかも、回転する天球が、壮大な円環を描くかのように。

十七.「カメレオンの夢—その五十一—（第七節　眩《まばゆ》い闇《やみ》）」（二〇一一年八月二十七日脱稿）

太陽を直視した肉眼が、盲目とされてしまうように、光そのものである神は、魂にとって、闇《やみ》としか感じられない。この闇《やみ》を、ディオニュシオス・アレオパギテースは、「神の闇《やみ》」と呼んだ。ヴォーンが、『夜』の最終スタンザにおいて、乞《こ》い求める「彼《か》の夜」は、ディオニュシオスの闇《やみ》である。『夜』の第一スタンザには、ニコデモが、登場する。『ヨハネ聖福音書』に記されている通り、ニコデモは、夜、キリストを訪れる。夜は、象徴的に、重要な意味を持つ。神と魂の出会いは、闇《やみ》の中で、起こるからである。

十八.「カメレオンの夢—その五十二—（第七節　眩《まばゆ》い闇《やみ》・続）」（二〇一一年十月二十五日脱稿）

『夜』の第二スタンザにおいては、ニコデモと太陽の出会いが、歌われる。ニコデモは、「彼《か》の闇《やみ》の土地《くに》」、即ち、ディオニュシオスの闇《やみ》の真《ま》っ直中《ただなか》で、正義の太陽なるキリストと出会う。光の源から発せられる、眩《まばゆ》い光輝の故に、「信ずる人（homo credens）」の目は、盲目である。キリストは、様様の物に喩《たと》えられる。キリストは太陽である、石である、道である、真理である、生命《いのち》である、善《よ》き牧者である、神の羔《こひつじ》である、義《ただ》しき嫩《わかえだ》である。『夜』の第三スタンザにおいて、キリストは、花である。キリストは、十字架上に花開いた、真紅のバラである。

十九．「カメレオンの夢―その五十三―（第七節　眩《まばゆ》い闇・続・続）」（二〇一二年三月二十五日脱稿）

夜は、愛する者と、愛される者との、出会いの場である。夜は、「我が主の頭《こうべ》が、夜露に満ち、その髪《かみ》が、透明なる夜の雫《しずく》に濡れる時間《とき》」である。「我が主の頭《こうべ》」は、『雅歌』の花婿《はなむこ》の頭《こうべ》の如く、夜露に濡れている。その露は、月の光を受けて輝くというよりは、花婿《はなむこ》自身の、内なる光が、輝き出《い》でて、玉の露となって、髪《かみ》の上に、晶化されたかの如くである。「汝［神］の露は光の露」である。光の露は、「我が魂の輝く糧《かて》」である。神の露は、水の雫《しずく》である。その水は、新生をもたらす、清めの水である。神の露は、血の雫《しずく》である。その血は、救いをもたらす、贖罪《しょくざい》の血である。

二十．「カメレオンの夢―その五十四―（第七節　眩《まばゆ》い闇《やみ》・続・続・続）」（二〇一二年五月三十日脱稿）

『夜』の最終スタンザは、夜を求める魂の歌の、エピローグである。ヴォーンが、ひたすら希《こいねが》う「眩《まばゆ》い闇《やみ》」は、ディオニュシオスの闇《やみ》である。この闇《やみ》は、「注賦の観想」の状態にある魂が、体験する闇《やみ》である。神は、超自然の光である。光の横溢《おういつ》を前にして、魂は、目が眩《くら》む。盲目の抱擁の裡《うち》に、魂は、神と合一する。超本質的な神性の深淵《しんえん》は、人知を越える。一切を越える神の闇《やみ》は、不可知の闇《やみ》である。

初めて、ヴォーンに出会ったのが、一九六四年であった。以来、半世紀の間、わずかながらも、周辺固めを重ねた結果、少しは、視野も広がり、理解も深まって、若い日に、直観的な形で、与えられた感動が、年を経て、益々、強く大きくなったのを感じる。

二〇十二年十一月十日　　奥田　裕子

# 眩《まばゆ》い闇《やみ》　宗教的想像力　目次

# 第一節　「一粒の真砂《まさご》」

# 第一節「一粒の真砂《まさご》」

一粒の真砂《まさご》の内に、全世界を認め、
一本《ひともと》の野の花の内に、天《てん》国を眺め、
汝《な》が掌《て》の内に、無限を収め、
一時間《いっとき》の内に、永遠を有す。
(To see a World in a Grain of Sand
And a Heaven in a Wild Flower,
Hold Infinity in the palm of your hand
And Eternity in an hour.)(1)

詩人ブレイクの目は、霊の目である。

霊性とは、ある種の人間が持っている能力《ちから》、即ち、形なき、霊的な本質を把握する能力《ちから》、束《つか》の間《ま》の存在の中に、永遠なる物を見る能力《ちから》、個別具体を、普遍に関連付ける能力《ちから》、類型を、原型に結び付ける能力《ちから》である。(Spirituality is the power certain minds have of apprehending formless spiritual essences, of seeing the eternal in the transitory, of relating the particular to the universal, the type to the archetype.)(2)

詩人の身は、此方《こなた》の世界に在りながら、詩人の心は、彼方《かなた》の世界へ、飛翔する。

事実、芸術は、本質的に、霊的な物であり、芸術の目は、常に、物の本源へと向かう。芸術は、霊が定義出来ないように、定義出来ない。芸術は、生命《いのち》ある自然の中の、ある物と別の物との間の、名状し難い関係を、感知する。その関係は、物事を、宗教的に考える人間に対して、自然の内には、立案者が存在することを、暗示する。つまり、美しい物の魔術師が、時時刻刻と働きながら、壮厳な戦車となって、果てしなく、天空を運行し、驚くべき、風の息吹となって、絶え間なく、吹きまくり、波となって、海上をうねり進み、繊細な木《こ》の葉や、快活な翼《つばさ》となって、旋回する、ということを、暗示する。（The fact is, art is essentially a spiritual thing, and its vision is perpetually turned to ultimates. It is indefinable as spirit is. It perceives in life and nature those indefinable relations of one thing to another which to the religious thinker suggest a master mind in nature —a magician of the beautiful at work from hour to hour, from moment to moment, in a never-ceasing and solemn chariot motion in the heavens, in the perpetual and marvellous breathing forth of winds, in the motion of waters, and in the unending evolution of gay and delicate forms of leaf and wing.）[3]

「ある物（one thing）」とは、束《つか》の間《ま》の存在物であり、「別の物（another）」とは、永遠普遍である。永遠普遍は、言い換えれば、宇宙の、生命《いのち》の根源である。

この世の存在物は、宇宙の、生命《いのち》の根源の、自己像化である。宇宙の、生命《いのち》の根源は、自らを、天球や、風や、波や、木《こ》の葉や、小鳥と化して、この世に、顕《あらわ》れ出《い》でる。この世の存在物は、宇宙の、生命《いのち》の根源の顕現である。

詩人の目は、「束の間の存在（the transitory）」の中に「働いて（at work）」いる、「永遠なる物（the eternal）」を捕らえる。それ故に、詩人は、「一本《ひともと》の野の花の内に、天国《てん》を眺める」。詩人は、形ある物の中に、「形なき、霊的な本質」を把握する。

宇宙の、生命《いのち》の根源は、芸術家を使って、自己像化を繰り返す。

野の花は、宇宙の、生命の根源の自己像化である。芸術作品の野の花は、宇宙の、生命の根源の、もう一つの自己像化である。リズムと旋律に依存するか、線と色彩に頼るのか、それとも、人間の言葉の力を借りるか、はたまた、立体的構築によるのか、手段はどうあれ、もう一つの野の花が像化された時、芸術作品が、誕生する。

絵筆や、ペンを握るのは、芸術家であるが、芸術家の背後にあって、実際に、筆やペンを動かしているのは、宇宙の、生命《いのち》の根源である。芸術的創造行為における、宇宙の、生命《いのち》の根源の働きについては、すでに、審美的想像力論(4)において、詳述した。芸術作品を前にして、「我我は、人間の手の、無意識の成果と努力仕事の内に、永遠が、如何に、自らの意志を働かせているかを感じる（we...feel how in the unconscious result and labour of man's hand the Eternal is working Its will)」。(5)

芸術作品を産み出すのは、芸術家であって、芸術家ではない。芸術家は、宇宙の、生命《いのち》の根源の、道具である。芸術家は、宇宙の、生命《いのち》の根源が、もう一つの自己像化を実現するための、手段である。芸術作品の、真の創造者の本質は、芸術家自身にも、把握し得ない。

自分自身の霊感の本質を、見抜いて、説明出来る人間は、ない。ソクラテスが言うことには、詩人は、自分にも、理解出来ない真実の言葉を吐く。同じことが、多くの、偉大な画家達にも、当て嵌《は》まる。画家が、木や、野原や、顔や姿を描く時、気が付いてみると、自分自身の本性に、不可思議な方法で、生命が吹き込まれ、自分にも、何か、分からない物を描く。それは、自分の目が見た物のようでありながら、自分の目が見た物とは、異なる。それは、同じ野原であるかも知れないが、しかし、我我は、絵の野原の中に、霊の存在を感じる。それは、同じ姿であるかも知れないが、しかし、絵の姿は、超越的な姿になっている。あたかも、御言葉《みことば》が、肉となって、我等《われら》の中《うち》に住み給うた時の如くである。……画家が描く、威厳に満ちた姿は、啓示である。画家が描く、忘我の風景は、かつてエデンの園にあった美しさの方へ、我我を、引き寄せる。画家の芸術は、宗教的な冒険である。その冒険において、画家は、様様の道を辿って旅している。我我すべての者と同様に、意識的にもせよ、無意識的にもせよ、失われた自然との一致和合を取り戻し、自分自身の不滅の存在についての認識を、取り戻そうとしている。こういう見方をするなら、画家の芸術は、最も良く理解出来るであろう。(No man is profound enough to explain the nature of his own inspiration. Socrates says that the poet utters many things which are truer than he himself understands. The same thing applies to many a great artist, who, when he paints tree or field, or fact or form, finds that there comes on him a mysterious quickening of his nature, and he paints he knows not what. It is like and unlike what his eyes have seen. It may be the same field, but we feel there the presence of the spirit. It may be the same figure, but it is made transcendental, as when the Word had become flesh and dwelt among us.... His majestical figures are prophecies. His ecstatic landscapes bring us nigh to the beauty which was in Eden. His art is a divine adventure, in which he, like all of us who are travelling in so many ways, seeks, consciously or unconsciously, to regain the lost unity with nature and the knowledge of his own immortal being, and it is so you will best understand it.)(6)

芸術は、変容である。芸術は、此方《こなた》の世界の物を、彼方《かなた》の世界の物へと、変容する。

……真《まこと》の詩は、すべて、変容の山の上で、書かれた。詩には、啓示があり、又、天と地の混合がある。(...all true poetry was written on the Mount of Transfiguration, and there is revelation in it and the mingling of heaven and earth.)(7)

「変容の山」とは、キリストが、三人の弟子達の前で、変容した、「高き山」を指す。人の子の姿をしたキリストは、突然、神の子の本性を顕《あらわ》にした。

六日《むいか》の後《のち》、イエズス、ペトロとヤコボと其《その》兄弟ヨハネとを別に、高き山に連行《つれゆ》き給いしに、彼等《かれら》の前にて、御容変《おんかたちかわ》り、御顔《おんかお》は日の如く輝き、其衣服《そのいふく》は雪の如く如く白くなれり。(8)

野の花が、芸術作品の野の花として像化される時、人の子が、神の子に変容したのと同じ変容が起こる。芸術作品は、野の花の本性を呈示する。

霊は、形の中に漲《みなぎ》る、形なき息吹である。(the spirit is a formless breath which pervades form)。(9)

芸術作品は、息吹の受肉である。リズムと旋律に依存するか、線と色彩に頼るのか、それとも、人間の言葉の力を借りるか、はたまた、立体的構築によるのか、手段はどうあれ、芸術家は、「形なき息吹」に形を与え、像と化する。芸術家は、感性の人である。感覚の陶冶《とうや》洗練がない限り、人は、芸術家たり得ない。この世の存在物は、感覚の次元に属し、その美質を理解し、享受するためには、鋭敏な感性が、要求される。

他方、芸術家は、霊の人である。この世の存在物の中に、霊を見る目を持たない限り、人は、芸術家たり得ない。芸術家は、感覚の世界に属すると同時に、霊の世界に属する。すべての人間は、霊と肉から成る、二元的存在である。人間は、「かの偉大なる、真《まこと》の両棲類（りょうせいるい）(that great and true ***Amphibium***)」(10) である。芸術家は、取り分けて、二つの世界に跨《また》って生きる、両棲類的な傾向が、著しい。

# 第二節　「心の貧しき人」

## 第二節 「心の貧しき人」

美的な意味における、感覚の陶冶《とうや》洗練は、それだけでは、優れた芸術作品を産み出し得ない。むしろ、その逆である。感覚は、「危険な案内者（dangerous guides）」だからである。盲目的に、感覚の導きに従うなら、人は、迷妄に至る。

しかしながら、この感覚世界、即ち、実在するかの如くに見える外界は、別の点では、有用、かつ有効であるかも知れないが、真《まこと》の外界ではあり得ず、ただ、自我が、外界に自我を投射して描いた、心像《しんぞう》でしかあり得ない、ということは、即座に、明白である。感覚世界は、芸術作品であって、科学的事実ではない。感覚世界は、恐らく、偉大な芸術作品に固有の、深い意味を持っているであろうが、分析の材料として扱われるなら、危険である。ほんの少し調べてみるだけで、次のことが証明される。つまり、心像《しんぞう》と実在との関係は、精精のところ、象徴的、かつ近似的であって、心像《しんぞう》は、感覚、即ち、伝達の経路の出来《でき》が、たまたま異なっている人人にとっては、全く、意味を持たないであろう、ということが、証明される。であるから、感覚の証拠を、究極的な実在の本質の証拠として、受け入れることは、出来ない。感覚は、役に立つ召使いであるが、危険な案内者である。又、絶対者を探求する人人は、感覚が、自分達の報告と、矛盾するように思われても、感覚の証明に惑わされることはない。（It is immediately apparent, however, that this sense-world, this seemingly real external universe — though it may be useful and valid in other respects — cannot be the external world, but only the Self's projected picture of it. It is a work of art, not a scientific fact; and, whilst it may well possess the profound significance proper to great works of art, is dangerous if treated as a subject of analysis. Very slight investigation shows that it is a picture whose relation to reality is at best symbolic and approximate, and which would have no meaning for selves whose senses, or channels of communication, happened to be arranged upon a different plan. The evidence of the senses, then, cannot be accepted as evidence of the nature of ultimate reality: useful servants, they are dangerous guides. Nor can their testimony disconcert those seekers whose reports they appear to contradict.)[11]

実在に到達するためには、人は、実在の探求者とならねばならぬ。「感覚を通して得られる情報（the messages received through those senses)」[12]は、実在についての真実を告げない。もし、人が、「自我の感覚の証拠（the "evidence of her [i.e. the...Self] senses")」[13]に依存し、感覚の経路を辿《たど》って進むなら、その果てにあるのは、幻想と迷妄である。

探求の第一歩は、自我の否定、「自我の滅却（the annihilation of selfhood)」[14]である。自我が無に帰して、初めて、人は、「感覚の生から、霊の生への移行（the transition from the life of sense to the life of spirit)」[15]を遂げる。

自我が、無に帰した状態は、霊的清貧の状態である。十四世紀の、ドイツの神秘家、エックハルト（Johannes Eckhart, nicknamed Meister Eckhart）は、説教の一つの中で、清貧について、詳しく、論じている。『説教集』は、エックハルトの説教を聴いた修道士達が、それらを書き留めて、後に、まとめて、編纂《へんさん》した。

エックハルトは、言う。「さて、清貧には、二種類がある。一つは、外的清貧である。……その一方で、もう一つ、別の清貧、即ち、内的な清貧がある。（Nun gibt es zweierlei Armut. Die eine ist eine äußere Armut...Indessen, es gibt noch eine andere Armut, eine innere Armut.)」[16]。

エックハルトは、内的清貧に、的を絞り、「何も望まず、何も知らず、何も持たない者こそ、貧しき者である。（Das ist ein armer Mensch, der nichts ***will*** und nichts ***weiß*** und nichts ***hat***.)」[17]と定義して、議論を展開する。

何も望まない者とは、自分自身の意志から、完全に、逃れている者である。

さて、私は、永遠の真理にかけて、あなたがたに言う。あなたがたが、意志を持つ限り、つまり、神の御旨《みむね》を行いたい、という意志を持ち、又、永遠不滅と神に対する欲求を持つ限り、あなたがたは、本当の意味で、貧しくはない。何故なら、何も望まず、何も求めない者のみが、貧しき人であるからである。(Denn ich sage euch bei der ewigen Wahrheit: Solange ihr den *Willen* habt, den Willen Gottes zu erfüllen, und Verlangen habt nach der Ewigkeit und nach Gott, solange seid ihr nicht richtig arm. Denn nur das ist ein armer Mensch, der *nichts* will und *nichts* begehrt.)(18)

善意は、どれ程立派であろうとも、詰まるところ、我意に過ぎない。欲求は、どれ程崇高であろうとも、これ又、我意である。我意に縛られている限り、魂は、真《まこと》の清貧を知らない。

何も知らない人とは、神についても、自分自身についても、何も知らない人である。

であるから、私は、言う。人は、神が、自分の裡で、働き給うことを、知ることもなく、認識することもない程に、自由で、拘束されない状態に、置かれなければならない。このようにしてこそ、人は、清貧を備えることが出来る。大学者達は、神は、存在であり、かつ又、理性的存在であり、万物を認識する、と言っている。だが、私は、言う。神は、存在でもなければ、理性的存在でもなく、あれや、これやを、認識することもない。それ故に、神は、すべての物から自由であり、そして、正に、その故にこそ、神は、すべての物であり給う。さて、精神において、貧しくあらねばならぬ者は、すべての、自分自身の知において、貧しくあらねばならぬ。その者が、神についてであろうと、被造物についてであろうと、自分自身についてであろうと、何も知らない程に、貧しくあらねばならぬ。であるから、人は、神の働きについて、何も知らず、又、何も認識しないことを欲する必要がある。このようにして、人は、自分自身の知において、貧しくあることが出来る。(So quitt und ledig also, sage ich, soll der Mensch stehen, daß er nicht wisse noch erkenne, daß Gott in ihm wirke,und *so* kann der Mensch Armut besitzen.

Die Meister sagen, Gott sei ein Sein und ein vernünftiges Sein und erkenne alle Dinge. Ich aber sage: Gott ist weder Sein noch vernünftiges Sein noch erkennt er dies oder das. Darum ist Gott ledig aller Dinge — und (eben) darum *ist* er alle Dinge. Wer nun arm im Geiste sein soll, der muß arm sein an allem eigenen Wissen, so daß er von nichts wisse, weder von Gott noch von Kreatur noch von sich selbst. Darum ist es nötig, daß der Mensch danach begehre, von den Werken Gottes ***nichts*** zu wissen noch zu erkennen. In ***dieser*** Weise vermag der Mensch arm zu sein an eigenem Wissen.)(19)

何も持たない人の清貧は、「極限の清貧（die äußerste）」(20)である。

人が、すべての物から自由であろうとも、つまり、すべての被造物と、自分自身と、そして、神から自由であろうとも、神が、その人の裡に、活動する場所を見出《みいだ》すなら、その人は、まだ、自由ではない、と言おう。人の裡に、そのようなことがある限り、人は、まだ、真実そのものの清貧の状態において、貧しくはない。それと言うのも、神は、自身が活動するために、人が、人の裡に、神が活動出来るような場所を持つことを、求め給わないからである。そうではなくて、神が、人の魂の裡で、活動することを欲し給うならば、その度《たび》ごとに、神自身が、そこで活動しようとする、正に、その場所である、という程までに、人が、神と、神のすべての活動から自由である、ということのみが、精神における、清貧である。そして、神は、確かに、喜んで、そのように為《な》し給う。何故なら、神は、人が、それ程までに貧しいと分かれば、真《まこと》の神の活動を為（な）し給い、そして、人は、そのようにして、自分の裡に、神を受け、そして、神は、神の活動の、神固有の場所となり給う。ところで、神は、自分自身の裡において、活動し給う御方《おんかた》である、という事実に鑑《かんが》みて、人は、神を受容して、神の活動そのものとなる。ここにおいて、人は、このような清貧の状態にあって、永遠の存在を、再び、獲得する。人が、かつて、そうであるところの存在、そして、人が、永遠に、そうであろうところの存在を、再び、獲得する。(Ist es so, daß der Mensch aller Dinge ledig steht, aller Kreaturen ***und*** seiner selbst und Gottes, steht es aber noch so mit ihm, daß Gott in ihm eine Stätte zum Wirken findet, so sagen wir: Solange es das noch in dem Menschen gibt, ist der Mensch (noch) nicht arm in der eigentlichsten Armut. Denn Gott strebt für sein Wirken nicht danach, daß der Mensch eine Stätte in sich habe, darin Gott wirken könne; sondern ***das*** (nur) ist armut im Geiste, wenn der Mensch ***so*** ledig Gottes und aller seiner Werke steht, daß Gott, dafern er in der Seele wirken wolle, jeweils ***selbst*** die Stätte sei, darin er wirken will, — und dies täte er(gewiß) gern. Denn, fände Gott den Menschen ***so*** arm, so ***wirkt*** Gott sein eigenes Werk und der Mensch ***erleidet*** Gott so in sich, und Gott ist eine ***eigene*** Stätte seiner Werke; der Mensch (aber) ist ein reiner Gott-Erleider in seinen (=Gottes) Werken angesichts der Tatsache, daß Gott einer ist, der ***in sich selbst*** wirkt. Allhier, in dieser Armut erlangt der Mensch das ewige sein (wieder), das er gewesen ist und das er jetzt ist und das er ewiglich bleiben wird.)(21)

このような清貧は、このような清貧を、知る者のみが、知るのであろう。魂は、「突き抜けること」によって、極限の清貧」に至る。

しかしながら、突き抜けることにおいては、私は、私自身の意志からも、神の意志からも、神の、すべての活動からも、神御自身からも、自由であるので、従って、私は、すべての被造物を超えており、私は、「神」でもなければ、被造物でもない。むしろ、私は、私が、かつて、そうであったところのもの、今も、いつも、そうであろうところのものである。こうして、私は、一つの飛躍を授かり、その飛躍は、私を、すべての天使達を越えて、運び行く。この飛躍において、私は、余りにも大いなる富を授かるので、神が、「神」として在るところのすべてを以てしても、神の、神の如き活動のすべてを以てしても、神は、私にとって、十分であることは出来ない。というのは、この突き抜けることにおいて、私と神が、一つであることが、私に、与えられるからである。そういう訳で、私は、私が、かつて、そうであったところのものであり、私は、そこから取り去ることもなければ、付け加えることもない。何故なら、私は、こうして、万物を動かす、不動の原因だからである。ここにおいて、神は、もはや、その人の裡に、如何なる場所も、見出《みいだ》さない。であるから、人は、この清貧によって、人が、永遠に、そうであったところのもの、そして、人が、常に、そうであろうところのものを、獲得する。ここにおいて、神は、魂と一つである。そして、これこそ、人が見出《みいだ》し得る、真《まこと》の清貧である。(In dem Durchbrechen aber, wo ich ledig stehe meines eigenen Willens und des Willens Gottes und aller seiner Werke und Gottes selber, da bin ich über allen Kreaturen und bin weder »Gott« noch Kreatur, bin vielmehr, was ich war und was ich bleiben werde jetzt und immerfort. Da empfange ich einen Aufschwung, der mich bringen soll über alle Engel. In diesem Aufschwung empfange ich so großen Reichtum, daß Gott mir nicht genug sein kann mit allem dem, was er als »Gott« ist, und mit allen seinen göttlichen Werken; denn mir wird in diesem Durchbrechen zuteil, daß ich und Gott eins sind. Da bin ich, was ich war, und da nehme ich weder ab noch zu, denn ich bin da eine unbewegliche Ursache, die alle Dinge bewegt. Allhier findet Gott keine Stätte (mehr) in dem Menschen, denn der Mensch erringt mit *dieser* Armut, was er ewig gewesen ist und immerfortbleiben wird. Allhier ist Gott eins mit dem Geiste, und das ist die eigentlichste Armut, die man finden kann.)[22]

「極限の清貧」は、極限の富である。無となった魂は、神と一つである。エックハルトは、この説教の冒頭において、『マテオ聖福音書』第五章三節の言葉を引用している。

福《さいわい》なるかな心の貧しき人、天国は彼等《かれら》の有《もの》なればなり。

キリストは、神の自己像化の極致である。人間は、この世における、神の受肉の最高傑作であるが、中でも、キリストは、人の中の人、「人の子等《こら》に優《まさ》り」て、麗しき人である。

容姿美《すがたうる》わしきは人の子等《こら》に優《まさ》り、汝の唇《くちびる》には愛らしさ溢《あふ》れたり。されば天主《かみ》、永久《とわ》に汝を祝し給えり。最力《いとちから》ある者よ、汝の剣《つるぎ》を腰に佩《お》びよ、汝の盾目美《みめよ》きと麗《うるわ》しきとをもて馳《は》せ向《む》かい、真幸《まさき》く進みて、統《す》べ治《おさ》めよ、真理と柔和と正義とのために。汝の右手、汝を奇《くす》しく導《みちび》かん。汝の矢は鋭し、諸民《もろたみ》を汝の下《もと》に倒して、王の敵の心臓《こころ》に立たん。(23)

肉体《にく》の内にあるキリストは、見目形《みめかたち》の美しさも、さることながら、心ばえは、更なる美しさである。弟子達は、そのようなキリストに、強く引き付けられ、断ち難い愛着を抱き、執着した。弟子達の、キリストに対する愛と尊敬は、多分に、人間的、地上的である。

像化も、受肉も、この世に属する。像化が、神の像化であろうとも、受肉が、神の受肉であろうとも、それは、神そのものではない。像化に執着し、受肉に依存するなら、それは、神に至る妨げでしかない。

死を目前にしたキリストは、弟子達が、人間としての自分に、余りにも大きな満足を見出《みいだ》していることに警告を発し、自分が世を去った後《のち》、必要以上に、嘆き、悲しんで、力を落とすことがないよう、弟子達を勇気付け、励ました。こういう優しいところが、正に、弟子達の心を捕らえて離さない、牽引《けんいん》力だったのであろう。

然《さ》りながら我実《われじつ》を以《もっ》て汝等《なんじら》に告ぐ、我が去るは汝等に利《り》あり、我若《われも》し去らずば弁護者は汝等に来《きた》るまじきを、去りなば我之《われこれ》を汝等《なんじら》に遣《つか》わすべければなり。彼来《きた》らば、世を責めて、罪と義と審判とに就《つ》きて其過《そのあやまち》を認めしめん。罪に就《つ》きてとは、人々我《われ》を信ぜざりし故なり。義に就《つ》きてとは、我《われ》父の許《もと》に去りて汝等最早我《もはやわれ》を見ざるべき故《ゆえ》なり。審判に就《つ》きてとは、此世《このよ》の長既《かしらすで》に審判せられたる故《ゆえ》なり。我《わ》が汝等に云《い》うべき事尚《なお》多けれども、汝等今は之《これ》に得耐《えた》えず。

彼真理《かのしんり》の霊来《きた》らん時、一切《いっさい》の真理を汝等に教え給わん。其《そ》は己《おのれ》より語るに非《あら》ずして、悉《ことごと》く其聞《そのき》きたらん所を語り、又起るべき事を汝等に告げ給うべければなり。(24)

キリストの死によって、弟子達は、人間的な支えを失うが、残された弟子達には、強力な助け主が送られる。「弁護者」とは、即ち、聖霊を指す。「弁護者（the Paraclete）」は、ギリシャ語の *Paráklētos*（advocate）に由来して、「助け主（the Comforter）」と同義である。"Comfort"とは、ラテン語の *confortāre* に由来して、「強める（to fortify）」を意味する。弟子達は、人間的な愛の対象を失うが、その代りに、強力な「助け主」、即ち、聖霊を送られて、霊的に強い（*fortis* strong）」者となる。

其《そ》（真理の霊）は、汝等《なんじら》と共に止《とど》まりて、汝等《なんじら》の中《うち》に居給《いたも》うべければなり。(25)

神秘家は、像と像化を否定する。

神は、像を持たない。神は、像を越えた存在である。神は、霊そのものである。

魂は、像を持たない。「魂は、どのような像も、超越している。（sie [i.e.die Seele] ist über jedes Bild erhaben）」。(26)

魂が、神と合一するためには、「神のみが、活動しなければならない。そして、汝は、ただ、ひたすら、それを受容しなければならない。（muß Gott allein es wirken, und du mußt es lediglich erleiden.）」。(27) 魂は、像を棄《す》てて、無とならなければならない。

そうだ、確かに、イザヤは、言っている。「然《しか》らば汝等《なんじら》天主を誰《たれ》にか比《くら》べたる、また之《これ》に対して如何《いか》なる像《ぞう》をか置かんとはする」。実に、何人《なんぴと》にも相等しくない、というのが、神の本性であるのだから、我我が、神自身の存在の中へ移し変えられることが可能になるためには、我我は、無であるところまで、至らねばならぬ。(Isaias sagt (ja doch): »Wem habt ihr ihn verglichen, oder was für ein Bild gebt ihr ihm« (Is. 40, 18). Da es denn Gottes Natur ist, daß er niemandem gleich ist, so müssen wir notgedrungen dahin kommen, daß wir *nichts* sind, auf daß wir in dasselbe Sein versetzt werden können, das er selbst ist.)[28]

魂が、自らの裡に、如何なる像や形も受け入れず、無に帰するなら、魂は、神と一つになる。魂は、受容である。

何故なら、神は、与えることにおいて、留《とど》まるところを知らず、魂も、又、受け入れることにおいて、あるいは、授かることにおいて、留《とど》まるところを知らないからである。そして、神が、活動において、全能であるように、魂は、受け取ることにおいて、底知れない。そして、それ故に、魂は、神と共に、又、神の内に、超越して、形作る。神は、活動するのが当然であるが、魂は、受けるべき立場にある。(Denn so grenzenlos Gott im Geben ist, so grenzenlos ist auch die Seele im Nehmen oder Empfangen. Und so allmächtig Gott im Wirken ist, so abgründig ist die Seele im Erleiden; und drum wird sie mit Gott und in Gott überformt. Gott soll wirken, die Seele aber soll erleiden;)[29]

魂は、底無しの受容である。魂の為《な》すべきことは、自らを空っぽにすること、そして、その空っぽの状態に留《とど》まることである。

自然の主人《あるじ》なる神は、とにかく、何かが、空っぽであることを、全然、許さない。であるから、じっとして、この空虚から、よろめき出てはならない。(Gott, der Meister der Natur, duldet es ganz und gar nicht, daß irgend etwas leer sei. Darum steh still und wanke nicht von diesm Leersein.)[30]

空っぽになった魂は、神に満たされる。

自分自身においても、神においても、すべての被造物においても、自らを打ち砕いてしまった人間について、全く同じことが言える。そのような人間は、最低の場所に入ったのであり、神は、そのような人間の中に、隅から隅まで、一杯に、満ち溢《あふ》れずにはいられない。さもなければ、神は、神ではない。(Ebenso sage ich von dem Menschen, der sich zunichte gemacht hat in sich selbst, in Gott und in allen Kreaturen: Dieser Mensch hat die unterste Stätte bezogen, und in diesen Menschen *muß* sich Gott ganz und gar ergießen, oder — er ist nicht Gott.)[31]

魂は、受容であるが、その一方で、魂には、能動的な能力《ちから》がある。魂は、神を目差して、突き進む。

私は、魂の能力《ちから》について、語った。魂の、最初の突破において、魂は、神が善である範囲内においては、神を捕らえず、又、神が真である範囲内においても、神を捕らえることがない。魂は、根底まで押し付け、更に、探し求め、神を、その単一性において、捕らえ、又、神を、その荒野において、捕らえる。魂は、神を、その砂漠において、捕らえ、又、神を、神自身の固有の根底において、捕らえる。であるから、魂は、何物にも満足せず、更に、神を目差して、探し求める。神は、その神性において、何であるのか、又、神は、神自身の固有の所有物において、何であるのかを、探し求める。(Ich habe von einer Kraft in der Seele gesprochen; in ihrem ersten Ausbruche erfaßt sie Gott nicht, sofern er gut ist, sie erfaßt Gott auch nicht, sofern er die Wahrheit ist: sie dringt bis auf den Grund und sucht weiter und erfaßt

Gott in seiner Einheit und in seiner Einöde; sie erfaßt Gott in seiner Wüste und in seinem eigenen Grunde. Deshalb läßt sie sich nichts genügen, sie sucht weiter danach, was das sei, das Gott in seiner Gottheit und im Eigentum seiner eigenen Natur sei.)(32)

魂は、神の根底まで、突き進み、更に、突き進み、又、突き進む。が、どこまで行っても、そこにあるのは、神性の砂漠である。神は、真でもなければ、善でもなく、美でもない。神は、砂漠である。

であるから、私は、言う。人が、自分自身と、すべての被造物から離脱するなら、そして、お前が、はるか遠くまで、離脱すればする程、益益《ますます》、お前は、魂の火花の裡に、統一され、この上ない喜びに満たされるであろう。魂の火花は、かつて、時間にも、空間にも、触れたことがない。この火花は、すべての被造物に逆らい、剥《む》き出しの、あるがままの神以外は、何物も、欲しない。父も、子も、聖霊も、三位全体も、それぞれが、それぞれの特異性の裡に、留《とど》まる限り、魂の火花を満足させることはない。誠《まこと》に、私は、言う。果実《みのり》を内蔵している、神性の母胎の統一性も、又、この光を満足させることはない。否、それどころか、私は、更に、言いたい。もっと、ずっと、驚くべきことを。私は、永遠不変の真理にかけて、言う。与えることもなければ、受け取ることもない、単一にして、不動の神の存在も、この光を満足させることはない。むしろ、この光は、この存在が、どこから来るのかを、知ろうと欲する。この光は、単一なる根底の中へ、静寂なる砂漠の中へ、即ち、父であれ、子であれ聖霊であれ、そこに、如何なる差異も窺《うかが》い知ることが出来ない、砂漠の中へ、至ろうとする。一番奥底において、そこで、やっと、この光は、満足する。一番奥底を、我が家とする者は、誰一人として、存在しない。そして、そこにおいて、この光は、自分自身の裡におけるよりも、もっと、内的である。それというのも、この根底は、それ自身において、不動の、単一の静寂であるからである。もっとも、この不動によって、すべての物は、動かされ、そして、この不動によって、すべての生命《いのち》、即ち、それ自身において、理性的に生きる、すべての生命《いのち》が、受容される。（Darum sage ich: Wenn sich der Mensch abkehrt von sich selbst und von allen geschaffenen Dingen — so weit du das tust, so weit wirst du geeint und beseligt in dem Fünklein in der Seele, das weder Zeit noch Raum je berührte. Dieser Funke widersagt allen Kreaturen und will nichts als Gott, unverhüllt, wie er in sich selbst ist. Ihm genügt's weder am Vater noch am Sohne noch am Heiligen Geist noch an den drei Personen (zusammen), sofern eine jede in ihrer Eigenheit besteht. Ich sage fürwahr, daß es diesem Lichte auch nicht genügt an der Einheitlichkeit des fruchtträchtigen Schoßes göttlicher Natur. Ja, ich will noch mehr sagen, was noch erstaunlicher klingt: Ich sage bei der ewigen und bei der immerwährenden Wahrheit, daß es diesem Lichte nicht genügt an dem einfaltigen, stillstehenden göttlichen Sein, das weder gibt noch nimmt: es will (vielmehr) wissen, woher dieses Sein kommt, es will in den einfaltigen Grund, in die stille Wüste, in die nie Unterschiedenheit hineinlugte, weder Vater noch Sohn noch Heiliger Geist. In dem Innersten, wo niemand daheim ist, dort (erst) genügt es diesem Licht, und darin ist es innerlicher als in sich selbst. Denn dieser Grund ist eine einfaltige Stille, die in sich selbst unbeweglich ist; von dieser Unbeweglichkeit aber werden alle Dinge bewegt und werden alle diejenigen »Leben« empfangen, die vernunftbegabt in sich selbst leben.)(33)

魂は、火花を発する。魂は、光である。神と魂の合一は、光と光の融合である。

すべて、相等しい物は、互いに、愛し合い、共に合一する。（Alle gleichen Dinge lieben sich gegenseitig und vereinigen sich miteinander.)(34)

そして、

神の光が、魂の中へ、注がれる時、魂は、光と光が一つになる如くに、神と一つになる。(wenn das göttliche Licht sich in die Seele gießt, so wird die Seele mit Gott vereint wie ein Licht mit dem Lichte.)(35)

## 第三節　「不死の麦」

## 第三節「不死の麦」

完全な貧しさ、完全な無一物の状態に至った魂は、神と一つになって、天地万物を所有する。

世界は、我《わ》が内にありき。我《われ》が、世界の内にあるよりは。
(The World was more in me, then I in it.)[36]

十七世紀中葉の形而上詩人、トラハーン(Thomas Traherne)は、神秘家である。

絶対者を求める神秘家は、通常、三段階の道程を辿る。即ち、浄化の道、照明の道、一致の道である。この道程は、厳密に言えば、五つの局面に分けられる。

(一)自我が、神の実在についての意識に、目覚める。この体験は、通常、突如として、起こり、はっきり、それと分かる、徴《しるし》があって、非常な喜びと、精神の高揚を伴う。

(二)自我は、初めて、神の美に目覚め、それとは対照的に、如何に、自分自身が、有限であり、不完全であるか、如何に、多種多様の幻想に、どっぷり浸《つ》かっているか、如何に、一《いっ》なる御者《おんもの》から、遠く、隔《へだ》たっているかを、はっきりと、自覚する。自我は、神との合一に向かう途上にあって、それを妨げる物すべてを、修練と苦行によって、除去しようと努める。これが、浄化、即ち、苦しい努力の状態である。

(三)浄化によって、自我が、「感覚的な物」から引き離され、「霊的婚姻の装身具」である、徳の数数を獲得してしまうと、超越的秩序についての、喜びに満ちた意識が、高揚した形で、戻って来る。プラトンの「幻影《かげ》の洞窟《どうくつ》」の捕らわれ人の如く、自我は、実在の認識に目覚め、辛《つら》く、困難な道を、骨折って登り、洞窟《どうくつ》の入口にまで達した。今や、自我は、太陽を振り仰ぐ。これが、照明である。この状態には、観想の諸段階、即ち、「様様の程度の祈り」、幻視、聖テレジア、その他の神秘家達が、記述している、魂の冒険的な体験が、含まれる。これらの形は、言うなれば、道の中の道である。つまり、これらの形は、到達するための手段であって、上昇する魂を、強め、助けるように、その道の達人が工夫した、訓練である。これらの形は、言うなれば、教育を意味する。一方、厳密な意味における、本来の道は、有機的な成長を意味する。照明は、優れて、「観想的な状態」である。照明は先立つ二つの状態と共に、「最初の神秘生活」を形成する。照明の状態を越えない神秘家達も多い。その一方で、普通、神秘家のうちに区分されないような、幻視者や、芸術家達の中にも、ある程度まで、照明の状態を体験した者も、多い。照明は、絶対者についての、ある種の理解、即ち、神の存在についての意識を、もたらす。が、絶対者との、真の一致をもたらす訳ではない。照明は、幸福の状態である

（四）倦《う》まず、弛《たゆ》まず神を求める、偉大な探求者達の成長発達において、次に来るのは—あるいは、しばしば、断続的に、照明に伴われるのは—神秘家の道の、ありとあらゆる体験のうちでも、最も恐るべき体験である。即ち、最後の、完全な、自我の浄化であって、これを、「神秘家の苦痛」、あるいは、「神秘家の死」と称する観想者達もあれば、霊の浄化、あるいは、霊魂の暗夜と称する観想者達もある。照明の状態においては、意識は、神の存在の意識の中で、照り輝いていたが、今や、同じ程強烈な、神の不在の意識の下《もと》で、苦しむ。そして、それによって、神秘家の幻視に対して抱《いだ》く自己満足を、神秘生活の現実から、切り離すことを覚える。浄化においては、感覚が清められ、感覚の高慢の鼻がへし折られ、自我の活力や興味が、超越的な物事に、集中して注がれたように、今や、浄化の過程が、正《まさ》しく、自我の中心である我意にまで、拡張される。個人の幸福を求める、人間の本能が、抹殺《まっさつ》されなければならない。これが、神秘家達が、しばしば、言うところの、「霊的磔刑《たっけい》」である。即ち、魂が、神から見捨てられたように思われる、

大いなる寂寞《せきばく》である。今や、自我は、自我自身、即ち、個人の利益と我意を、完全に放棄しなければならない。自我は、何一つ望まず、何一つ要求せず、完全に、無抵抗になり、このようにして、準備が、整えられる。

（五）一致：神秘家の探求の、真の目標である。この状態においては、照明の状態におけるのと同様に、絶対者が、自我によって、認識され、享受されるのみではない。絶対者は、自我と一つになる。これまで、意識が、あちらへ、こちらへと、揺れ動きながらも、目差して来た最終目標は、これである。これは、平衡状態であり、純粋に霊的な生の状態である。この状態の特徴は、平和に満ちた喜び、高められ、増大した能力《ちから》、強い確信である。権威ある人人の中には、この状態を、恍惚と呼ぶ者もあるが、それは、正確ではないし、混乱を招く。それと言うのも、これまで、長い間、恍惚という言葉は、心理学者や、神秘家達によって、あの、短い、有頂天の忘我を定義するために、用いられて来たからである。つまり、観想者が、現象界についての意識を、完全に、失って、直覚的に、神の幻視に捕らわれ、束《つか》の間《ま》、それを享受する、あの忘我である。この状態には、はっきり、それと分かる、肉体的、精神的付随物が、伴われる。この種の状態は、しばしば、照明の状態にある神秘家が、体験し、時には、最初の改心の折に、体験することとすらある。であるから、恍惚は、一致の道だけの特徴であるとは、見なし難い。偉大な神秘家達の中には、―例えば、聖テレジアが、そうであるが―一致の状態に達した後《のち》、恍惚の頻度は、増すよりは、減少するように思われる人人もある。その一方で、異常な現象を、すべて、避《よ》けて、全く関係のない道を通って、頂上を極《きわ》める神秘家達もある。

一致は、神秘家の成長の、真の最終目標と見なされなければならない。最終目標とは、即ち、存在の基礎を、恒常的に、実在の超越的な水準の上に、樹立することである。恍惚は、これを、前以《まえもっ》て、味わわせる。熱烈な、一致の形式は、神秘家達が、それぞれ、神秘家の結婚、神格化、神の豊穣《ほうじょう》、等の象徴のもとに、描写しているが、これらは、すべて、よく調べると、「気質を通して眺められた」この同じ、一致の体験の諸相であることが、わかる。

((1)The awakening of the Self to consciousness of Divine Reality. This experience, usually abrupt and well-marked, is accompanied by intense feelings of joy and exaltation.

(2)The Self, aware for the first time of Divine Beauty, realizes by contrast its own finiteness and imperfection, the manifold illusions in which it is immersed, the immense distance which separates it from the One. Its attempts to eliminate by discipline and mortification all that stands in the way of its progress towards union with God constitute ***Purgation***: a state of pain and effort.

(3)When by purgation the Self has become detached from the "things of sense," and acquired those virtues which are the "ornaments of the spiritual marriage," its joyful consciousness of the Transcendent Order returns in an enhanced form. Like the prisoners in Plato's "Cave of Illusion," it has awakened to knowledge of Reality, has struggled up the harsh and difficult path to the mouth of the cave. Now it looks upon the sun. This is ***Illumination***: a state which includes in itself many of the stages of contemplation, "degrees of orison," visions and adventures of the soul described by St. Teresa and other mystical writers. These from, as it were, a way within the Way: a ***moyen de parvenir***, a training devised by experts which will strengthen and assist the mounting soul. They stand, so to speak, for education; whilst the Way proper represents organic growth. Illumination is the "contemplative state" ***par excellence***. It forms, with the two preceding states, the "first mystic life." Many mystics never go beyond it; and, on the other hand, many seers and artists not usually classed amongst them, have shared, to some extent, the experiences of the illuminated state. Illumination brings a certain apprehension of the Absolute, a sense of the Divine Presence: but not true union with it. It is a state of happiness.

(4)In the development of the great and strenuous seekers after God, this is followed—or something intermittently accompanied—by the most terrible of all the experiences of the Mystic Way: the final and complete purification of the Self, which is called by some contemplatives the "mystic pain" or "mystic death," by others the Purification of the Spirit or *Dark Night of the Soul.* The consciousness which had, in Illumination, sunned itself in the sense of the Divine Presence, now suffers under an equally intense sense of the Divine Absence: learning to dissociate the personal satisfaction of mystical vision from the reality of mystical life. As in Purgation the senses were cleansed and humbled, and the energies and interests of the Self were concentrated upon transcendental things: so now the purifying process is extended to the very centre of I-hood, the will. The human instinct for personal happiness must be killed. This is the "spiritual crucifixion" so often described by the mystics: the great desolation in which the soul seems abandoned by the Divine. The Self now surrenders itself, its individuality, and its will, completely. It desires nothing, asks nothing, is utterly passive, and is thus prepared for

(5) *Union*: the true goal of the mystic quest. In this state the Absolute Life is not merely perceived and enjoyed by the Self, as in Illumination: but is *one* with it. This is the end towards which all the previous oscillations of consciousness have tended. It is a state of equilibrium, of purely spiritual life; characterized by peaceful joy, by enhanced powers, by intense certitude. To call this state, as some authorities do, by the name of Ecstasy, is inaccurate and confusing: since the term Ecstasy has long been used both by psychologists and ascetic writers to define that short and rapturous trance—a state with well-marked physical and psychical accompaniments—in which the contemplative, losing all consciousness of the phenomenal world, is caught up to a brief and immediate enjoyment of the Divine Vision. Ecstasies of this kind are often experienced by the mystic in Illumination, or even on his first conversation. They cannot therefore be regarded as exclusively characteristic of the Unitive Way. In some of the greatest mystics—St.Teresa is an example—the ecstatic trance seems to diminish rather than increase in frequency after the state of union has been attained: whilst others achieve the heights by a path which leaves on one side all abnormal phenomena.

Union must be looked upon as the true goal of mystical growth; that permanent establishment of life upon transcendent levels of reality, of which ecstasies give a foretaste to the soul. Intense forms of it, described by individual mystics, under symbols such as those of Mystical Marriage, Deification, or Divine Fecundity, all prove on examination to be aspects of this same experience "seen through a temperament.")[37]

神秘家の中には、自らの体験を語ることによって、優れた文学作品を書き残す者もあれば、拙《まず》い書き物の標本を残す者もある。芸術的な資質に恵まれた者であれば、詩であれ、散文であれ、香り高い文学作品を産み出し、そうでない者は、稚拙《ちせつ》で、無器用な記録を産み出す。いずれの場合でも、表現は、第一義的な意味を持たない。重要なのは、体験であって、表現ではない。表現は、副産物である。

トラハーンの詩は、形式美に欠ける。詩行の長さの不揃《ふぞろ》い。押韻の不規則。いずれも、トラハーンが「磨き仕事（the labour of the file)」[38]に腐心した形跡は示さない。

トラハーンは、今日では、不完全である押韻を、非常に多く、用いている。そのうちのいくつかは、当時においても、恐らく、不完全であったと考えられる。かっては、押韻として、通用していたものが、発音が変化してしまった後も、そのまま、伝統的な押韻として、存続したからである。しかしながら、良く知られているように、mine/joyn あるいは、great/compleat のようなものは、正確な押韻であった。この部類には、sounds/wounds, have/brave, stones/ones, その他《ほか》、多くの押韻が含まれるが、これに、関しては、H・C・Kワイルドの『英語の押韻研究』に、詳しく、説明されている。しかしながら、ワイルドは、トラハーンが、常に、'joy'を'—ay'又は、'—ey'と韻を踏ませている癖については、説明していない。トラハーンは joy/convey, joy/away, joy/lay, joys/prais, enjoys/ways, enjoyd/obeyd, joy/display, joy/day を押韻させている。E・J・ドブソン博士は、十六世紀には、この押韻の用例が、いくつかあり、トラハーンが、目立って、頻繁に、これを用いている、と指摘している。ドブソン博士は、これが、トラハーンの、方言の発音のせいだ、とは考えていない。(Traherne has a great many rhymes which are now defective. It is probable that some of them were defective in his day, having once been good rhymes but remained as traditional rhymes after pronunciation had changed. Many, however, such as the well-known mine/joyn or great/compleat types, were exact rhymes. These include sounds/wounds, have/brave, stones/ones, and many other for an explanation of which recourse may be had to H. C. K. Wyld, ***Studies in English Rhymes*** (1923). Wyld does not, however, explain one peculiarity of Traherne, his consistent rhyming of 'joy' with '-ay' of '-ey'. He has joy/convey, joy/away, joy/lay, joy/prais, enjoys/ways, enjoyd/obeyd, joy/display, joy/day. Dr. E. J. Dobson tells me that he has noticed a few sixteenth-century examples of this rhyme, and that its frequency in Traherne is remarkable. He does not think that it indicates a dialectal pronunciation by Traherne.)[39]

トラハーンの本領は、詩よりも、散文にある、と断定する研究者もある。

トラハーンの、真の表現様式は、散文であって、詩ではなかった。詩の中で表現されている想念の、どれ一つを取ってみても、『百題黙想録』の中では、もっと、ずっと、見事に、表現されている。韻律も、押韻も、トラハーンの天賦の才を、助長するどころか、却《かえ》って、妨害した。それでもなお、詩の中には、時折、霊感の閃《ひらめ》きがあり、又、余り鼓吹《こすい》されていない時でさえ、トラハーンの詩には、特有の、風変りな魅力がある（Traherne's true medium was prose, not verse : there is hardly a thought in his poems which he has not expressed far more finely in the "Centuries of Meditations." Metre and rhyme did not help his genius, but hampered it. Yet there are occasional flashes of inspiration in his poetry, and even in its less inspired moments it has a quaint charm all its own.)[40]

『百題黙想録』は、牧師としてのトラハーンが、「自ら見出《みいだ》した「至福」の道へ、友人を導くために（in order to lead his friend to the "felicity" he himself has found）」(41)書き綴《つづ》った、霊的指導書である。指導書ではあるが、トラハーン自身の個人的な体験に基いて書かれた記録であるので、その意味において、指導書と言うよりは、自伝に近い。特に、第三巻と第四巻には、自伝的な要素が、色濃く、認められる。

しかし、トラハーンの真髄は、詩にある。後《のち》に、詳述するように、トラハーンは、第二の創造を行う。神の創造が、第一の創造であるなら、トラハーンの創造は、第二の創造である。第二の創造は、魂の飛翔である。飛翔は、その表現形式として、散文ではなく、詩を要求する。トラハーンの詩は、芸術的完成を無視して迸《ほとばし》る、内心の流露である。率直そのものの、トラハーンの文体は、しかし、膨大な量の学識を内蔵している。単純で、飾り気のない言い回しは、例えば、『キリストにならう』(42)に見られるような、反主知主義的な傾向をすら思わせる。

四．多くの書物を読み、多くの知識を得ようとも、あなたは、唯一の、原初に、立ち戻らなければならない。(Cum multa legeris et cognoveris, ad unum oportet te venire principium.)

五．人間に、知恵を授けるのは、私であり、どのような人間から与えられるよりも、もっと明るい知恵を、小さな子供にさえ、分かち与えるのは、私である。(Ego sum qui doceo hominem scientiam et clariorem intelligentiam parvulis tribuo, quam ab homine possit doceri.)

九．学校で、十年間学んだ者よりも、もっと深く、永遠の真理の哲理を悟るよう、謙遜《けんそん》な精神《こころ》を、一瞬のうちに、高めるのは、私である。(Ego sum qui humilem in puncto elevo mentem, ut plures aeternae veritatis capiat rationes, quam si quis decem annis studuisset in scholis.)

十．私は、がやがやとうるさい言葉も、ああだの、こうだの、紛《まぎ》らわしい学説も、偉《えら》ぶった傲《おご》りも、口論の末の論証も、一切《いっさい》なしに、教える。(Ego doceo sine strepitu verborum, sine confusione opinionum, sine fastu honoris, sine pugnatione argumentorum.)

十一・この世の物を軽蔑《けいべつ》し、現在を退《しりぞ》け、永遠を求め、永遠を味わい、名誉を避け、躓《つまず》きを耐え忍び、すべての希望を、私の内に置き、私以外には、何も求めず、何物にも勝って、一心に、私を愛することを教えるのは、私である。（Ego sum qui doceo terrena despicere, praesentia fastidire, aeterna quaerere, aeterna sapere, honores fugere, scandala sufferre, omnem spem in me ponere, extra me nihil cupere et super omnia ardenter me amare.)

上記の引用は、『キリストにならう』第三書四十三章の一部であるが、この章には、「空《むな》しい、世俗の知識に逆らって（Contra vanum et saeculavem scientiam）」という標題が、付けられている。

確かに、キリストは、トラハーンにとって、従うべき、唯一の手本であった。

おお、神の御独《おんひと》り子《ご》、世の贖《あがな》い主《ぬし》よ、汝は、我《われ》が、御身《おんみ》に従い、御身《おんみ》を模倣《まね》ぶべく、我を創造《つく》り給い、我を贖《あがな》いたれば、我をして、汝の見倣《みなら》うべき完徳に従わしめ、模倣《まね》ばしめ給え。（***O only begotten Son of God, Redeemer of the World, seeing thou didst Create and Redeem me that I might Obey and Imitate thee, make me to Obey and Imitate thee in all thy imitable Perfection.***）[43]

しかし、トラハーンは、学問を否定してはいけない。それどころか、トラハーンは、非常な碩学《せきがく》である。トラハーンの無知は、「幸いなる博学の無知（a learned and a Happy Ignorance）」[44]である。

トラハーンの読書範囲は、アウグスティヌス（Aurelius Augustinus）、トマス・アクィナス（Thomas Aquinas）は言うに及ばず、プラトン（***Platon***）、アリストテレス（***Aristoteles***）、プロティノス（***Plotinos***）、フィチーノ（Marsilio Ficino）、ピコ・デラ・ミランドラ（Count Giovanni Pico della Mirandola）にまで、及んでいる。後《のち》に、見るように、トラハーンは「三重に偉大なるヘルメス（Hermes Trismegistus）」の言葉を、幾度《いくたび》か、引用している。ヘルメス文書は、十七世紀においては、非常な崇敬を受けていた。加えて、トラハーンは、新しい科学の知識にも、欠けてはいない。「トラハーンは、新しい科学の発見や、新しい哲学が意味するところから、深い影響を蒙《こうむ》った（Traherne was deeply affected by the discoveries of the new science and the implications of the new philosophy.）」。(45) 要するに、トラハーンの作品は、当時の、可能な限りの学問によって、支えられている。

もっとも、膨大な量の書物も、どれ一つとして、トラハーンの魂の渇きを、真底《しんそこ》、満たしてはくれなかった。

我は、図書館という図書館の、隅《すみ》から隅《すみ》まで、漁《あさ》りたり。
　『聖書』が、我を満たすまで。
(I sought in ev'ry Library and Creek
　Until *the Bible* me supply'd.)(46)

トラハーンの魂を満たすのは、『聖書』、即ち、「永遠《とこしえ》の歌に満ち溢《あふ》れたる、麗しの書物（som fair Book fill'd with Eternal Song)」(47) のみである。そして、その書物の中にこそ、トラハーンは、至福を見出《みいだ》す。

聖なる書物の内にこそ、我が至福が、込《こ》められたり。
(Those Sheets enfold my Bliss.)(48)

深い学識が、衒学《げんがく》的な表現を取らず、素朴で、飾り気のない表現を取る。トラハーンの文体は、単純そのものである。その文体を決定したのは、第一に、トラハーンの気質である。後《のち》に、詳述するように、神秘家の型を決定するのは、気質である。同様に、詩人の文体を決定するのも、気質である。第二に、トラハーンの文体を決定したのは、時代の精神風土である。清教主義は、何事によらず、装飾を排除する。トラハーンは、「一六五二年に、ブレイズノウズ・コレッジに、自費生として、入学した（entered as a commoner of Brasenose College in 1652）」(49)が、ここは、オックスフォード大学（Oxford University）の中でも、特に、清教主義的な傾向が強かった、と言われる。

トラハーンのように、明らかに、共和国時代の宗教思想、及び、宗教感情の、大衆的な傾向の影響を蒙《こうむ》った人間においては、当時の言語、風俗、服装にみられる、質素単純に対する願望が、多かれ、少なかれ、意識的に、その詩的嗜好《しこう》の一つになったであろうことは、多いに、あり得る。（With a man like Traherne, obviously influenced by the popular movements of religious thought and feeling of the Commonwealth Period, it is quite possible that the desire for plainness that is to be seen in language, manner, dress, in these years, became more or less consciously one of his poetic tastes.）(50)

ちなみに、トラハーンは、一六三六年頃に、「ヘラファドの靴屋の息子（the son of a Hereford shoemaker）」(51)として生まれ、「一六六一年に、文学修士、一六六九年に、神学士の学位を取得した（He proceeded Master of Arts in 1661, and Bachelor of Divinity in 1669）」。(52)そして、「一六六七年に、トラハーンは、オアランドウ・ブリジマン卿付きの牧師となり（in 1667 he became private chaplain to Sir Orlando Bridgman）」、(53)五年後、「テディングトン教区の牧師となった（was minister of the parish of Teddington）」。(54)亡くなったのは、一六七四年である。

トラハーンの作品は、「赤裸の真実（the naked Truth）」(55)を表す「透明な言葉（transparent Words）」(56)から成り立っている。

意味する内容を金ぴかに飾り立てる、曲がりくねった隠喩《たとえ》も、美しい絵も、虚飾の雄弁も、ここには、ない。
見せ掛けの宝石で作られた、美辞麗句の流れではなく、
真実《まこと》の花冠と王座と王冠！
(No curling Metaphors that gild the Sence,
Nor Pictures here, nor painted Eloquence;
No florid Streams of Superficial Gems,
But real Crowns and Thrones and Diadems!)[57]

トラハーンは、隠喩《たとえ》を否定する。

　赤裸の物こそ、
いと崇《たか》高く、いと明るく、輝く。
……
我我が、すべての隠喩《たとえ》を除去《のぞ》く時、
赤裸の物の価値《ねうち》は、いと良く顕現《あら》わさるる。
　隠喩《たとえ》は、被《おお》い隠し、
　ただの霧に過ぎぬ物なれば。
(　The Naked Things
Are most Sublime, and Brightest shew,
…

Their Worth they then do best reveal,
When we all Metaphores remove,
For Metaphores conceal,
And only Vapours prove.)(58)

赤裸の真実を表すに足る文体は、赤裸の文体である。実人生において、はたまた、詩において、トラハーンが求めるのは、真実のみである。

真実《まこと》こそ、
汝《な》が喜びとなれかし。
(Let Veritie
Be thy Delight)(59)

単純な文体には、二種類がある。鋭い美意識が、技巧の粋を凝らして産み出す単純さ。即ち、緻密《ちみつ》な計算の上に成り立っている単純さ。その反対の極にあるのが、芸術的彫琢《ちょうたく》を無視して迸《ほとばし》る、内心の流露の結果としての単純さである。例えば、ハーバード(George Herbert)の文体は、前者の典型であり、トラハーンのそれは、後者の典型である。この文体上の特徴の故に、トラハーンを、「後期バロック(Late Baroque)」の詩人として位置付ける批評家もある。

「後期バロック」は、少くとも、三つの異なる事柄を意味することが、可能である。(近年の学問においては、その三つを意味して来た。)(一)バロックの特徴である、緊張と放縦が、非常に激しい興奮と破格の形を取る文体。(二)

そのような緊張が、事実として認められ、又、正当に評価されながらも、それが、文学形式を決定していない文体。緊張が、むしろ、抑制された、禁欲的な、明確な秩序を持つ形式のもとに、否応《いやおう》なしに、皮肉な表現を取っている文体。

（三）人間が経験する事象が、きちんと図式化され、そのために、バロックの緊張が、払い清められてしまった世界観を暗示する文体。「後期バロック」は、第一の意味においては、オトウェイ（Thomas Otway）や、ローエンシュタイン（Daniel Caster von Lohenstein）の戯曲に当てはまり、又、少少異なった見方をすれば、トラハーンや、クールマン（Quirinus Kuhlmann）、リュイケン（Jan Luyken）の抒情詩にも当てはまる。「後期バロック」は、第二の意味においては、ラシーヌ（Jean Baptiste Racine）の悲劇や、ミルトン（John Milton）の後期の作品（『復楽園』、『闘士サムソン』）に当てはまる。「後期バロック」は、第三の意味においては、ジョン・ドライデンの詩や戯曲に当てはまる。（"Late Baroque" may mean (and in recent scholarship has meant) at least three different things: (l) a style in which the characteristic Baroque tensions and extravagances assume forms of highly exacerbated excitement and irregularity; (2) a style in which such tensions, though recognized and justly estimated, do not determine literary form, being rather subjected to ironic expression through forms which are chastened, ascetic, and clearly ordered; and (3) a style which, in its orderly schematization of the phenomena of experience, implies a world-view from which the Baroque tensions have been exorcised. "Late Baroque" applies in the first sense to the dramas of Otway and Lohenstein and, in a rather different way to the lyrics of Traherne, Kuhlmann, and Luyken. The term applies in the second sense to the tragedies of Racine and the late works (*Paradise Regain'd and Samson Agonistes*) of Milton. It applies in the third sense to the poems and plays of John Dryden.)[60]

トラハーンの文体に関する議論は、多くが、筋違いである。その議論が、読むことに基いて、展開されているからである。

トラハーンは、自然を讃《たた》え、人間を讃《たた》え、神を讃《たた》える。トラハーンの詩も、散文も、賛《ほ》め歌である。魂の内奥から発せられる賛《ほ》め歌、否、むしろ、魂の内奥に吹き込まれる天上の歌が、どのようなものであるかについて、十四世紀の聖者の証言が、残されている。これに関しては、すでに、審美的想像力において、詳述したが、ここに、聖者の言葉を、もう一度繰り返す。

ちょうど九ヶ月余り経《た》った頃、全く信じられないほど甘美な熱が、私を燃え立たせるのを感じました。そして、天上の、霊的な響きが、私の中に吹き込まれ、私は、悟性によって、その響きを会得《えとく》しました。その響きは、永遠の賛《ほ》め歌の響きであり、その甘美は、聞こえざる旋律《ふし》の甘美でした。こういう響きは、それを受けた者以外は、聞くことも、知ることも出来ません。そして、地上の物事から、浄化され、離脱した者でなければ、この響きは、分からないのです。

同じ礼拝堂に坐っていた時、……どうも、頭上から聞こえてくるような感じでしたが、歓喜に満ちた賛《ほ》め歌の響き、というか、歌声のようなものが、聞こえました。私の心は、祈りながら、天を切望し、天に達しました。すると、どういう風にしてかは分からないのですが、調和に満ちた歌声が聞こえたのです。そして、私自身の中にも、その歌声に呼応する諧調が鳴り響くのを感じました。その諧調は、非常に喜ばしく、かつ天上的なもので、いつまでも、私の心に、留まりました。私の想念そのものが、たちどころに、美しい歌に変わり、私の瞑想は、詩になりました。そして、私の祈りの言葉や、讃美歌までもが、その響きに唱和したのです。（...it was just over nine months before a conscious and incredibly sweet warmth kindled me, and I knew the infusion and understanding of heavenly spiritual sounds, sounds which pertain to the song of eternal praise, and to the sweetness of unheard melody; sound which cannot be known or heard save by him who has received it, and who himself must be clean and separate from the things of earth. While I was sitting in that same chapel, ... I heard, above my head it seemed, the joyful ring of psalmody, or perhaps I should say, the singing. In my prayer I was reaching out to heaven with heartfelt longing when I became aware, in a way I cannot explain, of a symphony of song, and in myself I sensed a corresponding harmony at once wholly delectable and heavenly, which persised in my mind. Then and there my thinking itself turned into melodious song, and my meditation became a poem, and my very prayers and psalms took up the same sound.)[61]

天上の歌は、地上の、人間の歌とは、全く、性質が異なる。

この甘美な霊の歌は、教会その他の場所で用いられる、外側に現われる音の流れとは、全く違います。又、人間の声が歌う歌や、人間の耳に聞こえる歌とも、全然、性質が違うのです。(It (i.e. that sweet, spiritual song) is not an affair of those outward cadences which are used in church and elsewhere; nor does it blend much with those audible sounds made by the human voice and heard by physical ears....)[62]

「霊の音楽（the Spirit's music）」[63]は、人間の歌を以てしても、言葉を以てしても、表し得ない。それは、「人間の耳には聞こえない旋律《ふし》（melody inaudible to human ear）」[64]である。「霊の音楽」は、どのような手段を以てしても、再現不可能である。そうではあるにしても、想念が、たちどころに、美しい歌に変わり、瞑想が、詩になる状態を、地上の形式に「移し運ぶ（carry over）」とすれば、つまり、「翻訳（translate）」するとすれば、それは、歌以外ではあり得ない。

トラハーンの詩や散文を、読む（read）のではなく、歌う（sing）か、唱ずる（chant）かするなら、魂の飛翔を追体験し、共有し、わずかながらも、魂の飛翔の何たるかを、類推し、感知することが可能であろう。グレゴリオ聖歌のように、一つの音節が、いくつもの音符を伴って歌われるなら、八音節から成る詩行も、三音節から成る詩行も、音楽的な長さは、全く、等価であり得る。そうなれば、詩行の長さの不揃《ふぞろ》いは、形式上の不備や欠陥としての意味を失ってしまう。魂が、至福の状態に達した人間は、「全存在が、賛《ほ》め歌になる (his whole being is a hymn)」。(65) その旋律《ふし》は、「人間の感覚には聞こえない旋律《ふし》(melodies inaudible to human senses)」(66) である。しかし、至福を享受していない人間であっても、かすかに、その痕跡《こんせき》を辿《たど》ることは、許される。トラハーンの詩や散文を、もし、歌い、唱ずるなら、その歌は、「歌う人 (homo cantans)」を、同じ至福へ、招き、引き寄せるであろう。

十六世紀、及び、十七世紀の人人は、二冊の本を持っていた。一つは、「神の本」、即ち、聖書であり、もう一つは、「自然の本」である。
創造《つく》られた世界は、そこに神の姿が映し出される鏡である。人人は、「創造の鏡によって」、神を見た。

我我は、壮麗な天上の輝きの中に、神の御顔《みかお》の映像《かたち》を識別する。又、慈悲深い神の、生きとし生ける物に対する準備《そなえ》の中に、多種多様の、神の優しさを識別する。そして、最後に、神が、神自身の御言葉《みことば》の、絶対なる術《わざ》によって、全世界を創造《つく》り、存在させていることの中に、神の能力《ちから》と、全能を識別する。能力《ちから》も、光も、善も、そして、優しさも、すべて、唯一にして、単一なる実在、即ち、一《いつ》なる神の属性に過ぎないのであるから、我我は神の能力《ちから》と全能を、全体において、賞賛し、又、神の能力《ちから》と全能を、部分において、創造の鏡によって、認識する。即ち、天体や地上の物体の配置、秩序、多様性の中に、認識する。地上の物体は、驚くほど、多種多様の変化に富み、天体は美しく、壮麗で、不断に運行しつつ、又、逆方向に運行しつつ、少しも不調和を来《きた》さず、入《ま》り交じることもなく、混乱することもない。これらの結果は、説得力があり、これによって、我我は、全能の原因についての認識に近付き、又、これらの運行によって、その運行を司《つかさど》る、全能の神の認識に近付く。(In the glorious lights of heaven we perceive a shadow of his divine countenance; in his merciful provision for all that live his manifold goodness; and lastly, in creating and making existent the world universal, by the absolute art of his own Word, his power and almightiness; which power light virtue wisdom and goodness, being all but attributes of one simple essence and one God, we in all admire and in part discern ***per speculum creaturarum,*** that is, in the disposition order and variety of celestial and terrestrial bodies; terrestrial in their strange and manifold diversities; celestial in their beauty and magnitude, which in their continual and contrary motions are neither repugnant, intermixed, nor confounded. By these potent effects we approach to the knowledge of the omnipotent cause and by those motions their almighty mover.)[67]

時代の人間として、当然のことながら、トラハーンは、「創造の鏡によって（per speculum creaturarum）」、神を見る。

一粒の真砂《まさご》も、神の叡智《えいち》と能力《ちから》を示します。（a Sand Exhibiteth the Wisdom and Poewr of God.）[68]

十九世紀の詩人が、「一粒の真砂《まさご》の内に、全世界を認め」[69]るより早く、十七世紀の神秘家は、極小《きょくしょう》の粒の中に、神の栄光を見る。

一粒の真砂《まさご》であれ、一粒の実《み》であれ、一粒の豆であれ、
　限りなき栄光に包まるるは、必然なり。
(Be it a Sand, an Acorn, or a Bean,
　It must be clothed with the Endles Glory.)[70]

世界は、神の姿を映す鏡である。

世界は、無限の美を映す鏡なのです。（The World is a Mirror of infinit Beauty.）(71)

世界は、神の聖顔《みかお》である。

私どもは、この可視世界を、驚き、感心して、喜び、その価値《ねうち》を、大いに評価しなければなりません。世界は、神の正義の王国の劇場だからです。……この世界において、私どもは、神の聖顔《みかお》を、鏡の中に見るのです。（This visible World is Wonderfully to be Delighted in and Highly to be Esteemed, because it is the Theatre of GODs Righteous Kingdom...here we see His Face in a Glasse.）(72)

世界は、神の顕現である。世界は、神の似像《にすがた》である。創造《つく》られた物すべての中に、神が宿る。

神性は、神の創造《つく》り給う物の中に輝く。
（ his GODHEAD in his works doth shine.）(73)

創造《つく》られた物は、神自身である。

汝は、無窮の奇跡によりて、
　汝自らを隠し給い、
　この世界を、汝の御稜威《みいつ》の住処《すみか》となし給い、汝の正義の王国の礎《いしずえ》なる劇場となし給う。
(Thou hast hidden thy self
By an infinite miracle,
And made this World the Chamber of thy presence;
the ground and theatre of thy righteous Kingdom.)[74]

霊から物への転換《てんかん》、即ち、極から極への移行は、「無窮の奇跡」によって、為《な》し遂げられる。世界は、物であると同時に、霊である。世界は、掛け橋である。世界は、「あなたと神の、合一と交わりの、つなぎ目（the Link of your Union and Communion with Him [i.e.God]）」[75]である。

神は、自らを、人間に伝達し、人間と交わることを欲する。世界は、神の自己像化である。「万物（All Things）」[76]は、神の懐《ふところ》に憩うている間は、「天上の麗しきイデア（fair Ideas from the Skie）」[77]であるが、

伝達されるためには、
その前に、まず、物資《もの》を借りる。
（ borrow Matter first,
Before they can communicat.)[78]

万物は、物資の衣をまとった神である。

限りある物質的存在の中に封じ込められた、限りない価値こそ、真《まこと》の無限に至る、唯一の道なのです。(infinit Worth shut up in the Limits of a Material Being, is the only way to a Real Infinity.)[79] であるから、世界を知ること、即ち、神を知ることである。

世界が、神の顕現であることを、トラハーンは、時に、「古《いにしえ》の哲学者達」の言葉を借りて、説明する。

古《いにしえ》の哲学者達は、神は、世界霊魂である、と考えました。という訳で、この可視世界は、神の身体《からだ》なのですから、つまり、神の自然の身体《からだ》ではなく、神が、その身にまとい給うた身体《からだ》なのですから、それによって、御自身を表し給うた、神の叡智《えいち》が、如何に栄光に満ちているかを、知ろうではありませんか。神の無限と永遠は、身体《からだ》によっては、表し得ないと思われましたが、この可視世界は、神の無限と永遠を表したばかりではなく、神の美も、叡智《えいち》も、優しさも、能力《ちから》も、生命《いのち》も、栄光も、神の正義も、愛も、恵み深さも、表したのです。こうしたものすべては、宝物《たからもの》がぎっしり詰まった蔵《くら》から取り出すようにして、この世界の中から、取り出して、集めることが出来るのです。(ancient Philosophers hav thought GOD to be the Soul of the World. Since therfore this visible World is the Body of GOD, not his Natural Body, but which He hath assumed: let us see how Glorious His Wisdom is, in Manifesting Himself therby. It hath not only represented His infinity and Eternity which we thought impossible to be represented by a Body, but His Beauty also, His Wisdom, Goodness, Power, Life and Glory, His Righteousness, Lov, and Blessedness: all which as out of a plentifull Treasurie, may be taken and collected out of this World.)[80]

「古《いにしえ》の哲学者達」の一人、プロティノスは、こう述べる。

更に、彼方《かなた》には、思惟世界があり、感覚世界は、その模倣である。(De plus, il y a là-bas un monde intelligible, et le monde sensible en est une imitation;)(81)

同じように、トラハーンも、世界は、「汝［神］の思惟的な王国（thy [i.e.God] Intelligible Kingdom）」(82)の顕現である、と考える。

私の魂は、神が統《す》べ治め給う、すべての場所において、神と交わるために作られ、又、万物の内なる、いと高き理性によって、満ち足りるために作られたのだ、ということが容易に、分かります。（I easily perceiv that my Soul was made to live in Communion with GOD, in all Places of his Dominion, and to be satisfied with the Highest Reason in all Things.）(83)

トラハーンは、神と、「いと高き理性」を、同等に見なしている。「理性（Reason）」は、プロティノス言うところの「ヌース（nous）」に相当する。「ヌース」のラテン語訳は、通常、〝intellectus〟であり、日本語訳は、「知性」、又は「理性」である。プロティノスは、更に、ヌースの彼方《かなた》にある最高者を、「一者（to Hen）」、又は、「善者（to Agathon）」と呼んでいるが、トラハーンは、これについては、言及していない。

プロティノスに従えば、感覚世界の創造者は、ヌースである。万物は、ヌースからの「流出（emanation）」である。これが、いわゆる「流出説（emanation theory）」である。

トラハーンは、「万物の内なる、いと高き理性」がもたらす喜びを、「流出」と呼んでいる。

これらの、透明、かつ清澄なる満足は、いと高き理性からの流出でした。（These Liquid Clear Satisfactions, were the Emanations of the Highest Reason,）(84)

トラハーンの「理性（reason）」に関して、ソールターは、ひどく煩雑な議論を展開している。(85) まず、ソールターは、「いと高き理性」と、「直感（intuition）」を区別し、更に、「いと高き理性」と、「通常の理性（ordinary reason）」との間に、一線を画している。

トラハーンは、「いと高き理性」という言葉によって、真理、即ち、客観的実在を認識する能力《ちから》を意味している、と、私は、考える。人間は、このような能力《ちから》を持ち得るのであるが、実際に、そこまで到達する者は、稀《まれ》である。(By "the highest reason" I take it that Traherne had in mind the power, always possible to human persons but only rarely achieved, of knowing truth, objective reality.)(86)

要するに、ソールターは、トラハーンの「理性」は、人間の精神に賦与された能力《ちから》である、と考える。

トラハーンは、理性は、人間が、「神の栄光の像《すがた》」に一致するための、手段の一つである、と見なしている。(Traherne sees reasom as one of the means by which man is conformed to "the Image of His Glory".)(87)

又、別の研究者は、スミス（John Smith）の『論説選集（Select Discourses）』の中から、「人間の理性は、光よりの光、即ち、光の御父《おんちち》の源《みなもと》から送られた光であるのだから（Reason in man being *Lumen de Lumine*, a Light from the Fountain of Father of Lights）」(88) という言葉を引用しつつ、トラハーンの「理性」は、ケインブリッジ大学プラトン主義者の「理性」と同一である、と主張する。

トラハーンの作品に、ケインブリッジ大学プラトン主義者の影響を認める研究者は、少なくない。しかし、すでに述べた通り、トラハーンの「理性」は、「ヌース（nous）」と同義である、と考えるのが、最も妥当であろう。トラハーンは、「第一に、そして、何よりも、キリスト教の神秘家であり、第二に、新プラトン主義者であり、第三に、新プラトン主義的な、キリスト教の神秘家（first and foremost a Christian mystic, secondly a Neoplatonist, and thirdly a Christian Neoplatonic mystic）」[89] であるのだから。トラハーンの作品は、新プラトン主義の光を当てて読む時、最も明確な形で、その意味する所を開示する。

十七世紀の神学は、清教主義であるには違いないが、神秘主義的な傾向が、非常に、強かった。この時代の、優れた宗教書の著者達は、大部分が、英国国教徒である。……しかし、十七世紀においては、新プラトン主義哲学が、英国国教主義に及ぼした影響も、考慮に入れなければならない。すでに、エリザベス朝において、スペンサー（Edmund Spenser）が、プラトンの教義とキリスト教の教義を混交し、調和させている。十七世紀においては、新プラトン主義的な神秘家達は、プラトンその人よりも、もっと熱心に、読まれさえした。新プラトン主義的な神秘家達は、当時の、心の広い神学者達が、キリスト教の教義を、もっと完全に、理解する手助けをした。新プラトン主義研究は、英国国教会に、神秘主義が広まる援助をしただけではなく、英国国教会の神秘主義に、はっきりそれと分かる、知的、哲学的な偏《かたよ》りを生じさせた。(Seventeenth century theology, except for Puritanism, had a very strong mystical tendency. Most of the great religious writers of the time are Anglicans ; ... but in the seventeenth century we have also to reckon with the influence of Neo-Platonic philosophy on Anglicanism. Already in the Elizabethan period we find Spenser blending the teaching of Plato with Christianity. In the seventeenth century, the Neo-Platonic mystics were read even more eagerly than Plato himself; and they helped many broad-minded theologians of the day to a fuller understanding of the Christian doctrines. The study of the Neo-Platonists not only favoured the spread of mysticism in the Church of England but also gave that mysticism a distinct intellectual and philosophical bias.)[90]

トラハーンは、至福を求める。しかし、トラハーンが、至福探求の出発点に立った時、トラハーンは、指導者も、案内者も、持たなかった。「この世の慣《なら》い（the Customs of this World）」(91)も、大学での学問も、至福の道を教えてはくれなかった。

哲学よ！汝は、我が至福を
　明かすこと能《あた》うべきや？
書物や賢人は、我に、至福を示すべきや？
否、哲学も、書物も、賢人も、
　我に至福を与えず。

(*Philosophy!* canst thou descry
　My Bliss?
Will Books or Sages it to me disclose?
　I miss
Of this in all:)(92)

トラハーンを、「至福の探求（the study of Felicitie）」(93)へと駆り立てるのは、知の渇きである。

忙《せわ》しなく、問い尋ねる、この広大なる魂は、
　如何なる制御《せいぎょ》にも、え耐えず。

(This busy, vast,enquiring Soul
　Brooks no Control.)[94]

トラハーンは、言う。「私は、ただ、ひたすら、知ることを欲しました（I mightily desired to know）」。[95] この渇きは、「自然が燃え立たせた、あの焼けるような渇き（that burning Thirst which Nature had Enkindled）」[96] である。「渇き求める我が能力《ちから》（my *Craving* Powers）」[97] を駆り立てるのが、自然であるなら、欲求を満たすのも、自然である。

　　我、神の創造《つく》り給いし物の内に、
　神を見出《みいだ》したり。そは、自然の女神が産み出す
いと確実《たしか》なる案内者なりき。
（　　I Him descry'd
　In's Works, the surest Guide
Dame Nature yields;)[98]

至福の案内者は、自然である。

ですから、神の創造《つく》り給うた物に、じっと、思いをお凝らしなさい。それというのも、神の創造《つく》り給うた物は、神御自身を明かすだけではなく、あなたに、あなた御自身と、あなたの至福を知らしめるのに、役立つからです。
(Contemplat therfore the Works of GOD, for they serv you not only in manifesting Him, but in making you to know yourself and your Blessedness.)[99]

「自然学（Natural Philosophy）」[100] 即ち、「自然界のあらゆる物を、倦《う》まず、弛《たゆ》まず、探求すること（a Diligent inquisition into all Natures）」[101] は、「人間学（Humanity）」[102] と、「神学（Divine Philosophy）」[103] の基礎である。「すべての学問のうちで、人間学と神学が、最高の学問である（of all kind of Learnings, Humanity and Divinity are the most Excellent）」[104] が、「この気高い学問（this Noble Science）」[105] 即ち、「自然学」こそ、最高の学問に至る出発点である。自然は、道標《みちしるべ》である。自然は、迷路を抜け出るための、糸玉である。アリアドネ（Ariadne）の糸玉については、すでに、審美的想像力論[106] において、言及した。テセウス（Theseus）は、怪物のミノタウロス（Minotaurus）を退治するために、クレタ島（Crete）へやって来た。アリアドネは、怪物の住処《すみか》である迷宮から出るための道標《みちしるべ》として、テセウスに、糸玉を渡した。自然は、至福に至るための、手掛かりの糸玉である。

自然の道標《みちしるべ》に従って、私は、この迷宮に入り、天上の歓喜《よろこび》の最中《さなか》に引き入れられました。（following the clew of Nature into this Labyrinth I was brought into the midst of Celestial Joys:）[107]

世界は、人間が享受するために、創造《つく》られた。

あなたが、世界を受け継ぐ者であるとは、何と素晴らしいことではありませんか。……そのことを、分かり易く説明することが、私の意図なのです。そうして、あなたの友に相応《ふさわ》しく、あなたを、全世界の所有者にしたいのです。（Is it not a Great Thing, that you should be Heir of the World? ... It is my Design therfore in such a Plain maner to unfold it, that my Friendship may appear, in making you Possessor of the Whole World.）[108]

世界を享受することは、世界を所有することである。
我等《われら》が、見る物すべては、我等《われら》の物なり。しかして、銘銘が、
万物の所有者なり。
（ all we see is ours, and evry One
Possessor of the Whole;)[109]

世界を所有することは、世界と一体化することである。

海そのものが、あなたの血管の中を流れるのでない限り、又、あなたが天空を身にまとい、星星の冠《かんむり》を戴《いただ》くのでない限り、そして、あなたが、全世界の、唯一の相続人であることを感知するのでない限り、あなたは、世界を、間違いなく、享受したことにはならないのです。(You never Enjoy the World aright, till the Sea it self floweth in your Veins, till you are Clothed with the Heavens, and Crowned with the Stars: and Perceiv your self to be the Sole Heir of the whole World:)[110]

世界と人間の一体化は、世界と人間との相互浸透である。

自然の注入は、何と抗《あらが》い難いことか！
何物も、自然の力を制御《せいぎょ》すること能《あた》わず。
(How irresistible is her [i.e. Nature] Infusion!

There's Nothing found that can her force control, )(111)

世界が、有無を言わさず、人間の体内に入り込む一方で、「あなたの霊が、全世界を満たすのでない限り（till your Spirit filleth the whole World）」(112)、人間は、世界と一体化したことにはならない。

人間の魂は、伸縮自在である。

あなたが認識する、一粒の真砂《まさご》は、あなたの魂と合致して、あなたの魂を、砂の大きさにまで縮め、あなたの魂を、砂とそっくりの物にします。あなたが認識する木は、あなたの精神の内なる木になり、半球全体と天空は、あなたの魂を、広大無辺の天空の大きさにまで、広げるのです。（A sand in your conception conformeth your soul, and reduceth it to the Cize and Similitud of a sand. A Tree apprehended is a Tree in your Mind, the Whole Hemisphere and the Heavens magnifie your soul to the Wideness of the Heavens.）(113)

一粒の真砂が、魂と「合致する（conformeth）」とは、一粒の真砂と魂が、「形を共にする（OL *com* = L *cum* with, together + L *formare* shape）」ことである。一粒の真砂《まさご》と魂が、同じ形になることを可能ならしめるのは、魂の、受容力である。

エックハルトが、魂を、受容(114)と見なすように、トラハーンも、魂を、受容と見なす。

我が本質は、受容の力なりき。

（My Essence was capacity.）(115)

魂は、受容性の深淵《しんえん》である。神は、「我が心を、いと深き深淵《しんえん》と為《な》し給うた（made/…My Heart a deep profound abyss)」。[116] であるから、「魂は、果てしなき深淵《しんえん》の中の深淵《しんえん》、不可思議なる深淵《しんえん》なのです。(the soul is a Miraculous Abyss of infinit Abysses.)」。[117] 魂は、「この大いなる深淵の及ぶ限りの範囲（all the Compass of this great Abyss)」[118] の内に、万物を受容する。

「果てしなき深淵《しんえん》（An infinite Abyss)」[119] である魂の受容力は、神の受容力の似像《にすがた》である。

汝〔主〕の偉大さに等しき偉大さを、
　汝は、我に与え給う。
　生ける偉大さ。
　内なる魂。
　そは、万物を受容するなり。
(A Greatness like thine [i.e. Lord]
　Hast thou given unto me.
A living Greatness:
　A Soul within:
　That receiveth all things.)[120]

人間は、「受容者（the Receiver)」[121] たるべく作られた。人間は、「受容する人（homo recipiens)」である。

魂と外界の仲立ちをするのは、感覚である。

世界の汚れなき美しさは、我が魂を、燃え立たせたり。
我が感覚が、我が心に、告げ知らせる者なりき。
（The Worlds fair Beauty set my Soul on fire.
My senses were Informers to my Heart,）(122)

すでに、第二節において、言及した通り、感覚は、「危険な案内者（dangerous guides）」(123)である。感覚世界は、「自我が、外界に、自我を投射して描いた心像《しんぞう》（the Self's projected picture of it [i.e. this sense-world]）」(124)に過ぎず、「究極的な実在の本質の証拠（evidence of the nature of ultimate reality）」(125)とはならない。

では、何故、トラハーンは、感覚を、「告げ知らせる者（Informers）」と呼ぶのか。それを理解するためには、トラハーンが、「浄化の道」を経た神秘家であることを忘れまい。トラハーンの感覚は、常人の「野卑な感覚（vulgar Sense）」(126)ではない。「浄化の道」を通過した人間の感覚は、「縺《もつ》れを解かれた、赤裸の感覚（A Disentangled and a Naked Sence）」(127)である。トラハーンの霊は、「純粋《きよ》らかにして、晴朗《はれ》やかなる、平静《しず》かなる霊（An Even Spirit Pure and Serene）」(128)である。「晴朗《はれ》やかなる」喜びは、単に、「浄化の道」を通過しただけではなく、更に、「照明の道」を経て、終《つい》には、「一致の道」にまで到達した人のものである。

いずれの感覚も、
我が内にありては、悟性の如きものなりき。
（　　　evry Sence
Was in me like to som Intelligence.）(129)

悟性は、物の外側ではなく、物の内側を見る。

　我をして、神の卓越性を、
神の創造《つく》り給うた物すべての内に、
感覚によりて、認めさせ給え！
（　let me the Excellence
Of God, in all His Works, with Sense
Discern.）(130)

「一致の道」に到達した人間の感覚は、悟性に等しい。悟性は、物の内側にある、「神の卓越性」を認識する。

人間《ひと》の感覚は、正《まさ》しく、珠玉《たま》、なり。
(Mens Sence are indeed Gems.)(131)

人間の感覚は、神の感覚の写しである。

万物を受け継ぐためには、神の感覚がありさえすれば、充分です。我我は、神の感覚を知り、神の感覚を切望することによって、神から、そのような感覚を借り受け、引き出さねばなりません。(It needeth nothing but the Sence of GOD to inherit all Things. We must borrow and derive it from Him by seeing His and Aspiring after it.)(132)

神の目と一つになった、人間の目について、エックハルトは、こう述べる。

私が、神を見る目は、神が、私を見給う目と、同じである。私の目と、神の目は、全く、同一である。見ることにおいて、又、認めることにおいて、そして、愛することにおいて、同一である。(The eye by which I see God is the same as the eye by which God sees me. My eye and God's eye are one and the same—one in seeing, one in knowing, and one in loving.)[133]

トラハーンは、五感のうちでも、取り分けて、視覚に重きを置く。

トラハーンの目は、感覚世界の中に、自我の投射を見るのではなく、万物の中に、「神の刻印(Divine Impressions)」[134]を認める。神の「刻印」とは、万物の「中に押し込まれた(pressed in)」神である。

トラハーンの目は、肉の目(the eye of flesh)、即ち、両眼ではなく、霊の目(the eye of spirit)即ち、単数形の、定冠詞付きの目である。

霊の目は、万物を受容し、万物の中へ浸透する。

　我が霊は、光より、変幻自在なり。
我が霊は、万《よろず》の形を取る。
我が霊自らが、物を飾り、その物を、己《おのれ》の身にまとうのであれば。

それ故に、我は、常に、何物であれ、

自らが見る物の内に在りたり。
対象《もの》は、我が眼前に在れば、
自然の女神の法則《のり》によりて、
我が魂の内に入《はい》りたり。

（ tis [i.e. my Spirit is] more Voluble then Light:
Which can put on ten thousand Forms,
Being clothd with what it self adorns.

This made me present evermore
With whatso ere I saw.
An Object, if it were before
My Ey, was by Dame Natures Law,
Within my Soul.)(135)

「変幻自在」の魂は、万物の中へ入り込み、万物と一体化する。一方、万物は、魂の内側へ入り込み、魂と一体化する。魂と万物は、相互に、浸透する。

魂は、鏡である。神が、鏡であるように、魂は鏡である。
人間は、「神の似像《にすがた》(the image of God)」(136)であり、「最も完全な宝物《たからもの》を、最も完全な方法で享受する、最も完全な生き物（A most Perfect Creature, to enjoy the most Perfect Treasures, in the most Perfect Maner)」(137)である。人間は、「万

物を、一切合切《いっさいがっさい》含めて、永遠そのものを見ることが出来、又、鏡のように、自身が見る物すべてを、包含することが出来る（able to see all Eternity with all its Objects, and as a Mirror to Contain all it seeth)」。[138]

エックハルトの説教の中にも、同じ趣旨の言葉がある。

目と魂も、又、鏡であり、目と魂の前にあるものは、何でも、目と魂の内側に現れる。（The eye and the soul are also mirrors and whatever stands in front of them appears within them.）[139]

すでに、述べた通り、世界は、鏡である。世界が、鏡であるように、魂は、鏡である。世界は、そこに、神の似像《にすがた》が映し出される鏡であり、魂は、そこに、外なる世界が宿る、鏡である。

魂は、鏡であるのみならず、魂は、光である。靴屋の哲学者ベーメ（Jacob Boehme）が、錫《すず》の器《うつわ》に当たる光を眺めて、自然の神秘の内奥に引き入れられたように、靴屋の息子トラハーンは、外なる世界の太陽の光が、対象《もの》に当たるのを眺めて、内なる魂の能力《ちから》と作用《はたらき》を直観する。

と申しますのも、太陽の光が、空気や、すべての対象《もの》を照らす一方で、その光自身が、空気や、すべての対象《もの》によって、明らかにされるように、あなたの魂の、諸諸《もろもろ》の能力《ちから》に関しても、同じことが、起こります。太陽の光線は、空中を通り抜ける時、自らの内に、光を保持していますが、何らかの対象《もの》にぶつからない限り、空《むな》しく、通過してしまいます。対象《もの》にぶつかれば、そこに、光線が、表されるのです。（For as the Sun Beams Illuminat the Air and All Objects, yet are them selvs also Illuminated by them, so fareth it with the Powers of your Soul. The Rays of the Sun carry Light in them as they Pass through the Air, but go on in vain till they meet an Object: and there they are Expresst.）[140]

つまり、トラハーンの意味するところは、こうである。太陽の光線は、「対象《もの》にぶつからない限り、その存在を示す方法がない。それと、全く、同様に、魂の悟性が向けられるべき対象《もの》がない限り、魂の存在は、論証不可能であろう (unless they [i.e. rays of light] strike an object, have no means of showing their existence; just so the soul, if it lacked the objects toward which its understanding is directed, would have no demonstrable being.)」。[141]

繰り返して言うなら、魂は、鏡であるのみならず、魂は、光である。魂は、対象《もの》を映すだけではなく、対象《もの》を照らす。魂は、「自身が包含するものすべてを、愛することが出来、又、太陽の如く、自身が愛する対象《もの》を、照らすことが出来る (able to Lov all it contains, and as a Sun to shine upon its loves)」。[142] 魂は、外なる対象《もの》を、内側に包含し、霊の光によって、対象《もの》を照らし、「飾る (adorns)」。[143] 光が、対象《もの》に当たって、対象《もの》に、光沢と輝きを付加するように、霊の光は、対象《もの》に、霊性を付加する。

霊の目に映る麦は、「黄金《きん》の麦 (golden Corn)」[144] である。その麦は、自然の光に照らされ、更に、霊の光に照らされて、金色《こんじき》に輝く麦である。

霊の目は、「対象《もの》を変容させる視《め》の能力《ちから》(transforming Sight)」[145] である。「黄金《きん》の麦」は、「目も眩《くら》む輝きを注がれて (with such a dazzling Lustre shed on)」、[146] この世の物とも思われぬ。「黄金《きん》の麦」は、「不死の麦 (Immortal Wheat)」である。

麦は、光輝く、不死の麦でした。その麦は、決して、刈られることはないでありましょうし、又、かって種子《たね》が播《ま》かれたこともありません。私は、その麦が、永遠から、永遠に向かって、立っていたのだ、と思いました。(The Corn was Orient and Immortal Wheat, which never should be reaped, nor was ever sown. I thought it had stood from everlasting to everlasting.)[147]

麦が、輝く麦であるように、人間は、輝く天使である。

それに、人間達！　ああ、年老いた人人は、何と、神神《こうごう》しく、立派な生き物に見えたことでしょう！　不死の智天使そのものでした！　それに、若者達は、火花を発する、きらめく天使のようでした。そして、乙女達は、さながら熾《し》天使の如く、不可思議な、美しい生き物に見えました！（The Men! O what Venerable and Reverend Creatures did the Aged seem! Immortal Cherubims! And yong Men Glittering and Sparkling Angels and Maids strange Seraphick Pieces of Life and Beauty!）(148)

このような、人間礼賛《らいさん》の心的態度は、伝統的な、キリスト教の宗教感情とは、著しく異なる。神の御前《みまえ》に、己れを低うし、遜《へりくだ》るのが、通常の、キリスト教的な宗教感情である。それは、人間の罪深さと卑しさの意識が引き起こす感情である。ところが、トラハーンは、人間が、「すべての生き物に勝る（Superior to all Creatures）」(149)と考え、「我我が、良く理解しさえすれば、男性と女性は、我我の真《まこと》の至福の、主要部分なのです（Men and Women are when well understood a Principal Part of our True felicity）」(150)と主張する。人間こそ、「人間の、驚嘆すべき、至高の至福（Admirable and supreme felicity of Man）」(151)である。人間は、「驚異の人（homo mirabilis）」である。

このような心的態度は、一部には、トラハーンの個人的な資質によるものであろう。

トラハーンは、英国国教会の牧師であり、非常に、包容力の大きな人物で、かつ、非常に、鋭敏な資質の持ち主であった。……トラハーンは、快活で、闊達《かったつ》な気質の人間であった。……トラハーンは、誰とでも、気さくに、気持ちよく話した。（He [i.e. Traherne] was a Divine of the Church of England, of a very comprehensive Soul and Very acute parts ....He was a man of a cheerful and sprightly temper ....He was very affable and pleasant in his conversation.）(152)

トラハーンの人間好きの性質にも増して、人間礼賛《らいさん》の心的態度に、強い影響を及ぼしたのは、イタリア人文主義である。この影響を、トラハーンは、ピコ・デラ・ミランドラの著作を通して、受けた。

ピコ・デラ・ミランドラは、『人間の尊厳について』という論文の中で、天晴《あっぱれ》にも、こう言っています。私は、アラビアの古文書《こもんじょ》の中で、読みましたが、サラセン人のアブデュルが、この世界の劇場の中で、最も大いなる驚嘆に価するものは何であると思うか、と尋ねられた時、それは、人間である、と答えました。つまり、アブデュルは、人間以上に驚嘆に価するものはない、と考えたのです。ピコ・デラ・ミランドラは、この文章の次に、偉大なるヘルメス・トリスメギストスの言葉を引用しています。おお、アスクレピオスよ、人間は、大いなる奇跡である。(Picus Mirandula admirably saith, in his Tract De Dignitate Hominis, I hav read in the Monuments of Arabia, that Abdala, the Saracen being Asked, Quid in hâc quasi mundanâ Scenâ admirandum maxime Spectaretur? What in this World was most Admirable?, Answerd, MAN. then whom he saw nothing more to be Admired. Which Sentence of his is seconded by that of Mercurius Trismegistus, Magnum, O Asclep., Miraculum, Homo. Man is a Great and Wonderfull Miracle.)[153]

ピコ・デラ・ミランドラの著作は、「キリスト教と、古代ギリシアの宗教を和解させようとする、十五世紀のイタリアの学者達の試み (the attempt made by certain Italian scholars of the fifteenth century to reconcile Christianity with the religion of ancient Greece)」[154]の一例である。

ペイターのピコ・デラ・ミランドラ論は、秀逸《しゅういつ》の誉《ほま》れが高い。鋭い洞察力によって、ペイターは、ピコ・デラ・ミランドラという人間の本質に迫り、更には、イタリア人文主義の本質に迫っている。

かのイタリア・ルネサンスの神話は、かくも、摩訶《まか》不思議なる華《はな》であった。その神話は、二つの伝統の混合、二つの感情の混合、聖なる物と俗なる物の混合から、生じた。(Just such a strange flower was that mythology of the Italian Renaissance, which grew up from the mixture of two traditions, two sentiments, the sacred and the profane.)(155)

キリスト教神秘主義の伝統に、深く、根差しながらも、その一方で、イタリア人文主義の素養を身に付けたトラハーンは、正《まさ》しく、二つの物の「混合 (mixture)」である。二つの物の一方は、神に対する深い畏敬《いけい》と完全な帰依《きえ》。もう一方は、人間に対する大胆な信頼と完全な肯定である。トラハーンは、キリスト教神秘主義の土壌から生え出《い》でて、イタリア人文主義の養分を、ふんだんに吸収しつつ、成長し、開花した「摩訶《まか》不思議なる華《はな》(a strange flower)」である。人文主義、即ち、人間中心主義は、あるがままの、現実の人間を、善きものとして、受け入れる。

新しい世界観の出現の、最も目覚ましい実例、即ち、ルネサンスを考察するが良い。そうすれば、この時代に新しい心的態度が出現したことが分かる。非常に、大雑把《おおざっぱ》に言って、新しい態度とは、人生に対する肯定の態度であり、これは、否認の態度の反対である。(Consider the most obvious example of the emergence of a new *Weltanschauung* — the Renaissance. You get at that time the appearance of a new attitude which can be most broadly described as an attitude of acceptance to life, as opposed to an attitude of renunciation.)(156)

人間中心主義は、人間が、原罪を負わされた存在であるとは、もはや、考えず、人間は、本質的に善である、と考える。人間中心主義は、「原罪の教義の意味を悟ることが出来ない (inability to realise the meaning of the dogma of Original Sin)」。(157)

シェイクスピアは、ルネサンスの精神を、一身に、体現する。シェイクスピアは、人間存在の素晴らしさに、驚嘆の叫びを挙げる。人間は、神の最高傑作である。が、その一方で、シェイクスピアは、人間が、「塵土《ちり》そのもの」であることを、片時も、忘れない。

人間は、何と優れた理性《あたま》を持っていることか！　なんと限りない能力《ちから》を持っていることか！　姿形《すがたかたち》も、挙動《うごき》も、何と見事に、素晴らしく、作られていることか！　行為《おこない》は、さながら、天使の如くだ！　理解力《さとり》は、神にも等しい！　世界の華《はな》！　万物の霊長！　だが、私にとって、この塵土《ちり》そのものが、何だというのか？

（What a piece of work is man! how noble in reason! how infinite in faculty! in form and moving how express and admirable! in action how like an angle! in apprehension how like a god! the beauty of the world! the paragon of animals! and yet to me, what is this quintessence of dust?）[158]

ヒュームは、人間中心主義の根本的な誤りを指摘する。それは、「人間が、本来、持たない筈の完全性を、我が物と見なすこと（the putting of Perfection into man）」[159] であり、更に、「人間は、無限に向上する可能性を持つ（the infinite perfectibility of man)」[160]と信ずることである。

ルネサンス期の人間中心主義に対する、ヒュームの攻撃は、基本的に、人間の本性は善である、という概念、即ち、ルネサンス期に、西欧文化の中に導入され、以来、ずっと、西欧文化を支配し続けて来た、と、ヒュームが信ずる概念、に対する攻撃である。(His [i.e. Hulme] attack on Renaissance humanism is fundamentally an attack on the conception of man as being by nature good, a conception which he believes to have been introduced into Western European culture at that period and which has predominated ever since.)[161]

ヒュームは、「人間が、何らかの絶対的な価値に依存(the subordination of man to certain absolute values)」[162]するのでない限り、打開も、解決もあり得ない、と主張する。

トラハーンは、人間存在の素晴らしさに、驚嘆の叫びを挙げる。人間は、「大いなる奇跡(Magnum...Miraculum)」[163]である。

汝《な》が指は、麗《うるわ》しき琥珀《こはく》の如し。
汝《な》が頭《こうべ》は、芳香《かおり》高き忍冬《すいかずら》の冠《かんむり》を戴《いただ》く。
汝《な》が眼《まなこ》は、星の如く、汝《な》が頬《ほお》は、バラの如し。
すべては、深甚《ふか》き歓喜《よろこび》なり。

（ Like Amber fair thy Fingers grow;
With fragrant Hony-sucks thy Head is crown'd;
Like Stars, thine Eys; thy Cheeks like Roses shew:

All are Delights profound.)(164)

これ程の美しさは、霊界の天使達をも、引き寄せずにはおかないであろう。

人間《ひと》の姿形《すがたかたち》は、かくまで、引き付ける力が強く、
天使達は、天より降《お》り来《きた》りて、
死すべき人間《ひと》の唇より、美味（うま）し食物（もの）を啜《すす》る！
智天使達は、歓喜《よろこび》の余り、天より降《くだ》り、
地上の創造《つく》られたる物の内に、神を見る。
死すべき人間《ひと》は、
至福の息吹《いぶき》を発散する！

（Can Human Shape so taking be,
That Angles com and sip
*Ambrosia* from a Mortal Lip!
Can Cherubims descend with Joy to see
God in his Works beneath!
Can Mortals breath
FELICITY!)(165)

トラハーンが見るのは、現実の、あるがままの人間ではない。トラハーンが見るのは、本来、あるべき筈の、人間

の姿である。トラハーンの感覚は、「危険な案内者(dangerous guides)」[166]としての感覚ではない。トラハーンの感覚は、「纏《もつ》れを解かれた、赤裸の感覚（A Disentangled and a Naked Sence）」[167]である。それは、神から借り受けた感覚、即ち、ずばり「神の感覚（the Sence of GOD）」[168]である。そうであるが故に、トラハーンの目は、本来、あるべき筈の、人間の姿を識別する。トラハーンは、大胆にも、こう勧める。

汝自身と語れ。汝自身を享受し、汝自身を見よ。
鏡であると同時に、対象《もの》であれ。
（Talk with thy self; thy self enjoy and see:
At once the Mirror and the Object be.）[169]

自分自身を見ようとも、それを見る目が、肉の目ではなく、霊の目である限り、見る者が、自己愛に溺れる恐れはない。鏡は、たとえ、自分自身に向けられようとも、ある時は、近付き、又、ある時は、遠退《とおの》いて、果てしなく自我と戯れる、自意識としては、働かない。神が、鏡であるように、魂が、鏡であることは、すでに、言及した。

霊の目は、「地上の、創造《つく》られたる物の内に、神を見る（see/God in his Works beneath）」。[170]物の内側は「霊のみが、見る（*only Spirits see*）」。[171]人間は、「すべての生き物に勝る（Superior to all Creatures）」。[172]人間は、「創造《つく》られたる物（his works）」の頂点に立つ。人間は、神の像化の極致である。

我は、あらゆる像《すがた》の中《うち》で、最も良き像《すがた》が、
我が内に包含《ふく》まれたるを見るべし。
（The best of Images shall I

Comprised in Me see;)(173)

「神が創造《つく》り得る、最大の物は、神の似像《にすがた》である（the Greatest Thing that He can make is His Image)」。(174)人間は、神の似像《にすがた》である。「神の似像《にすがた》は、最も完全なる生き物である（The Image of God is the most Perfect Creature)」。(175)人間は、神の似像《にすがた》の完成である。

万物は、神の似像《にすがた》である。「すべての生き物に勝る（Superior to all Creatures)」(176)人間は、神のまなざしを以《もっ》て、神の似像《にすがた》を見ること。これが、「至福の直観（the Beatifick Vision)」(177)である。

神の似像《にすがた》を認識することによって、神の自己像化を追体験すること。これが、宗教的像化である。「霊において、はたまた、悟性において、神の如くであること（To be like Him [i.e.God] in Spirit and Understanding)」(178)が、宗教的像化に、不可欠である。宗教的像化は、魂が、神と活動を共にすることである。宗教的像化は、魂が、神の活動と一体化することである。

像化が、表現として、結実するか否かは、問題ではない。ましてや、表現が、美的に優れているか否かは、更に、重要ではない。宗教的像化と、審美的像化の、決定的な相違は、ここである。これについては、すでに、詳述した。

神の活動と一体化することは、神の生命《いのち》を生きることである。

神の生命《いのち》を生きるとは、神の創造《つく》り給うた、すべての物と一致して生きることであり、神の似像《にすがた》である、すべての物を享受することである。(To liv the Life of GOD is to live to all the Works of GOD, and to enjoy them in His Image.)(179)

万物を享受することこそ、「全き至福の生（a Life of Perfect Bliss)」(180)である。

至福の追求者は、享楽主義者である。「享受する（to enjoy)」とは、***NED*** に従えば、「喜びを以て、所有し、使用し、体験すること（to possess, use, or experience with delight)」であり、同時に、「美質を味わい、楽しむこと（to take delight in, relish)」である。享楽主義者は、万物を享受する。享楽主義者は、万物を楽しみ、万物を所有する。魂が完全になれば、楽しみも、所有も、完全になる。

至福を、正しく定義するなら、それは、完全な能力（ちから）によって、完全な生命（いのち）の状態において、活動している、完全な魂の、完全な結実である。（FELICITY is rightly defined, to be ***the perfect fruition of a Perfect soul, acting in perfect Life by Perfect Virtue.***）[181]

すでに、審美的想像力論において、言及した通り、ルネサンス期の新プラトン主義者達は、「神は、無限の目であって、万物を、直観的に、全体像のうちに、見る（Dieu est l'***oculus infinitus*** qui aperçoit toutes choses dans une intuition globale）」[182]と考えた。

人間の霊の目も、同じ能力《ちから》を持つ。

何故なら、神は、人間に、万物を見る、無限の悟性を与え給うたからです。

（For God gav Man an Endless Intellect to see All Things.）[183]

神は、

目が、万物を包含する球体《たま》となるべく、

創造《つく》り給うた。

（　made an *Ey* to be the Sphere
Of all Things.）(184)

目の能力《ちから》は、悟性の能力《ちから》である。人間は、視線を投げるのと同じように、「あらゆる所に、思念を投げることが出来るのです（are able to dart their thoughts into all Spaces）」。(185) 思念は、「我我の悟性の目（the Ey of our understanding）」(186) である。思念は、

無限の悟性、
果てしなく、広大なる、永遠《とこしえ》の視《め》の能力《ちから》
（An Understanding that is Infinit,
An Endles Wide and Everlasting sight）(187)

である。

見ることとは、知ることである。世界を知ることとは、「神が、神の術《わざ》によって、手ずから、産み出したばかりの（Which God's own Hand/Had just produc'd with Art divine）」(188) 世界を知ることである。世界を知ることは、神の活動を知ることである。


神の本質は、活動そのものなり。

（His [i.e.God] Essence is all Act.）(189)

神は、「無限に発揮される、無限の能力《ちから》であるが故に、無限の活動（An infinit Act becaus infinit Power infinitly Exerted)」(190)である。

神は、霊と肉から成る存在ではなく、又、実体と偶有から成る存在でもなく、能力《ちから》と活動から成る存在でもなく、そうではなくて、神は、活動そのもの、純粋なる活動、単一の存在なのです。（GOD is not a Being compounded of Body and Soul, or Substance and Accident, or Power and Act but is All Act, Pure Act, a Simple Being.）(191)

十四世紀の神秘家が、神は、「活動（Werke)」(192)である、と、繰り返し、断言しているように、トラハーンも、神が、「活動そのもの（All Act)」であることを、倦《う》むことなく、力説する。

神が、活動であるように、人間の魂も、活動である。

　我が霊は、目そのもの、活動そのもの、視《め》の能力《ちから》そのものなり。
　（ tis [i.e. my Spirit is] all Ey, all Act, all Sight.）(193)

霊の目は、物の外側ではなく、物の内側を見る。霊の目は、創造《つく》られた物ではなく、創造の最中《さなか》にある神を見る。「視《め》の能力《ちから》」そのものである霊は、神の活動と一体化する。

　我が霊は、離れたる対象《もの》に向かいて、
　　中心より、活動するにあらず。
　我が霊が見る時、我が霊は、

我が霊が見る存在《もの》と共に在るなり。

……

我が霊の本質は、真《まこと》の、
　完全なる活動に、変容《かえ》らるる。

（It [i.e. My spirit] Acts not from a Centre to
　Its Object as remote,
But present is, when it doth view,
Being with the Being it doth note.
・・・
Its Essence is Transformd into a true
　And perfect Act.）[194]

神の本質が、活動であるように、人間の魂の本質も、活動である。

ですから、神が、活動であるように、私どもも、活動そのものにならない限り、心が安らうことがありませんし、又、決して、心が満たされることもないのです。（Till we becom therfore all Act as GOD is, we can never rest, nor ever be satisfied.）[195]

魂は、自らの本源に立ち帰らねばならぬ。

魂は、活動するように、作られているのです。ですから、魂は、用いられない限り、安らうことが出来ないのです。
(The Soul is made for Action, and cannot rest, till it be employd.)[196]

思念は、「我我の悟性の目（the Ey of our Understanding）」[197]の活動である。

　思念によりてのみ、我は、見る。
（ by Thoughts I only see）[198]

物は、物として留《とど》まる限り、「死んだも（Things are dead）」[199]同然である。

我は、物を、影と見なす。
(I *Things as Shades* esteem)[200]

神は、活動である。神は、実在である。思念は、神の活動と一体化した、悟性の目の活動である。思念は、実在である。

思念は、実在する物なり。
(Thoughts are the Reall things.)[201]

実在は、生命《いのち》である。

思念は、唯一の、生ける存在なり。
(It [i.e. a Thought] is the only Being that doth live.) (202)

思念は物に、生命《いのち》を吹き込み、物に、生命《いのち》を与える。

生命《いのち》の光線《ひかり》の如く、
我が思念は、物に、到達《とど》き、物の上に輝き、物に生命《いのち》を与える。
(like vital Beams
They [i.e. my Thoughts] reach to, shine on, quicken things.) (203)

思念によって、人間は、神と一体化する。

思念によりてのみ、魂は、神の如きものとなる。
(By Thoughts alone the Soul is made Divine.) (204)

思念は、神と人との結婚である。

思念は、万物の女王にして、その創造《つく》り主《ぬし》の妻なり。
最も善き思念は、未《いま》だ知られざる物なり。
されど、思念が、全き思念とならば、神の思念と等しくならん。

そは、悟性の作用《はたらき》にして、無限なり。されど、そは、球形の実体なり。万物は、その中に、現るる。

(Tis [i.e. a Thought is] Queen of all things, and its Makers Wife.
The Best of Thoughts is yet a thing unknown,
But when tis Perfect it is like his [i.e. God] Own:
Intelligible, Endless, yet a Sphere
Substantial too: In which all Things appear.)(205)

魂が、思念そのものとなるなら、魂は、万物と結婚する。

思念は、万物に娶《めと》らるるべし。
思念は、今、小さく見ゆれども、万物を抱擁すべし。
我が魂は、思念とならば、遍在すべし。
何となれば、我が魂は、思念が見る物すべてに、触るるべければなり。

(It [i.e. a Thought] shall be Married ever unto all:
And all Embrace, tho now it seemeth Small.
A Thought my Soul may Omnipresent be.
For all it toucheth which a Thought can see.)(206)

思念によって、魂は、神と合一し、思念によって、魂は、万物と合一する。思念は、神と万物の仲介者である。神は、霊そのものであり、物は、その反対の極にある。思念によって、神と万物は、一つになる。

　人間は、天と地の結婚である、という発想を、トラハーンは、ピコ・デラ・ミランドラの著作から得た。『百題黙想録』の中で、トラハーンは、『人間の尊厳について（*De hominis dignitate*）』から、次の言葉を引用している。人間は、「創造《つく》られた物の仲介者（Creaturarum Internuncius）」[207]であり、「認識の光によって、自然を説明する者（Intelligentiae Lumine, Naturae Interpres）」[208]であり、「世界の結び目、否、むしろ、世界の結婚（Mundi Copla immo Hymenaeus）」[209]である。最後の言葉を、トラハーンは、「世界の黄金の結び目、然《しか》り、創造《つく》り主《ぬし》と創造《つく》られたる物を妻《めあわ》せる、結婚（the Golden link or Tie of the World, yea the Hymenaeus Marrying the Creator and his Creatures together）」という風に、英訳している。人間は、天と地の「黄金の結び目（the Golden link）」である。

　幼時、人間は、汚れを知らない目そのものである。

あらゆる汚染《けがれ》を免れたる、単一の光、
純粋に霊的なる光線《ひかり》、
完全に、純潔《きよ》らかなる目は、
正《まさ》しく、神の如くに、物を見る。
(A simple Light from all Contagion free,
A Beam that's purely Spiritual, an Ey
That's altogether Virgin, Things doth see
Ev'n like unto the Deity:)[210]

「幼児《おさなご》の、単一なる目（A simple Infant's Ey）」[211]は、神の目である。

さる批評家が、ヴォーン（Henry Vaughan）とトラハーンを、並び称して、「ヴォーンとトラハーンの幼児《おさなご》は、永久に、襁褓《むつき》にくるまれたままである（The child in Vaughan and Traherne is clad eternally in swaddling clothes）」[212]と言っているが、このような評言は、見当違いも甚《はなは》だしい。トラハーンが描くのは、自分自身の幼年期でもなければ、人間一般の幼年期でもない。トラハーンの幼年期は、「無垢《むく》の状態（The state of Innocence）」[213]の表象である。エリオット流の言い方をするならば、トラハーンの幼児《おさなご》、又は、幼年期は、「無垢《むく》の状態」の、「客観的相関物（an 'objective correlative'）」[214]である。

絶対者を求める神秘家は、内的希求の型に従って、三種類に分けられる。

第一の希求を持つ者は、巡礼者になる。この希求は、失われた故郷、即ち、「より良い国―エルドラドの如き、黄金の国や、シオンの如き、神の都―を探し求めて、尋常普通の世界から脱出したい、という強い憧《あこが》れである。第二の希求は、心を求める、心の希求、即ち、完全なる配偶者を求める、魂の希求である。この希求を持つ者は、恋人になる。第三の希求は、内なる清らかさと、完全を求める希求である。この希求を抱《いだ》く者は、禁欲主義者になり、最終的には、聖者になる。（The first is the craving which makes him a pilgrim and wanderer. It is the longing to go out from his normal world in search of a lost home, a "better country"; an Eldorado, a Sarras, a Heavenly Syon. The next is that craving of heart for heart, of the soul for its perfect mate, which makes him a lover. The third is the craving for inward purity and perfection, which makes him an ascetic, and in the last resort a saint.）[215]

神を、懐《なつ》かしい故郷と感ずるか、あるいは、聖なる配偶者と見なすか、それとも、完全な清らかさとして意識するか、それを決定するのは、各各の神秘家の気質である。

つまり、神秘家の、これらの、三つのグループは、三種類の気質を表している。神秘家の探求、魂の結婚、そして、霊的な錬金術士の「偉大なる業《わざ》」を、三つのグループに特有の、象徴的表現形式と見なしても、差し支《つか》えないであろう。(These three groups of mystics, then, stand for three kinds of temperament; and we may fairly take as their characteristic forms of symbolic expression the Mystic Quest, the Marriage of the Soul, and the "Great Work" of the Spiritual Alchemists.)(216)

各各の神秘家の「気質の偏《かたよ》りと分析力(the temperamental bias and analytical powers)」(217)が、各各の型を決定する。トラハーンは、第三のグループに属する。この型の神秘家は、絶対者を、状態として、表現する。神は、完全な清らかさである。幼児《おさなご》、又は、幼年期は、完全な清らかさの表象である。神と一体化した魂は、完全な清らかさの状態にある。幼児《おさなご》、又は、幼年期は、そのような魂の表象である。「トラハーンの「幼年期」は、この内なる楽園の別名に他《ほか》ならない(Traherne's "Infancy" is but another name for this inner Paradise)」(218)という、マーツの指摘は、正しい。

トラハーンは、幼年期を壊古するのではなく、幼年期を獲得する。幼年期を獲得するために、人は、「堕落した、世の習い(corrupt Custom)」(219)を棄《す》て、「この世の汚れたる策略《てくだ》(the Dirty Devices of this World)」(220)を忘れなければならない。

私どもは、すべての偽りの外見を脱ぎ捨て、私どもの魂から、悪しき習慣を取り除かねばなりません。私どもの思念は、幼児《おさなご》のように、澄み切っていなければなりません。私どもの魂の能力《ちから》は、この世的な色合いを免れていなければならず、世の人人の思惑や習慣から、解き放たれていなければならないのです。(we must disrobe our selvs of all fals Colors, and unclothe our Souls of evil Habits; all our Thoughts must be Infant-like and Clear: the Powers of our Soul free from the Leven of this World, and disentangled from mens conceits and customs.)(221)

上記の引用は、聖書解釈（exegesis）である。「十七世紀においては、聖書の注解は、型通りの黙想と、密接な、関係にある（In the seventeenth century, biblical commentary is closely related to formal meditation)」。(222) 型通りの黙想の典型は、イグナチウス・ロヨラ（Ignatius Loyola）の『霊操《れいそう》法（*Ejercicios Espirituales*）』であるが、これに関しては、後《のち》に、クラショー（Richard Crashaw）論の中で、詳述する。

トラハーンは、

「我誠《われまこと》に汝等《なんじら》に告ぐ、總《すべ》て幼児《おさなご》の如くに神の国を承《う》けざる人は、竟《つい》に是《これ》に入らじ」(223)

という、キリストの言葉に基づいて、幼児《おさなご》になるとは、何を意味するかを、説明している。

当然のことながら、トラハーンは、

「誠《まこと》に真《まこと》に汝に告ぐ、人新《あらた》に生《うま》るるに非《あら》ずば、神の国を見ること能《あた》わず」(224)

という言葉も、念頭に置いている。言うまでもなく、これも、キリストの言葉である。トラハーンの幼児《おさなご》は、「新たに生まれた幼児《おさなご》」である。トラハーンは、幼児《おさなご》として、新たに生まれるために、「逆戻りの旅（Journeys back）」(225)をする。

おお、主よ、我は、幼き時代《ころ》に戻らん。
　さすれば、我が成年の時期《とき》は、より良きものとならん。
(To Infancy, O Lord, again I com,
　That I my Manhood may improv.)[226]

幼児《おさなご》は、「人間の不死の魂の無垢《むく》の能力《ちから》(the Immaculat Powers of His[i.e. Man] Immortal Soul)」[227]の具現化である。幼児《おさなご》、又は、幼年期を主題とする作品は、多く、過去時制に置かれているが、言うまでもなく、それは、修辞的過去時制である。トラハーンが述べるのは、現在の事実であって、過去の事実ではない。無垢《むく》の能力《ちから》は、受容の能力《ちから》である。

広大無辺の、果てしなき受容の能力《ちから》は、
我が懐《むね》を、神の如くに為したり。
その、神秘にして、神聖なる精神《こころ》の裡《うち》に、
あらゆる時代《とき》と、あらゆる世界《ところ》が共に、輝きたり。
(A vast and Infinit Capacitie,
Did make my Bosom like the Deitie,
In Whose Mysterious and Celestial Mind
All Ages and all Worlds together shind.)[228]

神は、光である。

ですから、神の本質は、光そのもの、認識そのもの、……単一の、純粋なる活動なのです。(The Essence of God therfore being all Light and Knowledg, ... a Pure and simple Act.)(229)

神が、光であるように、無垢の魂も、光である。

　我が魂は、光に満ち満てり。
　(all my Soul was full of Light.)(230)

無垢の魂は、「永遠《とこしえ》の太陽（a sun of Eternity）」(231)である。

すでに、再三、述べた通り、「神は、目そのもの（He [i.e. God] is all Ey）」(232)であり、無垢の魂も、「完全に、純潔《きよ》らかなる目（an Ey / That's altogether Virgin）」(233)である。

神は、球体《たま》である。

　神の遍在は、無限の球体《たま》なり。
　(His [i.e. God] Omnipresence is an Endless Sphere.)(234)

神が、光であり、目であり、球体《たま》であるように、無垢の魂も、光であり、目であり、球体《たま》である。無垢の魂は、「光の球体（たま）」である。

かの時、我は、魂そのものなりき。
　我が魂は、果てしなき、生ける目にして、
　天空に勝りて、広大なりき。
その能力《ちから》、その活動、その本質は、見ることなりき。
　我は、内なる光の球体（たま）なりき。
即ち、果てしなき視（め）の球体《たま》、
　終りなき、生ける日、
生命（いのち）の太陽なりき。そは、周囲《あたり》に、
生命《いのち》と感覚の光を放てり。
我は、赤裸にして、単一の、純粋なる霊なりき。
(Then was my Soul my only All to me,
　A Living Endless Ey,
　　Far wider then the Skie
Whose Power, whose Act, whose Essence was to see.
　　I was an Inward Sphere of Light,
Or an Interminable Orb of Sight,
　　An Endless and a Living Day,
A vital Sun that round about did ray
All Life and Sence,
A Naked Simple Pure Intelligence.)(235)

「光の球体（たま）」は、自らの裡《うち》に、全世界を包含する。これが、この節の冒頭に引用した詩行の意味である。

世界は、我《わ》が内にありき。我《われ》が、世界の内にあるよりは。
(The World was more in me, then I in it.)[236]

上記の詩行は、プロティノスの次の言葉の谺《こだま》である。

又、魂が、世界の内にあるのではなく、世界が、魂の内にある。(L'âme, à son tour, n'est pas dans le monde; mais le monde est en elle;)[237]

元始《はじめ》に天主《てんしゅ》天地《あめつち》を創造《つく》り給えり。[238]

これが、神の、第一の創造である。更に、神は、第二の創造を欲し、第一の創造の六日目に、第二の創造者を創造《つく》り給うた。

初めに、永遠が、身を屈《かが》めて、無となり、
　この地上に、自らの似像《にすがた》を求めし時、
初めに、永遠が、無から、天空を形作り、

太陽と月を、形作りし時、
(When first Eternity Stoopd down to Nought,
And in the Earth its Likeness sought,
When first it out of Nothing framd the Skies,
And formd the Moon and Sun)(239)

永遠は、自らの業《わざ》を享受する者を欲した。

神は、御業《みわざ》が完成すると、誰か、その美しさを考量《はか》り、判断《はん》じ、愛し、そして、これ程までに、偉大なる御業《みわざ》の広大さに、驚き、賛嘆《さんたん》する者を、望み給うたのです。(His [i.e. God] Work being Compleated, He desired som one, that might Weigh and reason, lov the Beauty, and admire the Vastness of so Great a Work.)(240)

人間は、「驚き、賛嘆《さんたん》する人(homo admirans)」である。人間の、この使命についての知恵を、トラハーンに授けたのは、「三重に偉大なるヘルメス(Hermes Trismegistus)」である。

人間は、神の御業《みわざ》を見る者となり、驚き、賛嘆《さんたん》し、そして、創造り主《つくぬし》を認知した。(the Man became spectator of the works of The God, and wondered, and acknowledged the Maker.)(241)

神は、人間を、世界の真ん中に置き給うた。

我は、汝を、世界の中間に、据えり。(I [i.e.God] have placed Thee in the Middle of the World.)(242)

それは、人間が、「これ程までに、偉大なる御業《みわざ》に、驚き、賛嘆《さんたん》する」ためである。

神は、霊そのものであり、創造《つく》られた物は、その反対の極にある。人間は、霊と物との中間にある。中間に置かれた人間は、「見る者（spectator）」(243)である。人間は、「見る人（homo spectans）」である。「見る人」の役割は、創造《つく》られた物の美しさを知ることである。

私どもは、愛するように、作られているのです。私どもの、活動的な本性を満足させるためにも、又、創造《つく》られた、すべての物の美しさに応《こた》えるためにも。(We are made to lov: both to satisfy the Necessity of our Activ Nature, and to answer the Beauties in evry Creature.)(244)

驚き、賛嘆《さんたん》することこそ、活動の中の活動である。

神が与え給う物を、尊敬と喜びと、限りない感謝を以《もっ》て、見極《みきわ》め、受け取ること。他《ほか》にも、活動は、数多く、ありますが、これこそが、為すべきあらゆる活動のうちでも、真に、偉大なる活動なのです。(Esteeming and receiving what he [i.e. God] gives, with Veneration and Joy and infinit Thanksgiving. Many other Works there are, but this is the Great Work of all Works to be performed.)(245)

人間は、「真に、偉大なる活動（the Great Work）」のために、創造《つく》られた。人間は、生まれながらに、「万物の中を見るように駆り立てる、心底からの、飽く無き好奇心（A Curiositie Profound and Unsatiable to stir him up to look into them [i.e. All Things]）」(246)を与えられている。

まこと、人間は、物に黙想《おもい》を凝らすために、生まれたり。

(Sure Man was born to Meditat on Things.)(247)

「物に黙想《おもい》を凝らす（to Meditat on Things）」とは、物に対して、「偏見に捕らわれず、奥底まで洞察する、全き評価（A free, Profound, and full Esteem）」(248)を下すことである。「万物の中を見る（to look into them [i.e. All Things]）」とは、これである。

「万物の中を見る」ことによって、人間は、万物に、霊の衣をまとわせる。外なる世界は、霊の目に眺められることによって、内なる世界へと変貌《へんぼう》する。

そは、内なる霊の世界なり。
生ける世界にして、神が、最初《はじめ》に創造《つく》りたる世界に勝りて、
その性質《さが》は、はるかに、神に近似《ちか》し。

( It is a Spiritual World within.
A Living World, and nearer far of Kin
To God, then that which first he made.)(249)

人間に享受され、人間の魂によって、霊化された世界は、第一の創造によって作られた世界より、「はるかに、その性質《さが》が、神に近似《ちか》い（nearer far of Kin /To God）」。「内なる理解《さとり》は、対象《もの》に勝る（Apprehensions within are better then their Objects)」[250]からである。

第一の創造によって作られた世界は、創造《つく》り主《ぬし》の対極にある。一方は、霊そのもの、もう一方は、物である。中間に置かれた人間は、第二の創造者である。第二の創造者は、世界を霊化し、世界を高め、世界を神に近付ける。

神は、自ら創造《つく》りたる物を、より高き物とせんがために、我等《われら》の魂を作り給えり。
(He [i.e. God] made our Souls to make his Creatures Higher.)[251]

第二の創造者は、能力《ちから》において、第一の創造《つく》り主《ぬし》に勝る。

我は、世界を創造《つく》るより
　大いなる能力《ちから》を、汝〔神〕より授けられたり。
(A greater Power have I received of thee [i.e. God]
　Than that of creating Worlds.)[252]

神は、第二の創造者を、自分自身より優れた者として、作り給うた。

神は、あなたが、あなた自身の精神《こころ》の中に、世界を創造することが出来るように、あなたをお作りになったのです。あなたの精神《こころ》の中の世界は、神がお創造《つく》りなった世界よりも、神にとっては、もっと、かけがえのないものなのです。(GOD hath made you able to Creat Worlds in your own mind, which are more Precious unto Him then those which He Created:)[253]

神の懐《ふところ》に憩うている「愛すべきイデア（Amiable Ideas）」(254)は、懐《ふところ》を出《い》でて、物質の衣をまとい、物として、この世に顕現する。しかし、物は、この世に在りながら、尚《なお》も、自らの本源に憧《あこが》れ、自らの本源に帰り行こうとする。この打ち勝ち難い回帰願望が、満たされない限り、物は、安らうことがない。人間の魂は、この回帰願望を実現するための「器《うつわ》（Vessel）」である。

魂は、器《うつわ》なり。

……しかして、自らが受けたる物を、再び、帰すなり。

（The Soul a Vessel is

…

And all it doth receiv returns again.）(255)

外なる世界は、人間の魂の中に受け入れられて、内なる世界となる。物は、人間の魂の中に受け入れられて、霊化される。霊化された物は、霊の許《もと》に、帰り行く。

あなたの内なる世界は、返却《かえ》された捧げ物なのです。（The World within you is an offering returned.）(256)

トラハーンは、断言する。第二の創造は、第一の創造に勝る、と。

黙想《おも》うことは、創造《つく》ることに勝る。
黙想《おも》うことなければ、創造《つく》ることは、単なる偶発なり。
(Tis more to recollect, then make. The one
Is but an Accident without the other.)(257)

打ち棄《す》てられた世界は、忘却の彼方《かなた》に生き埋めにされたも同然である。人間の魂によって享受され、内なるものとなって、初めて、世界は、神と同質的になる。神と同質的になって、初めて、世界は、神の懐《ふところ》に帰り行く。

神は、万物が生ぜし本源《みなもと》なり。
魂は、万物の真《まこと》の価値《ねうち》の源泉《みなもと》なり。
（GOD is the Spring whence Things came forth
Souls are the fountains of their Real Worth.)(258)

万物は、根源より出《い》でて、魂を通り抜け、高められた存在となって、再び、根源に、回帰する。

万物は、神より出《い》で、魂を経て、
再び、神に向かう。
（All things from Him to Him proceed
By them[ i.e. Souls].)(259)

神は、自ら創造《つく》り給うた物を、「更に甘美な」ものにするために、第二の創造者を創造《つく》り給うた。

　おお、神よ、
我等《われら》が、海と、地と、我等《われら》の魂と、天空とを、汝の御許《みもと》に帰す時、
汝の霊は、それらを価値《あたい》高きものと見なし給う。
我等《われら》が、汝に、それらを捧ぐる時、
それらが、最初《はじめ》に、汝より、我等《われら》の許《もと》に、出《い》で来《きた》りし時よりは、
　はるかに、汝の目を喜ばせ、
　　はるかに、甘美なり。

（
　Thy Soul, O GOD, doth prize
The Seas, the Earth, our Souls, the Skies,
As we return the same to Thee;
　They more delight thine Eys,
　　And sweeter be,
As unto Thee we Offer up the same,
Then as to us, from Thee at first they came.）[260]

# 第四節　「純白《ましろ》き想念《おもい》」

## 第四節　純白《ましろ》き想念《おもい》

ヴォーン（Henry Vaughan）は、詩人に歌われる、詩人である。「多くの者が、ヴォーンに対して抱く、愛と尊敬が、これ程時経た今になって、「ヘンリー・ヴォーンの墓にて」という題のソネットの中に、完全に表現された。（The reverence and love which many feel towards him in this late age have been perfectly expressed in a sonnet ***At the Grave of Henry Vaughan***）」。[261]

うねり行く、滔滔《とうとう》たる川の流れの上方《うえ》に、
短き銘の刻まれたる、緑の苔生《こけむ》す石板が、
人知れず、いちいの木陰《こかげ》の下《もと》に、横たわる。
ここに、ヴォーンは、眠る。しかして、その人の名は、永遠《とこしえ》に、流れ行く。
霊の牧場《まきば》を通り抜け、露に洗われ、
不朽《ふきゅう》不滅の星に照らされて。
ここに、かの敬愛されたる医師、シルリア人《びと》は、眠る。
その顔《かん》ばせは、肖像《かたち》を留《とど》めざりき。
その頭《こうべ》には、純白《ましろ》き天使が宿り、
又、その頭《こうべ》は、精神《こころ》の門口《かどぐち》の彼方《かなた》に、曙《あけぼの》を直観《み》たり。
ここに、信仰と、慈悲《あわれみ》と、叡知《えいち》と、謙遜《けんそん》が、輝く。

（その感化力《ちから》は、永久《とわ》に、及ぶべし。）
しかして、この慎《つつ》ましき墓は、天《てん》上の静謐《せいひつ》を告げ知らせる。
我は、ここに、門口《かどぐち》の嘆願者として、立つなり。

(Above the voiceful windings of a river
An old green slab of simply graven stone
Shuns notice, overshadowed by a yew.
Here Vaughan lies dead, whose name flows on for ever
Through pastures of the spirit washed with dew
And starlit with eternities unknown.
Here sleeps the Silurist; the loved physician;
The face that left no portrature behind;
The skull that housed white angels and had vision
Of daybreak through the gate ways of the mind.
　Here faith and mercy, wisdom and humility
　(Whose influence shall prevail evermore)
Shine. And this lowly grave tells Heaven's tranquility
And here stand I, a suppliant at the door.) (262)

一九七八年九月から、十一ヶ月の間、英国はカンタベリーに、滞在した。以下は、ウェイルズの地に、ヴォーンの墓と、かつての居城《きょじょう》を訪ねた折の、日記である。

一九七九年　五月七日　月曜日

パディングトン（Paddington）十一時十五分発

ニューポート（Newport）　十二時四十一分

ニューポートで、汽車を降り、案内所で尋ねると、目的のブレコンへ行くまでには、バスを三回乗り換えねばならない。紙切れに、バスの番号や発着時間を、きちんと記して渡される。

ニューポート（Newport）一二三番　十三時十分発

ポンティプール（Pontypool）一四一番　十三時五十五分発

アバガヴェニー（Abergavenny）　十四時二十五分着

一四二番　十六時三十分発

ブレコン（Brecon）　十七時三十分着

最初の乗り継ぎ駅（と言っても、道路の片側にベンチを置いただけの、駅とも言えない駅であるが）ポンティプールに降り立つと、あたりの建物の色が、何とも言えない美しさだ。焦茶とピンクと淡い緑が溶け合って、微妙な色の混合を造り上げている。カンタベリーでは見ることのない色である。烱眼《けいがん》の地質学者であるならば、この石の色から、この地が、その昔蒙《こうむ》った、火山の爆発や海中沈下の歴史を、一目で、見抜くことが出来るのに相違ない。

アバガヴェニーでは、次のバスと連絡するまで、二時間の余裕があるので、町の中を歩いてみる。「賑やかな市場町（A busy market town）」という触れ込みにしては、ひどくひっそりとして、通りには、まるで人影がない。早仕舞《はやじまい》の日（Early closing day）でもないのに、どの店も、門口を閉ざしている。こんな時間に、町中の人間が、一体どこに、雲隠れしてしまったのだろうか。わずかに開いていた、小さな店で、絵ハガキを手に入れる。

バス停に立っていると、人気《ひとけ》のない場所から、魔法のように、バスが現われて、定刻に、発車する。大きな赤いバスの中に、客は、純朴そのものの若者と、二人だけである。バス停で、立ち話をした時、自分は土地の者だ、と名乗ってから、英国人は「冷たい（not friendly）」と言って、顔をしかめていた。同じ連合王国の住人でも、やはりウェイルズ人には、英国人とは違う、という意識があるのだろう。英国人が、思ったよりずっと人懐っこく、人情に厚いのに驚いている外国人にとっては、「冷たい」という評言は、全く、意外であるけれど。しかし、ウェイルズの人々が、少なくともイングランドの人々と同等か、それ以上に親切で暖かい心の持主であることは、わずかバスを三回乗り換えただけの、短い間の経験からでも、充分に察知出来る。

バスはひどく当たり前の、慣れ切った調子で牧場の中を走り続ける。乗客の一人が、新しい視界が開ける度毎《たびごと》に、ウェイルズの「比類ない自然」に、心中、驚嘆の叫びを挙げているのも知らぬげに。同じ路《みち》を、同じ運転手が十年一日の如く、走り続けている、田舎のバスなのであろう。遠い山並の描く稜線は、驚くほど水平だ。地図で見れば、それほど低い山でもないのに、どの山も、同じような高さであるために、そうなるのであろう。一見したところ、向うに、大きな土手が、ゆったりと、寝そべっているような格好である。

それにしても、草の輝きの、何という美しさであろう。午後の日差しを一杯に浴びて、金色《こんじき》に燃え立っている。日没が、九時近い現在では、五時とは言っても、まだ、夕日とは呼べない、明るい五月の陽光である。赤土に映えて、ひときわ鮮かな、草の輝きは、黄緑と言うよりは、もっともっと黄味がかっていて、どこかが疼《うず》くような、みるみるしさである。光が草の形を取って顕《あらわ》れれば、こういうことになるのだ。萌《も》える緑とは、即ち燃える緑だ、ということが、実感として意識される。

目的のブレコンに近付くほんの少し前、急に降って、急に止んだ雨の後で、大きな虹が、バスの前部から後部にかけて、一杯に広がった。思わず、後ろを振り返って、七色の弓を指さしながら「虹ですよ！」と叫ぶと、最後部に席を取っていた例の青年が、はにかんだような微笑を浮かべながら、何度も頷いて、共感の意を表してくれる。

一九七九年　五月八日　火曜日

早い朝食を済ませて、ブレコン大聖堂（Brecon Cathedral）、ブレコン城廃墟《はいきょ》（Brecon Castle Ruins）、ブレクノック博物館（Brecknock Museum）を見学。そして、昨日と同じバスに乗って、もと来た道を、約六マイル、引き返す。運転手さんに頼んでおいて、ランサントフレド（Llansantffraid）という所で降ろしてもらう。日本のバスと違って、停留所毎に、マイクで案内があるわけでなし、こういう田舎には、バス停の標識すら立っていないから、終着駅まで行かずに、途中下車する場合は、こうでもするほかはない。しかし、運転手さんの方では、嫌な顔ひとつせずに、牧場の途中でバスを止め、ここがあなたの停留所ですよ、と言って、にっこり、こちらを振り返る。

停留所をわずかに後戻りした辺《あた》り、アルト山（the Allt）の緩《ゆる》やかな斜面の麓《ふもと》に、小さな古い教会が、建っている。しかし、訪れてみると、扉は固く閉ざされて、辺りには、人気もない。仕方なく、中に入ることを諦めて、裏手の墓地に回る。墓石に刻まれた死者の名を、一つ一つ丹念に確かめながら、塀に囲まれた墓地の、一番高い位置まで来ると、蔦《つた》の絡まるいちいの木が一本、濃い緑の葉を一杯に繁らせて立っている。そして、その木の根元に、我がヘンリー・ヴォーンの墓が、横たわっていた。苔のむした、余り大きくない石棺の表面に、詩人の名が、ラテン名で刻まれている。いざ目差すものに出会い、その足下《そっか》に額《ぬか》づけば、言うべき言葉も見付からぬ。晴れ渡った五月の空は、あくまで透明で、眼下に見下すアスク（The river Usk）川の滔滔《とうとう》たる流れの音だけが、いやが上にも、静寂感を募らせる。当時の貴族や土地持ちの習慣に逆らって、教会の中に埋葬されることを拒み、戸外を選んだ詩人の気持も、察するに難くない。ふと、鳥の声にしては奇妙な鳴き声が、背後に一声。振り返ると、塀越しに、真白い馬のたてがみが風に靡いている。

ヴォーンの詩は、聴覚的イメージが豊富であるにもかかわらず、作品そのものの音楽美を誉められることは、殆どない。出だしの目覚ましさにひきかえ、後に続くお説教が、だらだらと、退屈であることが多いので、内容形式ともに、首尾一貫して、緊密な詩美を保っているとは言い難い。そういう点では、少々残念に思っていたのだが、こうして、明るく清浄そのものの墓所に立ってみて、初めて、その謎が解けたような気がする。川の音、風のそよぎ、雲の流れ、野鳥の笛。詩人の音感を育んだものは、専ら「自然界の音楽(naturalis musica mundi)」であって、人工のそれではなかったのだ。それは、八分の六拍子でも、十二音階でもない、別のリズムと、別の旋律を持つ、戸外の調べである。そして、それに加えて、田舎特有のテンポと。

遠い牧場に、羊達が、白く点在して、まるで置物か何かのように、じっと動かず、一つ所に、一つ姿勢で、草を食《は》み続けるのを眺めていると、あたかも、時間が、そこに静止してしまったかのような、錯覚を覚える。存在の初めより、草を食《は》み続け、未来永劫《えいごう》に向かって、草を食み続けるであろう羊達。「今という瞬間から、永遠が懸垂している(Ex hoc momento pendet aeternitas)」という発想は、こういう、時間の悠久の世界から、生まれ出たものなのだ。

時間の凝固作用は、バスの運行にまで、影響を及ぼしてしまったのだろうか。待てど暮らせど、次のバスが、現れない。こんなことなら、ブレコンで、次の便の時間を尋ねておくのだった。舌打ちをした時には、もう後の祭である。もっとも、終着駅ブレコンといえども、案内所はおろか、駅の建物すらない、ただバスの止まる場所がある、というだけのことだ。いきおい、こちらの旅も、行き当たりばったりにならざるを得ない。　土地の者にとっては、今更時刻表の必要もない、一日に、一本か二本のバスなのであろう。又、たまたまバス停の標識が立っている所でも、時刻表も何もなく、ただ、「随時(At Any Time)」とだけ記されていることがある。これが「いつ何時《なんどき》でも」バスが来る、という意味ではなく、「いつかは」来る、という意味であることを、長い待ちぼうけの経験から、学習した。それにしても、牧場の外れで、一人ぽつねんと、いつ又来るか分からないものを待ち続ける心許無《こころもとな》さ。この地を訪ねた目的は遂げたものの、「往きはよいよい、帰りは恐い」である。時折、車が、猛スピードで、目の前を走り去る。やれやれ、この分では、羊と一緒に、野宿ということにもなりかねない。二時間の余も、そうして、草の上に坐り続けたであろうか。少々自棄《やけ》気味になった頃、速度を緩めた車が、一台、するすると近寄って、都合の良い所まで乗せよう、と申し出てくれる。有難い。救いの神だ。クリックハウェル(Crickhowell)の郵便局の前で降ろしてもらい、そこからは、局で教えられた個人タクシーを、電話で呼び出して、トレタウァー（Tretower）へ。ヴォーン家の館《やかた》で、十四世紀の建物である。邸宅や天主閣は、一部が朽ち果てながらも、こうして、今なお、昔の姿を留めているが、ヴォーン家の直系の子孫は、すでに絶えてなく、ただ「ヴォーン」の名を冠する人々が、この辺《あた》りに、わずかに残っているだけだという。門口で車を待っていると、大柄で派手な感じの門番の婦人が、わざわざ近寄って、そう説明してくれた。東洋からやって来た外国人が、英語を話すのが、よほど珍しいらしい。日本では、誰でも十三歳から英語を学ぶのだ、と言うと、目をまるくして驚いている。

約束の四時十五分に少し遅れて、先に、ここまで送ってくれたタクシーが、現れる。運転手さんの額は、玉の汗だ。バスの便はなし、三マイルの道程《みちのり》を、無事に引き返すためには、予定がぎっしり詰まっているという、町に一人の運転手さんを、拝み倒す意外に手がなかったのだ。クリックハウェルからは、バスで、アバガヴェニーへ。今夜は、ここに、一泊。

一九七九年　五月九日　水曜日

朝食を取る前の、早い朝、アスク川を見下す、小高い丘の上の、アバガヴェニー城（Abergavenny Castle）を訪れる。澄み切った空気の中で、あたりを見回せば、どこまでも、平和に長閑《のどか》な景色が、広がっている。城の残骸が、無言の証人となっていなければ、この地が被らねばならなかった、血腥《ちなまぐさ》い歴史の波は、想像だに出来ない。「歴史を持たざる国は幸いである。(Happy is the country which has no history)」という諺が本当だとするならば、ウェイルズは地上で、最も不幸な国の一つに数えられるのだ。

城に付属して、小さな博物館がある。十一時の開館時間まで、まだ間があり過ぎるが、頼んでみると、快く、入館を許される。遠来の訪問者のために、惜し気なく、照明を全部点《とも》してくれる。ウェイルズで出会う人々は、一人の例外もなく、親切で、気がよく、おっとりとして、平和である。

アバガヴェニーから、バス、鉄道とも、来た時と同じ経路を辿って、カンタベリーへ。)[263]

ランサントフレドの教会墓地に建てられた墓石（写真一・）には、ヴォーンが、一六九五年に、七十三歳で没した、と刻まれている。ここから逆算すると、生まれたのは、一六二一年、又は一六二二年ということになる。

という訳で、ヘンリー・ヴォーンは、一六二一年に、トレネウィドに生まれた。ヴォーンは、通常、これを、英語名で、ニュートンと呼んでいた。(Henry Vaughan, then, was born in 1621 at Trenewydd, or as he generally called it in English, Newton.)[264]

墓石には、ヴォーンの自作の銘が、刻まれている。

無益の僕《しもべ》にして、
罪人《つみびと》の中の罪人《つみびと》なる
我、ここに、眠る。
＋

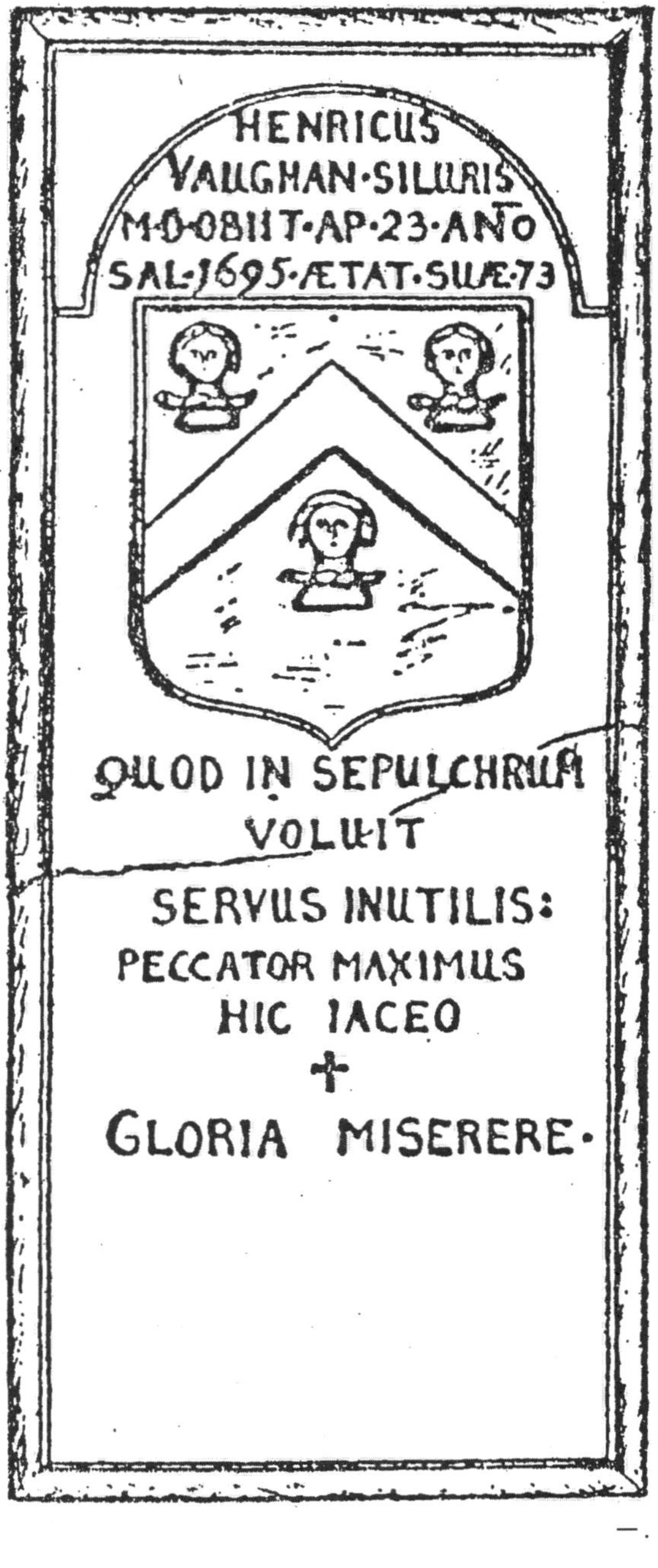
HENRICUS
VAUGHAN·SILURIS
M·D·OBIIT·AP·23·AÑO
SAL·1695·ÆTAT·SUÆ·73
QUOD IN SEPULCHRUM
VOLUIT
SERVUS INUTILIS:
PECCATOR MAXIMUS
HIC IACEO
GLORIA MISERERE·

神に栄光《さかえ》あれ。主《しゅ》よ、憐《あわ》れみ給え。

( SERVUR INUTILIS:
PECCATOR MAXIMUS
HIC IACEO
+
GLORIA MISERERE.)

ヴォーンは、「高貴の人（hamo nobilis）」である。「我らの傑出した詩人は、名門中の名門の貴族の出であった（the descent of our Worthy was through bluest of blue blood）」。[265]

ちなみに、ハーバート（George Herbert）、ダン（John Donne）、クーパー（William Cowper）も、「同じ血統《ちすじ》（of same blood）」[226]であった。

ヴォーンの生涯は、同じ、小さな円環の中で、始まり、閉じられた。下《しも》ニュートンで、揺《ゆ》り籠《かご》が揺られ、ランサントフレドの教会墓地で、墓が掘られた。(Henry Vaughan's life began and closed within the same little circle: the cradle rocked at Lower Newton, the grave dug in Llansaintfread churchyard.)[267]

ランサントフレドは、「今という瞬間から、永遠が、懸垂《けんすい》している（EX hoc momento pendet aeternitas ）」[268]場所である。ここを訪れる者は、「永遠」こそ、この地の「場所のゲニウス（genius loci）」なのだ、と確信せずにはいられない。

ウェイルズの地名は、ごたまぜの文字から出来上がっているように見えるが、その実、見事に、内容を言い当てている、と言われる。

「ランサントフレド(Llansantffraed)」も、例外ではない。"Llan"とは、第一義的には、囲いを意味する。第二の意味は、聖なる囲い、即ち、教会墓地であり、ここから、現在の、教会と言う意味が生じた。"Sant"は、Saint と同義で、聖なる、という意味である。"Fraed"は、恐らく、"fridd"から来たのであろう。これは、mountain pasture, sheep-walk, 即ち、山の牧場《まきば》、牧羊場の意である。この地の名は、何と見事に、体《たい》を表していることだろう。ここは、正《まさ》しく、永遠の牧者なるキリストが、君臨する場所である。

我《わ》が来《きた》れるは、羊《ひつじ》が生命《せいめい》を得、しかも、尚豊《なおゆたか》に得ん為《ため》なり。我《われ》は善《よ》き牧者《ぼくしゃ》なり、善き牧者はその羊の為に生命《いのち》を棄《す》つ。[269]

これ程の場所が、詩人の魂と才能を鼓舞しない訳があろうか。

かの喜ばしき、輝ける山山は、
　我が幸福《さいわい》と歓喜《よろこび》の源流《みなもと》なり。
我は、山山を振り仰ぎて、彼《か》の人を恋い慕う。
　彼《か》の人は、目には見えねど、天と地に、満ち溢《あふ》れ給う。

(Up to those bright, and gladsome hils
　Whence flowes my weal, and mirth,
I look, and sigh for him, who fils
　(Unseen,) both heaven, and earth.)[270]

喜びの時も、憂いの時も、ヴォーンは、山山を振り仰ぎ、彼《か》の人の助力《たすけ》を請い求める。はるかに望むウェイルズの山山は、ヴォーンにとって、聖なる山、即ち、シオン（Zion）に他《ほか》ならない。シオンは、エルサレム（Jerusalen）旧市東南の丘で、ここに、ダヴィデ（David）と、その子孫が、王宮を構え、神殿を建てて、政治の中心とした。そこから転じて、シオンは、天上における神の都（City of God）、即ち、新しきエルサレム（New Jerusalem）を意味する。ウェイルズの山山は、ヴォーンにとって、天上のシオンの顕現である。

おお、汝の聖なる山より、我に、
御力《おんちから》を遣《つか》わし給え。
如何なるものであれ、汝のすべての歓喜《よろこび》と、
聖なる規則《きまり》を、我が内に実現する御力《おんちから》を遣《つか》わし給え。
（O send me from thy holy hil
So much of strength, as many fulfil
All thy delight（what e'r they be）
And sacred Institutes in me;）(271)

ウェイルズのシオンは、ヴォーンの力の源である。それは、試練の時の助力《たすけ》である。彼方《かなた》にそびえる山山は、「暴風雨《あらし》を超越《こえ》て輝く、かの澄み渡れる丘（those *clear heights* which above tempests shine）」(272)である。

遠くそびえる山山と、真近に流れるアスク川は、「アスク川の白鳥（Olor Iscanus, or the Swan of Usk）」の、常に変わらぬ主題である。それは、「果てしなき最高天の主題(boundless Empyrean themes)」(273)である。シェイクスピアが、「エ

イヴォン川の白鳥（the Swan of Avon）」と呼ばれ、ウェルギリウス（Publius Vergilius Maro）が、「マントヴァの白鳥（il cigno di Mantova）」と呼ばれるように、ヴォーンは、「アスク川の白鳥」である。写真二・一は、一六五一年に、友人によって出版された『アスク川の白鳥。シルリア人《びと》、ヘンリー・ヴォーン氏によりて書かれたる詩と翻訳（*OLOR ISCANUS.* A Collection of Some Select Poems, and Translations, formerly written by Mr. Henry Vaughan *Silurist.*）』の題扉に置かれた銅版画である。白鳥が、オルペウスの生まれ変わりであることは、すでに、審美的想像力論[274]において、詳述した。「白鳥（swan）」の語源は、ゲルマン語の ***swanz, swanǒn*** で、原義は、「歌人《うたびと》（singer）」である。

芳香《かおり》高き山山、光輝く明けの明星
緑なす生命《いのち》の樹樹《きぎ》、生ける川の流れ
(Mountains of spice, Day-stars and light,
Green trees of life, and living streams)[275]

は、この世における、最高天の顕現である。

天使又我に示すに、水晶の如く透明《すきとお》れる生命《せいめい》の水の河《かわ》の、神及び羔《こひつじ》の玉座《ぎょくざ》より流るるを以《もっ》てせり。市街《まち》のちまたの中央及び河の両岸《りょうがん》に生命の樹《き》あり、十二の果《み》を結びて月毎《つきごと》に一《ひとつ》の果を出《いだ》し、此樹《このき》の葉も亦《また》万民を医《いや》すべし。[276]

ランサントフレドは、この地上に、形を取って、現れ出《い》でた、天である。ランサントフレドは、単に、「快い場所（locus amoenus）」であるだけではない。ランサントフレドは、永遠の相のもとに（sub specie aeternitatis）」、自然を呈示する。

OLOR ISCANUS
SELECT
Poems, and translations
by
Hen: Vaughan Silurist.
Flumina amo Silvasq3 inglorius
Ro: Vaughan sculp

二.

誕生の地として、これ程望ましい所はなく、又、終《つい》の安息の地として、これ程望ましい所はなかった。それは、今も、変わらない。（It was （and is） a covetable birth-place and as covetable death-place and last resting-place.）[277]

すでに、言及した通り、ヴォーンは、「高貴の人（homo nobilis）」である。しかし、「ヴォーンの父は、確かに、息子に、「名門中の名門の血」を与えたが、それ以上のものは、与えなかったように思われる。（His father no doubt gave him 'bluest of blue blood' but seemingly nothing more.）」。[278] それというのも、「ウェイルズの上流階級は、今日《こんにち》でも、無教養で、文芸には通じておらず、全くのところ、無筆でさえある（the gentry of Wales are uncultured, un-literary even illiterate enough to-day in all conscience.）[279] からである。

ヴォーンは幼年期を城で過ごし、双子の弟トマス（Thomas）と共に、生地を離れた。

双子の兄弟は、十歳か、十一歳の時に、教育のために、ランガトックの牧師のもとに、預けられた。この牧師は、兄弟と同じく、「高貴の」家柄で、この時代のウェイルズの人間にしては、類を見ない程、学識があり、趣味も洗練されていた。（in their 10th or 11th year, the twins[i.e. Henry and Thomas] were committed educationally to the custody of the Rector of Llangattock. He was a man of blood as 'gentle' as their own, and for Wales and the period, of exceptionally advanced scholastic acquirements and tastes.）[280]

牧師の名は、マシュー・ハーバート師（Rev. Matthew Herbert）である。

双子の兄弟は、六年間、ランガトックに留《とど》まり、一六三八年に、つまり、二人が、十八歳の時、オックスフォードに進んで、ジーザス・コレッジに「入学」した。（Leaving LLANGATTOCK after six year's residence there, the twin-brothers in 1638 or in their eighteenth year, proceeded to Oxford and 'entered' at Jesus College.)[281]

しかし、

ヴォーンが、学位を取得した、という記録は、ない。(There is no record of his [i.e. Vanghan] having taken any degree at his College.)[282]

ヴォーンは、ジーザス・コレッジで、

二年余り、著名な指導教師のもとで、論理学を学び、ロンドンで国内法を学ぶために、父から呼び戻された。(spending two years or more in logicals under a noted tutor, was taken thence and designed by his father for the obtaining of some knowledge in the municipal laws at London.)[283]

一六四二年には、大内乱(the Civil War)、即ち、清教徒革命(the Puritan Revolution)が、勃発《ぼっぱつ》し、一六四九年には、チャールズ一世(Charles I)が、処刑された。一六五三年から一六五八年まで、クロムウェル(Oliver Cromwell)が、イギリス共和国(the Commonwealth)の護国卿(Lord Protector)となった。フランスに亡命していたチャールズ二世(Charles II)が、王位に復帰したのは、一六六〇年のことである。これが、いわゆる王政復古(the Restoration)である。ヴォーンは、青年期から、壮年期にかけて、社会的激動の中を生きた。

悲しいことに、日付けが欠如しているが、ヴォーンは、ロンドンかエディンバラか、あるいは、どこか、大陸の大学で、医学博士の免状を取り、……ブレコン、即ち、当時の「ブレクノック」の町で、「開業」した。……ここで、ヴォーンは、村の「田舎医者」になった。(Dates are sorrowfully lacking : but having either in London or Edinburgh, or in some continental University taken his diploma of Doctor of Medicine... he began his 'practice' in the town of BRECON — then 'Breck-nock' ...Here he became the Village and 'Country' Doctor.)[284]

ヴォーンは、「医者として成功(a successful practice)」[285]し、「かの敬愛されたる医師(the loved Physician)」[286]は、一六九五年に、誕生の地で、目を閉じた。

ヴォーンの生涯が、円環を描くように、ヴォーンの時間意識も、円環を描く。

『後退(*The Retreate*)』

幸いなる、かの幼《おさな》かりし時代《とき》よ！
我は、我が天使の幼年期にありて、光輝きたり。
我は、未《いま》だ、我が第二の生と指定《さだ》められし
この地の何たるかを覚《さと》らず、
我が魂は、純白《ましろ》き天《てん》上の想念《おもい》の以外《ほか》、
抱くことを知らざりき。
かの時代《とき》、我は、未《いま》だ、我が最初の愛を離るること、
一、二マイルに足らず、

間近《まぢか》に、振《ふ》り放《さ》け見れば、
彼《か》の人の輝く聖顔《みかお》を垣間見《かいまみ》たり。
幼《おさな》かりし時代《とき》、我が凝視《みつ》める魂は、一時間《ひととき》、
金色の（こんじき）の雲や、花の上にじっと、留《とど》まりて、
それらの、より小さき栄光の内に、
幾許《いくばく》かの、永遠の投影《かげ》を認めたり。
かの時代《とき》、我が舌は、言葉《くち》の禍《わざわい》によりて、
良心《こころ》を傷つけることを知らず、
又、いずれの感覚も、悪しき術《わざ》によりて、
罪を犯すことを知らず、
我は、我が肉体《にく》の衣《ころも》を貫きて、
永遠の、輝く若枝が、芽吹くを感じたり。
　ああ、後《あと》に戻りて、
再び、昔日《むかし》の行路《みち》を辿りたし！
さすれば、我は、再び、かの草原《くさはら》に到達《とど》くべし。
かしこにて、我は、最初に、我が栄光《はえ》ある行列《れつ》を離れたり。
かしこより、照らされたる霊は、
かの棕櫚《しゅろ》の樹《き》の市街《まち》、イェリコを望む。
されど、悲しいかな、我が魂は、余りにも長く、この世に留《とど》まりて、
酔い痴《し》れ、よろめきて、道を塞《ふさ》ぐ。

前進を好む者はあれど、
我は、後退を選ばん。
さすれば、この肉体《にく》の塵土《ちり》が、骨壷《こつつぼ》に落つる時、
我は、かの状態に戻るべし。

(Happy those early dayes! when I
Shin'd in my Angell-infancy.
Before I understood this place
Appointed for my second race,
Or taught my soul to fancy ought
But a white, Celestiall thought,
When yet I had not walkt above
A mile, or two, from my first love,
And looking back (at that short space,)
Could see a glimpse of his bright-face;
When on some *gilded Cloud*, or *flowre*
My gazing soul would dwell an houre,
And in those weaker glories spy
Some shadows of eternity;
Before I taught my tongue to wound
My Conscience with a sinfull sound,

Or had the black art to dispence
A sev'rall sinne to ev'ry sence,
But felt through all this fleshly dresse
Bright *shootes* of everlastingnesse.
　O how I long to travell back
And tread again that ancient track!
That I might once more reach that plaine,
Where first I left my glorious traine,
From whence th' Inlightned spirit sees
That shady City of Palme trees ;
But (ah!) my soul with too much stay
Is drunk, and staggers in the way.
Some men a forward motion love,
But I by backward steps would move,
And when this dust falls to the urn
In that state I came return.)(287)

「後退（retreate)」は、三重の意味を持つ。第一に、軍隊用語としての、「退却（withdrawal)」という意味。第二に、宗教用語としての、「黙想」という意味。これは、世俗の活動から退いて、修道院などに籠《こも》り、祈りと瞑想に専念することを意味する。第三に、霊的な次元における、「後戻り」という意味。

ヴォーンは、この作品において、「後退」という言葉を、第三の意味において用いる。「後退」とは、霊的に、「幸いなる、かの幼《おさな》かりし時代《とき》（happy those early days）」に、戻ることである。

「人新《あらた》に生まるるに非《あら》ずば、神の国を見ること能《あた》わず」[288]というキリストの言葉は、少しずつ表現を変えながらも、四つの聖福音書のすべて[289]に、しっかりと、記録されている。人は、生まれ変わって、幼児《おさなご》の如くにならない限り、神の国に受け入れられる者とはならない。

ヴォーンの幼児《おさなご》、又は、幼年期は、生まれ変わった魂の状態の表象である。その状態とは、

汝、キリストの、汚《けが》れなく、曇りなきまなざしに、
直《じか》に、触れらるるに相応《ふさわ》しき状態、
汝の聖心《みこころ》に合致したる状態、
汝が、これをもたらさんとて、この世に生まれ来《きた》り、又、これをもたらさんとて死したる状態、
汝の創造《つく》り給うた物すべてが、こぞりて、
呻吟《うめ》き、憧《あこが》れ、求め、努むる状態

(A state fit for the sight of thy
Immediate, pure and unveil'd eye,
A state agreeing with thy minde,
A state thy birth, and death design'd:
A state for which thy creatures all
Travel and groan, and look and call.)[290]

である。

絶対者を求める神秘家が、内的希求の型に従って、三種類に分けられること(291)は、すでに、言及した。神を、懐かしい故郷と感ずるか、あるいは、聖なる配偶者と見なすか、それとも、完全な清らかさとして意識するかは、各各の神秘家の気質（temperament）が、決定する。第三の型の神秘家は、絶対者を、状態として、表現する。ヴォーンは、第三の型の神秘家である。

『後退』は、三重の文脈において、読まれるべきである。キリスト教神秘主義、ヘルメス哲学、プラトン主義、という三つの文脈を剥奪《はくだつ》される時、作品は、意味を失う。意味を失うばかりか、怒るべき誤解を生み、不当な非難攻撃を惹起《じゃっき》する。

エリオットは、ブランデンを断罪する。ブランデンが、「ヴォーンに対して、暖かな好意を寄せ（feels warm sympathy towards Vaughan)」(292)その作品を賞賛している、という理由で。エリオットは、ヴォーンを酷評する。

ヴォーンは、偉大な神秘家でもなければ、偉大な詩人でもない。……ブランデン氏は、この作品を賞賛し、その上、幼年期と、幼年期の想像上の輝きを想い起こさせる、この種の作品を賞賛しているが、これは、ヴォーンとブランデン双方の弱点を示すものである。(Vaughan is neither a great mystic nor a very great poet...Mr Blunden's praise of this poem（i.e. *The Retreate*）, and praise of this sort of poetry which is reminiscent of childhood and its imagined radiance, is significant of the weakness of both Vaughan and Blunden.)(293)

天賦の詩の才に恵まれ、精緻な学識と公正な判断で知られるブランデンを、ここまで誹謗《ひぼう》するのには、単なる勇気以上の何かが、必要である。暴言《ぼうげん》は、さらに、続く。

> 自分自身の幼年期に対する、このような愛着は、偉大さの徴《しるし》でも何でもない。(this love of one's own childhood... is anything but a token of greatness.)(294)

エリオットは、決定的な誤りを犯した。ヴォーンの幼年期は、「自分自身の幼年期（one's own childhood）」ではない。すでに、述べた通り、ヴォーンの幼年期は、生まれ変わった魂の状態の表象である。それは、「永遠《とこしえ》に清浄《きよ》き状態（a state / For evermore immaculate）」(295)の表象である。このことを無視しない限り、あるいは、このことに関して、無知でない限り、人は、次のような言葉を吐くことは出来まい。

> 我我は、皆、幼年期を懐古する、という贅沢《ぜいたく》に溺れることが出来る。しかし、仮にも、我我が、ちゃんと成熟しており、大人の自覚を持っているなら、このような弱さに溺れて、幼年期についての詩を書くような真似《まね》は出来まい。こういう弱さは、断ち切るべきもの、葬《ほうむ》り去るべきもの、と心得ている。(we can all... indulge in the luxury of reminiscence of childhood; but if we are at all mature and conscious, we refuse to indulge this weakness to the point of writing and poetizing about it; we know that it is something to be buried and done with.)(296)

ヴォーンの「詩と真実」(297)即ち、ヴォーンの作品と実人生の、いずれも、ヴォーンが、懐古の感傷に溺れる、夢見勝ちな人間であることを否認する。ヴォーンは、意志的な、努力型人間である。ヴォーンは、成熟した大人である。すでに、言及した通り、ヴォーンは、青年期と壮年期を、宗教改革の動乱の内に過ごした。国教徒であるヴォーンにとって、道は、常に、険《けわ》しく、困難であった。私生活も、少しも、平坦《へいたん》ではなかった。

> 我が道は、砂漠と荒野《あれの》の中を通り、

辺《あた》り一面、灼熱《しゃくねつ》に呪《のろ》われたり。
（my way lies through deserts and wilde woods;
Where all the Land with scorching heat is curst;）[298]

ヴォーンの道は、「ただ独《ひと》り行く、狭き道（a narrow, private way）」[299]であった。それは、「荒野《あれの》と、海と、あるいは、砂漠と蛇を通り抜ける（through a wildernes,/A Sea, or Sands and Serpents）」[300]試錬の道であった。

先ず第一に、ヴォーン自身が、大病を患《わずら》い、死に直面した。

ヴォーンは、一六五〇年より少し以前に、病に冒され、死の危機に瀕《ひん》した。一六五四年には、自《みず》ら、「死も遠からず」と悟った。（Some time before 1650 sickness endangered his life and even as late as 1654 he considered himself 'at no great distance from death.'）[301]

第二に、ヴォーンは、妻と死別した。

妻の死は、『火花散らす火打ち石（*Silex Scintillans*）』の第一部が出された一六五〇年と、第二部が出された一六五五年の間であった、と推測される。（it may be assumed that he lost his wife between the appearance of the first Part [of "Silex Scintillans"] 1650 and of the second in 1655:）[302]

ヴォーンは、「余りにも早過ぎる、最初の若妻の夭折《ようせつ》と、いつまでも消えない悲しみ（the premature death of his (first) young wife and the long-sorrow it brought)」[303]を甘受し、耐えなければならなかった。

これより少し以前、ヴォーンは「一六四八年に、弟ウィリアムの死（the death of his brother William in 1648)」[304]に遭遇《そうぐう》した。弟の死も、妻の死と同じく、余りも早過ぎる、若死にであった。妻の死と、弟の死は、二つながら、ヴォーンにとって、生涯消えることのない悲しみとなった。

第三に、いくつもの友人関係が、破綻《はたん》した。

大まかに見て、ヴォーンの生涯には、暗い影が射《さ》していたことが、分かる。ごく親しい友人や知人達との関係は、悲しみの色に染められていた（染められていた、という言い方が、余り、お粗末でなければ）。(Regarded broadly it is seen there was a ring of darkness around his Life. His deepest companionships and associates were tinged ( if the word be not too poor) with sadness:)[305]

一言で言えば、ヴォーンの生涯は、「苦しむ人(homo patiens)」の生涯であった。それは、「小暗《おぐら》き山山、急流に次ぐ急流、そして、険《けわ》しい坂又坂を、越え行かねばならぬ（must passe/ O're dark hills, swift streams, and steep ways)」[306]人の生涯であった。

エリオットは、ヴォーンの実人生に関して無知であり、又、「ヴォーンの作品の、最も興味深い本領、即ち、ヴォーンの神秘主義（that most interesting element in Vaughan's poetry, his mysticism)」[307]に関しても、無知であった。この二重の無知のために、エリオットは、『後退』を、正しく読まなかった。詰まるところ、エリオットは、「我が英国の、歌人《うたびと》の中の歌人の一人（one of the truest Singers of our England)」[308]にとって、「相応《ふさわ》しい聴衆（fit audience)」ではなかったのだ。

『後退』は、幼児帰りの退行現象を意味しない。幼年期は、霊的達成の目標である。人は、生まれ変わって、新《あら》たに幼児《おさなご》とならねばならぬ。人は、二度の幼年期を知るべきである。

神秘の時代《とき》よ！神の聖顔《みかお》を振り仰《あお》がんと
欲する者は、再度、この時代《とき》を送るべし。
天使達は、この時代《とき》を護《まも》り、共に、遊び戯《たわむ》るる。
天使達よ！悪しき輩《やから》は、天使達を駆逐《くちく》する。
(An age of mysteries! which he
Must live twice, that would Gods face see ;
Which ***Angles*** guard, and with it play,
Angels! which foul men drive away.)[309]

『後退』は、過去時制に置かれている。言うまでもなく、それは、修辞的過去時制である。「かの、最初《はじめ》の、純白《ましろ》き時代《とき》（that first white age）」[310]は、「我が天使の幼年期（my Angell-infancy）」であった。天使と幼年期の同一化には、ベーメの影響が認められる。

一六四四年以降、英国においては、ベーメに対する関心が、急速に広まり、各方面に及んだ。当時の宗教、政治、科学、そして、文学の中に、その痕跡《こんせき》を辿《たど》ることが出来る。宗教的な関心の場合には、ベーメとの関係は、直接的であり、しばしば、ベーメに対する謝辞が、述べられた。(The interest in Boehme in England after 1644 soon became widespread, and extended in many directions. It can be traced in the religious, political, scientific, and literary life of the time. In the case of the religious interest, the relationship was at first hand and acknowledgment was frequently made to Boehme's writings.)(311)

ヴォーンの関心は、宗教的な関心であったが、弟のトマスの関心は、強い、哲学的な関心であった。

十七世紀においては、一方に、ベーメに関する研究と、自然に関する研究があり、又、他方には、医術の実践と、霊的錬金術及び実用的錬金術の実践があり、この二つは、密接に、関連付けられていた。パラケルススの研究者は、又、多分に、ベーメの研究者でもあった。……さらに、ベーメと英国の錬金術士達との間に関係があったことは、この、チュートン人哲学者の著作の解説として推奨された、様様の英語の著作が、その証拠を提示している。そうした著作の中に、トマス・ヴォーン、即ち、自称エウゲニウス・フィラレーテスの『アダムの魔術』、『光よりの光』等がある。(The study of Boehme and the study of nature on the one hand, and the practice of medicine and of alchemy, spiritual and practical alike, on the other, were closely related in the seventeenth century. A student of Paracelsus was more than likely a student of Boehme as well...Further evidence of the connection between Boehme and the English alchemists is adduced by various English works that were recommended for the elucidation of the Teutonic philosopher's writings. Among these were ***Magia Adamica*** and ***Lumen de Lumine*** written by Thomas Vaughan (1622-1666) who called himself Eugenius Philalethes.)(312)

ヴォーンとベーメの出会いには、弟の影響が、力を及ぼしたかも知れないが、いずれにしても、ヴォーンとベーメの関係は、詩的、宗教的な関係であった。

それ故、神は、聖なる天使達を、神自身から、創造した。天使達は、神全体の本質と資質に応ずる、小さな神神の如くである。その結果、天使達は、神の如き能力《ちから》によって、遊び、戯《たわむ》れ、賛《ほ》め称《たた》え、歌い、鳴り響き、神の心臓から立ち昇る喜びを、増加させる。(Darum hat er [i.e Gott] die hl. Engel aus sich selber geschaffen. Die sind wie kleine Götter nach dem Wesen und Qualitäten des ganzen Gottes, daß sie sollen in der göttlichen Kraft spielen, loben, singen und klingen und die aufsteigende Freude aus dem Herzen Gottes vermehren.)[313]

ベーメは、「小さな神神の如き」天使達を、幼児《おさなご》に喩《たと》えた。

さて、私は、天使達を、何に喩《たと》えるべきであろうか。私は、天使達を、小さな子供達に喩《たと》えたいと思うが、うってつけであろう。美しいバラが咲き乱れる五月に、連れ立って、可憐《かれん》な花花の中を歩き、摘《つ》み取り、それで、念入りな花輪を作り、それを手に取って、喜び、そして、美しい花花の、様様な形について語り、そして、可愛《かわい》らしい花花の中を行く時は、互いに、手に手を取り、又、家に帰れば、両親に、それらを見せて、喜び、すると、両親の方でも、その故に、喜びを抱き、子供達と共に喜ぶ。そういう小さな子供達に、天使達を喩《たと》えるのが、うってつけであろうと思う。(Wem soll ich nun die Engel vergleichen? Den kleinen Kindern will ich sie recht vergleichen, die im Maien, wenn die schönen Röselein blühen, miteinander in die schönen Blümlein gehen und pflücken derselben ab, und machen feine Kränzlein daraus, und tragen die in ihren Händen und freuen sich, und reden immerdar von der mancherlei Gestalt der schönen Blumen, und nehmen einander bei den Händen, wenn sie in die schönen Blümlein gehen, und wenn sie heimkommen, so zeigen sie dieselben den Eltern und freuen sich, darob dann die Eltern gleich eine Freude an den Kindern haben und sich mit ihnen freuen.)[314]

「我が天使の幼年期」にあって、幼児《おさなご》は、魂も、肉体も、「光輝いていた(Shin'd)」。「かの光の館《やかた》(that house of light)」[315] 即ち、「天 (Heaven)」[316] から降《お》り来《きた》って、未《いま》だ、間《ま》もない幼児《おさなご》は、光の衣を、身にまとっていた。ちょうど、墜落以前のアダムの像《すがた》が、そうであったように。

アダムは、裸身であったが、しかも、なお、大いなる栄光に、包まれていた。あたかも、楽園に、包まれているが如くであった。アダムは、安全に、美しく、明るく、水晶の如き像《すがた》で、男でなく、女でなく、その双方であって、男性の処女《おとめ》であった。(Adam war nackend und doch mit der größten Herrlichkeit bekleidet als mit dem Paradeis, ein ganz schön, hell, kristallinisch Bild, kein Mann, kein Weib, sondern beides als eine männliche Jungfrau.)[317]

神は、アダムの中に、「摩《ま》訶《か》不思議なる火の世界 (die magishe Feuer-Welt)」[318] と、「光の世界 (die Licht-Welt)」[319] を吹き込んだ。アダムは、身も、心も、燃え立ち、輝いていた。

聖書と、ベーメの著作以外にも、ヴォーンに、幼児《おさなご》の清らかさを吹き込んだ書物がある。ヘルメス文書である。

我が子よ、幼児《おさなご》の魂を、つらつら、惟《おもんみ》るがよい。魂が、未《いま》だ、真《まこと》の自己から引き離される必要がない時、又、魂が所属している肉体が、未《いま》だ、小さな容積しか持っておらず、最大限まで、成長を遂げていない時、魂は、どこから見ても、何と見目《みめ》麗しいことだろう。この時、魂は、未《いま》だ、肉の情欲に汚《けが》されておらず、魂は、殆《ほとん》ど、世界霊魂から、ぶら下がっている！ (Considère l'âme d'un enfant, mon fils : quand il ne lui revient pas encore d'être séparée d'avec son vrai soi et que le corps auquel elle appartient n'a encore qu'un petit volume et n'a pas atteint son plein développement, comme elle est belle à voir de tout côté, à cette heure où elle n'a pas été souillée encore par les passions du corps et qu'elle est presque suspendue encore à l'Ame du monde!)[320]

ヴォーンは、ヘルメス哲学に精通していたが、これ又、弟トマスの影響による。トマス・ヴォーンは、エウゲニウス・フィラレーテスという筆名で、ヘルメス文書に関する論考を出版し、同時代の名声を得た。(he [i.e.Thomas Vaughan] gained contemporary fame by his Hermetic essays, which he issued under the pseudonym, Eugenius Philaletes....)(321)

双子の兄弟の精神的な力関係に関しては、弟の方が強かった、と言われる。

兄弟の人柄は、それぞれの著作に、よく顕れているが、そこから察するに、トマスの方が、主導権を握っており、おとなしい兄の思想を、いともた易く、方向付ける、重要な要因になったであろうと思われる。(The very personalities of the brothers, as revealed in their writings, suggest that Thomas was the dominant twin and that he might very easily have been an important factor in directing the thought of his less aggressive brother.)(322)

すでに、言及した通り、双子の兄弟は、人生の最初の二十年間を、共に過ごした。幼年期は、城で、少年期は、マシュー・ハーバートの監督下に置かれて、ラングトックで、そして、兄が、国内法を学ぶために、ロンドンに発《た》つまでは、オックスフォードで、暮らしを共にした。

兄弟の絆《きずな》が、強く、親密であったことは、疑いの余地がない。しかし、人間と人間の関係は、どんな場合でも、一方的ではあり得ず、不可避的に、双方向的、相互的になる。温和な兄と、押しの強い弟の関係も、そのようなものであったに違いない。

確かに、「ヴォーンの作品中には、不思議な程、「ヘルメス哲学的な」概念が、遍在(the strange ubiquity of his "philosophical [i. e. Hermetic]" notions in his [i.e.Vaughan] poetry)」[323]する。これが、弟の強い影響によることは、否めない。しかし、ヴォーンをヘルメス哲学に引き寄せ、捕らえて離さなかったのは、ヘルメス哲学そのものの、素晴らしさと、魅力ではなかろうか。これこそ、「遍在」の、最大の理由である。

ヘルメス哲学は、ヴォーンに、首尾一貫した思想体系を提供するのに貢献したのであり、更に、神の生命《いのち》を吹き込まれた、天地万物についての、宗教的直観を具現化する時、役に立つ用語を提供するのに貢献した。（The contribution of the hermetic philosophy was that it provided him [i.e. Vaughan] with a coherent system of thought, and, further, with a terminology which helped him to actualize his religious intuition of a God-animated universe.）[324]

プラトン哲学も、ヘルメス哲学と同等の力を及ぼした。ヴォーンは、プラトン主義者であった。ヴォーンは、霊魂先在（preexistence）の教義を信奉した。地上の生は、「我が第二の生（my second race）」であった。

オリゲネスとかいう人物が、夢想した如く、又、ケベス、プラトン、ヘルメス、その他の哲学者達、偉大なる、異端の教父達が、断言した如く、魂が、前世に存在するのであれば、魂は、婦人の胎内に閉じ込められたり、精液の中を踠《もが》き進んだりすることを、かたくなに拒否するであろう、と結論しても、よいであろう。（If Soules were *Praexistent*, as one *Origin* dreamt, as *Cebes, Plato, Hermes*, and other *Philosophers*, the great Fathers of *Hereticks*, have affirmed; Wee might have reason to conclude, that they would obstinately refuse to be imprisoned in the wombs of women, and wallow in Seminal humours.）[325]

「我は、未《いま》だ、我が最初の愛を離るること、一、二マイルに足らず（yet I had not walkt above/A mile, or two, from my first love)」という詩行は、発想においては、プラトン的であるが、表現においては、ずばり、黙示録である。

然《しか》れども汝に咎《とが》むる所あり、即ち、汝は最初の愛を離せり。(326)

「未《いま》だ、我が最初の愛を離るること、一、二マイルに足ら」ぬ幼児《おさなご》は、「この悲しき血肉への隷属（this sad Bondage of flesh and blood)」(327)を免《まぬか》れて、「純白《ましろ》き天上《てん》の想い（a white Celestial thought)」に満たされていた。

「白い（white)」という言葉は、重要な意味を持つ。

ヴォーンは、価値が高いと思うものすべてに、白いという形容辞を、好んで用いるが、このことは、ウェイルズ語の ***gwyn*** という言葉が持つ、豊かな含蓄と関連がある、と言っても、差しつかえないであろう。この言葉は、白い、という意味のみならず、麗《うるわ》しい、幸いな、神聖な、祝された、という意味を持つ。…楽園という意味のウェイルズ語は、***gwynfyd*** 即ち、白い世界である。(We are safe in relating Vaughan's fondness for the word *white*, as an epithet for all that he values most, to the rich connotations of the Welsh word *gwyn*, which signifies not only white but fair, happy, holy, blessed...a Welsh word for Paradise is *gwynfyd*, the white world.)(328)

幼年期は、「純白《ましろ》き時代《とき》(white age)」(329)であった。ヴォーンは、ボエティウス(Ancius Manlius Severinus Boethius)の『哲学の慰め（***De Consolatione Philosophiae***）』を、部分的ながら、翻訳しているが、その中に、第二書五歌が、含まれている。これは、「一番先きの年令（prior aetas)」、即ち、幼年期を歌った作品であるが、ヴォーンは、冒頭の一行を、次のように訳した。

幸いなる、かの純白《ましろ》き、最初《はじめ》の時代《とき》よ！

(Happy that first white age!)

原文の"Felix nimium prior aetas"の、"felix"という言葉が即座に、"white"という訳語を選ばせたのであろう。

幼児《おさなご》の魂は、照明の状態にある。すでに、述べた通り、絶対者を求める神秘家は、浄化の道、照明の道、一致の道、という三段階を辿る。照明の道の途上においては、「超越的秩序についての、喜びに満ちた意識が、高揚した形で、戻って来る。……自我は、実在の意識に目覚める。……今や、自我は、太陽を振り仰ぐ。これが、照明である。……照明は、優れて「観想的な状態」である」。(330)

「我が凝視《みつ》める魂(my gazing soul)」は、観想の状態にある魂である。「我が凝視《みつ》める魂」は、万物の中に、神を見た。「我が凝視《みつ》める魂は、花の中に、神を見た。「我が凝視《みつ》める魂」は、雲の中に、神を見た。そうであるが故に、雲や、花は、「金色（こんじき）の雲や花（***gilded Cloud, or flowre***）」であった。雲や、花を、金色に染めたのは、他《ほか》ならぬ、神の光である。

神は、万物に内在する。

であるから、創造《つく》られた物の中で、最も卑小な物ですら、神の内においては、神と同じ程高い、存在の質を有する。

(Denn *so* hohen Seinsrang hat (auch) die geringste Kreatur *in* Gott.)(331)

創造《つく》られた物の中で、最も卑小な物の実例として、エックハルトは、「一匹のはえ（eine Fliege）」(332)を挙げている。一匹のはえは、神の内に在り、一匹のはえの中に、神の充溢《じゅういつ》がある。

中世の神秘家が、はえの中に神の充溢《じゅういつ》を見る如く、二十世紀の詩人は、「原子の中に、無限が込められている。（the infinite folded in the Atom）」(333)のを見る。

創造《つく》られた物すべては、神の内に在り、神は、創造《つく》られた物すべての内に在る。そして、創造《つく》られた物は、そのことを感知している。

いずれの灌木（かんぼく）も、
いずれの樫（かし）も、我の在るを知る。
（　Each Bush
And *Oak* doth know *I AM.*）[334]

神は、万物に内在する。神は、内在神である。神は、霊そのものである。神は、像を持たない。神は、万物を超越する。神は、超越神である。

「神性の、不可知の全体性と、人知によって、理解可能な、神の人格（the unknowable totality of Godhead and the knowable personality of God）」[335]は、鋭く対立するように見えるが、「実在の、この二つの相、即ち、存在の、この二つの次元は、如何に、遠く隔たっているように思われようとも、実は、一つである。(these two aspects of reality, these two planes of being, however widely they seem to differ, are *One*.)」。[336]内在神と超越神という逆説は、個個の神秘家の体験においては、矛盾撞着《むじゅんどうちゃく》を引き起こさない。

大抵の、観想の実践者達は、銘銘の気質に従って、実在についての、こうした理解の、いずれかに傾く。即ち、「霊魂の土俵」において、人格的に、内在神と出会うか、さもなければ、否定の言語以外には、どのような言語を以《もっ》てしても、定義し得ないような、非人格的な超越神の前に謙《へりくだ》り、「無に帰した魂」の、禁欲的な喜びを味うかの、いずれかに、傾く。(Temperamentally, most practical contemplatives lean to either one or other of these apprehensions of Reality: to a personal and immanental meeting in the "ground of the soul" or to the austere joys of the "naughted soul" abased before an impersonal Transcendence which no language but that of nagation can define.)(337)

内在神を求めるか、それとも、超越神に向かうかは、各各の神秘家の気質が、決定する。ヴォーンの気質に合っているのは、内在神である。

『ヘルメス文書』第五章には、内在の神秘が、体系的に、説かれている。以下は、その核心に触れる部分である。

しかし、私に、もっと思い切ったことを言え、と言うのであれば、このお方の本質は、万物を産み、万物を生産することなのだ。生産する者がいなければ、何物も、生じないように、神が、もし、天上において、空中において、地上において、深淵《しんえん》において、世界の至る所において、万物のすべてにおいて、存在において、又、無において、常に、創造しているのでなければ、神は、常に存在することは、出来ないのだ。何故なら、この全世界において、神自身でない物は、何一つ、存在しないからだ。神は、神自身が、存在する物であると同時に、存在しない物なのだ。存在する物は、神が、それらを出現させるのであり、存在しない物は、神が、それらを自らの内に、含有するからなのだ。(Et même si tu me forces à dire quelque chose d'encore plus osé, son essence, à lui, est d'enfanter et de produire toutes choses; et, de même que sans producteur rien ne peut venir à l'être, de même Dieu ne peut-il exister toujours, s'il ne crée pas toujours toutes choses, dans le ciel, dans l'air, sur la terre, dans l'abîme, en toute région du monde, dans le tout du Tout, dans l'être et dans le néant. Car, dans ce monde tout entier, rien n'existe qu'il ne soit pas lui-même. Il est lui-même à la fois les choses qui sont et celles qui ne sont pas. Car les choses qui sont, il les a fait apparaître, et les choses qui ne sont pas, il les contient en soi-même.)(338)

弟のトマスは、その著作の中で、繰り返し、自然の内なる神について、論じている。というのも、自然は、神の声であって、単なる音であったり、命令であったりはしない。そうではなくて、自然は、創造主から発せられて、万物の中へ入り込む、実体的、かつ、活動的な息吹《いぶき》である。(For Nature is the Voice of God, not a mere sound or command but a substantial, active breath, proceeding from the Creator and penetrating all things.)[339]

別の個所《かしょ》で、トマスは、次のように、述べている。

確かに、神は、神自身の超自然の根源に基いて、自然を構築し、創造した。神は、自然の内にあり、自然を貫いている。そして、神は、神の永遠の霊によって、天地を支える。我我の体が、我我の霊によって、支えられているのと同じである。(Certainly He [i.e.God] built and founded Nature upon His own supernatural center. He is in her and through her, and with His Eternal Spirit doth He support heaven and earth—as our bodies are supported with our spirits.)[340]

「我が凝視《みつ》める魂」は、自然の内に、神を見た。「創造《つく》られた物すべての内に、神の幾許《いくばく》かが宿る(In allen Kreaturen ist etwas von Gott)」[341]からである。神は、栄光そのものである。創造《つく》られた物すべては、それぞれの方法と程度において、神の栄光を体現する。「我が凝視《みつ》める魂」は、「それらの、より小さき栄光の内に、幾許《いくばく》かの、永遠の投影《かげ》を認め(in those weaker glories spy / Some shadows of eternity)」た。創造《つく》られた物は、すべて、神の投影《かげ》である。

樹(き)も、草も、花も、

神の叡知《えいち》と、能力《ちから》の投影《かげ》なり。

（　　Each *tree, herb, flowre*
Are shadows of his wisedome, and his Pow'r.)(342)

神は、光そのものである。創造《つく》られた物は、より小さき光である。

かの一（いつ）なる御者（おんもの）は、これらすべての、より小さき光を、創造《つく》り給えり。

(That *One* made all these lesser lights.)(343)

より小さき光は、魂を、光の源へ上昇させる梯子《はしご》である。

　　　願わくは、我に、
　　この地上における、汝の痕跡《あと》を辿らしめ給え。
これらの仮面《かお》と投影《かげ》の内に、
　汝の聖なる方法《みち》を認めさせ給え。
しかして、かの密《ひそ》かなる上昇によりて、
汝より迸《ほとばし》り出《い》づる、日の光に登らしめ給え。
汝は、目には見えねども、万物の内に在り給う。

（　Grant I may so

Thy steps track here below,
That in these Masques and shadows I may see
Thy sacred way,
And by those hid ascents climb to that day
Which breaks from thee
Who art in all things, though invisibly;)[344]

一匹のはえから、壮大な天球に至るまで、「万物は、固有の調子と、定められた高さを持つ（All have their *Keys*, and set *ascents*)」。[345] 音が、低い方から、高い方へ、順を追って、音階を成すように、創造《つく》られた物は、卑小な物から、偉大な物に至るまで、順を追って、段を登り、互いに連接しながら、壮大な梯子《はしご》を成す。これが、「創造《つく》られた物の梯子《はしご》(scala creaturarum)」、あるいは、「自然の梯子《はしご》（scala naturae)」である。

トマス・アクィナスから、中世の群小学者達に至るまで、カトリック教徒達が、創造は、様様の段階を経て、神の玉座《ぎょくざ》に至る、梯子《はしご》、即ち、階段である、と考えたように、プロティノスから、ヴォーンと同時代の学者や、探究者達に至るまで、神秘家やヘルメス哲者達は、生ける霊が、身を屈《かが》めて、万物を通り抜けて、降《お》り来《き》たり、万物に魂を入れ、万物をつなぎ合わせるのを見た。(as the Catholics, from Aquinas to many minor medieval writers, saw the creation as a 'ladder' or 'scale' reaching through various rungs of being to the throne of God, the mystic and Hermetic phiolsophers, from Plotinus to the workers and explorers of Vaughan's own day, saw the living Spirit stoop descending through all things to inform them and link them together)[346]

神は、「創造《つく》られた物の梯子《はしご》」を下《くだ》って、地上に降《お》り来《き》たり、魂は、「創造《つく》られた物の梯子《はしご》」を登って、神に至る。「創造《つく》られた物の梯子」は、天と地をつなぐ通路である。

天と地をつなぐ「ヤコブの梯子《はしご》」については、すでに、審美的想像力論(347)において、詳述した。

フラッドは、「真のルネサンス人と言われる、最後の人人の一人 (one of the last of the true "Renaissance men")」であったが、「ヤコブの梯子《はしご》」は、地上から天に至る、人間の認識の能力《ちから》の梯子《はしご》（写真三）である、と考えた。梯子《はしご》の最下段が、感覚（Sensus）、次が、創像力（Imaginatio）、次が、理性（Ratio）、次が、悟性（Intellectus）、次が、知性（Intelligentia）で、最上段が、御言葉《みことば》（Verbum）である。

「堕落した肉体と不滅の霊、という、全く、異質なものが、人間の中で、結び合わされているとは、何と、驚くべきことであろうか！神が、身を縮めて、肉を持つ存在になったとは、そして、又、人間が、永遠の至福に与《あずか》るように作られているとは、これ又、実に、奇跡的である。この世における喜びは、死すべき肉体の中に、霊が存在する、ということからのみ生ずる。そうであるなら、天上の至福は、如何《いか》ばかり、これに勝るであろうか。かしこにては、理性を備えた霊が、神の存在を、真近に、享受するのだ！　ここに到達するためには、外的な物事から目を背《そむ》け、心の内側へ向かうことが必要である。誠に、自分自身の核心の核心にまで、浸透しなければならない」。フラッドは、この言葉によって、それとなく、自分自身の黙想中の体験を、仄《ほの》めかしている。

完徳の梯子《はしご》は、地上から天上に登るために踏むべき段階を、示している。感覚の世界から、内なる想像力の世界へ。更に、理性、即ち、訓練された思考から、悟性、即ち、内なる認識器官へ。そして、知性、即ち、内なる直観の対象へ。そして、終《つい》には、御言葉《みことば》そのものに至る。御言葉《みことば》は、天上を超《こ》える領域を開示する。（'How amazing it is that things so disparate as the vile body and the immortal spirit should be joined together in man! No less miraculous it is,

Verbum
Intelligentia
Intellectus
Ratio
Imaginatio
Sensus

三.

that God himself should have contracted into corporeality, and that man should be so made that he can participate in eternal beatitude. What joy there is in this world comes alone from the presence of the spirit in the corruptible body. How much greater, then, must be the bliss of Heaven, where the Rational Sprit enjoys God's proximate presence! To attain this, it is necessary to turn away from exterior things and turn inwards; indeed, to penetrate through one's very centre.' Fludd hints here at his own experience in meditation.

The ladder of perfection shows the steps that must be taken to mount from Earth to Heaven: from the world of the senses to the inner world of Imagination; thence through Reason, or disciplined thought, to Intellect, the inner organ of knowledge; to Intelligence, or the object of direct inner knowledge, and finally to the Word itself, which opens the supercelestial realm.）(348)

最も卑小な生き物である、一匹のはえから、壮大な天球に至るまで、人は、「創造《つく》られた物の梯子《はしご》」を登って、地上から、天上に至る。同様に、最も地上的な、感覚作用から、御言葉《みことば》についての、直接的な理解に至るまで、人は、認識の能力《ちから》の梯子《はしご》を登って、地上から天上に至る。もっとも、正確に言えば、いずれの梯子《はしご》も、天に至る梯子《はしご》ではなく、「天の門口《かどぐち》（heaven's gate）」(349)に至る梯子《はしご》である。神は、最上段にも、いないからである。神は、不可知であって、梯子《はしご》は、そこまでは、及ばない。

幼《おさな》かりし時代《とき》、「我が凝視《みつ》める魂」は、創造《つく》られた物の中に、「幾許《いくばく》かの、永遠の投影《かげ》を認めた」だけではない。幼児《おさなご》は、自分自身の中に、永遠の生命《いのち》が脈打つのを感じた。幼児《おさなご》は、「我が肉体《にく》の衣《ころも》を貫きて、永遠の輝く若枝が、芽吹くを感じたり（felt through all this fleshly dresse / Bright shootes of everlastingnesse）」。「人間は、その本源においては、神の内に植えられた、枝であった、という、この真実（this truth, that man in his original was a branch planted in God）」(350)は、ヴォーンが、弟のトマスから、伝授されたのであろう。

であるから、ちょうど、この地上に、自然の植物が、存在するように、生ける者達の土地《くに》、即ち、永遠《とこしえ》の火の地には、新芽やら、若芽やら、火の如き霊の花が、存在する、ということは、明らかである。火の如き霊の花を、我我は、魂と呼んでいる。(It is clear then that the Land of the Living, or the Eternal Fire-Earth, buds and sprouts, hath her fiery spiritual flowers, which we call souls, as this natural earth hath her natural vegetables.)(351)

錬金術の書には、人間の体から、若木が生《は》え出《い》でている図(写真四´)があり、次のような説明文が、付されている。

死から、新しい生命《いのち》が、生ずる。肉体は、地上に残るが、揮発性の部分は、上昇する。ちょうど、人間の霊と魂が、死によって解放される時、肉体を離れるのと同じである。(From death comes new life. While the body remains below, the volatile part rises, just as the human soul and spirit leave the body when death releases them.)(352)

錬金術は、ヘルメス哲学から派生した。

ヘルメスは、魔術、錬金術、占星術、「奇跡的な能力《ちから》と知恵に関《かか》わるすべての事」と結び付けて考えられた。……錬金術士の「偉大なる業《わざ》」は、かって、ゾシムスにとっては、人間の霊的な変質を意味したが、スーフィ教徒達にとっても、同じことを意味した。そして、霊薬、即ち、賢者の石は、内なる統合と完成の象徴になった。(He〔i. e. Hermes〕was associated with magic, alchemy, astrology, 'everything that had to do with miraculous powers and wisdom'....The 'Great Work' of the alchemist meant for Zosimus, the spiritual transmutation of

Qui querunt a͞r͞i nerai secreti ...
q̃ labrant/ est autem in mercurio quid ...
Corpus, ab hōc, anima, spiritus ti...... ha͞biuntur
Nullus mercurius sumitur quem m....

四.

the man; and the elixir, or the Philosophers' Stone, became a symbol of this inner integration and completion.)(353)

錬金術は、ルネサンス期においては、実用的な様相を帯びた。

「ヘルメス哲学」と「錬金術」を、同一視するべきではないが、錬金術は、ルネサンス期のヘルメス哲学の一面である、と見なしても、差《さ》し支《つか》えないであろう。実際、当時の人人の大方《おおかた》は、「ヘルメス哲学者」という言葉を聞けば、神秘主義の研究者のことよりは、錬金術の実践者のことを考えたであろう。(Though one should not equate "hermeticism" and "alchemy," one may fairly consider alchemy an aspect of Renaissance hermeticism; indeed, most men of that time, hearing the phrase "hermetic philosopher," would have thought of a practising alchemist rather than of a mystical writer.)(354)

錬金術の実践者とは、つまり、金属を変質させることに関《かか》わった者、ずばり、卑金属を純金に変えることに腐心した者である。

ヴォーンは、ヘルメス哲学にも、錬金術にも、通じていたが、「永遠の輝く若枝」は、哲学的概念であったり、錬金術上の知識であったりするよりは、むしろ、生まれた時から、ウェイルズの「比類ない自然」に育《はぐく》まれた人間の、心と体の実感だったのではなかろうか。幼児《おさなご》は、「若枝」をその身の内に、「感じた（felt）」のだから。

おお、喜びよ！果てしなき甘美よ！如何《いか》なる花花と、
如何《いか》なる栄光の若枝と共に、我が魂は、ほころび、芽吹くことか！
(O Joys! Infinite sweetnes! with what flowres,

And shoots of glory, my soul breakes,and buds!)(355)

幼児《おさなご》の魂は、花と一体化して、花になる。幼児《おさなご》の魂は、若枝と一体化して、若枝になる。花になった魂は、花として、ほころび、若枝になった魂は、若枝として、芽吹く。これが、若枝になった魂の歓喜である。

魂は、前世においては、実在を直観した。

すなわち、すでに語られたように、人間の魂はどれもみな、生まれながらにして、真実在を観てきているのだ。さもなければ、この人間という生きものの中には、入って来なかったはずであるから。しかしながら、この世のものを手がかりにして、かの世界の真実在を想起するということは、必ずしも、すべての魂にとって容易であるのではない。ある魂たちは、かつてかの世界にあるものを目《ま》のあたりにしたときに、それを僅かの間しか見なかったし、またある魂たちは、この地上の世界に墜ちてから、悪しき運命にめぐり合わせたために、ある種の交わりによって、道を踏みはずして正しからざることへ向い、かのときに見たもろもろの聖なるものを忘却してしまうからである。そういうわけで、残るところ、その記憶を充分に持っている魂は、ほんの少数しかないのである。けれども、これら少数の魂は、かの世界にあったものと何か似ているものを目にするとき、驚きにわれを忘れ、もはや冷静に自己を保っていられなくなるが、さりとて、充分に識別することができないため、何がわが身に起っているかを知らないのである。(356)

魂は、前世においては、「照らされたる霊 (th'Inlightned spirit)」であった。「照らされたる霊」は、「我が栄光《はえ》ある行列《れつ》 (my glorious traine)」の中に在った。「栄光《はえ》ある行列《れつ》」は、救われた人人の、聖なる群れである。

其後《そのゝち》我、誰も数うる事能《あた》わざる大群衆を見しが、諸国、諸族、諸民《しょみん》、諸語《しょご》の中《うち》よりして、白き衣《ころも》を着《ちゃく》し、手に棕櫚《しゅろ》の葉を持ちて、玉座《ぎょくざ》の前、羔《こひつじ》の目前《めのまえ》に立ち、声高く呼《よば》わりて言いけるは、救霊《たすかり》は玉座に坐《ざ》し給う我神《わがかみ》及び羔《こひつじ》に帰《き》す、と。(357)

霊魂先在という発想は、プラトン的であるが、それを表現するヴォーンの手法は、聖書的である。前世が、黙示録の言葉によって、表現されているので、前世の記憶と、来世の啓示が、同一化され、魂は、いわば、未来を記憶する。「照らされたる霊」は、「かの棕櫚《しゅろ》の樹《き》の市街《まち》(That shady City of palme trees)」を望む。「かの市街《まち》」は、神が、モーセに示した「棕櫚《しゅろ》の樹《き》の市街《まち》、イェリコ」(358)を指《さ》す。棕櫚《しゅろ》は、豊じょうと勝利の象徴である。

「照らされたる霊」は、照明の道の途上の、「優れて「観想的な状態」」(359)にある。「後退(the retreate)」は、「かの状態(that state)」に到達し、「かの状態」を回復するための「後戻り(backward steps)」である。

# 第五節　「石の火花」

## 第五節　石の火花

一六五〇年に出版された、『火花散らす火打ち石（*Silex Scintillans*）』の題扉には、銅版画（写真五・）が、付されている。雲の中から突き出た神の御手《みて》が、鋼鉄《はがね》の錐《きり》で、火打ち石の心臓を打ち、発火させる。冷たい石の心臓が、火花を散らせ、燃え上がる。石は、血の涙を滴《したた》らせ、溶け始める。このエンブレムの意味を、ヴォーン自身が、ラテン語の詩によって、説明する。

(Tentâsti, fateor, sine vulnere sæpius, & me
　Consultum voluit Vox, sine voce, frequens;
Ambivit placido divinior aura meatu,
　Et frustrà sancto murmure præmonuit.
Surdus eram, mutusq; Silex: Tu, (quanta tuorum
　Cura tibi est!) aliâ das renovare viâ,
Permutas Curam: Jamq; irritatus Amorem
　Posse negas, & vim, Vi, superare paras,
Accedis propior, molemq;, & Saxea rumpis
　Pectora, fitq; Caro, quod fuit ante Lapis.
En lacerum! Coelosq; tuos ardentia tandem

Silex Scintillans:
or
SACRED POEMS
and
Priuate Eiaculations
By
Henry Vaughan Silurist
LONDON Printed by T.W. for H. Blunden
at ye Castle in Cornhill. 1650

五.

Fragmenta, & liquidas ex Adamante genas.
Sic olim undantes Petras, Scopulosq; vomentes
　Curâsti, O populi providus usq; tui!
Quam miranda tibi manus est! Moriendo, revixi;
　Et fractas jam sum ditior inter opes.)[360]

ブランデン、グロウザート（Alexander B. Grosart）、マーツ（Louis L. Martz）が、それぞれ、英訳を試みているが、以下に挙げるのは、ブランデン訳である。この訳詩は、原意に忠実であることは、言うに及ばず、英語の韻文としても完璧で、詩人が、詩を訳した結果とは、このようなものである、という見本である。

『火花散らす火打ち石（***The Flashing Flint***）』

おお、実《げ》に、汝は、傷つけずして、
　しばしば、我を、試《こころ》み給い、
汝の御声《みこえ》は、しばしば、音もなく、
　我を導かんと欲し給えり。
汝の微風《そよかぜ》は、そっと、天より降《お》り来《きた》りて、
　我を包み、
幽《かす》かに、警告《さとし》し、誘惑《さそ》えども、
　甲斐《かい》なし。

我は、石なりき。聾《つんぼ》にして、又、唖《おし》なりき。
されど、汝は、絶え間なく、
（汝は、汝の民《たみ》を、かくも愛し給う）
我が解放《すくい》に来《きた》り給えり。
汝は、汝の能力《ちから》の限りを尽くして後《のち》、
終《つい》に、汝の愛を示し給う。
汝の、広大《ひろ》き御意志《みこころ》によりて、我が頑固《かたくな》なる意志《こころ》を
除去《のぞ》き給う。

汝の包囲《かこい》は、益益《ますます》熾烈《はげ》しくなれり。汝の打撃によりて、
我が城壁《かべ》は、覆《くつがえ》されたり。
汝は、我が石の心を微塵《みじん》に打ち砕き、
かつて、石なりしもの、
今や、血と肉になれり。見よ、我は、血を流す。
終《つい》に、石の山は、
汝の天と共に燃え上がり、全き変化を遂げぬ！
石は、涙を流すなり。

昔日《むかし》、汝の御手《みて》は、かくの如く、

巌石《いわ》より泉を
湧き出《いだ》させ、粗《あら》き岩は、汝の指令《さしず》によりて、
汝の民の渇《かわ》きを癒《いや》せり。
我が主よ、汝の、秘《ひそ》かなる、絶え間なき御配慮《みはからい》は、
ここに、示されて、明白《あきらか》なり。
我が死は、我が蘇《よみがえ》りなり。
我が喪失《そうしつ》は、我が獲得なり。

(O I confess, without a wound
Thou oft hast tried me,
And oft Thy Voice without a sound
Hath longed to guide me;
Thy zephyr circled me from heaven,
On a calm wing,
And murmuring sought t'allure me, given
To no such thing.

A Flint I was, both deaf and dumb,
But Thou, unceasing,
(So lov'st Thou all Thy tribe) didst come
To my releasing;

Thou hast tried all Thy powers, until
　Thou show'st Thy love,
With whose vast Will my stubborn will
　Thou dost remove.

Thy siege comes sharper; by Thy shock
　My wall's o'erthrown;
Thou shatter'st even my breast of rock,
　And what was stone
Is flesh and blood: O see, I bleed:
　At last these Heaps
Burn with thy heaven, and, changed indeed!
　The Marble weeps.

Thus in the world's first age Thy hand
　Made fountains ripple
From Rocks, and Cliffs at Thy command
　Refreshed Thy people;
Thy secret busy care, my Lord,
　Hath here been plain:

My dying is my life restored;
My loss, my gain.)[361]

『作者の（自分自身に関する）エンブレム（*Authoris (de se) Emblemata*）』という、ラテン語の標題が示す通り、この詩は、ヴォーンの「自伝的啓示（autobiographical revelations）」[362]である。ヴォーンとエンブレムの関係を、否定する批評家も、稀《まれ》には、あるが、「ヴォーンのような信条と、気質と、経験の持ち主は、事実上、エンブレム的な様式に縛られていた（a poet of his [i.e. Vaughan] creed, temperament, and experience was virtually committed to the emblematic mode）」[363]と考えるのが妥当であろう。

十七世紀の、すべての形而上詩人達の作品において、エンブレムの慣習が、何らかの形において、意識されているのが認められ、又、エンブレムの主題や、手法が、何らかの形において、用いられている。エンブレムの習慣を、完全に無視した者は、一人として、ない。この習慣が及ぼした影響の、程度や重要性は、当然のことながら、個個の詩人によって、大きく異なるが。（In the work of all the Metaphysical poets of the seventeenth century some consciousness of the emblem convention is shewn, and some use made of its themes and methods. By none was it entirely neglected, although the degree and value of its influence naturally varies widely with different writers.）[364]

ヴォーンとエンブレムの関係は、次のような特徴を持つ。

しかしながら、概して言えば、ヴォーンの作品に見られる、エンブレム集に対する関心は、内容に対する関心であるよりは、手法に対する関心である、と言わなければならない。抽象概念を、あたかも、手に触れ、目で見ることが出来る物であるかの如くに扱う、ヴォーンの習慣。強烈な印象を与えられた、自然界の現象を解決する、ヴォーンの方法。この二つの点において、ヴォーンは、エンブレム的と言い得る方法で、作詩している。(In the main, however, the interest of the emblem books in relation to Vaughan's poetry must be regarded as one of method rather than of content. Both in his habit of handling abstract ideas as if they were tangible and visible objects, and in his way of interpreting phenomena in the natural world which so powerfully impressed him, Vaughan writes in a manner that can be called emblematic.)[365]

すでに、詳述した通り、ヴォーンの生涯は、「苦しむ人(homo patiens)」の生涯であった。自身の大病、妻の死、弟の死、友人関係の破綻《はたん》。これでもか、これでもか、という風にヴォーンは、運命の強打に見舞われた。数数の試錬と苦しみこそ、神の御手《みて》に握られた、鋼鉄《はがね》の錐《きり》である。試錬と苦しみの鋼鉄《はがね》は、「この火打ち石を、粉微塵《こなみじん》に、打ち砕く(grind this flint to dust)」。[366]

苦しめられた火打ち石から、火花が発せられるように、苦難の内にある魂から、神の光が発せられる。(Certaine Divine Raies breake out of the Soul in adversity, like sparks of fire out of the afflicted *flint*.)[367]

神は、火であり、槌《つち》である。

主日《しゅのたま》わく、わが言《ことば》は、火の如く、また岩をも千々《ちぢ》に打砕く槌《つち》の如くならずや。[368]

「我が堅き心に、深く切り込まれた一撃(deep Cut in my hard heart)」[369]は、石に点火し、発火させ、炎を燃え上がらせる。石の発火には、鋼鉄《はがね》の一撃が、不可欠である。

石は、鋼鉄《はがね》なくしては、
火を発せず。

（
flints will give no fire
Without a steel.)[370]

「堅き石の心（a hard stonie heart）」[371]は、鋼鉄《はがね》によって、打ち砕かれ、燃え上がり、「肉の心（a HEART of flesh）」[372]に生まれ変わる。

冷たい石を、燃える石に変えるのは、神の火である。神は、「金《かね》を熔《と》かす火」[373]である。神は、「銀《ぎん》を熔かし潔《きよ》むる者」[374]である。

汝は、
金《かね》を熔《と》かす火なり。おお、我が汚《けが》れに汚《けが》れたる心を
潔め給え！

（
Thou art
Refining fire, O then refine my heart,
My foul, foul heart!)[375]

汚《けが》れた粘土《つち》も、「金《かね》を熔《と》かす者（the Refiner's fire）」[376]の火に熔《と》かされ、潔《きよ》められるなら、純金に変わるであろう。

我等《われら》は、汚《けが》れたる粘土《つち》そのものなれど、
汝が、潔《きよ》め給わば、純金《きん》になるべし。
おお、来《きた》り給え！汝の火によりて、我等《われら》を熔かし給え！
我等《われら》を潔め給え！
(We, who are nothing but foul clay,
Shal be fine gold, which thou didst cleanse.
O come! refine us with thy fire!
Refine us!)(377)

神は、火である。

そは主《しゅ》汝の天主は、焼盡《やきつく》す火、妬《ねた》む神なればなり。(378)

聖書の中で、火の神は、『出エジプト記』第三章二節、同上書第十九章十八節、『詩篇』第十八章八節、同上書第百四節四章、『イザヤ預言書』第六章四節、『エゼキエル預言書』第一章四節、『ダニエル預言書』第七章一〇節、『マテオ聖福音書』第三章十二節、『使徒行録』第二章三節、『テサロニケ後書』第一章八節、『黙示録』第一章十四節において、言及されている。

粘土《つち》が、純金《きん》に変質する、という発想は、錬金術に基づいている。

ヴォーンが、『火花散らす火打ち石』のために選んだエンブレムは、恐らく、ヴォーンの、錬金術に対する関心に、影響されたであろう。(Vaughan's choice of an emblem for *Silex Scintillans*, his best known volume, may well have been affected by his interest in alchemy.)[379]

卑金属の中に、純金に変質する可能性が、秘められているように、「堅き石の心 (a hard stonie heart)」[380] の内には、「肉の心 (a HEART of flesh)」[381] に変貌《へんぼう》する可能性が、秘められている。

火打ち石の中に、火の素質が潜《ひそ》み、卑金属の中に、変質の可能性が潜《ひそ》んでいるように、魂の内には、消し難い部分、即ち、魂の火花が、存在する。(The unquenchable part of the soul, the *scintilla animae*, is in the soul what the lurking vein of fire is in the flint or what the possibility of transmutation is in base metals.)[382]

「妬《ねた》む神」[383] は、魂を、我が物となし、独占しなければ、承知しない。「焼盡《やきつく》す火」[384] の神は、地上に降《お》り来《きた》る時は、書物の形を取り、「この温和《やさ》しい愛の術《わざ》 (this milde art of love)」[385] によって、魂に求愛する。

　　汝、聖書は、投げ棄《す》てられながらも、
じっと耐え、無言のまま、我がまなざしを求めたり。
しかして、汝は、しばしば、開かれたるまま、
突如として、鋭く突き刺す光線《ひかり》を

我が魂の内に、伝達《つた》えたり。光線《ひかり》は、我に触れて、生命《いのち》をもたらし、
常に、熔《と》かし、潔《きよ》めたれど、我は、いたく、抗《あらが》いたり。

（　　　　　thou [i.e. the Bible] cast by
With meek, dumb looks didst woo mine eye,
And oft left open would'st convey
A sudden and most searching ray
Into my soul, with whose quick touch
Refining still, I strugled much.）(386)

「焼盡《やきつく》す火」が、地上に現れる時、書物の形を取れば、聖書になり、人の形を取れば、キリストになる。キリストは、「賢者の石（lapis philosophorum）」である。賢者の石は、卑金属を純金に変質させる、霊薬（the elixir）である。

キリストは、贖罪《しょくざい》によって、人類を、粘土《つち》から霊に変えたように、個個の魂に関しても、同じ作用《はたらき》を繰り返す。

　　　　キリストに到達《いた》らんと努めよ。彼人《かのひと》こそ、
　　これらの悲しき陰影《かげ》を、清らなる太陽と成し、
その靄《もや》を光線《ひかり》に、その湿《しめ》り気《け》を日光《ひ》に変ずるなり。
　彼人《かのひと》は、かくも能力《ちから》に優れ、
　　粘土《つち》を霊に
変ずるなり。しかして、真《まこと》の栄光が、

塵土《ちり》と石の中に宿る。

(strive to him [i.e.Christ], who Can
Make these sad shades pure Sun,
Turning their mists to beams, their damps to day,
Whose pow'r doth so excell
As to make Clay
A spirit, and true glory dwell
In dust, and stones.)(387)

キリストは、「偉大なる霊薬」である。キリストは、

偉大なる霊薬なり。そは、苦《にが》き汁を
美味《うま》し酒に変え、貧困を富に変え、
踏み迷う者を、故郷《ふるさと》に帰すなり。

(the great *Elixir* that turns gall
To wine, and sweetness; Poverty to wealth,
And brings man home, when he doth range.)(388)

キリストが、霊薬であるように、聖書も、又、霊薬である。

汝、聖なる書物の内に、隠されたる石、即ち、マンナが潜む。
　汝こそ、稀《まれ》にして、選《よ》りすぐりたる、偉大なる霊薬なり。
　汝こそ、あらゆる神秘を開く鍵、
文字となりし御言葉（みことば）、声となりし神なり。
(In thee [i.e. H. Scriptures] the hidden stone, the Manna lies,
　Thou art the great Elixir, rare, and Choice;
　The Key that opens to all Mysteries,
The *Word* in Characters, God in the *Voice*.)[389]

マンナとは、イスラエルの民が、エジプトから脱出した時、神から与えられた食べ物である。

かくして夕《ゆうべ》には、鶉来《うずらきた》りて営《えい》を覆《おお》い、朝《あした》には露《つゆ》営の周囲《まわり》におきしが、その地面《ちめん》を覆《おお》う時、地上の霜《しも》に似て、さながら乳棒《にゅうぼう》もて砕きし如き細小《こまか》きもの、荒野《あれの》に現れたり。……モイゼ彼等《かれら》に云《い》いけるは、「是《これ》は主《しゅ》が汝等《なんじら》に与えて食せしめ給うパンなり……」と。[390]

　聖書が、「文字となりし御言葉（みことば）(the *Word* in Characters)」であるように、キリストは、肉《ひと》となりし御言葉《みことば》[391]である。聖書も、キリストも、天与の糧《かて》である。

　神は、錬金術士である。粘土《つち》の心を、神の愛に燃え立つ、黄金の心に変えるのは、「霊の錬金術士（the Spiritual Alchemist)」の「偉大なる術《わざ》（the 'Great Work')」[392]である。霊の魔術士は、愛の炎によって、魂を燃え立たせ、愛の剣《つるぎ》によって、魂を突き刺す。

ヒルトンは、十四世紀の聖者であるが、愛の炎は、「神の賜物《たまもの》(ȝeft of god)」(393)であり、「愛の熱情が、この上もなく喜ばしい愛の剣《つるぎ》で、魂を傷つける(it [i.e. the passion of loue] wouìdeth the soule with the blissful swerde of loue)」(394)ことを、体験的に、物語っている。

「焼尽《やきつく》す火」(395)の業《わざ》とは、このようなものである。「妬《ねた》む神」(396)の愛とは、このようなものである。

愛の矢を、天使が携《たずさ》えて、現れる場合もある。写真六.は、愛の矢に、心臓を射貫《いぬ》かれようとしている、聖テレジア(Santa Teresa de Jesús)の彫像である。聖テレジアは、十六世紀の、スペインの聖女である。

エンブレムの中の、火打ち石の心臓は、炎を燃え上がらせる一方で、涙を滴《したた》らせる。炎も、涙も、「霊の錬金術士」の「偉大なる業《わざ》」の結果である。

知りたがり、見たがりの、虚《むな》しき好奇心を
棄《す》て去りて、賢《さと》明くあれ。
聖なる火を、欺くことなかれ。聖なる火を忌避《さけ》ることなかれ。
然《さ》にはあらずして、真《まこと》の涙によりて、汝の汚泥《どろ》を洗い流せ。
涙と炎は、やがて、和《なご》やかになり、
混じり合いて、盲《めしい》の目に塗《つ》ける軟膏《なんこう》となるべし。
涙は、浄化《きよ》め、素直《なお》くすること、確実《たしか》なり。
然《しか》して、火は、汝の堅固《かた》き覆《おお》いを除去《のぞ》くべし。
さすれば、光が来《きた》るべし！汝の目が、その光を認め、
それによりて、汝の赤裸の姿を識《し》らば、
彼人《かのひと》を賛《ほ》め称《たた》えよ。彼人《かのひと》こそ、惜《お》しげなく、賜物《たまもの》を下し給えり。

六.

汝には、涙の賜物《たまもの》を、我には、火の賜物《たまもの》を。

(Vain Wits and eyes
Leave, and be wise:
Abuse not, shun not holy fire,
But with true tears wash off your mire.
Tears and these flames will soon grow kinde,
And mix an eye-salve for the blinde.
Tears cleanse and supple without fail,
And fire will purge your callous veyl.
Then comes the light! which when you spy,
And see your nakedness thereby,
Praise him, who dealt his gifts so free
In tears to you, in fire to me.)(397)

火と水は、浄化である。浄化の次に来る光は、照明（illumination）である。これによって、人は己れの何たるかを悟り、神の恩寵《おんちょう》の何たるかを識《し》る。
水は、生命《いのち》の源《みなもと》である。

おお、有益にして、清らなる元素よ！
我が聖なる洗浄《きよ》め、この地における癒《いや》しよ。

汝は、羔《こひつじ》の在《ましき》し給う、生命《いのち》の水の源《みなもと》に、
最初に、我を引き渡したるにあらずや？
何と崇高《たか》き真理《まこと》と、健全《すこやか》なる主題《なかみ》が、
汝の、神秘にして、深き流れの内に宿ることか！
(O useful Element and clear!
My sacred wash and cleanser here,
My first consigner unto those
Fountains of life, where the Lamb goes?
What sublime truths, and wholesome themes,
Lodge in thy mystical, deep streams!)(398)

「有益にして、清らなる」水は、ヘルメス哲学の水である。

この元素は、ありとあらゆる影響力を輸送する物、即ち、運搬する道具である。それというのも、地球の中心から出《い》で来《きた》る流出物は、どんなものにもせよ、水によって、上昇し、空中へ運ばれるからである。又、その反対に、天から降《お》り来《きた》る物は、すべて、水によって、地上に下《くだ》る。何故なら、水の胎内で、劣れる自然と、勝《まさ》れる自然が、出会い、混合するからである。又、この二つの自然は、類《たぐ》い稀《まれ》な術策《わざ》なしには、明示され得ない。(This element is the deferent or *vehiculum* of all influences whatsoever. For what efflux soever it be that proceeds from the terrestrial centre the same ascends and is carried up in her to the air. And on the contrary all that comes from heaven descends in her to the earth, for in her belly the inferior and superior natures meet and mingle ; nor can they be manifested without a singular artifice.)[399]

水は、宇宙の循環の中で、重要な役割を果たす、「有益な（useful）」元素である。「聖なる洗浄《きよ》め（sacred wash）」は、洗礼を意味する。

イエズス答え給いけるは、誠《まこと》に実《まこと》に汝に告ぐ、人は水と霊とにより新《あらた》に生《うま》るるに非《あたら》ずば、神の国に入《い》ること能《あた》わず。[400]

水は、「癒《いや》し（cleanser）」である。"Cleanse"とは、"heal"と同義である。『マテオ聖福音書』第八章三節においては、"cleanse"は、この意味において、用いられている。

イエズス、手を伸《の》べて彼に触れ、我意《わがい》なり潔《きよ》くなれ、と曰《のたま》いければ、其癩病直《そのらいびようただち》に潔（きよ）くなれり。（筆者傍点）

ちなみに、『欽定英訳聖書』の、この部分は、次の通りである。

And Jesus put forth his hand, and touched him, saying, I will ; be thou clean. And immediately his leprosy *was cleansed*. (my italics)

水によって、浄化《きよ》められ、水によって、癒《いや》された者は、「羔《こひつじ》の在《まし》まし給う、生命《いのち》の水の源《みなもと》（those / Fountains of life, where the Lamb goes)」へ導かれる。

基《そ》は玉座《ぎょくざ》の正面に在《ましま》せる羔《こひつじ》彼等《かれら》を牧《ぼく》して、之《これ》を生命の源《みなもと》に導き給い、神は彼等《かれら》の目より凡《すべ》ての涙を拭《ぬぐ》い給うべければなり。[401]

エンブレムの心臓は、石の心臓である。石の心臓に涙を滴《したた》らせる神は、岩を水に変える神である。

彼〔ヤコブの天主〕こそ岩を湖水《みずうみ》に、断崖《きりぎし》を泉水《いずみ》に変え給いしなれ。[402]

これは、イスラエルの民が、エジプトから脱出した折の、出来事である。

その時主《しゅ》モイゼに曰《のたま》いけるは、「汝民《たみ》の前《さき》に行き、イスラエルの長老等《ちょうろうたち》を伴い、汝が河《かわ》を撃《う》ちし杖《つえ》を手に取りて行け。見よ、我《われ》、其處《そこ》に汝の前《まえ》にホレブの岩の上に立たん。汝その岩を撃《う》つべし、さらば水それより出《い》でて、民《たみ》飲むことを得ん。」と。[403]

石の心臓は、炎を燃え上がらせ、涙を滴《したた》らせる。魂は、本来、火である。魂は、本来、水である。

『雅歌』は、花婿《はなむこ》である神が、花嫁であるイスラエルの民に向かって歌う、愛の歌である。新約の時代においては、花嫁は、キリストによって贖《あがな》われた、すべての魂を指す。

魂は、生ける水である。

わが妹《いもうと》よ、花嫁よ、汝は閉じたる園《その》、閉じたる園《その》、封じたる泉なり。……園《その》の泉、リバノンより激しく流れ来《きた》る活《い》ける水の井。[404]

魂は、燃え盛る火である。魂の内奥には、「魂の火花（dem Fünklein in der Seele）」[405]がある。鋼鉄《はがね》の錐《きり》が、燃えあがらせるのは、この火花である。

『再生（***Regeneration***）』

未成年の被後見人にして、相《あい》も変わらず、原罪《つみ》の囚《とら》われ人《びと》なる我は、ある日、
　密《ひそ》かに、外なる世界へ、抜け出したり。
時節《とき》は、春酣闌《たけなわ》、道すがら、
　桜草（さくらそう）が咲き乱れ、緑の木陰《こかげ》に覆《おお》われたり。
　されど、我が心の内は、霜《しも》なりき。
　　然《しか》して、風が吹き荒《すさ》みて、
我が若芽を損《そこ》ない、罪が、
　雲の如く、我が心を、闇《やみ》で覆《おお》いたり。
　2.
かくの如く、嵐が吹き荒《あ》れたり。我は、我が春が、唯《ただ》の芝居、見せ物に過ぎぬことを、
　あからさまに、看《み》て取れり。
我が行く道は、奇怪なる、山道なりき。
　そは、ごつごつした岩が突き出た、雪道なりき。
　あたかも、巡礼者の目が、

不安げに、
陰うつな空を見遣《みや》りて、
悲嘆《かなしみ》の涙を滴《したた》らせ、雨と降《ふ》らせる如く、

3.

我は、ひたすら、上方《うえ》を目指《めざ》しつつ、吐息を漏らし、終《つい》に、
上《のぼ》りと下《くだ》りの真ん中の、
尖《とが》れる山頂《いただき》に到達《つき》ぬ。かしこには、
天秤《てんびん》が、置かれたり。
我は、両の皿を取り上げて、
一方の皿に、近年の労苦《くるしみ》を、
もう一方の皿に、煙を、載せり。然《しか》して快楽《たのしみ》の重さは、
労苦《くるしみ》の重さに勝りたり。

4.

と、同時に、去れ、と叫ぶ声ありき。我は、直《ただ》ちに、
従えり。然《しか》して、
真東《まひがし》に向かいて、麗《うるわ》しく、清清《すがすが》しき野原《のはら》を認めたり。
そは、ヤコブの床（とこ）と呼ばれたり。
この地は、人跡未踏の処女地にして、
かって、無礼の者が、足を踏み入れたることなし。
かしこには、ヤコブが入りたる後《のち》は、ただ、

予言者達と、神の友なる人人のみが、在る。

5.

我は、ここに、休息《やす》めり。が、腰を据える間《ま》もなく、
はるかに、森を認めたり。
堂堂たる、丈《たけ》高き森なりき。枝と枝とが、引き延びて、
互いに、交叉《まじ》わりたり。
我は、森に入りたり。然《しか》して、一度《ひとたび》中に入るや、
(目を瞠《みは》りたり)
辺《あた》り一面、一変し、新《あら》たなる湧き水が、
我が五感を歓迎《むか》えたり。

6.

太陽が、惜しみなく、生命《いのち》の黄金を発し、
無数の断片《かけら》になりて、散りぬ。
天上《てん》には、青き空が広がりて、
雪の如き白雲が、市松模様を描きたり。
辺《あた》りには、芳《かんば》しき香りが漂《ただよ》い、
いずれの灌木《かんぼく》も、
花輪を着《つ》けたり。かくの如く、我が目は、楽しみたり。
されど、耳には、唯《ただ》静寂ありしのみ。

7.

唯《ただ》、小さき泉のみが、微《かす》かに、
音を立てたり。
物言わぬ葉陰《はかげ》に、泉の涙の
楽《がく》の音《ね》は、語りかけたり。
近寄りてみれば、
溜池《ためいけ》には、
様様《さまざま》に異なる石がありき。光輝く円《まろ》き石もあれば、
形悪《わろ》く、鈍色《にびいろ》をしたる石もありき。

8.

(見よ)最初の、光の如く生ける石は、
水の中に、踊りたり。
然《しか》れども、最後の、夜よりも重き石は、
中心に、釘付《くぎづ》けにせられたり。
我、いたく、驚嘆《おど》ろきしが、
終《つい》に、意を決して、
我が視《め》を、じっと、凝らしたり。視《め》は、相変《あいか》わらず、
不可思議なる物が、招来《もた》らされんことを願望《のぞ》めり。

9.

そは、花花の堤《つつみ》なりき。見れば、

（時刻《とき》は、真昼《まひる》なれども）
深く眠りたる花花もあれば、大きく目を見開きて、
光線《ひかり》を取り込みたる花花もありき。
我、久しき間、ここに留《とど》まりて、想念《おもい》に耽《ふけ》りたり。と、そこへ、
一陣《いちじん》の突風《かぜ》が吹き来《きた》り、
益益《ますます》激しくなりしが、いずくより吹き来《きた》りしかを、
我は、悟らざりき。

10.

我は、辺《あた》りを見回せり。然《しか》して、葉陰《はかげ》の隅隅《すみずみ》にまで、
目を遣《や》りて、
一葉《ひとは》なりとも、
戦《そよ》ぎたるか、あるいは、応答《こた》えたるかを、知らんと欲せり。
されど、耳を欹《そばだ》て、我が心を
安んぜんがために、
風が、いづくに在り、いづくになきやを、知らんと努めたり。
風は、囁《ささや》けり。己（おの）がままなる処（ところ）に、と。
我は、言えり。主よ、我に霊の息吹（いぶき）を与え給え。
然（しか）して、死の時期（とき）を待たずして、死するを得しめ給え！

『雅歌』第五章十七節。

北風よ起（おこ）れ、南風よ、来（きた）れ、わが園（その）を吹き過ぎて、その芳香（かおり）を漂（ただよ）わせよ。

(A Ward, and still in bonds, one day
I stole abroad,
It was high-spring, and all the way
*Primros'd*, and hung with shade;
Yet, was it frost within,
And surly winds
Blasted my infant buds, and sinne
Like Clouds ecclips'd my mind.

2.

Storm'd thus; I straight perceiv'd my spring
Meere stage, and show,
My walke a monstrous, mountain'd thing
Rough-cast with Rocks, and snow;
And as a Pilgrims Eye
Far from reliefe,
Measures the melancholy skye
Then drops, and rains for griefe,

3.

So sigh'd I upwards still, at last
'Twixt steps, and falls
I reach'd the pinacle, where plac'd
I found a paire of scales,
I tooke them up and layd
In th'one late paines,
The other smoake, and pleasures weigh'd
But prov'd the heavier graines;

4.

With that, some cryed, *Away*; straight I
Obey'd and led
Full East, a faire, fresh field could spy
Some call'd it, *Jacobs Bed*;
A Virgin-soile,which no
Rude feet ere trod,
Where (since he stept there,) only go
Prophets, and friends of God.

5.

Here, I repos'd; but scarse well set,

A grove descryed
Of stately height, whose branches met
And mixt on every side;
I entred, and once in
(Amaz'd to see't,)
Found all was change'd , and a new spring
Did all my senses greet;

6.

The unthrift Sunne shot vitall gold
A thousand peeces,
And heaven its azure did unfold
Checqur'd with snowie fleeces,
The aire was all in spice
And every bush
A garland wore; Thus fed my Eyes
But all the Eare lay hush.

7.

Only a little Fountain lent
Some use for Eares,
And on the dumbe shades language spent

The Musick of her teares;
I drew her neere, and found
The Cisterne full
Of divers stones, some bright, and round
Others ill-shap'd and dull.

8.

The first (pray marke,) as quick as light
Danc'd through the floud,
But, th'last more heavy then the night
Nail'd to the Center stood;
I wonder'd much, but tyr'd
At last with thought,
My restless Eye that still desir'd
As strange an object brought;

9.

It was a banke of flowers, where I descried
(Though 'twas mid-day,)
Some fast asleepe, others broad-eyed
And taking in the Ray
Here musing long, I heard

A rushing wind
Which still increas'd, but whence it stirr'd
No where I could not find;

10.
I turn'd me round, and to each shade
Dispatch'd an Eye,
To see, if any leafe had made
Least motion, or Reply,
But while I listning sought
My mind to ease
By knowing, where 'twas, or where not,
It whisper'd; *Where I please.*

Lord, then said I, ***On me one breath,***
***And let me dye before my death!***

Cant. Cap. 5. ver. 17.
***Arise O North, and come thou South-wind, and blow upon my garden, that the spices thereof may flow out.***）(406)

神学用語で、〝regenerate〟とは、霊的に生まれ変わった、回心した、という意味である。表題の「再生（rcgcncration）」

は、霊的に目覚めて、真のキリスト者に生まれ変わることを意味する。

「未成年の被後見人（a Ward）」は、回心以前の、霊的に未熟な人間である。

第一行目の"Ward"は、囚《とら》われ人《びと》を意味するだけではなく、後見人の監督下に置かれた、未成年者を指すと思われる。

(The "Ward" of the first line may denote, as well as a prisoner, a minor under the care of a guardian.)(407)

「未成年の被後見人」は、「相《あい》も変わらず、原罪《つみ》の囚《とら》われ人《びと》（still in bonds）」であった。「枷《かせ》をかけられた（in bonds）」とは、「原罪に隷属した（esclave du péché originel）」(408)を意味する。

外なる世界には、春の花と夏の緑陰があった。しかし、「我が心の内は霜《しも》（frost within）」であった。心は、罪のために、「闇《やみ》に覆《おお》われて（ecclips'd）」いた。

吹き荒《すさ》む嵐の中で、魂は、花も、緑も、唯《ただ》の「見せ物（show）」に過ぎないことを悟った。この世の浮《うわ》ついた喜びや、楽しみは、すべて、夢幻《ゆめまぼろし》である。

寔《まこと》に人は幻影《まぼろし》の如く過ぎ行き、徒労《いたずら》に打ち騒ぎ、積み蓄《たくわ》えて、しかも誰《た》がためにそを集むるかを知らず。(409)

今や、「我が行く道（my walke）」は、ごつごつした険《けわ》しい山道である。激しい吹雪《ふぶき》の中を、苦闘しながら進む山道は、神秘が辿《たど》る三つの道の、最初の道、即ち、浄化の道である。神秘家が辿《たど》る、三つの道については、すでに、詳述した。浄化の道を辿《たど》る時、「自我は、神との合一に向かう途上にあって、それを妨げる物すべてを、修練と苦行によって、除去しようと努める。これが、浄化、即ち、苦しい努力の状態である」。(410)

空からは、一条の光も射《さ》さない。「陰うつな空（the melancholy skye）」の下《もと》、巡礼者なる「我」は、「ひたすら上方《うえ》を（upwards still)」目指《めざ》しつつ、苦しみの「吐息を漏らし（sigh'd)」、「悲嘆《かなしみ》の（for grief)」涙を「雨と降らせる（rains)」。

ようやく、「尖《とが》れる山頂《いただき》（the pinacle)」に辿《たど》り着くと、そこには、「天秤《てんびん》（a paire of scales)」が、置かれていた。「一方の皿に、近年の労苦《くるしみ》を、もう一方の皿に、煙を、載せ（layd / In th'one late paines, / The other smoake)」ると、何と、煙の方が、「重かった（prov'd the heavier grains)」。「近年の労苦《くるしみ》」は、積年の「快楽《たのしみ》（pleasures)」に対抗して、秤《はかり》を傾かせる力を持たなかった。「快楽《たのしみ》」には、価値もなければ、実質もない。この世の「快楽《たのしみ》」は、「空の空なるもの」(411)、即ち、煙に過ぎない。『クウォールズのエンブレム集』には、天秤《てんびん》の図（写真七.）があり、次の警句が、添えられている。

我が魂よ、羽より軽《かろ》きものありや？　風なり。
風より軽《かろ》きものは？　火なり。然《しか》らば、火より軽《かろ》きものは？　精神《こころ》なり。
精神《こころ》より軽《かろ》きものは、何ぞや？　思念《おもい》なり。思念《おもい》より軽《かろ》きものは？
泡《あぶく》の如きこの世なり。泡《あぶく》より軽《かろ》きものは？　無し。

(My soul, what's lighter than a feather? Wind.
Than wind? The fire. And what, than fire? The mind.
What's lighter than the mind? A thought. Than thought?
This bubble world. What, than this bubble? Nought.)(412)

我が魂の「近年の労苦《くるしみ》」は、「泡《あぶく》の如きこの世（this bubble world)」より、はるかに軽かった。「近年の労苦《くるしみ》」は、「無（Nought)」に過ぎなかった。

「去れ（*Away*)」という声が響き、「我」は、直《ただ》ちに、「真東《まひがし》に（full East)」向かった。旧約の時代に、ヤコブが、「東《ひがし》の方《かた》の地《ち》」(413)、即ち、メソポタミア（Mesopotamia）に向かって、旅したように。

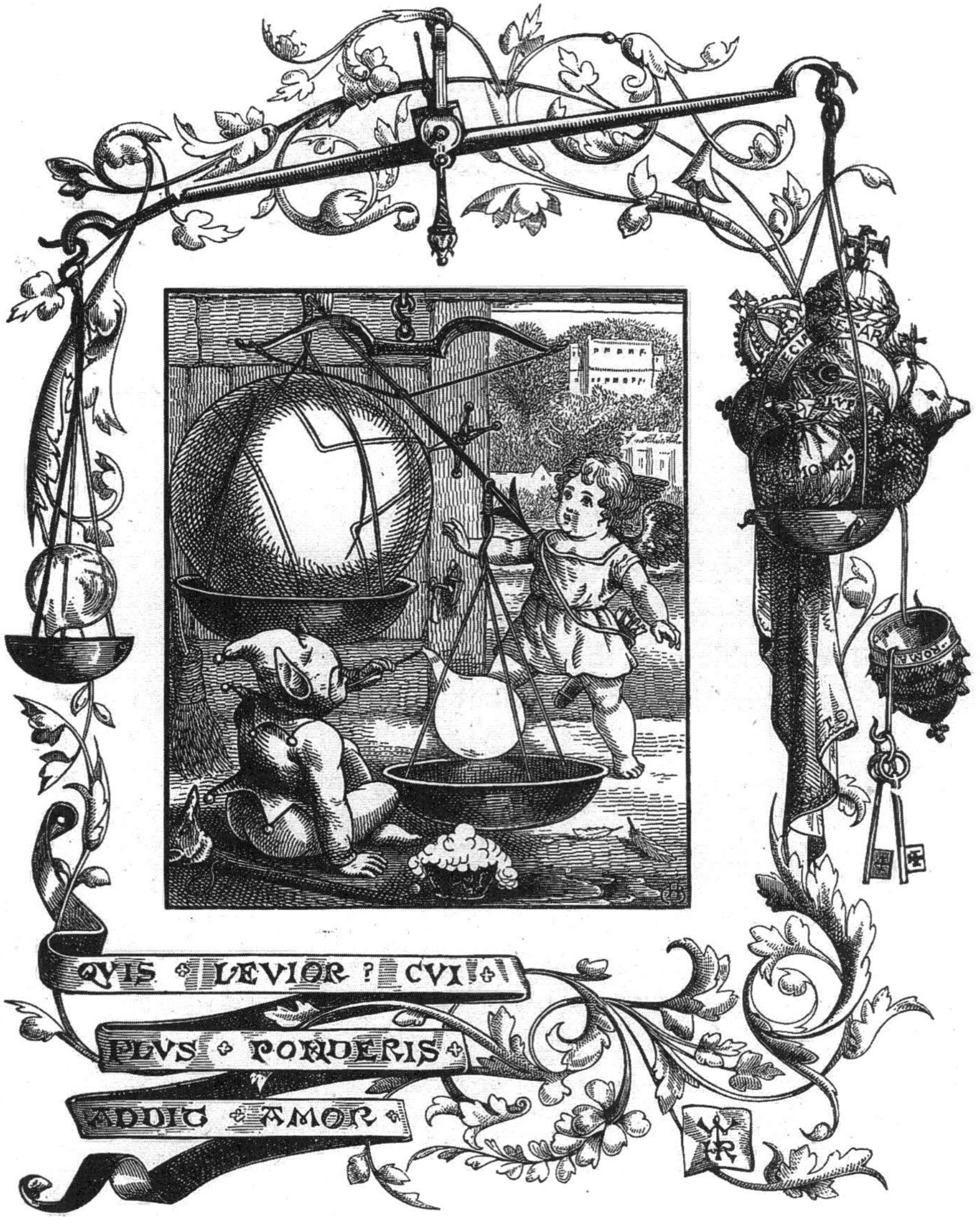
QVIS LEVIOR ? CVI
PLVS PONDERIS
ADDIT AMOR

七.

さてヤコブはベルサベーを発《た》ち出《い》で、ハランの方《かた》に赴《おもむ》きけるが、或《あ》る処《ところ》に到れるに、太陽《ひ》沈みければ、そこにて一夜《や》を過《すご》さんとし、その処《ところ》に在《あ》りし石の一つを取りて、頭の下に置き、かの処《ところ》に臥《ふ》し眠りぬ。その時彼は夢に一つの梯子《はしご》を見しが、そは地の上に立ち居《い》て、その頂《いただき》は天にまで及《およ》び、天主《てんしゅ》の御使者等之《みつかいたちこれ》を昇《のぼ》り降《お》りしつゝありたり。(414)

ヤコブが、夢枕《ゆめまくら》に見たものを、ヴォーンも見た。

　　されど、我は、(ああ！)
ある日《とき》、不可思議なる鏡の中《うち》に、
神と、創造《つく》られたる物との間に保持《たも》たるる、
かの絶え間なき交流《まじわり》を、示されたり。交流《まじわり》は、肉の目には、見えざるものなれど。
(　　But I (Alas!)
Was shown one day in a strange glass
That busie commerce kept between
God and his Creatures, though unseen.)(415)

「不可思議なる鏡（a strange glass)」とは、魂の鏡である。エックハルトに従えば、魂は、鏡である。すでに、引用した個所であるが、ここに、もう一度、繰り返す。

目と魂も、又、鏡であり、目と魂の前にあるものは、何でも、目と魂の内側に現れる。(416)

天と地の交流《まじわり》を描いた、ブレイクの『ヤコブの梯子《はしご》（*Jacob's Ladder*）』(417) については、すでに、審美的想像力論において、詳述した。

トマス・ヴォーンに従えば、ヤコブの眠りは、神秘主義の死である。これは、言うところの、接吻（くちづけ）の死である。魂は、死の接吻《くちづけ》を受けて、自我に死し、神と合一する。

さて、話を、ヤコブに戻しましょう。ヤコブは眠っていた、と記されていますが、これは、神秘主義的な話です。何故なら、それは、死を意味するからです。つまり、カバラ主義者が、接吻（くちづけ）の死と呼んでいる、あの死を意味するからです。これについては、私は、一言《ひとこと》たりとも、話す訳には参りません。(Now to return to Jacob, it is written of him that he was asleep, but this is a mystical speech, for it signifies death—namely, that death which the Kabalist calls *Mors Osculi*, or the Death of the Kiss, of which I must not speak one syllable.) (418)

ヴォーンが希《こいねが》うのは、このような死である。『再生』の最終の二行は、このような死を請い求める祈りである。「ヤコブの床（とこ）(*Jacobs Bed*)」と呼ばれる、「麗《うるわ》しく、清清《すがすが》しき野原《のはら》(a faire fresh field)」を、ヤコブは、ベテル (Bethel) と名付けた。

ヤコブ睡眠《ねむり》より覚《さ》めて云《い》いけるは、「まことに、主《しゅ》はこの処《ところ》に在《まし》すかな。しかも我はそを知らざりしなり。」彼すなわち畏《おそ》れて云《い》いぬ、「あな、畏《かしこ》きかな、この処《ところ》。こゝぞ天主《てんしゅ》の御館《みやかた》、天《あま》つ御国《みくに》の御門《みかど》に他《ほか》ならじ。」朝《あした》にヤコブは起きて、頭の下に置きし石を執《と》り、之《これ》を建《た》てて標石《しるし》となし、その頂《いただき》に油を注《そそ》ぎぬ。しかして、前にルザと称《よ》ばれしその町の名を、ベテルと名づけたり。(419)

この地は、人跡未踏の「処女地（a Virgin-soile）」で、ここに足を踏み入れることを許されるのは、「予言者達と、神の友なる人人（prophets, and friends of God）」のみである。「神の友なる人人」とは、アブラハム（Abraham）の如き人人である。

而《しか》して聖書に、「アブラハム神を信じたり、斯《かく》て此事義《このことぎ》として彼に帰《き》せられたり」と在ること成就《じょうじゅ》し、彼は神の愛人とせられたり。(420)

ちなみに、「神の愛人」は、『欽定英訳聖書（*Authorized Version of the Bible*）』では、"the Friend of God"と訳されている。アブラハムは、信仰の人であった。アブラハムは、神の言葉を無条件に受け入れ、無条件に従った。信仰とは、絶対者に対する、無条件の服従である。

これらの事のありし後《のち》に、天主《てんしゅ》アブラハムを試み給いて、彼に曰《のたま》いけるは、「アブラハム、アブラハム。」彼は「我《われ》ここにあり。」と云《い》いたり。次《つ》いで曰《のたま》いけるは、「汝《なんじ》の愛する独兒《ひとりご》イサークを連《つ》れて、出現《あらわれ》の地に赴《おもむ》き、かしこの山脈《やまなみ》の中《うち》のわが示さんとする山にて、彼を燔祭《はんさい》として献《ささ》げよ。……やがて天主《てんしゅ》が彼に示し給いし処《ところ》に、彼等《かれら》辿《たど》り入《い》るや、彼はそこに祭壇《さいだん》を設《もう》けて、その上に薪《たきぎ》をならべ、その子イサークを縛《しば》りて、之《これ》を祭壇《さいだん》の薪《たきぎ》の堆積《やま》の上に載《の》せたり。かくて彼は己《おの》が子を牲《にえ》として屠《ほふ》らんと、手を伸《の》べて刃物《はもの》を執《と》れり。しかるに看《み》よ、主《しゅ》の御使者《みつかい》、天《そら》より呼びて「アブラハムよ、アブラハムよ。」と云《い》いければ、彼応《こた》えぬ、「我こゝにあり。」また彼に云《い》いけるは、「ゆめ、その童兒《わらべ》に手《て》をつくるなかれ、彼に何をも為《な》すべからず。今こそ我《われ》は認《みと》めたれ、わが為《ため》には汝の独兒《ひとりご》をさえ惜《お》しまざりければ、汝は天主《てんしゅ》を畏《おそ》るゝものたるを。」(421)

神の命とあらば、「独児《ひとりご》」を牲《にえ》として差し出すことさえ辞さないのが、「神の友」である。

「我」は、「麗《うるわ》しく清清《すがすが》しき野原」に、長くは、留《とど》まらなかった。彼方《かなた》に、うっそうたる森が見え、そこに、分け入った。「辺《あた》り一面、一変し（all was chang'd）」こんこんと、水が湧き出《い》でる泉があった。

「太陽が、惜しみなく、生命《いのち》の黄金を発し（The unthrift Sunne shot vitall gold）」とは、太陽が、金属を生じさせる、という錬金術的な発想に基づいている。


ヴォーンと同時代の人人は、太陽の光が、不純な金属を変質させて、地面の奥底に、黄金を産み出す、と考えた。しかし、ここで、問題とされているのは、「賢者の黄金」、即ち、神の恩寵の光が、人間の魂にもたらすことが出来る、変質である。(Les contemporains pensaient que la lumière du soleil engendrait l'or au fond de la terre par la transmutation des métaux impurs. Mais il s'agit de《 l'or philosophique 》, de la transmutation que le soleil de la grâce divine peut opérer en l'âme humaine.)[422]

「青き空（its azure）」に浮かぶ「雪の如き白雲（snowie fleeces）」は、神の羔《こひつじ》の存在を暗示する。"Fleece"とは、第一義的には、羊の毛を意味する。

森は、『雅歌』の園《その》の写しであり、そこに漂《ただよ》う「芳《かんば》しき香り（spice）」は、花嫁が作った、楽園の木木が発散させる香りである。


わが妹《いもうと》よ、花嫁よ、汝は閉じたる園《その》、閉じたる園《その》、封《ふう》じたる泉なり。汝の作りしものは、石榴《ざくろ》及び諸々《もろもろ》の果実《このみ》ある楽園、キプロ蘭《らん》、及び甘松《ナルド》、甘松《ナルド》にサフラン、菖蒲《しょうぶ》に肉桂《にっけい》、ならびにリバノンの諸種《もろもろ》の木、没薬《もつやく》、蘆薈《ろかい》、及びすべての優良《すぐ》れたる香料《こうりょう》なり。[423]

様様《さまざま》の木が、美しい花を咲かせて、目を楽しませたが、辺《あた》りは、静寂そのもので、耳には、物音一つ、聞こえなかった。微《かす》かに聞こえるのは、「小さき泉（a little Fountain）」の響きのみであった。「小さき泉」は、キリストの泉である。キリストは、「活《い》ける水」である。

イエズス答えて曰《のたま》いけるは、汝若《もし》神の賜《たまもの》を知り、又我《われ》に飲ませよと汝に云《い》える者の誰なるかを知らば、必ず彼に求め、彼は活《い》ける水を汝に与《あた》えしならん。婦《おんな》云ひけるは、君《きみ》よ、汝は汲《く》む物を有《も》たず、井《いど》は深し、然《さ》るを何処《いずこ》よりして活《い》ける水を有《も》てるぞ。我等《われら》が父ヤコブ此井《このいど》を我等《われら》に与え、自《みず》らも其子等《そのこども》も其《その》家畜も之《これ》より飲みしが、汝は彼よりも優《まさ》れる者なるか。イエズス答えて曰《のたま》いけるは、總《すべ》て此《この》水を飲む者は復《また》渇《かわ》くべし、然《しか》れども我《わ》が与えんとする水を飲む者は永遠に渇《かわ》かず、我《わ》が之《これ》に与うる水は、却《かえっ》て彼に於《おい》て、永遠の生命《せいめい》に湧出《わきい》づる水の源となるべし。[424]

「小さき泉」は、又、ヘルメスの泉でもある。

錬金術においては、ヘルメスの泉、即ち、「再生の浴場」は、祝された水が入っている子宮である、と考えられている。その中で、錬金術の産物、即ち、石が、懐胎される。(In alchemy, the Mercurial Fountain, or "bath of regeneration," is thought of as the uterus containing the *aqua benedicta* in which the *foetus spagyricus,* or *lapis,* is gestated.)[425]

『雅歌』の泉は、「リバノンより激しく流れ来《きた》る活《い》ける水の井」[426]であるが、森の中の泉は、微《かす》かな音を響かせるのみであった。その音は、「泉の涙の楽《がく》の音《ね》（the Musick of her teares）」であった。「泉の涙」は、悔悛《かいしゅん》の涙である。

悔悛《かいしゅん》の涙によって、魂は、清められ、再生される。洗礼の水によって、魂が、清められ、新たに生まれ変わるように。
『パウリーヌスの生涯（***The Life of Paulinus***）』の中で、ヴォーンは、パウリーヌスの、洗礼盤（***the Font***）についての詩を、英訳している。

ここに、洗われたる魂の、大いなる水源《いずみ》が、
生ける光の条《すじ》によりて、生ける流れに、生命《いのち》を与う。

(***Hic reparandarum generator fons animarum***
　***Vivum viventi lumine flumen agit, &c.***
Here the great well-spring of wash'd Soules, with beams
Of living light quickens the lively streams:)(427)

森には、「小さき泉」の他《ほか》に、「溜池《ためいけ》（the Cisterne）」があった。「溜池《ためいけ》」の中には、「様様《さまざま》に異なる石（divers stones）」があった。「光輝く、円《まろ》き（bright, and round）」石もあれば、「形悪《わろ》く、鈍色《にびいろ》をしたる（ill-shap'd, and dull）」石もあった。これらの石は、魂である。
森の「溜池《ためいけ》」には、水が湛《たた》えられているが、かつて、イスラエルの民が作った溜池《ためいけ》は、割れ目のある溜池であった。

蓋《けだ》し、わが民《たみ》は二つの悪事をなせり。彼等《かれら》は活《い》ける水の源《みなもと》なる我《われ》を棄《す》て、自《みずか》ら溜池《ためいけ》を、裂罅《われめ》ありて水を保有《たも》つこと
能《あた》わざる溜池《ためいけ》を掘《ほ》れり。(428)

「光の如く生ける（as quick as light）」石は、生まれ変わって、再生した魂である。"Quick"は、古語で、"living"、 "alive"と同義である。

『ヘルメス文書』第十三章は、「再生と沈黙の誓いについて（Concernant la Régénération et la Règle du Silence)」の教えであるが、その中で、「生命《いのち》と光は一つである。(Vie et Lumière sont unies)」(429)と述べられている。ちなみに、"règle"は、ギリシア語の"epaggelias"の訳であり、これが、英語版では、"profession"と訳されている。

生ける石は、生まれ変わって、もう一人のキリストとなった魂である。キリストこそ、真《まこと》の、「活《い》ける石」である。

主《しゅ》は活《い》ける石にして、人よりは棄《す》てられしも神《かみ》より選《えら》まれて尊《とうと》くせられし石にて在《まし》せば、汝等之《なんじらこれ》に近づき奉《たてまつ》りて、己《おのれ》も亦《また》活《い》ける石の如く、其上《そのうえ》に立てられて霊的家屋《かおく》と成《な》り、聖なる司祭衆《しさいしゅう》と成《な》り、イエズス・キリストを以《もっ》て神の御意《みこゝろ》に適《かな》える霊的犠牲《ぎせい》を献《さゝ》ぐる者と成《な》れ。(430)

写真八．は、石とキリストの同一化を表す。銘には、次のように、刻まれている。

祝された石は、すべてを、それ自身の内に、含有する。(HABET IN SE OMNIA LAPIS BENEDICI)

「光の如く生ける」石は、「新しき霊を吹き入れ」られた石である。

我《われ》なお汝等《なんじら》に新《あたら》しき心を与え、汝等《なんじら》の衷《うち》に新《あたら》しき霊を吹き入れ、汝等の肉より石の心を取り去りて、肉の心を汝等《なんじら》に授《さず》け、汝等《なんじら》の衷《うち》にわが霊を吹き入れ、汝等《なんじら》がわが掟《おきて》のままに歩《あゆ》み、わが定《さだ》めを守り行《おこな》うようになさん。(431)

「新しき霊」によって、生まれ変わった魂は、自由を享受する。生ける石は、動く石である。「光の如く生ける」石は、

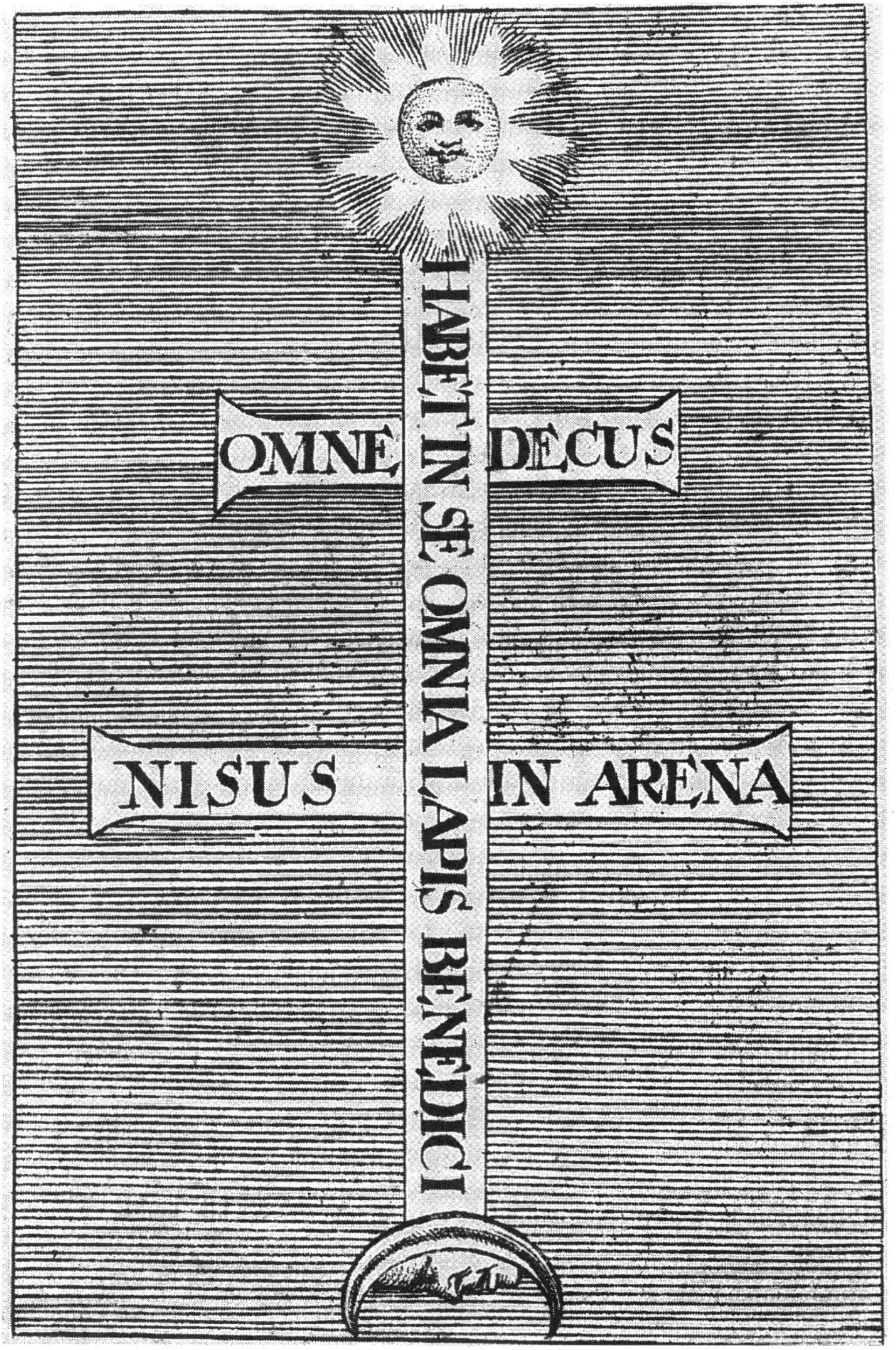
HABET IN SE OMNIA LAPIS BENEDICI
OMNE DECUS
NISUS IN ARENA

八.

「水の中に踊りたり（danc'd through the floud）」。

一方、真黒で、重い石は、「中心に、釘付《くぎづ》けにせられたり（nail'd to the Center stood）」。「中心」は、「地球の中心（centre de la terre）」[432]、即ち、地獄を指す。

トマス・ヴォーンは、その著作の中で、死の闇に閉じ込められた魂に、目覚めて、生まれ変わるよう、強く、説き勧《すす》めている。

汝等《なんじら》、死せる石より、賢者の、生ける石に、変質《かえ》られてあれ。（Be ye transmuted from dead stones into living philosophical stones.）[433]

「溜池《ためいけ》」の中の、生ける石と死せる石を眺めながら、「我」は、驚嘆《おどろき》に満たされた。そして、「我が視《め》を、じっと、凝らしたり（tyr'd…/ My restless Eye）」。単数形の「視《め》（Eye）」は、言うまでもなく、霊の目で、ある。霊の目は、「不可思議なる物（strange an object）」を期して、待ち望んだ。

眼前には、「花花の堤《つつみ》（a banke of flowers）」が、現れた。「深く眠りたる（fast asleepe）」花花もあれば、「大きく目を見開きて、光線《ひかり》を取り込みたる（broad-eyed / And taking in the Ray）」花花もあった。眠れる花花は、、未《いま》だ、「神の恩寵によって、目覚まされていない魂（les âmes que la grâce divine n'a pas éveillées）」[434]である。「大きく目を見開きて、光線《ひかり》を取り込みたる」花花は、神の光に照らされた魂である。「照らされたる霊（th' Inlightned spirit）」[435]は、「「優れて」観想的な状態」[436]にある。

魂を、花に喩《たと》えることは、『雅歌』に基づいているであろう。すでに述べた通り、『雅歌』は、花婿である神が、花嫁である魂に向かって歌う、愛の歌である。花嫁は、言う。「我は野の花、また谷の百合《ゆり》なり」[437]と。

「花花の堤《つつみ》」は、花婿と花嫁の愛の褥《しとね》である。花婿は、言う。「我等《われら》の臥床《ふしど》は花に満てり」[438]と。『欽定英訳聖書（***Authorized***

***Version of the Bible***)』では、この部分が、"our bed is green"(439)となっており、褥《しとね》が、若草の褥《しとね》であることを暗示する。

突然、そこへ、「一陣の突風《かぜ》(A rushing wind)」が、吹き来《きた》った。激しい風は、聖霊降臨の日に吹いた風である。

ペンテコステの日至《ひいた》りしかば、皆一所《いっしょ》に集り居《い》けるに、忽《たちま》ちにして天より烈《はげ》しき風の来《きた》るが如き響《ひびき》ありて、彼等《かれら》が坐《ざ》せる家に充《み》ち渡《わた》り、又火の如き舌彼等《かれら》に顕《あらわ》れ、分《わか》れて各《おのおの》の上に止《とどま》れり。(440)

人は、「水と霊と」(441)によらなければ、新たに生まれることは出来ない。「一陣の突風《かぜ》」は、聖霊である。聖霊は、神の息吹《いぶき》(***pneuma***)である。

主は、聖霊が、洗礼を受けた者の魂の内に産み出す、驚くべき効果について、こう言われる。聖霊は、風と同じである。風が吹けば、風が在ることが分かり、風が吹く音も聞こえるが、しかし、風が、どこから来たのか、あるいは、どこへ行き着くかは、分からない。それと全く同じように、洗礼によって、我我に与えられた聖霊、即ち、神の「息吹《いぶき》(***pneuma***)」が、どのようにして、我我の心の内に浸透するのかは、分からないが、聖霊は誰であれ、聖霊を受けた者の行為《おこない》の変化によって、聖霊の存在を感じさせる。(Our Lord speaks of the wonderful effects the Holy Spirit produces in the soul of the Baptized. Just as with the wind—when it blows we realize its presence, we hear it whistling, but we do not know where it came from, or where it will end up—so with the Holy spirit, the divine "breath"(***pneuma***) given us in Baptism: we do not know how he comes to penetrate our heart but he makes his presence felt by the change in the conduct of whoever receives him.)(442)

霊の風の、来《こ》し方《かた》行く先を探ることは、無駄である。「我」は、「耳を欹《そばだ》て、我が心を安んぜんがために、風が、いづくに在り、いづくになきやを、知らんと努めた（I listning sought / My mind to ease / By Knowing, where 'twas, or where not)」が、「颪は、囁《ささや》けり。己（おの）がままなる処（ところ）に、と（It whisper'd ; *Where I please*)」。
颪は己《おの》が儘《まゝ》なる処《ところ》に吹く、汝其《なんじその》声を聞くと雖《いえど》も、何処《いづこ》より来《きた》りて何処《いづこ》に往《ゆ》くかを知らず、総《すべ》て霊より生《うま》れたる者も亦然《またしか》り、と。[443]

すでに、指摘した通り、最終の二行は、死を請い求める祈りである。

　　我に、霊の息吹（いぶき）を与え給え。
　　　*On me one breath*
然（しか）して、死の時期（とき）を待たずして、死するを得しめ給え！
　*And let me dye before my death!)*

聖霊、即ち、神の「息吹《いぶき》（*pneuma*)」を吹き込まれることとは、神から「接吻（くちづけ）の死（*Mors Osculi*)」[444]を与えられることを意味する。これによって、魂は、自我に死し、神と合一する。
死の直中《ただなか》に、生が在る。ベーメは、言う。「死の直中《ただなか》において、生が生まれる（mitten im Tode das Leben geboren wird)」[445]と。

　　　然《しか》れども、
死の時期《とき》を待たずして、

死することを知る者は、
この世に在りながら、
天上《てん》に至《いた》ることを知る。されど、かくの如き人人は、皆、
古き人、アダムを脱ぎ棄《す》てるなり。

（ And yet some
That know to die
Before death come,
Walk to the skie
Even in this life; but all such can
Leave behinde them the old Man.）(446)

古き人、アダムを脱ぎ棄《す》てるとは、自分自身に死ぬことを意味する。

互《たがい》に偽《いつわ》る勿《なか》れ、旧《ふる》き人と其業《そのぎょう》とを脱ぎて、新《あたら》しき人、即ち之《これ》を造《つく》り給いしものの御像《みすがた》に肖《かたど》りて知識に進む様《よう》、新《あらた》になる人を着るべし。(447)

自分自身に死ぬことは、自分自身から抜け出すことである。

子よ、願わくは、お前も、又、お前自身から、脱け出して欲しいものだ。(Plût au ciel, enfant, que toi aussi, tu fusses sorti de toi-même.)(448)

人が、自分自身から脱け出せば、魂の内に、神性が生ずる。

肉体の感覚の活動《はたらき》を停止せよ。そうすれば、神性の誕生が起こるであろう。（arrête l'activité des sens du corps, et alors se produira la naissance de la divinité.）[449]

魂の内に、神性が誕生するなら、魂の内に、キリストが宿る。キリストは、受肉した神（God incarnate）である。

魂の内に、キリストが宿るなら、魂は、もう一人のキリストとなる。

再生とは、古き人、アダムを脱ぎ棄《す》てて、新しき人、キリストを着ることである。再生とは、生まれ変わって、もう一人のキリストとなることである。

尚、作品の末尾に付された、『雅歌』からの引用は、第五章十七節ではなく、正確には、第四章十六節である。

# 第六節　「歌う光」

ヴォーンは、詩人が買う、詩人である。『ルバイヤート（***Rubáiyát***）』を英訳したことで知られる、フィッツジェラルドは、親しい友人に宛《あ》てた書簡の中で、ヴォーンを推奨《すいしょう》する。ちなみに、『ルバイヤート』は、ペルシア（Persia）の詩人、オマル・ハイヤーム（Omar Khayyām）によって書かれた。オマル・ハイヤームは、一〇二五年頃に生まれ、一一二三年頃に没したが、数学、天文学、医学、語学、歴史、哲学の蘊奥《うんのう》を究めた。フィッツジェラルドの、***The Rubáiyát of Omar Khayyām*** は、今日でこそ、名訳の誉《ほま》れ高いが、一八五九年に、自費出版された時は、誰一人として、顧《かえり》みる者はなく、終《つい》に、一冊一ペンスで、古本屋の店先に転がされた。フィッツジェラルドは、言う。

ところで、今度、大英博物館へ行ったら、ヴォーンという名前の詩人を、探してみて下さい。この詩人を、御存知ですか?僕は、ジョン・ミットファードの全集の中で、ヴォーンの、優れた宗教詩を、何篇か、読みました。ミットファードは、ヴォーンの一六二一年版の『火花散らす火打ち石』という本の中から、選んでいます。ヴォーンは、想像力と熱情に富み、又、深い思想を合わせ持っているように見えますが、事柄の多くが、当時の、ややこしい時代精神に染まっています。しかし、「彼等《かれら》は、皆、光の世界《くに》へ逝《ゆ》けり」で始まる小品がありますが、これを読めば、ヴォーンが、相当にやれる詩人であることが、分かります。（And now, Sir, when you next go to the B.M., look for a Poet named Vaughan. Do you know him? I read some fine sacred poems of his in a Collection of John Mitford's : he selects them from a book of Vaughan's called 'Silex Scintillans', 1621. He seems to have great fancy and fervour and some deep thought. Yet many of the things are in the tricky spirit of that time : but there is a little poem bigining 'They are all gone into a World of Light', etc., which shows him to be capable of much.)(450)

D・ブッシュは、『彼等《われら》は、皆、光の世界《くに》へ逝《ゆ》けり』を、ヴォーンの傑作（vaughan's great Poems)」(451)の一つに数えている。多くの研究者達が、挙《こぞ》って、この作品の中に、「ヴォーンの内なる才の、真《まこと》のきらめき（the true fire of genius within him[i. e. Vaughan])」(452)を認めている。

『彼等《かれら》は、皆、光の世界《くに》へ逝けり！（***They are all gone into the world of light!***)』

彼等《かれら》は、皆、光の世界《くに》へ逝けり！
　然《さ》れど、我独《ひと》り、ぐずぐずと、此方《こなた》に留《とど》まる。
彼等《かれら》の記憶《おもいで》こそ、麗《うるわ》しく、輝《かがや》かしく、
　我が悲嘆《かな》しき想念《おもい》を浄化《きよ》め、晴らす。
彼等《かれら》の記憶《おもいで》は、我が曇れる胸の内に、光り、輝く。
　小暗《おぐら》き森の上方《うえ》の星星の如く。
あるいは、太陽《ひ》が沈みたる後《のち》に、この山を包む、
　仄《ほの》かなる光線《ひかり》の如く。
彼等《かれら》は、天上《てん》の栄光《さかえ》に包まれて、我が眼前に、現るる。
　その光は、我が日日《ひび》の人生《くらし》を踏み潰《つぶ》す。

我が日日《ひび》の人生《くらし》は、とどのつまり、鈍重《にぶ》く、白髪頭《しらが》にして、
　弱弱しき微光に過ぎず、やがては、朽《く》ち果つ。

おお、聖なる希望よ！然して、いと高き謙遜《へりくだり》よ！
　そは、いと高き天上《てん》の如く、高し！
汝の在《まし》ます天上《てん》は、かくの如し。然《しか》して、汝は、我に、彼等《かれら》を、示し給えり。
　我が冷《ひ》えたる愛を、燃え立たせんが為《ため》に。

愛《いと》しく、麗《うるわ》しき死よ！正義《ただ》しき者の珠玉《たま》よ！
　そは、闇の中《うち》にのみ輝く。
汝、死の塵土《ちり》の彼方《かなた》には、如何《いか》なる神秘がありや。
　その標《しるし》を展望《のぞ》みたし！

羽毛《はね》の生《は》え揃《そろ》いたる鳥の巣を見出《みいだ》したる者は、
　一目で、鳥が、舞い出《い》でたるや否やを知る。
然《さ》れど、鳥が、今、如何《いか》に麗《うるわ》しき泉に、あるいは、如何《いか》に麗《うるわ》しき森に、歌うかは、
　知る術《すべ》もなし。

然《しか》れども、天使達が、人間《ひと》の眠れる間に、
　輝く夢の中に現れて、魂に、呼び掛《か》けるが如く、

摩訶不思議《まかふしぎ》なる想念《おもい》が、人間《ひと》の尋常《つね》の主題を越えて、
栄光《さかえ》を垣間見《かいまみ》る。

もし、星が墓に閉じ込められなば、
囚《とら》われの星の、炎の如き光輝《ひかり》は、必ずや、そこに、燃え立つ。
然《しか》れども、星を閉じ込めし手が、その手を緩《ゆる》めなば、
星は、天空に、輝き渡るべし。

永遠《とこしえ》の生命《いのち》の父よ、然《しか》して、汝の下《もと》なる、すべての、
栄光《はえ》ある、創造《つく》られし物の父よ！
汝の霊を、この奴隷《とらわれ》の世界より取り戻し、
真《まこと》の自由へと至らしめ給え。

これらの霧を、打ち消散《ちら》し給え。霧が立ち籠《こ》める時、
常に、我《わ》が、視界を塞《ふさ》ぎ、汚《けが》すなり。
然《さ》なくば、我を、此方《こなた》より、彼《か》の山へ移し給え。
彼処《かしこ》にては、もはや、鏡は要《い》らざるべし。

(They are all gone into the world of light!
And I alone sit lingring here;
Their very memory is fair and bright,

And my sad thoughts doth clear.

It grows and glitters in my cloudy brest
Like stars upon some gloomy grove,
Or those faint beams in which this hill is drest,
After the Sun's remove.

I see them walking in an Air of glory,
Whose light doth trample on my days:
My days which are at best but dull and hoary,
Meer glimering and decays.

O holy hope! and high humility,
High as the Heavens above!
These are your walks, and you have shew'd them me
To kindle my cold love,

Dear, beauteous death! the Jewel of the Just,
Shining nowhere, but in the dark;
What mysteries do lie beyond thy dust;

        Could man outlook that mark!

He that hath found some fledg'd birds nest, may know
    At first sight, if the bird be flown;
But what fair Well, or Grove he sings in now,
        That is to him unknown.

And yet, as Angels in some brighter dreams
    Call to the soul, when man doth sleep:
So some strange thoughts transcend our wonted theams,
        And into glory peep.

If a star were confin'd into a Tomb
    Her captive flames must needs burn there;
But when the hand that locket her up, gives room,
        She'l shine through all the sphære.

O Father of eternal life, and all
    Created glories under thee!
Resume thy spirit from this world of thrall

Into true liberty.

Either disperse these mists, which blot and fill
　My perspective (still) as they pass,
Or else remove me hence unto that hill,
　Where I shall need no glass.)[453]

ヴォーンが、妻と弟に死別したことは、すでに、詳述した。最愛の者達の夭折《ようせつ》が引き起こした悲しみは、終生、癒《いや》されることがなかった。もはや、此方《こなた》の世界には存在しない人人に対する、深い哀惜《あいせき》と、その人人が、今、住まう、彼方《かなた》の世界に対する、強い憧《あこが》れと切望が、珠玉のエレジーとなって、結晶した。それが、『彼等《かれら》は、皆、光の世界《くに》へ逝《ゆ》けり！』である。ペテットは、この作品を、「一群の、卓越したエレジー（a distinctive group of elegies）」[454]の中に数えている。「特に、第一行目は、忘れ難い詩行で、出出《でだ》しが見事（a fine start, with a most memorable line）」[455]である。

今や、懐《なつか》しい人人は、「光の世界《くに》（the world of light）」に在るが、自分だけは、相変らず、「ぐずぐずと、此方《こなた》に留《とど》ま（sit lingring here）」り、闇の中に、閉じ込められている。「十七世紀の人人の心を、あれ程までに、占有した、光と影の象徴（the symbolism of darkness and light which so much preoccupied seventeenth century minds）」[456]が、作品全体を支配する。

明暗対照法は、例えば、レンブラント（Rembrandt）の作品に見られるように、この時代の絵画の際立った特徴の一つであった。この特徴は、詩にも、音楽にも、等しく、認められる。同じ思考形式が、様様《さまざま》の異なった領域に、形を変えながら、顕在化する。各分野の作品において、明と暗が、どのように具現化され、どのように像化されるかについては、審美的想像力論[457]第七節の、大部分を割《さ》いて、詳述した。

カラヴァッジョ（Michelangelo Merisi de Caravaggio）、及び、ラ・トゥール（Georges de La Tour）も、光と闇（Darkness and Light）の画家であるが、両画家の作品と、その意味するところに関しては、倫理的想像力論[458]において、詳述した。

『彼等《かれら》は、皆、光の世界《くに》へ逝《ゆ》けり』の第二スタンザの、「曇れる我が胸（my cloudy berst ）」は、「小暗《おぐら》き森（some gloomy grove）」、即ち、闇であり、「彼等《かれら》の記憶《おもいで》こそ（their very memory）」、その上に輝く「星星（stars）」、即ち、光である。


闇の中に輝く光として、星は、霊を象徴する。しかしながら、ベイリーが、指摘した通り、星が、唯一の意味しか持たないことは、非常に、稀《まれ》で、殆《ほと》んど、常に、多義的である。その場合、星は、諸諸《もろもろ》の闇の力に対して戦う、諸諸《もろもろ》の霊の力を表象する。（As a light shining in the darkness, the star is a symbol of the spirit. Bayley has pointed out, however, that the star very rarely carries a single meaning—it nearly always alludes to multiplicity. In which case it stands for the forces of the sprit struggling against the forces of darkness.）[459]

頭上に輝く「星星」は、正《まさ》しく、「光の世界《くに》へ逝《い》」った人人の霊である。

「彼等《かれら》は、天《てん》上の栄光《さかえ》に包まれて、我が眼前に、現るる（I see them walking in an Air of glory）」。そして、その光は、「我が日日《ひび》の人生《くらし》を踏み潰《つぶ》す（trample on my days）」。「踏み潰《つぶ》す」とは、唐突で、そぐわない表現のように思われるが、これを擁護する意見もある。


もっとも、ヴォーンが書く英語は、ウェイルズ英語であるが、ヴォーンは、そのことによって、失うものよりは、得るものの方が、多い。ヴォーンは、多くの意味を、伝統的な意味とは異る、独自の意味において用いる。その結果、ヴォーンの語法は、時に、華華《はなばな》しく、大胆になり、それによって、ヴォーンはラテン語に起源を持つ多くの言葉に、再び、生命《いのち》を吹き込むことが出来た。……ヴォーンは、動詞を用いる時、すべての意味を無視して、唯《ただ》一つの、余り良く知られていない意味においてのみ用いるので、動詞が、しばしば、同じく、効果的である。……もし、英語が、ヴォーンの母語であったなら、次の詩行の中の動詞のように、こんなにも、論理的に不正確でありながら、それでいて、こんなにも、どんぴしゃり、文脈に納まる動詞を、ヴォーンが打ち当てることが出来たかどうか、疑問である。

　彼等《かれら》は、天《てん》上の栄光《さかえ》に包まれて、我が、眼前に、現るる。
　　その光は、我が日日《ひび》の人生《くらし》を踏み潰《つぶ》す。

(Yet Vaughan gains more than he loses from the fact that he writes a Welshman's English. His independence of the traditional sense of many words results in some brilliant and audacious usages, and enables him to revitalise many words of Latin origin. Vaughan's verbs are often equally effective because he neglects all but a single, unfamiliar connotation of each word...I question whether Vaughan, if English had been his mothertongue, could have hit upon a verb so logically inexact, and yet so perfectly right in its context, as that in

　I see them walking in an Air of glory,
　　Whose light doth trample on my days.) (460)

「踏み潰す（trample)」を、ウェイルズ英語の離れ業《わざ》と見なすことが、適切であるかどうかは、議論の余地があるであろう。確かに、「英語と同義のウェイルズ語から力を得ている、ヴォーンの用語の例は、数多くあるに違いない(There must be many instances of his diction gaining force from the Welsh equivalent of an English word.)」。(461) ヴォーンが、英語の"white"を、ウェイルズ語の ***gwyn*** と同義に用いることは、すでに、言及した。***Gwyn*** は、「白い、麗《うるわ》しい、幸いな、神聖な、祝された」[462]という意味であり、ヴォーンが、"white"という言葉を用いる時は、これらの意味が、すべて、含まれる。

英語の"trample"は、ウェイルズ語の ***sathru***、***mathru*** に相当し、いずれも、trample, tread を意味するのみで、特別な多義性は持たない。"Trample"は、「論理的に不正確（logically inexact）」でもなければ、言語上の離れ業《わざ》でもない。"Trample"は、ヴォーンの実感の、正確な表現である。

魂が、鏡であることは、すでに、エックハルト[463]を引きながら、再三、言及した。ヴォーンは、魂の鏡の中に、「光の世界《くに》へ逝《い》」った人人の姿を見る。「彼等《かれら》は、天上《てん》の栄光《さかえ》に包まれて、我が眼前に、現るる」。その光輝は、余りにも、強烈で、眩《まばゆ》く、鏡を打ち砕かんばかりである。それに引き替え、地上の我が身は、「鈍重《にぶ》く、白髪頭《しらが》の（dull and hoary）」日常に埋没している。栄光《さかえ》の光が、「我が日日《ひび》の人生《くらし》を踏み潰《つぶ》す」とは、ヴォーンの、紛《まが》うかたなき実感であろう。

鏡の中に顕れた「光の世界《くに》」は、「いと高き天上《てん》（the Heavens above）」である。それは、「汝の在《ましま》す天上《てん》（your walks）」である。「彼等《かれら》を、我に、示し給（have shew'd them me）」うたのは、汝、神である。

肉体は、塵土《ちり》である。塵土《ちり》に過ぎない肉体の死は、闇である。が、闇の彼方《かなた》には、光がある。魂は、闇を通過して後《のち》、初めて、光を享受する。

死は、闇である。死は、光である。死は、「闇の中《うち》にのみ、輝く、珠玉《たま》（the Jewel... / Shining nowhere, but in the dark）」である。死は、「愛《いと》しく、麗《うるわ》しき死（dear, beauteous death）」である。

おお、安静《やす》らかにして、神聖《せい》なる寝床《とこ》よ。彼処《かしこ》には、
　死の闇の神秘の中《うち》に、

真昼《まひる》の、曇りなき光より、
はるかに勝りて、明るく輝く美が在る。
(O calm and sacred bed where lies
In deaths dark mysteries
A beauty far more bright
Then the noons cloudless light) (464)

「闇の中の光(lux in tenebris)」については、後《のち》に、『夜(*The Night*)』に関する論考の中で、詳述する。「羽毛《はね》の生《は》え揃《そろ》いたる鳥(fledg'd birds)」は、卵から孵化《ふか》して、舞うことが出来るようになった鳥である。鳥は、魂の象徴である。

鳥は、しばしば、人間の魂を象徴するために、用いられる。……一般的に言えば、鳥は、天使と同じく、思考、及び、想像力の象徴であり、又、霊的な作用、及び、霊的な関係の、即時性の象徴である。鳥は、風の元素に属し、……霊の高さを表し、従って、霊の「高潔」を表す。(Birds are very frequently used to symbolize human souls...Generally speaking, birds, like angels, are symbols of thought, of imagination and of the swiftness of spiritual processes and relationships. They pertain to the Element of air and... they denote 'height' and—consequently—'loftiness' of spirit.) (465)

翼《つばさ》を与えられた鳥は、天まで達する。

汝〔聖書〕は、人生の憲章《おきて》、汚《けが》れなき、鳩《はと》の巣なり。

彼処《かしこ》にては、魂が孵化《ふか》されて、永遠に至る。
（　Thou [i.e.H.Scriptures] art lifes Charter, The Doves spotless neast
Where souls are hatch'd unto Eternitie.）(466)

錬金術士は、「賢者の石(lapis philosophorum)」を探求する。「探求者が、先ず、励むべきことは、第一物質の探求である。(The quest for the *Materia Prima* must be the disciple's first labour)」。(467) 更に、「もう一つの為すべき仕事は、秘密の火、即ち、非自然の火を準備することである（another operation is the preparation of the secret fire, *Ignis Innaturalis*)」。(468) この二つが混合され、「錬金術的に密閉された器《うつわ》、即ち、賢者の卵の中に、封じ込められる（enclosed in a hermetically sealed vessel or Philosophic Egg)」。(469)

魂を孵化《ふか》させて、翼を与えるのは、霊の錬金術士なる神の「偉大なる業《わざ》（the 'Great Work'）」(470) である。「光の世界《くに》へ逝《い》」った人人は、翼を与えられた鳥である。その鳥が、「如何《いか》に麗《うるわ》しき泉に、あるいは、如何《いか》に麗《うるわ》しき森に、歌うか（what fair Well, or Groves he sings in）」は、「ぐずぐずと、此方《こなた》に留まる（sit lingring here)」者にとっては、「知る術《すべ》もなし（unknown)」。歌も、泉も、森も、此方《こなた》に在る者の想像を絶する。此方《こなた》の世界に属する者は、ただ、彼方《かなた》の世界に、懐《なつ》かしくも、悲しい思いを馳《は》せるのみである。

生まれ故郷の森を奪《と》られし鳥が、
如何《いか》に、食糧《かて》が、美味であろうとも、
歌も歌わず、食も好まず、
ひたすら、故郷《ふるさと》を恋い慕いて、悲しむが如く。
(As Birds rob'd of their native wood,

Although their Diet may be fine,
Yet neither sing, nor like their food,
But with the thought of home do pine;)[471]

「光の世界《くに》へ逝《い》」った人人は、生まれ故郷を取り戻した鳥であり、悲しき我が身は、故郷を失って、虚《むな》しく、この地に留められた鳥である。

ヴォーンが、ボエチウスの『哲学の慰め』を、部分的ながら、翻訳したことは、すでに、言及した。以下の引用は、『第三書二歌（*Metrum 2. Lib.3*）』の一部である。単に、ラテン語の語学力に恵まれているだけでは、このような訳は、生まれない。他の英語訳と比較する時、このことは、一層、明白になる。ヴォーンの詩の才が、このようなところからも、窺《うかが》われる。翻訳の時も、ヴォーンは、作詩の時と等しく、「歌の翼に（Auf Flügeln des Gesanges）」[472]乗せられている。参考までに、ヴォーンの英訳の次に、ラテン語の原詩を添付する。原詩は、十行、その部分に相当する英語訳は、十四行である。

森の中の高き枝に止まりて、甘美《あま》き歌を
歌う鳥を、籠《かご》に閉じ込め、
優しき心尽くしによりて、
飲む物には、蜜《みつ》を混《ま》ぜ、
鳥の好む美味《うま》し食糧《かて》を
与えんとすれども、
もし、鳥が、狭き牢獄《ひとや》より、

ふと、森の木陰（こかげ）を認めなば、
即刻《すぐさま》、美味《うま》し食糧《かて》を厭《いと》い、
悲しげに、森に憧《あこが》れ惑《まど》う。
鳥は、一途《いちず》に、森を恋い慕い、森のみを恋い慕う。
然《しか》して、鳥は、森にまなざしを向け、森の方角《かた》に向かいて、身を動かす。
然《しか》して、鳥は、甘美《あま》き旋律（しらべ）を歌う。はるか彼方《かなた》より、
幸いなる、最初の故郷《ふるさと》に向かいて！

( The ***Bird***, which on the ***Woods*** tall boughs
Sings sweetly, if you Cage or house,
And out of kindest care should think
To give her honey with her drink,
And get her store of pleasant meat,
Ev'n such as she delights to Eat:
Yet, if from her close prison she
The ***shady-groves*** doth chance to see,
Straitway she loaths her pleasant food
And with sad looks longs for the ***Wood***.
The wood, the wood alone she loves!
And towards it she looks and moves:
And in sweet notes (though distant from,)

Sings to her first and happy home!)(473)
(Quae canit altis garrula ramis
Ales caueae clauditur antro;
Huic licet inlita pocula melle
Largasque dapes dulci studio
Ludens hominum cura ministret,
Si tamen arto saliens texto
Nemorum gratas uiderit umbras,
Sparsas pedibus proterit escas,
Siluas tantum maesta requirit,
Siluas dulci uoce susurrat.)

『クウォールズのエンブレム』の中には、背中に翼《はね》の生《は》えた、小型の人間が、鳥籠《とりかご》の中に閉じ込められている図(474)がある。これが、肉体の中に閉じ込められた、魂の寓意画である。これに関しては、すでに、倫理的想像力論において、詳述した。

楽園を追われた人間は、肉体が地上につながれ、魂が、肉体に閉じ込められて、二重の枷《かせ》に苦しめられている。流謫《るたく》の身は、「光の世界《くに》」からは、完全に、遮断《しゃだん》され、完全に、切り離されている。が、稀《まれ》な瞬間に、「栄光《さかえ》を垣間見《かいまみ》る（into glory peep）」ことが、許される。

終《つい》に、我が優しき守護の天使が来《きた》り、

輝く翼《はね》を、忙しく、はばたかせて、
かの雲を打ち散らし、我に、炎《ほのお》を示したり。
炎《ほのお》は、立ち所に、明けの明星の如くに歌い、
　然《しか》して、輝き、我に、指し示したり。
　季節《とき》を問わず、恒常《つね》に、太陽の顔を振り仰ぐ土地《とち》を。

(At length, my lifes kinde Angel came,
And with his bright and busie wing
Scatt'ring that cloud, shewd me the flame
Which strait, like Morning-stars did sing,
　And shine, and point me to a place,
　Which all the year sees the Suns face.)(475)

「生命《いのち》と光は、一つである」(476)という発想が、ヘルメス哲学のものであることは、すでに、言及した。光が、歌であり、歌が光であることを教えるのも、ヘルメス哲学である。

我が内なる、諸諸《もろもろ》の能力《ちから》よ、一《いつ》にして、全なる御者《おんもの》を、讃《ほ》め歌え。我が内なる、諸諸《もろもろ》の能力《ちから》よ、我が意志と一致して、力の限り、讃《ほ》め歌え。聖なる認識よ、汝に、照明《てら》され、汝の御蔭《おかげ》を被《こうむ》りて、我は、叡知《えいち》の光を讃《ほ》め称《たた》え、理性（ヌース）の喜びの内に、楽しむ。汝、諸諸《もろもろ》の能力《ちから》、すべてよ、我と共に、讃《ほ》め歌を歌え。……生命《いのち》と光よ、賛《ほ》め辞《ことば》は、汝等《なんじら》より出《い》で、賛《ほ》め辞《ことば》は、汝等《なんじら》に、還《かえ》り往《ゆ》く。(Puissances qui êtes en moi, chantez l'Un et le Tout: chantez à l'unisson de mon vouloir, vous toutes, Puissances qui êtes en moi. Sainte connaissance, illuminé par toi, c'est grâce à toi que je célèbre la lumière intelligible et me réjouis dans la joie de l'intellect. Vous toutes, Puissances, chantez l'hymne avec moi... Vie et Lumière, c'est de vous que vient l'eulogie et c'est à vous qu'elle retourne.)(477)

生命《いのち》と光は、一つである。光と歌は、一つである。生命《いのち》と、光と、歌は、一つである。生命《いのち》と光と歌の源は、父なる神である。

私には、能力《ちから》があります。あなた〔父〕の讃《ほ》め歌と、あなたの賛《ほ》め辞《ことば》によって、私の理性（ヌース）は、完全に、照明《てら》されています。(J'ai puissance; par la vertu de ton[ i.e. père] hymne et de ton eulogie, mon intellect a été illuminé à plein.)(478)

此方《こなた》の世界に在る者の魂は、「墓に閉じ込められた（confin'd into a Tomb）」星である。星は、「この奴隷《とらわれ》の世界より（from this world of thrall）」解放と、「真《まこと》の自由（true liberty）」を求める。人間の魂のみならず、創《つく》造られた物すべてが、自由と解放を切望する。

其《そ》は被造物も自《みづか》ら腐敗《ふはい》の奴隷たる事を脱《のが》れて、神の子等《こたち》の光栄の自由を得《う》べければなり。(479)

人間は、この世に在る限り、「これらの霧（these mists）」に「視界（perspective）」を塞《ふさ》がれて、「光の世界《くに》」を、目《ま》の当《あ》たりにすることは出来ない。霧が晴れるか、然《さ》もなければ、「彼《か》の山（that hill）」に「移（remove）」されない限り、人間は、光を享受することは出来ない。「かの山」とは、シオンの山（Zion）を指す。シオンの山は、天上の神の都（City of God）である。「彼《か》の山」に移されることは、肉体の死を意味する。

此方《こなた》の世界においては、人間は、鏡に映った像を見るように、対象を、ぼんやりとしか見ることが出来ない。しかし、彼方《かなた》の世界においては、「もはや、鏡は、要《い》らざるべし（shall need no glass）」。天上の都においては、「顔と顔を合わせ」て、神に見《まみ》えるからである。

今我等《われら》の見るは鏡を以《もっ》てして朧《おぼろ》なれども、彼時《かのとき》には顔と顔とを合《あわ》せ、今我《わ》が知る所は不完全なれども、彼時《かのとき》には我《わ》が知らるるが如くに知るべし。(480)

魂が、鏡であることは、これまで、エックハルトを引きながら、再三、言及した。が、ここにおける鏡は、魂の鏡ではない。そうではなくて、鏡は、「婦人等《おんなたち》の鏡」(481)を指す。当時の鏡は、磨いた金属で、多くは、青銅製であった。このような鏡は、鮮明な像を結ばない。青銅製の鏡の中に、人は、物の形を、朧気《おぼろげ》に、識別するのみである。此方《こなた》の世界で見る物は、すべて、鏡の中の、不鮮明な像である。

『再生』の最終スタンザが、死を請い求める祈りであるように、『彼等《かれら》は、皆、光の世界《くに》へ逝《ゆ》けり』の最終スタンザも、死を求める祈りである。魂が、自我に死し、神と合一する、神秘主義の死。そして、もう一つの死は、肉体の死、即ち、この世における生の終りである。これによって、魂は、肉体から解放されて、シオンの山に移される。いずれの死によっても、魂は、光の横溢《おういつ》を享受する。前者は、此方《こなた》の世界における、一時的な照明であり、後者は、彼方《かなた》の世界における、永遠不滅の照明である。

我は、此方《こなた》にては、鏡の中《うち》に、朧気《おぼろげ》に、
　　霧と影を認め、
然《しか》して、霧や影自体の、弱き光によりて、物事の本源《みなもと》と

過程《なりゆき》を探求《さぐ》りたれど、
かの時には、照明《てら》されたる光線《ひかり》によりて、
天上天下《てんじょうてんげ》森羅万象を、尽《ことごと》く、貫通《つら》ぬくべし。
(Then I that here saw darkly in a glasse
But mists, and shadows passe,
And, by their own weake *Shine*, did search the springs
And Course of things
Shall with Inlightned Rayes
Peirce all their wayes;) (482)

『鶏鳴 (*Cock-crowing*)』

光の父よ! 如何《いか》なる太陽の種子《たね》、
如何《いか》なる太陽の視線《まなざし》を、汝は、この鳥の中《うち》に、
封じ込め給いしや? 汝は、すべての鶏に、
この、忙しく活動《はた》らく光線《ひかり》を、指定《さだ》め給えり。
鶏の磁力《じりょく》は、夜もすがら、作用《はた》らき、
楽園と光に憧《あこが》るる。
鶏達の眼《まなこ》は、暁《あかつき》の色を待ち望みて、寝ずの番をする。

鶏達の、小さき光の粒は、夜闇《よやみ》を駆逐《くちく》し、
輝き、歌う。あたかも、光の粒は、
光の館《やかた》に至る道を知れるが如く。
　鶏達の燭《ともしび》は、如何《いか》に燃え尽きようとも、
　太陽の光に触《ふ》れて、火を点《とも》されたるが如し。

斯《か》くの如き染料と、斯《か》くの如き接触が、
斯《か》くまで堅固《かた》き憧《あこが》れの能力《ちから》を授《さず》けるものならば、
汝の出現の時間《とき》を待ち望みて、寝ずの番をすることを、
汝の御像《みすがた》は、多とし給うや？
　風の一吹きでさえ、帆を孕《はら》ませるものならば、
　神の息吹《いぶき》は、勝利するに非《あら》ずや？

おお、汝、不滅の光にして、熱よ！
汝の御手《みて》は、この構造《わく》を貫《つらぬ》きて、輝く。
為《ため》に、汝の御座《みくら》の美しきよりて、
我等《われら》は、明らかに、構造《わく》の創造《つく》り主《ぬし》を知る。
　汝の種子《たね》は、我が内に留《とど》まる。ならば、
汝は、その種子《たね》の中《うち》に留《とど》まれかし。然《しか》して、我をして、汝の内に留《とど》まらしめ給え。

汝なしに眠るは、死するに等し。
然《しか》り、そは、地獄に与《あずか》る死なり。
何となれば、汝が、目を閉じ給わざれば、
目は、断じて、開くことあらじ。
　斯《か》くの如き、暗き、エジプトの国境《くにざかい》には、
　死の影と、無秩序《みだれ》が在る。

もし、歓喜《よろこび》と、希望《のぞみ》と、一途《いちず》な熱心《ねつい》と、
光を求めて、常に、脈打つ心が、
鶏達に与えられるものならば、
汝を措《お》いて、誰が、
恋い焦がれる魂の、至高《たか》き飛翔《ひしょう》を知るべし。
　魂の跡を辿《たど》るは、彼《か》の人《ひと》の眼《まなこ》のみ。
彼《か》の人《ひと》こそ、魂に、翔《ま》うべき翼を授けたり。

汝が、取り除き給いし、この覆《おお》い、
然《しか》して、我が内にては、未《いま》だ、取り除かれざる、この覆《おお》い、
この覆《おお》いこそ、正《まさ》しく、肉の衣、
曇りにして、我が目より、汝を被《おお》い隠すものなり。
　この覆《おお》いは、汝、一点の曇りもなき、丸《まる》きの太陽の、燦燦《さんさん》と降《ふ》り注《そそ》ぐ愛を拒絶《こば》み、

　　ただ、微《かす》かなる光と、光の断片《かけら》を認めるのみ。
ああ、この覆《おお》いを取り除き給え。疾《と》く来《きた》りて、
汝の光を以《もっ》て、我を払い給え。さすれば、我は、
完全なる太陽に向かいて、輝くべし。
然《しか》して、汝の栄光《はえ》ある眼《まなこ》の光に当てて、我を暖め給え！
　ああ、この覆《おお》いを取り除き給え！　さなくば、この覆《おお》いが消失《なく》なるまで、
　我が許《もと》に、留《とど》まり給え。我は、百合の花には、あらねども。

(Father of lights! what Sunnie seed,
What glance of day hast thou confin'd
Into this bird? To all the breed
This busie Ray thou hast assign'd;
　Their magnetisme works all night,
　And dreams of Paradise and light.

Their eyes watch for the morning-hue,
Their little grain expelling night
So shines and sings, as if it knew
The path unto the house of light.
　It seems their candle, howe'r done,

Was tinn'd and lighted at the sunne.

If such a tincture, such a touch,
So firm a longing can impowre
Shall thy own image think it much
To watch for thy appearing hour?
If a meer blast so fill the sail,
Shall not the breath of God prevail?

O thou immortall light and heat!
Whose hand so shines through all this frame,
That by the beauty of the seat,
We plainly see, who made the same.
Seeing thy seed abides in me,
Dwell thou in it, and I in thee.

To sleep without thee, is to die;
Yea, 'tis a death partakes of hell:
For where thou dost not close the eye
It never opens, I can tell.

In such a dark, Ægyptian border,
The shades of death dwell and disorder.

If joyes, and hopes, and earnest throws,
And hearts, whose Pulse beats still for light
Are given to birds; who, but thee, knows
A love-sick souls exalted flight?
Can souls be track'd by any eye
But his, who gave them wings to flie?

Onely this Veyle which thou hast broke,
And must be broken yet in me,
This veyle, I say, is all the cloke
And cloud which shadows thee from me.
This veyle thy full-ey'd love denies,
And onely gleams and fractions spies.

O take it off!  make no delay,
But brush me with thy light, that I
May shine unto a perfect day,

And warme me at thy glorious Eye!
　O take it off! or till it flee,
　　Though with no Lilie, stay with me!)[483]

神は、「光の父（Father of lights)」である。

総《すべ》て善《よ》き賜《たまもの》と完全なる恵《めぐみ》とは上よりして、変更《へんこう》なく回転《かいてん》の影なき光の父より降《くだ》る。[484]

「光の父」は、聖書的であると同時に、ヘルメス哲学的である。

魂が、作用する時は、霊的、かつ形而上的な粒、即ち、光の種子《たね》、光の視線《まなざし》に導かれる。光は、単一で、如何《いか》なる混合物もなく、光の父から降《くだ》る。(...she [i.e. the soul] is guided in her operations by a spiritual, metaphysical grain, a seed or glance of light, simple and without any mixture, descending from the first Father of Lights.)[485]

「光の父」は、光の種子《たね》を、「この鳥の中《うち》に、封じ込め給うた（hast ...confin'd into this bird)」。「この鳥」とは、即ち、鶏《にわとり》である。

暁《あかつき》の鳥として、鶏は、太陽の象徴であり、寝ずの番と活動の寓意である。鶏は、プリアポスとアスクレピオスに、犠牲《いけにえ》として、捧げられたが、病人を癒《いや》す、と考えられた。中世期には、鶏は、非常に重要な、キリスト教の像となり、殆《ほとん》ど常に、大聖堂の塔や、円屋根の天辺《てっぺん》の風見に現れて、寝ずの番と復活の寓喩《ぐうゆ》と見なされた。ディヴィの見解によれば、この文脈において、寝ずの番は、次の意味に解釈されるべきである。つまり、永遠に向かう、という意味、そして、又、霊的な事柄を最優先させ、目覚めて、寝ずに、警戒し、太陽が、東の空に昇るより早く、太陽、即ち、キリストを迎えるように、心を砕く、という意味、つまり、照明、という意味において、解釈されるべきである。(As the bird of dawn, the cock is a sun-symbol, and an emblem of vigilance and activity. Immolated to Priapus and Aesculapius, it was supposed to cure the sick. During the Middle Ages it became a highly important Christian image, nearly always appearing on the highest weathervane, on cathedral towers and domes, and was regarded as an allegory of vigilance and resurrection. Davy comments that vigilance in this context must be taken in the sense of 'tending towards eternity and taking care to grant first place to the things of the spirit, to be wakeful and to greet the Sun—Christ—even before it rises in the East'—illumination.)[486]

鶏は、太陽の象徴であり、照明の寓意であるが、「光の父」と「この鳥」との関係は、創造における、神と万物の関係に光を当てることによって、一層明らかになる。ヘルメス哲学者は、こう語る。

この秘密の火は、見える物、見えざる物を含めて、万物の根底に在り、又、万物の根底の周辺、つまり、万物の中心の周辺に在る。この火は、水中にも、地中にも、空中にも在る。この火は、鉱物の中にも、植物の中にも、動物の中にも在る。この火は、人間達の中にも、星星の中にも、天使達の中にも在る。しかし、この火は、元元《もともと》は、神御自身の中に在る。何故なら、神は、火と熱の源であるのだから。この火は、神から発せられ、一定の流れ、即ち、日光となって、神以外の、創造《つく》られた物へと至る。(This Fire [i.e. our secret Fire] is at the root and about the root—I mean, about the centre—of all things, both visible and invisible. It is in water, earth and air; it is in minerals, herbs and beasts; it is in men, stars and angels. But originally it is in God Himself, for He is the Fountain of heat and fire, and from

Him it is derived to the rest of the creatures in a certain stream or sunshine.)(487)

人間は、粘土塊《つちくれ》であるが、神から発せられた、光の粒を、内に宿している。

主よ、汝は、この堕落した粘土塊《つちくれ》の中《うち》に、
　かの聖なる光線《ひかり》、即ち、
汝の霊を植え給い、かの一粒の、注ぎ込まれたる富を以《もっ》て、
我が体の隅隅《すみずみ》にまで、生命《いのち》を与え給いたれば、
我が体は、すくすくと育ち、覚えずして、
強さと、大きさは、いや増しに、増したり。
(Lord, since thou didst in this vile Clay
　That sacred Ray
Thy spirit plant, quickning the whole
With that one grains Infused wealth,
My forward flesh creept on, and subtly stole
Both growth, and power;)(488)

神の火は、「一定の流れ、即ち、日光となって」、万物の中に注がれ、封じ込まれる。そして、「流れる、火の光（a feriе-liquid light)」(489)は、創造の時だけではなく、その後《のち》も、神から発し続けられる。

実《まこと》に、実《まこと》に、大世界そのものは、神が、この大世界の各部分に、封じ込め給うた熱によって生きるのみならず、神から、満遍《まんべん》なく注ぎかけられ、流れ込んだ熱によって、保持される。それというのも、神は、天上において、無限に燃える、光と火の世界として、顕現し、それ故に、神は、自ら創造《つく》り給うたすべての物を監督し、そして、構造全体が、ちょうど、人間が、この地上で、日光の中に在るのと同じように、神の熱と光の中に踏み留《とど》まるからである。(Even so truly the great world itself lives not altogether by that heat which God hath enclosed in the parts thereof, but it is preserved by the circumfused, influent heat of the Deity. For above the heavens God is manifested like an infinite burning world of light and fire, so that He overlooks all that He hath made and the whole fabric stands in His heat and light, as a man stands here on earth in the sunshine.)(490)

当然のことながら、ヘルメス文書そのものの中にも、同じ趣旨の記述があるが、ヘルメス文書においては、神と創造《つく》り主《ぬし》が、区別されている。

という訳で、神は、万物の父であり、太陽は、万物の創造《つく》り主《ぬし》、そして、世界は、この創造行為の道具である。(C'est pourquoi Dieu est le Père de toutes choses, le Soleil en est le créateur, et le monde est l'instrument de cette action créatrice.)(491)

万物を支えるのは、創造《つく》り主《ぬし》である太陽である。

このようにして、太陽は、あらゆる種類の存在物を、保持し、養育する。(Ainsi le Soleil est le conservateur et le nourricier de toute espèce d'êtres.)(492)

キリスト教的な観点に立てば、神は、即ち、創造《つく》り主《ぬし》である。神の光は、晴天の時も、嵐の時も、変わりなく、熱を発し、輝きを発する。

今や、我は、この光の視線《まなざし》によりて、暖めらるるが故に、
暴風雨《あらし》の最中《さなか》にありて、汝の光線《ひかり》を感ずるなり。
(I am so warm'd now by this glance on me,
That, midst all storms I feel a Ray of thee.)(493)

神は、創造の時に、万物の中に、自らの光を封じ込めるだけではなく、その後《のち》も、光によって、万物を支え、保持し続ける。『鶏鳴』第一スタンザの「この、忙しく活動《はた》らく光線《ひかり》」は、創造の時も、創造の後《のち》も、活動《はた》らき続ける、神の光である。

　　　　汝は、すべての鶏に、
この、忙しく活動《はた》らく光線《ひかり》を、指定《さだ》め給えり。
(　　　　To all the breed
This busie Ray thou hast assign'd)

万物の中に封じ込められた光の粒は、自らの本源を求め、自らの本源に帰り行こうとする。神の光は、万物を引き寄せ、万物の光は、神の光を切望する。神の光と万物の光は、互いに、引き合う。

ヘルメス哲学は、万物の内に秘められた、強い回帰願望を認める。ヘルメス哲学の世界は、三重構造である。

ヘルメス哲学者達の世界は、三重構造で、地上の世界、天空の世界、思惟《しい》世界から成り、これらは、一つに結合されている。ちょうど、プロティノスの哲学において、より低い、存在の階級が、それが依存している、より高い階級に包含されているのと同じである。であるから、地上の世界の、各各《おのおの》の創造《つく》られた物は、より高い階級の、創造《つく》られた物の類型である。(In the threefold world of the Hermetists, the terrestrial, celestial, and intellectual spheres are linked in one, as in the philosophy of Plotinus each lower grade of being involves a higher grade on which it is dependent. And thus each creature in the terrestrial sphere is a type of some higher creature.)(494)

十六世紀、及び、十七世紀の人人は、物事を、複雑な対応関係において、認識した。ペイターは、ピコ・デラ・ミランドラ論の中で、当時の人人を支配した、対応の理について、次のように、述べている。

あらゆる所に、揺《ゆ》るぎない、対応の秩序がある。地上の世界のすべての物は、星の天空の、より高い実体の、類似物、象徴、あるいは、同等物であり、そして、今度は、このより高い実体が、星星の彼方《かなた》の、天使的な存在の法則の、類似物、象徴、あるいは、同等物である。(Everywhere there is an unbroken system of correspondences. Every object in the terrestrial world is an analogue, a symbol or counterpart, of some higher reality in the starry heavens, and this again of some law of the angelic life in the world beyond the stars.)(495)

地上の世界の、個個の存在物は、天空の世界の、いずれかの星の、「同等物(a counterpart)」である。天空の世界の星は、地上の世界の「同等物」に、特別な影響を及ぼす。

草には、草の星があり、草は、己れの内なる星によって、生きる。

「この地上の草で、天空の星を持たない草は、一本もない。そして、星は、自らの光線《ひかり》を、草に突き刺して、こう言う。生育《そだ》て、と」。（'There is not an herb here below but he hath a star in heaven above; and the star strikes him with her beam, and says to him: Grow.'）(496)

草には、草の星がある如く、木には、木の、花には、花の、星がある。万物に突き刺される光線《ひかり》は、「星の火（star-fire）」である。

小さな庭の一角《いっかく》に、一群《ひとむ》れの露草がある。夏の早朝、日の出を少し過ぎた頃、一斉《いっせい》に花開き、華麗《かれい》な賑《にぎ》わいを見せる。花の青は、輝く美しさである。薄青というよりは、少し深みがあり、さりとて、断じて、濃紺《のうこん》ではない。青という色から、一切《いっさい》の不純物を取り除き、純粋そのものとなった青。花の青は、外なる光を受けて輝くというよりは、内なる光が、青い輝きとなって、顕現したかのようである。花には、花の星がある。これは、単なる、思弁的な命題ではなく、紛《まが》うかたなき事実である。青の輝きには、力の充溢《じゅういつ》がある。その力の充溢《じゅういつ》は、これが、事実であることを、有無を言わさず、確信させる。

地上に在るすべての物は、天空に在る星星を、己れの内に宿す。

万物の内に込められた霊は、星なり。
星は、己れの小さき球体《たま》を、光り輝かせる。
（...each inclosed Spirit is a star
Inlightning his own little sphære,）(497)

天空の星星は、地上の「同等物」に、「星の火」を注ぎ込む。一方、地上の「同等物」は、自らの本源に対する、
強い憧《あこが》れを持つ。

然《しか》して、その対象《もの》の中《うち》には、汝、星の輝かしき、生命《いのち》の火に対する、
止《や》むに止《や》まれぬ、純粋《きよ》き願望《ねがい》と憧《あこが》れが在る。
その願望《ねがい》は、断じて、消されることなく、
絞り取られることなく、又、捥《も》ぎ取られることなかるべし。

願望《ねがい》と憧《あこが》れは、磁石《じしゃく》なり。そは、かくも強力《つよ》く作用《はた》らきて、
夜もすがら、汝の愛と光を動かす。
なじかは知らねど、麗《うるわ》しき形が、
眼《まなこ》を支配し、導くが如く。

何となれば、天《てん》上に憧《あこが》る、純粋《きよ》き願望《ねがい》が、
根付き、生育《そだ》ち、いや増しに増す所にては、
神が、交わり給いて、
その頭《こうべ》に、自らの神秘を注ぎ給えばなり。
(Next, there's in it [i.e. the Subject] a restless, pure desire
And longing for thy [ i.e. the starre] bright and vitall fire,

Desire that never will be quench'd,
Not can be writh'd, nor wrench'd.

There are the Magnets which so strongly move
And work all night upon thy light and love,
As beauteous shapes, we know not why,
Command and guide the eye.

For where desire, celestiall, pure desire
Hath taken root, and grows, and doth not tire,
There God a Commerce states, and sheds
His Secret on their heads.)(498)

万物は、自らの本源に対する、強い憧《あこが》れを持つ。天空の星星と、地上の「同等物」との間には、強い磁力が作用《はた》らく。鶏は、太陽の鳥であるが故に、太陽を切望し、その磁力によって、太陽の光線《ひかり》を引き寄せる。『鶏鳴』第一スタンザの「磁力」は、太陽を引き寄せる磁力を指す。

鶏の磁力《じりょく》は、夜もすがら、作用《はた》らき、
然《しか》して、楽園と光に憧《あこが》るる。
(Their magnetisme works all night,

And dreams of Paradise and light.)

天空の太陽は、天空を越える世界の太陽、即ち、神の「同等物」である。太陽の鳥は、「楽園と光に憧《あこが》るる」。鶏は、神の火を切望する。

物質界には、基本要素の火がある。太陽は、天空の火である。そして、天空を越える世界には、熾《し》天使の如き思惟《しい》がある。「だが、全く、これらの火は、何と、異なっていることか！　基本要素の火は、燃える。天空の火は、生命《いのち》を与える。天空を越える火は、愛する」。(There is the element of fire in the material world; the sun is the fire of heaven; and in the super-celestial world there is the fire of the seraphic intelligence. "But behold how they differ! The elementary fire burns, the heavenly fire vivifies, the super-celestial fire loves.")[499]

『鶏鳴』第二スタンザは、光に溢《あふ》れている。

鶏達の眼《まなこ》は、暁《あかつき》の色を待ち望みて、寝ずの番をする。
(Their eyes watch for the morning hue.)

　しかし、鶏は、
　　暁《あかつき》が、茜《あかね》色の衣をまとって、
東《ひんがし》の彼方《かなた》の、高き山に措《お》きたる露を越え行く

（　　the morn in russet mantle clad
Walks o'er the dew of yon high eastward hill）(500)

のを待つまでもない。鶏は、自らの内に、光を宿しているからである。太陽が、「同等物」の中へ、視線《まなざし》を差し込んで、光の「粒」を封じ込めたのだ。光の源から送られた、内なる光（lux interna）は、「輝き、歌う」。

鶏達の、小さき光の粒は、夜闇《よやみ》を駆逐《くちく》し、
輝き、歌う。
（Their little grain expelling night
So shines and sings.）

ヘルメス哲学に従えば、「生命《いのち》と光は、一つである」。(501) 更《さら》に、光が歌であり、歌が光である。(502) ことを教えるのも、ヘルメス哲学である。

ヴォーンは、光の歌を聴き、歌の光を見る。ヴォーンの作品中には、共感覚の例が、数多く見られるが、その源は、案外、ヘルメス哲学にあるものかも知れぬ。ヘルメス哲学に傾倒することによって、知らず知らずのうちに、色を聴き、音を見、香りに触れる、共感覚的な感性が、培《つちか》われたのであろう。

共感覚は、フランス象徴派の詩人達の十八番《おはこ》であるが、ボードレール（Charles Baudelaire）は、感覚相互間の照応交感を、「照応交感（“Correspondances”）」と題する、一篇のソネットに、歌い上げた。これについては、すでに、審美的想像力論(503)において、詳述した。

ヴォーンは、なかんずく、聴覚の人である。作品中では、聴覚的なイメージが、際立《きわだ》って、多い。

ウェイルズの「かの輝く、歓喜《よろこび》の山山（those bright, and gladsome hils）」(504)が、ヴォーンにとって、ヘリコンの山（Mt.Helicon）であるとすれば、アスク川（the River Usk）の「水晶の流れ（the *wandring chrystal*）」(505)は、ヴォーンのヒッポクレネ（Hippocrene）である。ヘリコンの山は、アポロとミューズの女神達が住まう場所であり、ヒッポクレネは、そこに湧き出《い》でる泉である。

ウェイルズの「緑の堤（つつみ）と流れ（*green banks and streams*）」(506)は、ヴォーンにとって、尽きせぬ詩想の源である。ウェイルズの、比類ない自然の中で、ヴォーンの魂は、戦《そよ》ぐ樹木《きぎ》を喜び、「ささやく泉（vocall *Spring*）」(507)と共に歌い、風の翼《つばさ》に乗って、露を帯びた大気の中を駆《か》け抜ける。

ヴォーンは、自然界を、耳で捕らえる。

目覚めよ、目覚めよ！耳を傾けよ。森は響《ひび》き、
風は囁《ささや》き、然《しか》して、泉は細波《さざなみ》を立て、
　和音を奏《かな》でる。
　目覚めよ、目覚めよ！
(Awak, awak! heark, how th' *wood* rings,
*Winds* whisper, and the busie *springs*
　A Consort make;
　Awake, awake!)(508)

自然は、ある時は、魂を目覚めさせ、又、ある時は、魂を、眠りに誘う。

然《しか》して、水晶の泉は、汝に、旋律《ふし》を滴《したた》らせるべし。
我等《われら》は、戦《そよ》ぐ木陰《こかげ》に、足繁《しげ》く通わん。その葉の一枚一枚《ひとひらひとひら》が、
囁（ささや）きて、我等《われら》を、眠りに誘《さそ》うべし。
(And Chrystal Springs shall drop thee melodie;
The breathing shades wee'l haunt, where ev'ry leafe
Shall *Whisper* us asleep.)[509]

地上の世界が、「自然界の音楽（*naturalis musica mundi*）」[510]を奏でるように、天空の世界は、「天球の音楽（music of the spheres）」を奏でる。感覚の耳には聞こえない、「天球の音楽」については、審美的想像力論[511]において、詳述した。ヴォーンは、「各各の天球が、競《きそ》いて、楽《がく》の音《ね》を奏でる（ev'ry sphere / In musick doth contend）」[512]のを聴き分ける。「自然の、大いなる諧調（しらべ）と交響曲（The great *Chime* / And *Symphony* of nature）」[513]を聴く耳を培《つちか》ったのは、ヘルメス哲学である。

それというのも、自然は、神の声であるからである。神の声は、単なる音や、命令ではなく、活動する息吹《いぶき》であって、それは、創造《つく》り主《ぬし》より発せられ、万物に浸透する。(For Nature is the Voice of God, not a mere sound or command but a substantial, active breath, proceeding from the Creator and penetrating all things.)[514]

万物は、神の声の像化である。万物は、神の声の顕現である。ヴォーンは、万物の中に、音を聴く。

万物は、固有の調子と、定められた高さを持つ。

(All have their *Keyes*, and set *ascents.*)(515)

ウェイルズの、比類ない自然が育《はぐく》んだ、比類ない音感。そして、ヘルメス哲学が明かす、彼方《かなた》の世界の神の歌。ヴォーンは、二重の意味で、「聴く人（homo audiens）」である。

物言わぬ被造物の、沈黙の賛歌、あるいは、「歌う沈黙（*Vocall silence*）」(516)までもが、ヴォーンの心の琴線に触れる。

斯《か》くして、山山も、谷谷も、挙《こぞ》りて、歌を歌い出《いだ》す。
風は、軽快《かろ》らかに、巡り、流れは、さざめく。
哀《あわ》れ、石には、言《こと》の葉《は》はなけれども、
深き賛美に浸《ひた》るなり。
(So hills and valleys into singing break,
And though poor stones have neither speech nor tongue,
While active winds and streams both run and speak,
Yet stones are deep in admiration.)(517)

自然界の歌の背後には、音楽家なる神が存在する。

確かに、本性によって、音楽家である御方《おんかた》、そして、歌の調和をもたらすだけではなく、合わせられた旋律《ふし》のためのリズムを、各各《おのおの》の楽器に、個別に、遣《つか》わす御方《おんかた》、即ち、神は、倦《う》み疲れることがありません。何故なら、倦《う》み疲れることは、神の属性ではないからです。（Celui en effet qui est musicien par nature, et qui non seulement produit l'harmonie des chants, mais encore envoie le ryheme de la mélodie appropriée jusqu'à chaque instrument en particulier, est infatigable, lui Dieu, car il n'appartient pas à Dieu de se fatiguer.)(518)

神は、音楽家であり、世界は、交響曲であり、人間は、楽器である、という喩え(519)は、アレクサンドリア（Alexandria）のクレーメーンス(Clēmēns)にまで溯《さかのぼ》る。ヴォーンの時代には、この喩えは、すでに、陳腐《ちんぷ》なものとなっていたであろう。「本性によって、音楽家である御方《おんかた》（Celui...qui est musician par nature)」は、調子のはずれた楽器を「整調する（*Key*)」。

斯《か》くして、神は、調子のはずれた人間を、整調する。
（他の何人《なんぴと》も、これを為《な》すこと能《あた》わず）
人間《ひと》の心《むね》を調律して、高きに上げ、あるいは、低きに下げる。然《しか》して、聖なる、必須《ひっす》の術《わざ》によりて、あたかも、弦《いと》の如くに、各各《おのおの》の部分を締めて、
全体を、快《こころよ》き楽《がく》の音《ね》と為《な》す。

(Thus doth God *Key* disorder'd man
(Which none else can,)
Tuning his brest to rise, or fall;
And by a sacred, needfull art
Like strings, stretch ev'ry part
Making the whole most Musicall.)(520)

『鶏鳴』第二スタンザで、耳の人、ヴォーンは、光の歌を聴く。太陽から送り込まれた、鶏の「内なる光(lux interna)」は、

輝き、歌う。あたかも光の粒は、
光の館《やかた》に至る道を知れるが如く。
(So shines and sings, as if it knew
The path unto the house of light.)

「かの光の館《やかた》（that house of light）」[521]という言葉を、ヴォーンが、『聖パウリーヌスの生涯（*The Life of Holy Paulinus*）』の序文において用いたことは、すでに、言及した。この言葉は、恐らく、トマス・ヴォーンの著作の一つ『光の館《やかた》（*Aula Lucis*）』に、倣《なら》ったものであろう。

鶏達の燭《ともしび》は、如何《いか》に燃え尽きようとも、
太陽の光に触《ふ》れて、火を点《とも》されたるが如し。
(It seems their candle, howe'r done,
Was tinn'd and lighted at the sunne.)

***N.E.D.*** に拠《よ》れば、動詞の〝tin〟は、TIND が転訛したもので、「～に火をつける、点火する、灯《とも》す、燃やす（to set fire to, ignite, light, kindle (a fire, lamp, torch, flame etc.)」を意味したが、現在では、すでに、廃語である。トマス・ヴォーンは、著作の中で、この動詞を、上記の意味において、用いている。

これは、神の、秘密の燭《ともしび》であり、神は、この燭《ともしび》を、基本要素の中に、点《とも》した。秘密の燭《ともしび》は、燃えるが、目には見えない。何故なら、それは、暗がりの中で、輝くからである。自然の物体は、どれも、一種の黒い提灯《ちょうちん》である。自然の物体は、自らの内に、この燭《ともしび》を宿しているが、光は、現れない。光は、物質の野卑な劣悪さによって、覆《おお》い隠されているからである。(This is the Secret Candle of God, which He hath tinned in the elements : it burns and is not seen, for it shines in a dark place. Every natural body is a kind of black lantern; it carries this Candle within it, but the light appears not: it is eclipsed with the grossness of the matter.)(522)

神は、人間の魂の内に、燭《ともしび》を点《とも》し、闇《やみ》を照らす。

実《げ》に主《しゅ》よ、汝はわが光を輝《かがや》かし給う、わが天主《かみ》よ、汝はわが暗黒《くらき》を照らし給う。
For thou wilt light my candle : the Lord my God will enlighten my darkness.(523)

日本語訳の「光」は、『欽定英訳聖書』では、〝candle〟である。神の燭《ともしび》に照らされていた、幸福な時代を、ヨブは、次のように回顧する。

誰《たれ》か我をして過ぎにし月の如く、天主の我を護《まも》り給いし日の如くに、ならしむるを得ん者もがな。かの時には彼の燈火《ともしび》わが頭《こうべ》を照らし、我その光によりて暗闇《くらやみ》を歩《あゆ》めり。(524)

魂の内に、神の燭《ともしび》が点《とも》され、その光に導かれるなら、魂は、死の淵《ふち》に沈むことはない。

又、汝が、死の蔭《かげ》の中を歩むとて、死が、勝ち誇ることなかるべし。
(Nor shall death brag thou wand'rest in his shade.)(525)

クウォールズの「エンブレム第十四」(写真九：)は、神の燭《ともしび》を請い求める魂の図像である。魂の祈りの言葉として、『詩篇』から、次の言葉が引用されている。

主《しゅ》よ、わが天主《かみ》よ、顧《かえり》みて我に聴き給え。わが眼《め》を明《あき》らかならしめ、我を死の中《うち》に眠らしめず、……。
Lighten mine eyes, O Lord, lest I sleep the sleep of death.(526)

神の燭《ともしび》は、人間の魂の、核心にある。否、神の燭《ともしび》は、人間の霊そのものである。

人の気息《いき》は、心腸《はらわた》の奥をも隈《くま》なく探《さぐ》る、主《しゅ》の燈火《ともしび》なり。
The spirit of man is the candle of the Lord, searching all the inward parts of the belly.(527)

『鶏鳴』第二スタンザの、「鶏達の燭《ともしび》」は、太陽の光に触れて、火を点《とも》される。地上の世界の鶏は、天空の世界の太陽の「同等物」であり、天空の世界の太陽は、霊の世界の太陽、即ち、キリストの「同等物」である。キリストは、来《きた》るべき世界の、新たなる太陽である。

ああ、新たなる世界の、新たなる、生命《いのち》の太陽よ！
常に、変化《かわ》ることなく、然して、永久《とわ》に、尽きることなし！

九.

太陽の聖なる光を見る者達は、
皆、純白の輝く衣《ころも》をまとうべし。
然《しか》して、彼等《かれら》に至福《さいわい》をもたらし給うた御方《おんかた》の、
不滅の姿形《すがた》に似せられるべし。
　　昇れ、昇れ！

(O The new worlds new, quickning Sun!
Ever the same, and never done!
The seers of whose sacred light
Shall all be drest in shining white,
And made conformable to his
Immortal shape, who wrought their bliss,
　　Arise, arise!)(528)

「純白の輝く衣《ころも》」とは、次の世において、神の玉座《ぎょくざ》の前に集う人人がまとう衣であるが、これについては、『鶏鳴』第三スタンザに関する説明の中で、詳述する。

『鶏鳴』第三スタンザは、染料に彩《いろど》られる。

斯《か》くの如き染料と、斯《か》くの如き接触が、
斯《か》くまで堅固《かた》き憧《あこが》れの能力《ちから》を授《さず》けるものならば、
汝の出現の時間《とき》を待ち望みて、寝ずの番をすることを、

汝の御像《みすがた》は、多とし給うや？
(If such a tincture, such a touch,
So firm a longing can impowre
Shall thy own image think it much
To watch for thy appearing hour?)

"Tincture" は、"dye" と同義で、「染料」を意味したが、現在では、すでに、廃語である。「接触（a touch)」は、太陽の光が、鶏に触れることを意味する。太陽の光は、鶏達を赤く染め、それによって、鶏達は、強い憧《あこが》れの能力《ちから》を与えられる。その憧《あこが》れは、天空の世界の太陽に対する憧《あこが》れであり、何よりも、霊の世界の太陽、即ち、キリストに対する憧《あこが》れである。

「染料（tincture)」は、錬金術用語である。錬金術は、不純なる物を、純化する術《わざ》、即ち、「第一物質（Prima Materia)」を、「最終物質（Ultima Materia)」に変える術《わざ》である。その変化を来《きた》すために、「染料」は、必要不可欠である。

金属を変化させることは、自然の大いなる秘密である。それを遣《や》り遂げることが、如何《いか》に、労多くして、骨の折れる仕事であろうとも、又、如何《いか》に、絶え間なく、新たな障害や、支障に遭遇《そうぐう》しようとも、それは、少しも、自然に逆らうことではなく、又、少しも、神の秩序に反することではない。多くの人人は、誤って、それが、自然に反し、神の秩序に反する、と主張している。銅、錫《すず》、鉛、鉄、及び、水銀のような、五つの不純な卑金属を、純粋で、完全な貴金属、即ち、金と銀に変化させることは、しかし、「染料」、又は、「賢者の石」なくしては、起こり得ない。(Das Verwandeln der Metalle ist ein großes Geheimnis der Natur. Mag es noch so mühselig und schwer zu bewerkstelligen sein, immer neuen Anstößen und Hindernissen begegnen, so ist es doch nicht wider die Natur und auch nicht wider die

Ordnung Gottes, wie das viele Menschen fälschlich behaupten. Die minderen, unreinen fünf Metalle, wie Kupfer, Zinn, Blei, Eisen und Quecksilber in die höheren, reinen und vollkommenen Metalle, nämlich in Gold und Silber zu verwandeln, vermag jedoch ohne eine《Tinktur》oder ohne den《Stein der Weisen》nicht wohl zu geschehen.）(529)

「染料」は、秘薬である。

「秘薬」と呼び得るものは、非物質的で、不滅なるもの、永遠の生命《いのち》を備え、自然なるものすべてを越え、人間にとっては、永久に、究め難いものだけである。……「秘薬」は、我我を変え、変化させ、新たにし、再び、完全にする力を持つ。その力は、神の治癒力にも等しい。（Nur das darf als《Arcanum》angesprochen werden, was unkörperlich ist und unsterblich, was ewiges Leben besitzt, über allem Natürlichen steht und dem Menschen unerforschbar bleibt... Es hat Macht, uns zu verändern, zu verwandeln, zu erneuern und wieder aufzurichten gleich den göttlichen Heilkräften.）(530)

「秘薬」には、四種類がある。

第一の「秘薬」は、「第一の物質」、第二の「秘薬」は、「賢者の石」、第三の「秘薬」は、「生命《いのち》の水銀」、そして、最後の「秘薬」が、「染料」である。（Das erste《Arcanum》ist die《prima materia》, das zweite der《lapis philosophorum》, das dritte der《mercurius vitae》und das letzte die《tinctura》.）(531)

キリストが、「賢者の石」であることは、すでに、言及した。キリストは、又、「いと崇高《たか》き染料（die höchste ***Tinctur***）」である。

であるから、キリストの像《すがた》は、次の如くである。キリストは、人間の属性の中の、罪と、燃えるような神の怒りを、溺《おぼ》れさせた。……否、否、人間の意志は、力の限り、この死の中に、即ち、いと崇高《たか》き染料としての、この血の中に、入り込まなければならない。(Dann das ist das Bilde Christi / wie Christus hat die Sünde und den entzündeten zorn Gottes in Menschlicher eigenschafft ersäuffet... Nein / nein / der Menschliche Wille muß auß allen kräfften in diesem Todt in diß Blut / als in die höchste ***Tinctur*** eingehen.)[532]

キリストの血の中にこそ、罪の赦《ゆる》しと救いがある。

ユダヤ人達が、イエスを十字架に掛け、イエスが、自分自身の血―それは、人間の血であると同時に、天上の神の血でもあるが―を流し、人間的なるものの中の混乱を溺《おぼ》れさせた時、イエスは、こう言われた。父よ、彼等《かれら》を赦《ゆる》し給え。彼等《かれら》は、己れの為《な》す所を知らざればなり。(Als die Juden hatten Jesum ans Creutze gehangen / daß er hatte sein Menschlich / und himliches Göttliches Blut vergossen / und die ***Turbam*** im Menschlichen ersäuffet / so sprach JESUS: Vatter / vergib jhnen / dann sie wissen nicht was sie thun.)[533]

キリストの染料は、贖罪《しょくざい》の血の、赤い「染料」である。赤の「染料」は、魂を純白に晒《さら》す。染める人は、晒《さら》す人である。キリストは、晒《さら》す人なり。その人の清浄《きよ》き血は、流れ出《い》でて、汚《けが》れたる人間《ひと》を、雪よりも白く為《な》したり。

(The Fuller, whose pure blood did flow
To make stain'd man more white then snow.) (534)

キリストの血は、「罪を赦《ゆる》されんとて、衆人《しゅうじん》の為に流さるべき」(535)血である。キリストの血は、死の深手《ふかで》を負った魂を癒《いや》す香油である。

柔和にして、穏やかなるキリストの、仲裁の
血は、世に、全き癒《いや》しをもたらす香油なり。
(Whose [i.e.Christ] interceding, meek and calm
Blood, is the worlds all-healing *Balm*.) (536)

キリストの血は、魂を潤《うるお》す泉である。萎《しお》れた草が、露の滴《しずく》を求めるように、渇《かわ》いた魂は、生命《いのち》の水を求める。

我は、天に脅迫《せま》る。然《しか》して、我が脆《もろ》き
粘土《つち》の住処《すみか》を逃《のが》れ出《い》で、
汝、キリストの火と息吹《いぶき》に触れて、芽吹く。汝の血も、
又、我が露の滴《しずく》にして、湧き出《い》づる泉なり。
(I threaten heaven, and from my Cell
Of Clay, and frailty break, and bud
Touch'd by thy [i.e.Christ] fire, and breath; Thy bloud

Too, is my Dew, and springing wel.)(537)

キリストは、「神の羔《こひつじ》」(538)である。羔《こひつじ》の血は、贖罪《しょくざい》の血である。羔《こひつじ》の赤い血は、魂を白くし、衣を白くする。

衣は、羔（こひつじ）の血の中で、漂白《しろ》くさるる。

(...robes are bleach'd in the *Lambs* blood.)(539)

次の世において、天上に集う人人の衣は、「白き衣」である。

其後我《そののちわれ》、誰《だれ》も数うる事能《あた》わざる大群衆を見しが、諸国、諸族《しょぞく》、諸民《しょみん》、諸語《しょご》の中《うち》よりして、白き衣《ころも》を着《ちゃく》し、手に棕櫚《しゅろ》の葉を持ちて、玉座《ぎょくざ》の前、羔《こひつじ》の目前《めのまえ》に立ち、声高《こえたか》く呼《よば》わりて言いけるは、救霊《たすかり》は玉座《ぎょくざ》に坐《ざ》し給《たも》う我神《わがかみ》及び羔《こひつじ》に帰《き》す、と。……時に翁《おきな》の一人答えて我《われ》に謂《い》いけるは、白き衣《ころも》を着《ちゃく》せる此人々《このひとびと》は誰《たれ》なるぞ、何処《いづこ》より来《きた》れるぞ、と。我《われ》、我君《わがきみ》よ、汝こそ知れるなれ、と言いしに翁我《おきなわれ》に謂《い》いけるは、此人々《このひとびと》は大いなる患難より来《きた》り、羔《こひつじ》の血に己《おの》が衣《ころも》を洗いて白く為《な》したる者なり。(540)

『鶏鳴』第三スタンザの、「汝の出現の時間《とき》(thy appearing hour)」はキリストの再臨 (the Second Advent) の時である。贖罪《しょくざい》のために、この世に生まれたキリストは、世の終りに、再び、来臨する。

又日、月、星に兆《しるし》顕れ、地上には海と波との鳴轟《なりとどろ》きて、諸《もろもろ》の国民之《これ》が為《ため》に狼狽《うろた》え、人々《ひとびと》は全世界の上に起こらんとする事を予期して、怖《おそ》ろしさに憔悴《やつれ》ん、其《そ》は天上の能力震動《のうりょくしんどう》すべければなり。時に人の子が、大いなる権力と威光とを以《もっ》て、雲に乗り来《きた》るを見ん。是等《これら》の事起らば、仰《あお》ぎて首《こうべ》を翹《あ》げよ、其《そ》は汝等《なんじら》の救贖《すく》はるること近ければなり、と。

鶏が、暁《あかつき》の光を待ち望むが如く、魂は、霊の世界の太陽、即ち、キリストの再臨を待ち望む。

『鶏鳴』第四スタンザは、創造《つく》り主《ぬし》に対する賛歌である。

おお、汝、不滅の光にして、熱よ！
汝の御手《みて》は、この構造《わく》を貫《つらぬ》きて輝く。
為《ため》に、汝の御座《みくら》の美しきによりて、
我等《われら》は、明らかに、構造《わく》の創造《つく》り主《ぬし》を知る。
(O thou immortal light and heat!
Whose hand so shines through all this frame,
That by the beauty of the seat,
We plainly see, who made the same.)

神は、光である。光は、創造《つく》られた世界を貫《つらぬ》いて、輝き出《い》でる。


即ち其《その》見《み》得《う》べからざる所、其《その》永遠の能力《のうりょく》も神性も、世界創造以来造《つく》られたる物によりて覚《さと》られ、明《あきら》かに見ゆるが故に、人々《ひとびと》弁解《べんかい》する事を得ず。(542)

神は、不可視である。神は、不可知である。が、創造《つく》られた世界の中に、神性が顕在化する。人間は、創造《つく》られた世界を通して、神に至る。創造《つく》られた世界は、人間を、神の高みに引き上げる、梯子《はしご》である。

　　斯《か》くして、最初《はじめ》に、物が、粗《あら》く、
　　暗黒《くろ》く、空疎《から》にして、未《いま》だ、手を加えられざりし時、
物は、汝の御言葉《みことば》によりて、美と生存《いのち》の期間《とき》を与えられたり。

（　And thus, at first, when things were rude,
　　　Dark, void, and Crude
They, by thy Word, their beauty had, and date.）(543)

聖書が、「神の御言葉《みことば》の本（The Book of God's Words）」であるように、自然は、「神の御業《みわざ》の本（The Book of God's Works）」である。人は、ちょうど、本を読むようにして、創造《つく》られた物の中に、神の御業《みわざ》とその意味を読み取る。
すでに、言及した通り、十七世紀の思考の特徴は、類推による思考である。

　類推による思考の働きは、我我が、Aという次元について、すでに、知っていることによって、Bという次元についての知識を補充し、完全にするように仕向けられ、さらに、Aという次元と、Bという次元の双方に関する、我我の認識を、より明確な対応関係へと至らしめるように仕向けられる。（The operation of analogical thought is directed to filling out our knowledge of plane B by what we already know of plane A or to bringing our knowledge of both into clearer correspondence.）(544)

十七世紀の人人を支配した、「対応の理（the theory of the correspondences）」は、このような思考法の、必然の結

果である。

物事を、極度《きょくど》に入り組んだ、複雑な対応関係において、理解し、霊的な真実と、物質的な真実の、あらゆる局面を結び付けるのが、通常の習慣であった。(The common habit was to think in terms of a highly complex web of correspondences, linking every aspect of spiritual and material reality.)[545]

類推による思考は、世界の秩序についての、最も優れた認識方法の一つである。

この過程は、発見の過程ではない。そうではなくて、この過程は、周知の事実を、対応関係において理解し、整理することに過ぎない。その目的は、世界の秩序についての確信を、更に、深めることである。(The process here is not one of discovery but merely the arrangement of known truths in an illuminating correspondence, the end of which is a yet fuller assurance of universal order.)[546]

霊界と、物質界は、対応する。人は、物質界を眺めることによって、霊界の真実を、類推し、察知し、認識する。

大宇宙と、小宇宙は、対応する。外なる世界は、大宇宙である。人間は、小宇宙である。人は、大宇宙を眺めることによって、小宇宙の、内なる真実に到達する。

昼を指定《さだ》め給いし御方《おんかた》は、
夜をも指定《さだ》め給いしに非《あら》ずや？
然《しか》して、小宇宙において、為《な》さんと欲し給う事を、大宇宙において、表示《しめ》し給いしに非《あら》ずや？
(Did not he, who ordain'd the day,
　Ordain night too?
And in the greater world display
What in the lesser he would do?)(547)

外なる世界は、人間の内なる世界の真実を告げる。

自然界における、個個の過程は、霊的な問題に光を当てるために、類推的に、用いられることが出来た。(...the details of natural processes might be used analogically to cast light upon spiritual problems.)(548)

『鶏鳴』第四スタンザの、創造《つく》られた世界の美しさによって、創造《つく》り主《ぬし》の美しさを知る、という発想は、正《まさ》しく、類推の働きに基づく発想である。

かって、ウェイルズの地を訪れた時、五月の陽光を受けて、金色《こんじき》に燃え立っている草の輝きに、思わず、息を呑《の》んだことが、今尚《なお》、まざまざと、記憶に蘇《よみがえ》る。ウェイルズの比類ない自然の美しさと輝きの中で、ヴォーンは、神の美しさと輝きを、ありありと、実感したのであろう。

万物の内には、神の光が宿る。万物は、神の光の顕現である。万物は、神の光の像化である。草は、草の形を取った、神の光である。花は、花の形を取った、神の光である。

ヴォーンの作品の中で、草や葉は、殆《ほとん》ど常に、艶《つや》やかな光沢を与えられている。それは、ウェイルズの透明な陽光が、外から与える輝きである以上に、光そのものである神が、内側から放つ輝きである。

聖書も、ヘルメス哲学も、両《ふたつ》ながら、「神は、光の父である」(549)と教える。「神は、本質的に、光である（God essentially is light)」。(550)草も、葉も、光の顕現である。草も、葉も、光の像化である。

ヴォーンは、草の中に、光を見る。更に、ヴォーンは、草の緑の中に、草の精髄を見る。

例えば、「緑」とか、「緑色」とかいう言葉を、ヴォーンは、非常に好んだが、この二つの言葉は、単に、ヴォーンが、生《は》え育つ物に対して持っていた、特有の感受性を示すのみならず、錬金術士達にとって、植物界の精髄であり、又、植物界の驚異でもあった、かの祝された緑を指す。(For instance, the words 'green' and 'greenness' which he was so fond of, not only indicate his peculiar sensitivity to growing things: they also refer to that *benedicta viriditas* that was for the alchemists the essence—and wonder—of the vegetable world.)(551)

ヴォーンが、白色を好み、"white"という言葉を、ウェイルズ語の ***gwyn*** と同義に用いることは、すでに、言及した。***Gwyn*** は、「白い、麗《うるわ》しい、幸いな、神聖な、祝された（white, fair, happy, holy, blessed)」(552)を意味する。白は、キリスト教的な文脈においては、「魂の無垢《むく》、純潔、聖なる生活。クリスマス、御公現《ごこうげん》の祝日、復活祭、御昇天の祝日、三位一体の祝日、御変容の祝日、諸聖人の祝日、等等（Innocence of soul, purity, holiness of life, Christmas, The Epiphany, Easter, The Ascension, Trinity Sunday, the Transfiguration, All Saints, etc.)」(553)を象徴する。緑は、「春、死に対する勝利、愛徳、善行《ぜんこう》による魂の再生、希望。御公現、三位一体節（Spring, triumph of life over death, charity, regeneration of soul through good works, hope. Epiphany and Trinity seasons.)」(554)の象徴である。

『鶏鳴』第四スタンザの、最終の二行は、神との合一を求める祈りである。万物の中に封じ込められた、光の粒は、「汝の種子《たね》（thy seed)」である。「汝の種子《たね》」は、神と万物を結ぶ要《かなめ》であり、「我」と「汝」を一体化させる核である。

汝の種子《たね》は、我が内に留まる。ならば
汝は、その種子《たね》の中《うち》に留《とど》まれかし。然して、我をして、汝の内に留まらしめ給え。
(Seeing thy seed abides in me,
Dwell thou in it, and I in thee.)

十七世紀は、光と闇の時代である。光と闇の対照は、絵画の中に、詩の中に、音楽の中に、そして、思想の中に、形を変えながら、顕在化する。これについては、審美的想像力論(555)において、又、論理的想像力論(556)において、更に、この宗教的想像力においても、再三、言及した。

『鶏鳴』第一スタンザから、第四スタンザまでが、光であるとすれば、第五スタンザは、闇である。地獄は、闇の世界である。神なき死は、地獄である。

汝なしに眠るは、死するに等し、
然《しか》り、そは、地獄に与《あずか》る死なり。
何となれば、汝が、目を閉じ給わざれば、
目は、断じて、開くことあらざればなり。
(To sleep without thee, is to die;
Yea, 'tis a death Partakes of hell:
For where thou dost not close the eye
It never opens, I can tell.)

神なき死は、永遠の闇である。その闇は、かつて、「暗き、エジプトの国境《くにざかい》（a dark, AEgyptian border）」を見舞った、漆黒《しっこく》の闇である。

さて主《しゅ》モイゼに曰《のたま》いけるは、「天に向かいて汝の手を伸《の》べ、エジプトの地に闇あらしめよ、その闇深くして手さぐりすべきほどなるべし。」と。モイゼ乃《すなわ》ち天に向かいてその手を伸《の》べしに、エジプト全土に三日の間、恐《おそ》ろしき暗黒起《くらやみおこ》り、誰《たれ》もその兄弟《はらから》を見る能《あた》わず、また己《おのれ》の居《お》る所より動かざりき。(557)

『鶏鳴』第六スタンザは、再び、光の世界へ戻る。
太陽が、鶏に、光に対する強い憧《あこが》れの能力《ちから》を与えるように、「汝」、キリストは、魂に、飛翔の翼を与える。

もし、歓喜《よろこび》と、希望《のぞみ》と、一途《いちず》な熱心《ねっしん》と、
光を求めて、絶え間なく、脈打つ心が、
鶏達に与えられるものならば、汝を措《お》いて、誰が、
恋い焦がれる魂の、至高《たか》き飛翔《ひしょう》を知るべし。
　魂の跡を辿《たど》るは、彼《か》の人《ひと》の眼《まなこ》のみ。
　　彼《か》の人《ひと》こそ、魂に、翔《ま》うべき翼を授けたり。

(If joys, and hopes, and earnest throws,
And hearts, whose Pulse beats still for light
Are given to birds; who, but thee, knows
A love-sick souls exalted flight?

Can souls be track'd by any eye
But his, who gave them wings to flie?)

「恋い焦がれる（love-sick）」魂は、天に向かって、飛翔する。魂は、肉体《にく》の衣を脱《ぬ》ぎ棄《す》てて、飛翔する。

ああ、我、翼を与えられて、自由の身となりたし。
然《しか》して、たった今、肉体《にく》の衣を脱《ぬ》ぎ棄《す》てて、汝と共に、
永遠《とこしえ》の、芳香《かおり》高き山の頂《いただき》に在りたし！
彼処《かしこ》にては、解《と》き放《はな》たれし魂が、生ける泉の辺《ほとり》に留《とど》まる。
(O that I were winged and free
And quite undrest just now with thee,
Where freed souls dwel by living fountains
On everlasting, spicy mountains!)(558)

"Undrest"は、肉体《にく》の衣を脱《ぬ》ぎ棄《す》てた、魂の状態を指す。肉体《にく》への隷属から解放された魂は、神の都、即ち、シオン(Zion)の山へ飛翔し、そこで、永遠の生命《いのち》を享受する。

魂の飛翔には、二種類がある。一つは、肉体の死後における飛翔。魂は、肉体の死後、初めて、その束縛から解放されて、天の高みに飛翔する。もう一つの飛翔は、脱魂による飛翔。特殊な恩寵《おんちょう》に恵まれた者は、この世に在りながら、神との合一を体験する。魂が、体から抜け出して、神と合一することは、「脱魂（raptus animi）」、又は、「恍惚《こうこつ》（ecstasy）」と呼ばれる。「恍惚《こうこつ》」とは、自己の外側に立つことを意味する。

*extasie* □ OF (F *extase*) □ ML *extasis* □ GK *ékstasis* ← *existánai* to put (a person) out of (his senses) ← EXO- + *-histánai* to set, stand.

「脱魂（raptus animi）」については、すでに、再三、言及した。

ミルトン（John Milton）の『考える人（*Il Penseroso*）』の中の「汝の奪われたる魂（thy rapt soul）」[559]については、審美的想像力論において、詳述した。

ラ・トゥール（Georges de La Tour）の『聖フランチェスコの恍惚《こうこつ》（*L'Extase de saint François*）』[560]については、倫理的想像力論において、言及した。髑髏《されこうべ》を、両手に抱《いだ》き、仰向《あおむ》けに倒れた聖者。両眼は、閉じられ、口許《くちもと》が、かすかに、開けられている。殆《ほとん》ど、痴呆《ちほう》的とも言える、この表情は、聖者が、完全に、魂を奪われ、感覚が麻痺《まひ》して、その機能が、停止してしまっていることを、示している。

ベルニーニ（Gian Lorenzo Bernini）が、大理石の彫像に刻んだ、アヴィラ（Avila）の聖テレジア（Santa Teresa de Jesús）の脱魂の有様は、この宗教的想像力論の、写真六．に、示した通りである。

この時の経験を、聖テレジア自らが、次のように、記録している。

> 主は、私が、次のような形で、天使を見る、幻視をお望みになりました。天使は、背が高くはなく、小柄《こがら》で、大層美しく、その顔は、全く、火のように輝いていたので、非常に位階《くらい》の高い、燃え盛る天使達の一人であろうと判断されました。……天使は、長い、黄金の槍《やり》を、手に持っていました。槍《やり》の先には、小さな火があるようでした。天使は、槍《やり》で、数回、私の心臓を刺し貫《つらぬ》き、槍《やり》は、腸《はらわた》まで達するように思われました。槍《やり》が引き抜かれた時、槍《やり》と一緒に、腸《はらわた》まで持っていかれるような気がしました。そして、私は、神に対する大いなる愛に、完全に、燃え立ちました。その痛みが、余りにもひどかったので私は、何度か、呻《うめ》き声を挙げました。そして、この喩《たと》えようもなく激しい痛みが引き起こ

した甘美は、余りにも法外なものであったので、人は、これが取り除かれるのを望むことなど、とても出来ず、又、魂が、神以外のもので、満足することもないでありましょう。痛みは、肉体的なものではなく、霊的なものですが、肉体も、多少は、関与し続け、時には、大いに、関与することもあります。魂と神との間に交《か》わされる睦言《むつごと》は、事程《ことほど》左様《さよう》に、甘美であるので、私が、嘘《うそ》を言っているとお思いになる方は、どうか、是非《ぜひ》、これを味わってみて下さるよう、懇願致します。(Esta visión quiso el Señor le [i. e. un ángel] viese ansí : no era grande, sino pequeño, hermoso mucho, el rostro tan encendido que parecía de los ángeles muy subidos que parecen todos se abrasan.... Víale en las manos un dardo de oro largo, y al fin de el hierro me parecía tener un poco de fuego; éste me parecía meter por el corazón algunas veces y que me llegava a las entrañas. Al sacarle, me parecía las llevava consigo, y me dejava toda abrasada en amor grande de Dios. Era tan grande el dolor que me hacía dar aquellos quejidos, y tan excesiva la suavidad que me pone este grandísimo dolor, que no hay desear que se quite, ni se ontenta el alma con menos que Dios. No es dolor corporal sino espiritual, aunque no deja de participar el cuerpo algo, y aun harto. Es un requiebro tan suave que pasa entre el alma y Dios, que suplico yo a su bondad lo dé a gustar a quien pensare que miento.)[561]

ヴォーンは、『イサークの結婚(*Isaacs Marriage*)』の中で、花嫁となる筈の、レベッカ(Rebekah)を迎えた時の、イサーク(Isaac)の喜びを、脱魂の状態に喩《たと》えている。この作品は、『創世記』第二十四章一〜六十七節に基づく。

　然《しか》して、汝は、今や、少女《むすめ》が来たるを知れり。汝が、
翼に乗せられて、全霊を捧《ささ》げて、神の御許《みもと》に
登り行く時なりき。豪奢《ごうしゃ》を尽くした婚姻によりて、
不仕合わせとなる者も多く、或《あ》るいは、仕合わせとなる者も多ければ。

汝は、野に出《い》でたり。今こそ、汝は、
肉体《にく》の衣を脱《ぬ》ぎ棄《す》てて、新たなる翼を以《もつ》て、汝の疲れたる魂に、
活力《ちから》を与えたり。汝の魂の翼は、活力《ちから》を取り戻し、
星星の彼方《かなた》の、不可知の道に、翔《ま》い上がりたり。
然《しか》して、汝の魂は、天を貫《つらぬ》きて翔《ま》い上がり、空中《そら》に、芳香《かおり》を満たしたり。
没薬（もつやく）と、汝の祈りの香《こう》を、撒《ま》き散らしつつ。

( And now thou knewest her coming, It was time
To get thee wings on, and devoutly climbe
Unto thy God, for Marriage of all states
Makes most unhappy, or most fortunates;
This brought thee forth, where now thou didst undress
Thy soul, and with new pinions refresh
Her wearied wings, which so restor'd did flye
Above the stars, a track unknown, and high,
And in her piercing flight perfum'd the ayer
Scatt'ring the ***Myrrhe***, and incense of thy pray'r. ) (562)

ちなみに、第四十六行の"fortunates"は、他動詞として、用いられている。***N.E.D.*** に拠《よ》れば、これは、「仕合わせにする、幸運を与える、繁栄させる（to make fortunate, give good fortune to, prosper)」を意味したが、現在では、すでに、廃語である。

第四十七行目の「汝は、野に出《い》でたり（This brought thee forth）」は、『創世紀』第二十四章六十三節に由来するであろう。

しかして日も既《すで》に傾きたる頃、彼はもの想《おも》いに耽《ふけ》らんとて、野に出《い》でしに、目を挙《あ》げし時もあれ、遙《はる》か彼方《かなた》より駱駝《らくだ》の来《きた》るを見たり。

翼を与えられたイサークの魂は、「不可知の道（a track unknown）」を貫《つらぬ》いて、飛翔する。およそ一三五〇年頃に書かれた神秘主義の書、『不可知の雲（*þe Clowde of Vnknowing*）』については、後《のち》に、『夜（*The Night*）』に関する論考の中で、詳述する。

飛翔には、魂の飛翔と、肉体の飛翔の二種類がある。

聖者の中には、体のまま、空中に浮揚する恩寵《おんちょう》を与えられた者がある。彼等は、翼を持たず、体のまま、空中に揚《あ》げられる。その目撃証言が、数多く残されている。

コペルティーノの聖ジュゼッペ（San Giuseppe da Copertino）は、「舞う人人の守護の聖人（the patron saint of fliers）」[563]である。この聖者の浮揚は、幾度《いくど》となく目撃されたが、聖者の浮揚の巻き添えを食らって、「空中バレー（aerial ballet）」[564]の恐怖を味った者もある。

これは、良く知られた出来事であるが、ある時、コペルティーノの聖クララ教会で、聖ジュゼッペは、修道女達の着衣式に出席していた。来たれ、キリストの花嫁よ、という交誦《こうしょう》が歌われた途端《とたん》、突然、聖者は、隅《すみ》の方から走り出て、修道院付きの聴罪司祭の手を、ぐいと掴《つか》み、司祭を空中に挙げ、歓喜の余り、我を忘れて、激しく、司祭を旋回《せんかい》させ始めた。（On one well-known occasion in the Church of Saint Clare at Copertino, he [i. e. San Giuseppe da Copertino] was present at a ceremony for the investing of nuns. When the antiphon ***Veni, sponsa Christi*** was sung, he rushed from his corner, grasped the confessor of the convent powerfully by the hand, lifted him into the air, and began to spin him violently around in delighted rapture.)[565]

聖者と関《かか》わりのある人人は、「常に、聖ジュゼッペと経験を共にする危険に晒《さら》されて（in constant danger of sharing Joseph's experiences)」[566]いた。このような浮揚は、天にも登る歓喜が、実際に、人間の体を、天に登らせることを立証するが、周《まわ》りの人人にとっては、大いなる驚愕《きょうがく》と、小さからぬ傍《はた》迷惑の種《たね》であったに違いない。

聖ジュゼッペは、十二世紀の聖者であるが、十七世紀の聖者である、アヴィラ（Avila）の聖テレジア（Santa Teresa de Jesús）や、十字架の聖ヨハネ（San Juan de la Cruz）に関しても、浮揚の事実[567]が、報告されている。

魂が、肉体から抜け出す恍惚《こうこつ》より、更に強烈な忘我の状態においては、霊の恍惚《こうこつ》に、肉体の恍惚《こうこつ》が、同化される。

対照してみると、最も単純な形の恍惚《こうこつ》においては、魂は、文字通り、恍惚《こうこつ》の状態にあって、肉体の外へ引き出され、肉体は、魂の喜びに、快く谺《こだま》して、反応するが、地上に残されたままである。聖テレジアにとって、地上的、肉体的な事柄《ことがら》は、殆《ほとん》ど、価値がない。にも拘《かか》わらず、もっと強烈な恍惚《こうこつ》においては、再統合の経験が戻り始め、理性と肉体が、上昇する魂の後《あと》に付《つ》き随《したが》いつつ、再び、急いで、一つになろうとする。一人の人間全体が、神秘的な飛翔の状態において、運び去られ、弱い方の肉体の機能は、出来る限り、魂が先導する経験に、与《あずか》ろうとする。（In the simplest form of rapture, by contrast, the soul is literally in ecstasy, drawn out and away fom the body, which, though it responds with a pleasurable echo of the soul's delight, remains behind on the ground. Earthly, fleshly things are of little value to Theresa. In more intense raptures the experience of reintegration nevertheless begins to return as mind and body, trailing behind the ascending soul, hurry to rejoin it. The whole person begins to be carried off in mystical flight, with the weaker bodily faculties participating as fully as they can in the experience to which the soul leads them.)(568)

飛翔は、魂の本性である。魂は、翼を持つ。

そこで、魂の似すがたは、翼《つばさ》を持った一組の馬と、これを御する同じく翼を持った馭者とが一体となって結び合っているもの、というふうに想像してもらおう。さて、神々の場合は、その馬と馭者とはすべて、それ自身が善い性質のものであるばかりか、善い性質のものから生れているのであるが、神以外のものにおいては、善い性質と悪い性質とが混じり合っている。そして、われわれ人間の場合は、まず第一に、馭者は二頭の馬を御しており、しかも次に、その二頭の馬のうちの一方は、それ自身の性質も、血統の上からも、美しくて善い馬であるが、もう一頭の馬のほうは、血統の上からも、それ自身の性質も、これと正反対のものなのである。そこで必然的に、われわれ人間の場合には、馭者の仕事は困難なものとなり、厄介なものとならざるをえないのである。(569)

魂は、両極に引き裂かれる。善い性質の馬は、一方の極に向かって走り、悪い性質の馬は、反対の極に向かって走る。手綱《たづな》を取る御者《ぎょしゃ》は、無力である。魂は、飛翔しない。魂は、原罪によって、堕落したからである。

おお、天高く、翔《ま》うべく生まれし人類《ひと》よ、
一体《いったい》、何故《なにゆえ》、かくも微《かす》かなる風によりて、堕落《おと》しめらるるや？
(o gente umana, per volar su nata,
perchè a poco vento così cadi?)(570)

悪い性質の馬が、矯《た》め直《なお》されて、善い性質の馬となり、二頭の馬が、そろって、おとなしく、御者《ぎょしゃ》の命に従うなら、馬車は、天高く翔《ま》い上がることを知るであろう。「そもそも、翼の持つ本来の機能は、重いものを、上方高く、神々の住みたまうところへ持ち上げ、運び行くことにある」(571)のだから。二頭の馬と、御者《ぎょしゃ》が、一致するなら、三対《つい》の翼は、黄金の翼になるであろう。そして、御者《ぎょしゃ》は、こう命ずるであろう。

行け、想念《おもい》よ、黄金の翼に乗せられて。
(Va, pensièro, sull'ale dorate.)(527)

想念《おもい》は、「光の世界《くに》(the world of light)」に対する、望郷の念である。

『鶏鳴』第七スタンザにおいて、光は、再び、被《おお》われる。

汝が、取り除き給いし、この覆《おお》い、
然《しか》して、我が内にては、未《いま》だ、取り除かれざる、この覆《おお》い、
この覆《おお》いこそ、正《まさ》しく、肉体《にく》の衣、
曇りにして、我が目より、汝を被《おお》い隠すものなり。
(Onely this Veyle which thou hast broke,
And must be broken yet in me,
This veyle, I say, is all the cloke
And cloud which shadows thee from me.)

「肉体《にく》の衣と目の曇り(the cloke / And cloud)」は、神の光を遮《さえぎ》る覆《おお》いである。"Cloke"、即ち、"cloak"は、肉体《にく》の衣を指す。肉体《にく》は、魂を被《おお》う覆《おお》いである。"Cloud"は、曇、即ち、魂の目を被《おお》う、暗い影である。「我が（in me）」覆《おお》いは、未だ、取り除かれてはいない。

旧約の時代に、イスラエルの民を被《おお》っていた覆《おお》いは、キリストによって、打ち砕かれた。キリストが出現する以前の、イスラエルの民は、盲目的な無知の状態にあった。モーゼが、「己《おの》が顔に覆《おお》いを置」いたからである。旧約聖書に記された事柄は、新約の時代に、キリストによって実現される事柄《ことがら》の前表である。旧い契約が、キリストによって、実行され、成就した。覆《おお》いは、取り除かれた。

モイゼの如くには為《せ》ざるなり。彼は終るべき其役《そのえき》の終《おわり》をイスラエルの子等《こら》に見せざらん為《ため》、己《おの》が顔に覆《おおい》を置きたり。斯《かく》て彼等《かれら》の精神鈍《にぶ》りて、今日《こんにち》に至るまで、旧約を読むに其覆《そのおおい》は依然《いぜん》として取除《とりのぞ》かれず。蓋《けだし》旧約はキリストに於《おい》て終るものなれども、今日《こんにち》に至《いた》るまでモイゼの書を読む時に、覆《おおい》は彼等《かれら》の心の上に置かれたり。然《さ》れど主《しゅ》に立帰《たちかえ》らん時、其覆《そのおおい》は取除《とりのぞ》かるべし。然《さ》て主《しゅ》は彼霊《かのれい》なり、主《しゅ》の霊《れい》ある処《ところ》には自由あり、我等《われら》は皆素顔《すがお》にて主《しゅ》の光栄を鏡に映《うつ》すが如《ごと》く見奉《みたてまつ》りて、光栄より光栄に進《すす》み、主《しゅ》と同じ像《すがた》に化す、是主《これしゅ》の霊《れい》に由《よ》りてなるが如し。(573)

人間の肉体《にく》が、神と魂の間に立ちはだかる覆《おお》いである如く、物質の世界も、又、同じ覆《おお》いである。

然《しか》して、この天空を、この着古《きふる》したる覆《おお》いを、
古き衣の如く、折りたたみ給え。然して、各各《おのおの》の頭《かしら》の上に、
光栄《はえ》ある汝自らを、輝かせ、被《かぶ》せ給え。

然《しか》して、汝の創造《つく》り給いし物を刺《さ》し貫《つらぬ》きて、通過《とお》り給え。
万物が、汝の曇りなき鏡となり、
清らかなる太陽の如く、透《す》き通り、
汚点《しみ》もなく、疵《きず》もなく、朽《く》ち果てることもなく、
汝の霊によりて、永遠《とこしえ》に、
純潔《きよ》き状態に固定《とど》め置かれるまで。

(And like old cloaths fold up these skies,
This long worn veyl: then shine and spread
Thy own bright self over each head,
And through thy creatures pierce and pass
Till all becomes thy cloudless glass,
Transparent as the purest day
And without blemish or decay,
Fixt by thy spirit to a state
For evermore immaculate.)[574]

神は、霊そのものである。物質は、反対の極にある。物質は、魂が、神を享受することを妨げる。しかし、創造《つく》られた世界が、キリストの霊によって、浄化されるなら、それは、神を遮蔽《しゃへい》し、被《おお》い隠す、覆《おお》いではなく、神を映し出す「曇りなき鏡（cloudless glass）」となる。この作品の、第一行から第八行までは、すでに、引用[575]した。上記の引用の、第十行、第十一行、第十五行の「汝（thy）」は、第一行の「新たなる世界の、新たなる、生命《いのち》の太陽（the new worlds new, quickning Sun)」、即ち、キリストを指す。この作品の中では、創《つ》造《く》り主《ぬし》である神と、キリストが、同一化されている。

肉体《にく》の衣も、物質の世界も、神と魂を隔《へだ》てる覆《おお》いである。いずれも、神と魂の間に立ちはだかる障害物である。しかし、「新たなる世界の、新たなる、生命《いのち》の太陽」が、万物を「刺《さ》し貫《つらぬ》きて、通過《とお》る（pierce and pass）」なら、万物は、光そのものとなり、生命《いのち》が漲《みなぎ》る。その時、人間の体は、「キリストの不滅の姿形《すがた》に似せられたる（conformable to his / Immortal shape）」[576]体になり、創《つ》造《く》られた世界も、永久に、朽《く》ち果てることのない世界に変るであろう。

「新たなる世界」において、人間の体が、どのようであるか、聖書には、次のように記されている。

彼は能《よ》く万物《ばんぶつ》を己《おのれ》に服せしむるを得《え》給う能力《ちから》を以《もっ》て、我等《われら》が卑《いや》しき体《からだ》を変《へん》ぜしめ、己《おの》が栄光の体《からだ》に象《かたど》らしめ給うべし。[577]

創《つ》造《く》られた世界が、どのように変わるかは、聖パウロが、次のように、予告する。

其《そ》は被造物も自ら腐敗の奴隷たる事を脱《のが》れて、神の子等《たち》の光栄の自由を得《う》べければなり。[578]

『鶏鳴』第八スタンザは、光を請い求める祈りである。

ああ、この覆いを取り除き給え！　疾《と》く来《きた》りて、
汝の光を以《もっ》て、我を払拭《はら》い給え。さすれば、我は、
全《まった》き太陽に向かいて、輝くべし。

然《しか》して、汝の栄光《はえ》ある眼《まなこ》の光に当てて、我を暖め給え！

(O take it off ! make no delay,
But brush me with thy light, that I
May shine unto a perfect day,
And warme me at thy glorious Eye!)

肉体が死んで、覆《おお》いが取り除かれるなら、魂は、「太陽の視線《まなざし》(glance of day)」を、一身に浴びて、光を享受する。「光の父 (Father of lights)」の視線《まなざし》が、魂を照らす、という発想は、ヘルメス哲学に基づくが、これについては、第一スタンザに関する説明の中で、詳述した。

太陽は、目である。「天の目 (the eye of day (heaven))」は、詩語で、太陽を意味する。「光の父」は、光の源である。「光の父」は、太陽である。キリストは、すでに、再三、述べた通り、霊の世界の太陽である。父も、子も、共に、太陽である。

『鶏鳴』において、「汝 (thou)」は、明らかに、父を指す時と、間違いなく、キリストを指すと思われる時がある。しかし、いずれの場合でも、「汝」は、常に、太陽として現れるので、重大な意味の齟齬《そご》や、曖昧《あいまい》さは生じない。そもそも、父と、子と、聖霊の三位は、一体であるのだから。

神の光に照らされることは、照明である。照明は、「優れて観想的な状態 (the "contemplative state" *par excellence*)」(579) である。「汝の光によりて (with thy light)」、肉体《にく》の覆《おお》いが、「取り払拭《はら》 (brush)」われるなら、魂は、「全《まった》き太陽 (a perfect day)」を享受し、もう一つの太陽となる。魂が、請い求めるのは、このような照明である。

地上における照明の状態は、幻視にせよ、その他の、魂の冒険にせよ、或《ある》いは、様様の程度の祈りにせよ、束《つか》の間《ま》であって、持続的、永続的ではない。安全な、終りなき照明は、肉体の死後、初めて、許される。魂は、祈る。

ああ、この覆《おお》いを取り除き給え！さなくば、この覆《おお》いが消失《なく》なるまで、
我が許《もと》に、留まり給え！我は、百合の花には、あらねども。
(O take it off! or till it flee,
Though with no Lilie, stay with me!)

花嫁は言う。

すでに、何度か、言及した通り、『雅歌』は、花婿《むこ》である神が、花嫁である魂に向かって歌う、愛の歌である。

我は野の花、また谷の百合《ゆり》なり。(580)

花婿《むこ》は、答える。

娘等《むすめたち》の中《うち》にわが女友《とも》あるは、茨《いばら》の中《うち》に百合《ゆり》ある如し。(581)

花嫁は、更に、言う。

わが愛する者は我のもの、我は彼のものなり、彼は百合《ゆり》の中にて羊群《むれ》を牧《か》い給う、(582)

魂は、肉体《にく》の衣に被《おお》われ、地上に繋《つな》ぎ留《と》められ、神の花嫁たるに相応《ふさわ》しい「百合《ゆり》の花とは、似ても似つかぬ者（no

Lilie)」である。しかも尚、魂は、切《せつ》に、祈る。「我が許《もと》に、留《とど》まり給え（stay with me）！」と。
『鶏鳴』は、光を請い求める祈りであるが、この作品が、『鶏』ではなく、『鶏鳴』と題されていることは、聴覚の人、ヴォーンが、光を求めながら、光の歌を聴き分けている証しであろう。

『此の世（*The World*）』

我は、去る夜、「永遠」を観《み》たり。
そは、清浄《きよ》らにして、果てしなき光より成る、壮大《おお》いなる環（わ）の如く、
　光り輝きて、尚《なお》、静謐《せいひつ》そのものなりき。
環《わ》の下《もと》を巡《めぐ》りて、「時」が、時間《とき》を刻《きざ》み、日を経《へ》て、年を重ね、
　　天球に駆《か》られて、
壮大《おお》いなる影の如く、進み行けり、その影の中《うち》に、此の世と、
　そのすべての行列《れつ》が、投げ出されたり。
色惚《ぼ》け男は、趣向《しゅこう》を凝らしたる歌曲《しらべ》によりて、
　　悲嘆《なげき》を歌い、
傍《かたわ》らには、リュート、気紛《きまぐ》れ、天にも昇る喜び、
　諧謔《かいぎゃく》の愉悦《よろこび》が、
手袋やら、衣装《いしょう》の飾り結びやら、愚にもつかぬ快楽の罠《わな》と共に、一面に、散り乱れたり。
　この罠が、男にとりては、後生大事《ごしょうだいじ》の
お宝《たから》物である。その一方で、男は、花の上に、じっと、

目を注ぎたり。

腹黒き政治家は、重荷と禍《わざわい》に伸《の》し掛かられ、
深夜の濃い霧の如く、のろのろと、たゆたうて、
留《とど》まることもなければ、進むこともなかりき。
お前は悪い、と自《みずか》ら断罪する（暗き日食の如き）思いが、政治家の魂を
睨《にら》み付け、
外側《そと》からは、大声で叫ぶ、おびただしき証人の雲が、
声を揃《そろ》えて、一斉《いっせい》に、政治家を追撃せり。
然《しか》も尚《なお》、土竜《もぐら》は、土を掘り、己《おの》が道が、発見《みつ》からざらんために、
地面《つち》の下にて、仕事《はたら》けり。
土竜《もぐら》は、其処《そこ》で、餌食《えじき》を攫《つか》めり。されど、衆目《しゅうもく》の見る所、
政《まつりごと》も、
教会も、祭壇《さいだん》も、土竜《もぐら》の縦恣《ほしいまま》を許して、肥やせり。偽りの誓約《ちかい》は、
蚋《ぶよ》なりき、又、蠅《はえ》なりき。
土竜《もぐら》の周囲《まわり》には、血と涙が、雨と降り注ぎたれど、
土竜《もぐら》は、血と涙の雨を、思う様《さま》飲み乾《ほ》せり。
守銭奴《しゅせんど》は、びくびくと、錆《さび》の山の上に
座《ざ》して、終生、思い煩《わずら》いたり。己《おの》れ自身の手にさえ、

　滅多《めった》に、金銭《かね》を委《ゆだ》ねることは、なかりき。
然《しか》れども、天上《てん》には、鐚一文《びたいちもん》宝を積もうとはせず、
　　唯《ただ》、ひたすら、盗人《ぬすびと》を恐るるなり。
守銭奴《しゅせんど》と同じく、狂い乱れたる者は、数多《あまた》ありて、
　銘銘が、己《おの》れの屑《くず》を抱《かか》え込みたり。
あからさまなる食い道楽は、感覚を天国《てん》と見なして、
　　お上品振りを蔑《さげす》みたり。
一方、度を過ごしたる暴飲暴食に陥りし者も、
　　負けず劣らず、言い分を主張せり。
取るに足らぬ、つまらぬ物が、更《さら》に心弱き輩《やから》を虜《とりこ》にする。
　斯《か》くの如き輩《やから》は、取るに足らぬ、つまらぬ物を、素晴《すば》らしき物と信ずるなり。
然《しか》して、蔑《ないがし》ろにされし、哀《あわ》れなる真理は、傍《かたわ》らに座して、つまらぬ物の勝利を、
　　数《かぞ》うるなり。

されど、その一方で、涙を流して、歌う者ありき。
その者は、且《か》つ歌い、且《か》つ涙を流して、環（わ）の中に翔《ま》い上がりたり。
　然《しか》れども、多くの者は、翼《つばさ》を用いんとはせざりき。
ああ、愚かなる者達よ（我は、言えり）、斯《か》くの如く、真《まこと》の光よりは、
　　　暗き夜の方を好み、
洞穴《ほらあな》や洞窟《どうくつ》の中に住まいて、日光《ひかり》を厭《いと》うとは。

日光《ひかり》は、道を示すが故なり。
そは、死の闇《やみ》の居住《すまい》より出《い》でて、
　天《てん》上に在《ましま》す神に至る道なり。
その道を辿《たど》らば、汝は、太陽を踏み、然《しか》も、
　太陽に勝りて、光り輝くべし。
然《しか》れども、我、斯様《かよう》に、世の人人の愚の骨頂《きわみ》を説き明かせし時、
　耳元《みみもと》に、次の如く、囁《ささや》く者ありき。
この環（わ）を、花婿（はなむこ）は、唯（ただ）、花嫁のためにのみ
　準備（そな）えたり。

『ヨハネ第一書』第二章　十六、十七節。

其（そ）は総（すべ）て世に在る事、肉の慾、目の慾、生活の誇（ほこり）は、父より出（い）でずして世より出（い）づればなり。而（しか）して世も其（その）慾も過去（すぎさ）れど、神の御旨（みむね）を行う人は限（かぎり）なく存するなり。[583]

(I saw Eternity the other night
Like a great *Ring* of pure and endless light,
All calm, as it was bright,
And round beneath it, Time in hours, days, years
Driv'n by the spheres
Like a vast shadow mov'd, In which the world
And all her train were hurl'd;

The doting Lover in his queintest strain
Did their Complain,
Neer him, his Lute, his fancy, and his flights,
Wits sour delights,
With gloves, and knots the silly snares of pleasure
Yet his dear Treasure
All scatter'd lay, while he his eys did pour
Upon a flowr.

The darksome States-man hung with weights and woe
Like a thick midnight-fog mov'd there so slow
He did nor stay, nor go;
Condemning thoughts (like sad Ecclipses) scowl
Upon his soul,
And Clouds of crying witnesses without
Pursued him with one shout.
Yet dig'd the Mole, and lest his ways be found
Workt under ground,
Where he did Clutch his prey, but one did see
That policie,

Churches and altars fed him, Perjuries
Were gnats and flies,
It rain'd about him bloud and tears, but he
Drank them as free.

The fearfull miser on a heap of rust
Sate pining all his life there, did scarce trust
His own hands with the dust,
Yet would not  place one peece above, but lives
In feare of theeves.
Thousands there were as frantick as himself
And hug'd each one his pelf,
The down-right Epicure plac'd heav'n in sense
And scornd pretence
While others slipt into a wide Excesse
Said little lesse;
The weaker sort slight, triviall wares Inslave
Who think them brave,
And poor, despised truth sate Counting by
Their victory.

Yet some, who all this while did weep and sing,
And sing, and weep, soar'd up into the *Ring*,
    But most would use no wing.
O fools (said I,) thus to prefer dark night
        Before true light,
To live in grots, and caves, and hate the day
    Because it shews the way,
The way which from this dead and dark abode
      Leads up to God,
A way where you might tread the Sun, and be
      More bright than he.
But as I did their madnes so discusse
      One whisper'd thus,
*This Ring the Bride-groome did for none provide*
      *But for his bride.*
        John Cap. 2. ver. 16, 17.

*All that is in the world, the lust of the flesh, the lust of the Eys, and the pride of life, is not of the father, but is of the world.*
*And the world passeth away, and the lusts thereof, but he that doth the will of God abideth for ever.)*

写真十・は、ダンテの『神曲』の宇宙図である。

真《ま》ん中《なか》に、丸い地球があり、その周《まわ》りを、九つの天球が回転し、九層の天を成す。第一天は、月天（The Moon）、第二天は、水星天（Mercury）、第三天は、金星天（Venus）、第四天は、太陽天（The Sun）、第五天は、火星天（Mars）、第六天は、木星天（Jupiter）、第七天は、土星天（Saturn）、第八天は、恒星天（The Fixed Stars）、第九天は、透明球体天、即ち、原動天（The Crystalline, or Primum Mobile）である。その上に、第十番目の天、即ち、最高天（The Empyrean）がある。

天上のベアトリーチェ（Beatrice）は、ダンテを「最も早き天の中《うち》に（nel ciel velocissimo）」[584]引き入れて、「微笑《ほおえ》みながら（ridendo）」[585]、こう語る。回転の速度が最も早い天は、「透明球体天（the Crystalline Sphere）」である。

宇宙の性質《さが》は、真《ま》ん中《なか》を
鎮《しず》め、その周囲《まわり》の、他のすべてを動かし、
己《おの》れの行く先より出《い》づるが如くに、ここより始まる。
然《しか》して、この天は、神の御心《みこころ》の他《ほか》には、
在《あ》るべき場所《ところ》を持たず。御心《みこころ》の内には、燃え立つなり、
これを回《めぐ》転らせる愛と、これが雨と降らせる能力《ちから》とが。
光と愛が、環《わ》を成して、この天を包含《つつ》む。
あたかも、この天が、他の諸諸《もろもろ》の天を包含《つつ》むが如くに。然《しか》して、この環《わ》を
意図し給うは、唯《ただ》一人、これを取り囲む御者《おんもの》のみ。
この天の動きが、他の天の動きによりて識別《みわ》けらるるにあらずして、
この天の動きによりてこそ、他の天の動きが、測量《はか》らるるなれ。

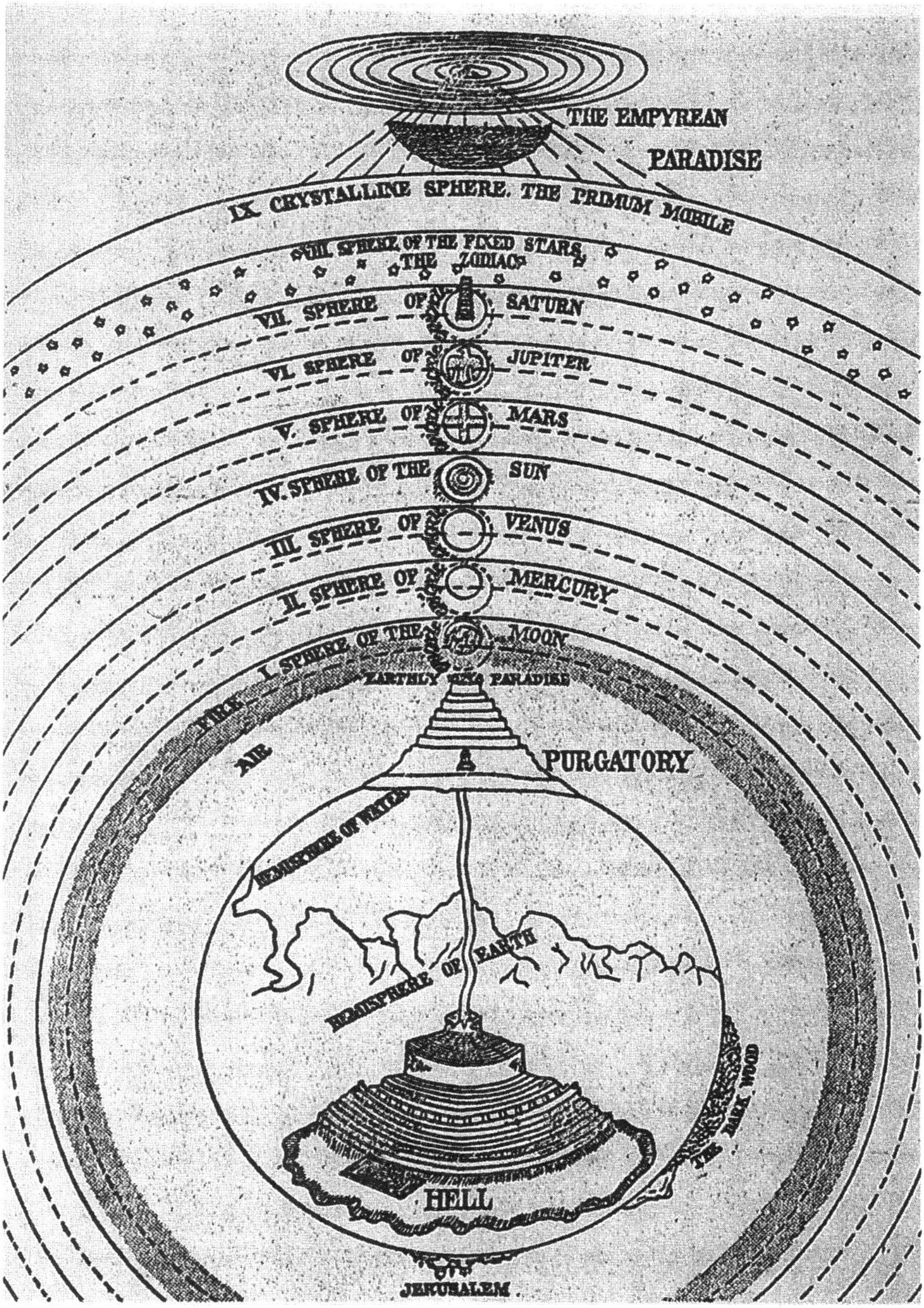
THE EMPYREAN
PARADISE
IX. CRYSTALLINE SPHERE. THE PRIMUM MOBILE
VIII. SPHERE OF THE FIXED STARS, THE ZODIAC
VII. SPHERE OF SATURN
VI. SPHERE OF JUPITER
V. SPHERE OF MARS
IV. SPHERE OF THE SUN
III. SPHERE OF VENUS
II. SPHERE OF MERCURY
I. SPHERE OF THE MOON
EARTHLY PARADISE
FIRE
AIR
PURGATORY
HEMISPHERE OF WATER
HEMISPHERE OF EARTH
THE DARK WOOD
HELL
JERUSALEM

十.

あたかも、十が、その半分によりて測量《はか》られ、又、五分の一によりて、測量《はか》らるるが如し。
然《しか》して、「時」が、如何《いか》にして、斯《か》かる植木鉢の中に、
自らの根を保有《たも》ち、他の諸諸《もろもろ》の植木鉢の中に、枝葉《えだは》を保有《たも》つかが、
今や、汝に、明らかとなるべし。

('La natura del mondo, che quïeta
il mezzo e tutto l'altro intorno move,
quinci comincia come da sua meta;
e questo cielo non ha altro dove
che la mente divina, in che s'accende
l'amor che il volge e la virtù ch'ei piove.
Luce ed amor d'un cerchio lui comprende,
sì com questo li altri; e quel precinto
colui che'l cinge solamente intende.
Non è suo moto per altro distinto;
ma li altri son misurati da questo,
sì come diece da mezzo e da quinto.
E come il tempo tegna in cotal testo
le sue radici e ne li altri le fronde,
omai a te può esser manifesto.)(586)

『神曲』の注釈と英訳を手掛けた、J・D・シンクレアは、最終の三行の意味を、次のように、説明する。

「時」の起点は、目には見えない透明球体天の中にある。ちょうど、植物の根が、植木鉢の中に隠されているように。「時」は、天球の動きによって、測られる。天球は、植物の枝葉《えだは》と同じように、目に見える。(Time has its starting-point in the motion of the invisible Crystalline, as a plant has its hidden roots in a flower-pot, and time is measured for us by the movements of the planets, which are visible like the leaves of the plant.)(587)

透明球体天(The Crystalline Heaven, the Crystalline Sphere)は、プトレマイオス体系の中の天である。プトレマイオス(Claudios Ptolemaios)は、紀元二世紀頃の、アレクサンドリア(Alexandria)の天文学者である。その著『アルマゲスト(Almagest)』は、ギリシア語で書かれたが、エジプト(Egypt)、バビロニア(Babylon)、ギリシアの天文学を、ユークリッド(*Eukleidēs*)幾何学・球面幾何学を用いて、統合し、集大成した、全十三巻に及ぶ、大著である。天動説は、コペルニクス的転回(Copernican revolution)が起こるまで、天文学上の権威であった。写真十一・は、プトレマイオス体系の宇宙図である。プトレマイオスは、天の外圏と、恒星界との中間に、二つの透明球体天が存在すると考えた。透明球体天は、そのうちの一つであり、原動天(the Primum Mobile)と呼ばれる。「原動天」とは、「最初に動かされた天(the first moved)」の意である。

地球の周《まわ》りを取り囲む天球の層は、天文学上の意味付けに加えて、霊的な意味付けを与えられていた。天球の層は、魂が、神に到達するまでに辿る、浄化の過程である。

『ヘルメス文書』には、人間の魂が、肉体の死後、八つの天球の層を通過しつつ、徐徐に浄化され、終《つい》には、神の許《もと》に至る過程が、述べられている。

ORBIUM PLA
TERRAM COM
TIUM SCENO
NETARUM
PLECTEN
GRAPHIA.
SPHÆRA ZODIACI
SPHÆRA SATVRNI
SPHÆRA IOVIS
SPHÆRA SOLIS
CAPRI CORNVS
AQVA RIVS
PI SCES
ARI ES
HYPOTHESIS BRAHEA.

十一.

二五．そして、このようにして、人間は、この後《のち》、天球の骨組みを貫《つらぬ》いて、上方へ、突進する。そして、第一の圏には、成長と衰微《すいび》の力を棄て、第二の圏には、悪意の権謀術策《けんぼうじゅつさく》を棄てる。この時には、悪賢《わるがしこ》さも、すっかり、効力《ちから》を失っている。第三の圏には、力尽きた、欲望の妄想を棄て、第四の圏には、野心の意図を奪われた、指揮命令の誇示を棄て、第五の圏には、神を畏《おそ》れぬ大胆不敵と、思い上がった蛮勇《ばんゆう》を棄て、第六の圏には、すでに力尽きた、不正な金銭欲を棄て、第七の圏には、策略を弄《ろう》する虚偽を棄てる。

二六．それから、人間は、天球の枠が産み出したものを、剥《は》ぎ取られ、本来の能力《ちから》以外は、所有せずに、第八の性質の中へ入る。そして、人間は、在るところの者達と共に、御父《おんちち》に、讃《ほ》め歌を歌う。そこに居る者達は、皆、彼と共に、彼の到来を喜ぶ。そして、人間は、仲間達と同じようになったので、第八の性質の上に在る能天使達が、甘美な声で、神に、讃《ほ》め歌を歌うのも、聞く。それから、彼等《かれら》は、整然と、御父《おんちち》の方へ登り行き、能天使達に、彼等《かれら》自身の身を委《ゆだ》ね、そして、今度は、彼等《かれら》が、能天使となって、神の内に入る。それというのも、認識を所有する人人の至福の到達点とは、このようなものだからである。到達点とは、即ち、神になること、である。（25　Et de cette façon l'homme s' élance désormais vers le haut à travers l'armature des sphères, et à la première zone il abandonne la puissance de croître et de décroître, à la seconde les industries de la malice, fourbe désormais sans effet, à la troisième l'illusion du désir désormais sans effet, à la quatrième l'ostentation du commandement démunie de ses visées ambitieuses, à la cinquième l'audace impie et la témérité présomptueuse, à la sixième les appétits illicites que donne la richesse, désormais sans effet, à la septième zone le mensonge qui tend des pièges.

26　Et alors dénudé de ce qu'avait produit l'armature des sphères, il entre dans la nature ogdoadique, ne possédant que sa puissance propre ; et il chante avec les Êtres des hymnes au Père, et toute l'assistance se réjouit avec lui de sa venue. Et, devenu semblable à ses compagnons, il entend aussi certaines Puissances qui siègent au-dessus de la nature ogdoadique, chantant d'une voix douce des hymnes à Dieu. Et alors, en bon ordre, ils montent vers le Père, s'abandonnent eux-mêmes aux Puissances, et, devenus Puissances à leur tour, entrent en Dieu. Car telle est la fin bienheureuse pour ceux qui possèdent la connaissance : devenir Dieu. ）(588)

『エネアデス』にも、同じ趣旨の記述がある。感覚の世界に降《お》り来《きた》った魂は、身にまとったものを振り捨てて、上昇し、美、即ち、善を目《ま》の当《あ》たりにする。

であるから、再び、善に向かって、上昇しなければならない。すべての魂は、この善に向かう。善を見たことがあるなら、私の言わんとすることが分かるであろうし、又、どのような意味において、善が美しいかが、分かるであろう。それは、善として、望まれており、又、願望は、善に向かう。但《ただ》し、上界へ向かって昇り、善の方へ心を向け、下降する時にまとった着物を、脱ぎ捨てる者達のみが、善を獲得する。ちょうど、神殿の至聖所に登る者達が、身を浄《きよ》め、これまで着ていた物を脱ぎ捨てて、そこに登るのと同じように。そうして、終《つい》には、このようにして上昇しながら、神とは関係がなかった物すべてを、放棄してしまうと、人は、すべての物から隔離されて、一対一で、神の純一と無垢《むく》を目《ま》の当《あ》たりにする。神は、すべての物が依存する存在であり、すべての物が目を向ける存在であり、存在も、生命《いのち》も、想念《おもい》も、神に拠《よ》って、存在する。何故なら、神は、生命《いのち》の原因であり、知性の原因であり、存在の原因であるからである。（Il faut donc encore remonter vers le Bien, vers qui tendent toutes les âmes. Si on l'a vu, on sait ce que je veux dire et en quel sens il est beau. Comme Bien, il est désiré et le désir tend vers lui; mais seuls l'obtiennent ceux qui montent vers la région supérieure, se tournent vers lui et se dépouillent des vêtements qu'ils ont revêtus dans leur descente, comme ceux qui montent vers les sanctuaires des temples doivent se purifier, quitter leurs anciens vêtements, et y monter dévêtus; jusqu'à ce que, ayant abandonné, dans cette montée, tout ce qui était étranger à Dieu, on voie seul à seul dans son isolement, sa simplicité et sa pureté, l'être dont tout dépend, vers qui tout regarde, par qui est l'être, la vie et la pensée; car il est cause de la vie, de l'intelligence et de l'être.)[589]

プラトン主義者ヴォーンは、宇宙についての認識を、なかんずく、『ティマイオス（*Timaeus*）』から得ていたであろう。宇宙は、神の似像《にすがた》であること。球形が、最も完全な形であること。宇宙は、運動し、生きていること。時間は、永遠の似像《にすがた》であること。様様の天球が、様様の大きさの円環を描きながら、回転すること。『ティマイオス』には、そのようなことが、語られている。

プラトンに従えば、実在の直観を求める魂の動きは、回転する天球の動きと、軌を一にする。

以上が神々の生活である。これに対して、ほかの魂たちはどうかというと、まずその中で、最もよく神について行き、神のやり方を見ならうことの一番上手な魂は、馭者の頭をもたげて天外の世界へつき出し、回転する天球の運行によってともに運ばれながら、その間に、馬たちにわずらわされつつも、辛うじてもろもろの真実在を眺める。また、他の魂は、ときには天の外へ頭をもたげたり、ときには天の内側に沈んだりするが、馬たちが暴れるものだから、そのために、真実在のあるものを目にするけれども、あるものはこれを見そこなう。しかし、そのほかの魂たちはといえば、いずれも上の世界をあこがれて、神々の行進について行きはするものの、しかし力たらずに、天球の下側から上へは出られないまま、天の運行によってともに運ばれる間、互いに他の者よりも前に出ようとして、踏み合いをする。このためそこには、言語に絶した喧騒と乱闘が起り、おびただしい汗が流されるのであるが、馭者の不手際によって、多くの魂がかたわものにされ、また多くの魂が多くの翼を傷つけ折られるのも、実にこのときなのである。そして、これらの魂たちはみな、非常な労苦を払ったにもかかわらず、真実在を観ることをえないまま、そこから立ち去って行く。そして、立ち去ってからは、彼らは、思惑（ドクサ）という食糧で身を養うのである。

しかし何のために、「真理の野」のある場所を見ようとして、かくも多大な努力が払われるのであろうか。それは、ほかでもない、魂の最もすぐれた部分が自己の糧とするにふさわしい牧草は、かの地にある草原から得られるからであり、そして、魂を空高く飛翔させる翼は、この牧草によって養われるからである。(590)

ヴォーンの作品の、殆《ほとん》どすべてが、そうであるように、『此の世』は、出出《でだ》しが、目覚《めざ》ましい。

我は、去る夜、「永遠」を観《み》たり。
そは、清浄《きよ》らにして、果てしなき光より成る、壮大《おお》いなる環（わ）の如く、
　光輝きて、尚《なお》、静謐《せいひつ》そのものなりき。

(I saw Eternity the other night
Like a great ***Ring*** of pure and endless light,
　All calm, as it was bright.)

ヴォーンが、幻視の内に観《み》た「永遠」は、透明球体天の、更に上なる天である。

光と愛が、環《わ》を成して、この天を包含《つつ》む。
(Luce ed amor d'un cerchio lui comprende.)(591)

「それ（lui）」は、一〇九行目の「この天（questo cielo）」を指す。「この天」は、言うまでもなく、透明球体天（the Crystalline Sphere）である。

最高天は、光と愛である。ヴォーンの「永遠」は、「清浄《きよ》らにして、果てしなき光より成る、壮大《おお》いなる環•（わ）の如く」である。

J・D・シンクレアは、ヴォーンとダンテの類似性を指摘する。

ヴォーンの『此の世』の、次の詩行（第一行~七行、第五九、六〇行）には、顕著な類似が認められる。恐らく、この作品は、ダンテとは、係《かか》わりなく、書かれたであろうが、しかし、同じ伝統から、源を発している。（There is a notable parallel with these lines in Vaughan's *The World,* written, probably, with no reference to Dante, but drawing from the same tradition.)(592)

此の世における、人間の現実は、堕落であるが、しかし、堕落の此の世は、「栄光《はえ》ある環《わ》」に取り囲まれている。

思索《しさく》に疲れ果て、我は、私室《へや》を出《い》でて、泉が、
早き朝《あした》に相《あい》和して、声高く諧調《しらべ》を奏《かな》でたる所に、横たわれり。
　我は、此処《ここ》に在りて、長き間、知らんと請い願い、呻《うめ》き、苦しみたり。
　斯《か》くも見事なる湾曲《わんきょく》を、雲に与え給いしは、誰《た》そ。
　天球を回《めぐ》らせ給い、この栄光《はえ》ある環《わ》によりて、
　堕落を取り囲み給いしは、誰《た》そ。
　その御者《おんもの》の御名《みな》は、何ぞや。然《しか》して、我、如何《いか》にして、
　その偉大《おお》いなる光の幾許《いくばく》かを、見出《みいだ》し得るや。
(Quite spent with thoughts I left my Cell, and lay

Where a shrill spring tun'd to the early day.
　I beg'd here long, and gron'd to know
　Who gave the Clouds so brave a bow,
　Who bent the spheres, and circled in
　Corruption with this glorious Ring,
　What is his name, and how I might
　Descry some part of his great light.)(593)

二行目の"the early day"は、早朝の時刻を指すと同時に、登ったばかりの太陽を指す。泉は、水面《みなも》に、朝日を反射して、光り、輝く。湧き出《い》でる泉のさざめきは、早朝の静寂の中で、一際《ひときわ》高く、鳴り響く。光と歌の中で、否、歌う光の中で、ヴォーンは、「この栄光《はえ》ある環《わ》(this glorious Ring)」の創造《つく》り主《ぬし》に、ひたすら、思いを凝らす。「偉大《おお》いなる光の幾許《いくばく》か(some part of his great light)」を享受するのは、幼児《おさなご》の無垢《むく》な魂である。

聴け!幼児等《おさなごら》の高き歌声が、如何《いか》に、
　ホサナの叫《さけ》びを挙ぐるかを。
幼児等《おさなごら》の歓喜《よろこび》は、遙《はる》かなる天を喚《よ》び起こす。
彼処《かしこ》にては、座天使達と熾《し》天使達が、応答《こた》え、
幼児等《おさなごら》の守護の天使達は、輝く環を成して、
　光り、歌う。
斯《か》くの如き、幼くして、甘美なる歓喜《よろこび》は、

天と地に、相和《あい》して、
愉悦《たの》しき調和《うた》を歌わしむ。

(Hark! how the children shril and high
  *Hosanna* cry,
Their joys provoke the distant skie,
Where thrones and Seraphins reply,
And their own Angels shine and sing
  In a bright ring:
  Such yong, sweet mirth
  Makes heaven and earth
Joyn in a joyful Symphony,)(594)

幼児等《おさなごら》と天使達は、共に、同時に、同じ賛歌を歌う。

「調和《うた》（Symphony）」は、ギリシア語の ***sumphōnia*** に由来する。〝Sym-〟、即ち、〝Syn-〟は、ギリシア語の ***sum-*** に由来し、「共に、同時に、似た」等の意味を表す接頭辞である。〝-phone〟は、ギリシア語の ***phōnē*** に由来して、「声、音（voice, sound）」の意である。〝-y〟は、ギリシア語の ***ia*** に由来する、接尾辞で、状態、性質、行為（の結果）等を表す。

幼児等《おさなごら》の歌声は、天使達の歌声と共に、天使達の歌声と同時に、天使達の歌声に似た歌声で、「輝く環《わ》を成して（in a bright ring）」、響き渡る。

『此の世』の第一スタンザは、天空への飛翔から始まるが、第四行目以下は、「時」と、「時」に従属する、此の世についての考察である。

「永遠」は、光輝き、「静謐《せいひつ》そのもの（all calm）」である。「永遠」は、不変、不滅である。一方、「時」は、「壮大《おお》いなる影（a vast shadow）」である。

環《わ》の下《もと》を巡《めぐ》りて、「時」が、時間《とき》を刻《きざ》み、日を経《へ》て、年を重ね、
　天球に駆《か》られて、
壮大《おお》いなる影の如く、進み行けり。その影の中《うち》に、此の世と、
　そのすべての行列《れつ》が、投げ出されたり。
(And round beneath it, Time in hours, days, years
　　Driv'n by the spheres
Like a vast shadow mov'd, In which the world
　　And all her train were hurl'd; )

写真十二は、「時間（The Hour）」の図像である。銘には、次のように、記されている。

時は、絶え間なく、疾走する。そして、我我は、毎年、毎年、年が、知らぬ間に、過ぎ去り、毎日、毎日が、阻止《とど》める術《すべ》もなく、どんどん過ぎ去ってしまうのにつれて、年老いる。(The times speed on and we grow old as the years pass unnoticed and the days pass by with no restraining check.)[595]

図像についての説明は、以下の通りである。

**HORA.**

*Tempora labuntur, tacitisque ſenescimus annis,*
*Et fugiunt fræno non remorante dies.*

**Die Stunde.**

O Menſch die lebenszeit iſt aus,
Wach auf beſtelle Seel und Hauß.

十二.

大きな環《わ》、即ち、車輪の、内側の表面と外側の表面が、一から十二までの、昼の時間と、夜の時間の数字によって、区切られている。環《わ》を貫《つらぬ》いて、舵《かじ》取り棒が、渡されている。オウィディウス（Publius Ovidius Naso）に拠《よ》れば、ホーライ（Horae）の三女神は、太陽の戦車の道案内をする。車輪は、翼を付け、髭《ひげ》を生《は》やした男の顔によって、掲《かか》げられているが、これは、恐らく、父なる「時」であろう。四人の、翼《つばさ》を付けたプット（putto）が、環《わ》の周《まわ》りを舞い、環《わ》にしがみついている。天辺《てっぺん》のプットは、金髪で、赤い衣《ころも》をまとっているが、一日の最初の時間を表す。このプットは、太陽の象徴と、咲き初《そ》めたばかりの、赤い花と黄色の花の小枝を持っている。次のプットは、昼の十二時を表すが、濃い金髪で、すみれ色の衣《ころも》をまとっている。このプットは、片手に、柳の枝を持ち（柳は、太陽の進行方向に従って、葉を動かす）、もう片方の手には、黄道帯における、土星の象徴を持っている。低い方の、二人《ふたり》のプットは、夜の時間である。最初の時間は、黒髪《くろかみ》で、多色織りの着衣をまとい、木星の象徴と、蝙蝠《こうもり》を持っている。（蝙蝠《こうもり》は、夜、現れる）。一方、夜の十二時は、同じく、黒髪《くろかみ》であるが、青と白の衣をまとっている（昼が近付くにつれて、夜の闇は、薄れる）。夜の十二時は、水星の象徴を持ち、頭《かしら》には、星を戴《いただ》いている。恐らく、これは、金星であろう。彼方《かなた》の空には、永遠の象徴が、星座として、表されている。（A huge ring or wheel is marked off on its inside and outside surfaces with the numbers of the hours of the day and night from I to XII. A steering rod runs through and across it. The Hours are the guide of the sun chariot, according to Ovid. The wheel is held up by a winged, bearded head of a man, probably, Father Time. Four winged putti fly about and hold on to the ring. The one at the top, blonde and dressed in red, represents the first hour of the day; he holds a symbol of the sun and a spray of freshly opened red and yellow flowers. The next putto, representing the twelfth hour of the day, has darker blonde hair and is dressed in violet; he holds a willow branch in one hand (the willow turns its leaves to follow the course of the sun) and the zodiacal symbol of Saturn in the other. The two lower putti are the hours of the night: the first hour has dark hair and a multicolored drapery, and holds the symbol of Jupiter and a bat (which appears in the evening), while the twelfth hour of the night, also with dark hair, is dressed in blue and white (with the approach of day the darkness of night diminishes), holds the symbol of Mercury, and has a star, probably the Morning Star, on his head. In the distant sky is the symbol of Eternity seen as a constellation of stars.)[596]

「時（Time）」の図像に関しては、すでに、審美的想像力論において、様様の例[597]を挙げて、詳述した。「時」は、背中に、大きな翼を付けた、老人として、描かれる。「時は、舞い行く（time flies）」からである。リーパの『バロック・ロココの図像』の中の「時（Tempus）」は、堂堂たる体軀《たいく》の持ち主で、しなやかで、弾力のある身のこなしは、あたかも、青年のそれを思わせる。白い顎髭《あごひげ》が、辛うじて、この人物が、老人であることを告げている。すらりと引き延びた両脚は、「時」が、駿足であることを暗示する。片方の足の先端が、軽く、足元の環《わ》を踏み、もう片方の足は、空中にある。これは、駆け足の姿勢である。足元の環《わ》は、「大きな、円形の黄道帯（a great circular band of the Zodiac）」で、「時」が、天体の運行によって、進行することを表す。

「時」は、「永遠」の対極にあるが、「時」を産み出すのは、他《ほか》ならぬ「永遠」である。『神曲』の宇宙図においては、「時」と「永遠」の仲立ちをするのは、透明球体天である。透明球体天は、天球を回転させる原動力である。

この第九天は、時間と空間の境界である。即ち、相対的、かつ可変的な、創造《つく》られた宇宙の中の、すべての境界である。つまり、ダンテが、「自然」という言葉によって意味する物の、最も外側の限界である。透明球体天は、すべての天球の中で、一番最初に動かされた天球であるが故に、しばしば、原動天と呼ばれるが、最高天の影響を、直《じか》に、受ける。最高天の影響は、天使達を支配する階級、即ち、熾《し》天使達、即ち、愛の天使達、即ち、天使の階級の最高位の階級によって、作用する。透明球体天の回転の、無限の速さは、透明球体天のあらゆる部分が持つ、最高天と接触していたい、という願望を表す。透明球体天の動きは、もっと低い方の諸天球に、分配される。それらの、低い方の諸天球によって、時が測られ、此の世に、時が与えられる。(This ninth heaven is the boundary of space and time, of all in the created universe that is relative and subject to change, the outermost limit of what Dante means by Nature. Sometimes called the Primum Mobile because it is the first moved of all the spheres, the Crystalline is under the immediate influence of the Empyrean, that influence operating through its controlling order of angels, the Seraphim, the spirits of love, the highest of the angelic orders. The infinite speed of its spin expresses the desire of all its parts to be in contact with the Empyrean, and its motion is distributed to the lower spheres, by whose motions time is measured and given to the world.)[598]

最高天の力は、先ず、透明球体天に及び、そこを経て、此の世に及ぶ。

　　　　　　　　　　　　天は、
文様《もんよう》なき時計なり。然《しか》して、文字なくして、
すべての時代を、巻き上ぐ。この環《わ》を描き給いし御者《おんもの》こそ、
　　この環《わ》を満たし給うなれ。

(
　　　　　　　　　　Heav'n
Is a plain watch, and without figures winds
All ages up; who drew this Circle even
　He fils it;)[599]

此の世は、「時」に支配され、「時」に従属する。此の世は、変化と腐朽《ふきゅう》を免《まぬが》れ得ない。此の世には、堅固《けんご》なもの、永続的なものは、ない。一切《いっさい》は、過ぎ去る。

其《そ》は総《すべ》て世に在る事、肉の慾、目の慾、生活の誇《ほこり》は、父より出《い》でずして世より出《い》づればなり。而《しか》して世も其慾《そのよく》も過《すぎ》去《さ》れど、神の御旨《みむね》を行《おこな》う人は限《かぎり》なく存するなり。[600]

クウォールズの「エンブレム第九」（写真十三）は、此の世から滑り落ちる人間の絵である。丸い地球を支える細い棒が、「時」の鎌によって、真ん中《まなか》から、ばっさり切られ、拠《よ》り所を失った人間が、為《な》す術《すべ》もなく、傾いた此の世から、滑り落ちる。銘には、「世も、その慾も過ぎ去る（the world passeth away, and the lust there of）」という、『ヨハネ一書』からの引用が、記されている。

此の世の華（はな）やかな見せ掛けは、すべて、私にとっては、次から次へと、もくもく湧（わ）き上がる雲に過ぎないように思われる。確たる形を取ることもなく、又、長く持続することもない。であるからこそ、人の子等《こら》の辛《つら》い労苦は、ただ、影を追い求めることに過ぎない。（*All the gay appearances in this life seeme to me but a swift succession of rising* Clouds, *which neither abide in any certaine* forme, *nor continue for any* long time; *And this is that, which makes the* sore travell of the sonnes of men *to be nothing else, but a meere chasing of shadowes.*）[601]

影の中には、赤裸な真実はない。「華（はな）やかな見せ掛け（*gay appearances*）」は、目を汚し、目を曇らせる霧である。

霧が立ち籠める時、

十三.

常に、我が視界を塞《ふさ》ぎ、汚《けが》すなり。

（ these mists, which blot and fill
My perspective (still) as they pass,）(602)

此の世は、虚妄《きょもう》である。「仮面と影（Masques and shadows）」(603)の行列が、走馬灯の如くに、此の世を通り過ぎる。走馬灯の中に現れるのは、人間の堕落の諸相である。此の世の人間は、「鈍《にぶ》重き粘土塊《つちくれ》（a dull Clay）」(604)である。粘土塊《つちくれ》は、或《ある》いは、傲慢《ごうまん》の、或《ある》いは、貪欲《どんよく》の、或《ある》いは、色欲《しきよく》の、或《ある》いは、憤怒《ふんぬ》の、或《ある》いは、暴食《ぼうしょく》の、或《ある》いは、嫉妬《しっと》の、或《ある》いは、怠惰《たいだ》の、受肉である。粘土塊《つちくれ》の内側は、堕落であり、外側にあるのは、誘惑である。

此の世は、
声に満ち溢《あふ》るる。人は、様様の声に呼ばれ、様様の声を
浴びせられ、いずれの声にも応《こた》え、
いずれの声音《こわね》も、いずれの呼び声も、聴き分ける。
この故に、絶え間なく、
新《あら》たなる惚《ぼ》けが、人の意志《こころ》を誘《いざな》い、旧《ふる》き惚《ぼ》けが、人の意志《こころ》を奪う。

（ The world
Is full of voices; Man is call'd, and hurl'd
By each, he answers all,
Knows ev'ry note, and call,
Hence, still

Fresh dotage tempts, or old usurps his will.)[605]

幼い日、人は、未《いま》だ、前世の記憶を留《とど》め、身も、心も、汚れを知らなかった。しかし、時と共に、人間は、堕落する。此の世の声が、人間を誘《いざな》い、此の世の声に、人間は、屈する。身も、心も、人間は、「塵土《ちり》と石 (dust, and stones)」[606]になる。此の世の声が語ることは、すべて、「ごみの如き話 (a dusty story)」[607]ばかりである。俗事に塗《まみ》れ、俗事に埋没して、人間は、目が曇り、心が汚れ、頭が惚《ぼ》ける。これが、此の世がもたらす、恐るべき結果である。此の世の人間は、「この、生きた罪の塊《かたまり》(this quicken'd masse of sinne)」[608]である。

『此の世』の第一スタンザには、先ず、「色惚《いろぼ》け男 (the doting Lover)」が、登場する。「色惚《いろぼ》け男」は、「目の慾、肉の慾、生活の誇り」[609]を、一身に、体現する。

色惚《いろぼ》け男は、趣向《しゅこう》を凝らしたる歌曲《しらべ》によりて、
　悲嘆《なげき》を歌い、
傍《かたわ》らには、リュート、気紛《きまぐ》れ、天にも昇る喜び、
　諧謔《かいぎゃく》の愉悦《よろこび》が、
手袋やら、衣装《いしょう》の飾り結びやら、愚にもつかぬ快楽の罠《わな》と共に、一面に、散り乱れたり。
　この罠《わな》が、男にとりては、後生大事《ごしょうだいじ》の
お宝物《たから》なり。一方、男は、花の上に、じっと、
　目を注ぎたり。
(The doting Lover in his queintest strain
　Did their Complain,

Neer him, his Lute, his, fancy, and his flights,
　Wits sour delights,
With gloves, and knots the silly snares of pleasure
　Yet his dear Treasure
All scattsr'd lay, while he his eys did pour
　Upon a flowr.)

ヴォーンは、『此の世』の中で、人間の営みを列挙する。情事、政治、蓄財、放蕩三昧《ほうとうざんまい》、肉の快楽、軽佻浮薄《けいちょうふはく》、等等が、それである。

第二スタンザには、政治家が、登場する。「腹黒き政治家（the darksome States-man）」は、クロムウェル（Oliver Cromwell）を指す、という主張もあるが、これが、実在の人物を指す、と考えるのは、妥当ではない。この作品は、特定の、実在する人間の諷刺や揶揄《やゆ》を目的としてはいない。この作品の登場人物達は、皆、典型である。或《あ》る者は、悪徳の典型であり、又、或《あ》る者は、虚栄の典型であり、又、或《あ》る者は、間抜けの典型である。「腹黒き政治家」は、悪徳の典型である。

腹黒き政治家は、重荷と禍《わざわい》に伸《の》し掛《か》かられ、
深夜の濃い霧の如く、のろのろと、たゆたうて、
　留《とど》まることもなければ、進むこともなかりき。
お前は悪い、と自《みず》ら断罪する（暗き日食の如き）思いが、政治家の魂を
　睨《にら》み付け、

外側《そと》からは、大声で叫ぶ、おびただしき証人の雲が、
　声を揃《そろ》えて、一斉《いっせい》に、政治家を追撃せり。
(The darksome States-man hung with weights and woe
Like a thick midnight-fog mov'd there so slow
　He did nor stay, nor go;
Condemning thoughts (like sad Ecclipses) scowl
　　Upon his soul,
And Clouds of crying witnesses without
　Pursued him with one shout.)

「重荷と禍《わざわい》（weights and woe）」は、罪の重荷と、そこから生ずる禍《わざわい》である。政治家の魂は、「深夜の濃い霧の如く（like a thick midnight-fog）」暗く、又、「暗き日食の如く（like sad Ecclipses）」黒い。政治家は、その黒さを、充分に、弁《わきま》え、我と「我が魂を睨《にら》み付ける（scowl / Upon his soul）」。政治家を責めるのは、己《おの》れの内なる声だけではない。外側《そと》からも、「大声で叫ぶ、おびただしき証人の雲（Clouds of crying witnesses）」が、政治家を「追撃せり（pursued）」。「おびただしき証人の雲」の出典は、『ヘブレオ書』である。もっとも、『ヘブレオ書』の証人達は、悪を糾弾《きゅうだん》する人人ではなく、信仰を証明する人人であるが。又、「重荷（weight）」も、魂を押し潰《つぶ》す、悪の重荷ではなく、キリストに従うために、「卸《おろ》す」べき重荷である。「証人」も、「重荷」も、『ヘブレオ書』においては、否定的な意味合いを与えられてはいない。

然《さ》れば我等《われら》も、斯《か》く夥《おびただ》しき證人《しょうにん》の雲に囲《かこ》まれたれば、一切《いっさい》の荷と纏《まと》える罪とを卸《おろ》して、我等《われら》の信仰の指導者に在《まし》し

完成者に在《まし》すイエズスに鑑《かんが》みつつ、忍耐を以《もっ》て我等《われら》に備《そな》われる勝負に走るべし。即ちイエズスは曾《かつ》て、己《おのれ》に備《そな》われる喜《よろこび》に代《か》えて、辱《はずかしめ》を厭《いと》わず、十字架を忍《しの》び給《たま》い、而《しか》して神の玉座《ぎょくざ》の右に坐《ざ》し給《たも》う。(Wherefore seeing we also are compassed about with so great a cloud of witnesses, let us lay aside every weight, and the sin which doth so easily beset us, and let us run with patience the race that is set before us, Looking unto Jesus the author and finisher of our faith; who for the joy that was set before him endured the cross, despising the shame, and is set down at the right hand of the throne of God.)(610)

不正な手段を用いて、密《ひそ》かに、悪事を働く、狡猾《こうかつ》な政治家は、土竜《もぐら》に喩《たと》えられる。

然《しか》も尚《なお》、土竜《もぐら》は、土を掘り、己《おの》が道が、発見《みつ》からざらんために、
　地面《つち》の下にて、仕事《はたら》けり。
土竜《もぐら》は、其処《そこ》で、餌食《えじき》を掴《つか》めり。されど、衆目《しゅうもく》の見る所、
　政《まつりごと》も、
教会も、祭壇《さいだん》も、土竜《もぐら》の縦恣《ほしいまま》を許して、肥やせり。偽りの誓約《ちかい》は、
　蚋《ぶよ》なりき、又、蠅《はえ》なりき。
(Yet dig'd the Mole, and lest his ways be found
　Workt under ground,
Where he did Clutch his prey, but one did see
　That policie,

Churches and altars fed him, Perjuries
Were gnats and flies,)

土竜《もぐら》は、穢《けが》れである。

凡《すべ》て地上を匍《は》うものの中《うち》、次のものも亦不浄《またふじょう》なるものとなすべし。鼬鼠《いたち》、鼠《ねずみ》、鰐《わに》、すべてその類《たぐい》のもの。地鼠《ちねずみ》、カメレオン、守宮《やもり》、蜥蜴《とかげ》、土龍《もぐらもち》。これらはすべて不浄《ふじょう》なり。これらのものの屍體《しかばね》に触《ふ》るる者は、暮《くれ》まで不浄《ふじょう》なるべし。これらのものの屍體《しかばね》、何物《なにもの》の上に墜《お》つとも、その物は穢《けが》るべし、そは、木の器具《うつわ》たると、衣服《ころも》たると、皮革《かわ》たると、毛布《けぬの》たると、また人の使用《もち》うるいかなる器具《うつわ》たるとを問わざるなり……。(611)

土竜《もぐら》は、禍《わざわい》である。禍《わざわい》八箇条は、『マテオ聖福音書』第二十三章、十三、十四、十五、十六、二十三、二十五、二十七、二十九節に記されているが、律法学士、パリサイ人、偽善者に向けられた、キリストの譴責《けんせき》の言葉である。いずれの箇条も、「禍《わざわい》なる哉《かな》」という呼び掛けの言葉から始められる。土竜《もぐら》は、禍《わざわい》なる人人の仲間である。

土竜《もぐら》は、人知れず悪事を働き、私腹を肥やす。土竜《もぐら》は、「地面《つち》の下にて、仕事《はた》らき、其処《そこ》で、餌食《えじき》を掴《つか》めり（Workt under ground, / Where he did Clutch his prey)」。土竜《もぐら》は、人人を食い物（prey）にする。人人は、土竜《もぐら》の犠牲者である。土竜《もぐら》は、教会の祭器にかけて誓い、祭壇の上の供《そな》え物にかけて誓う。そして、権力を縦恣《ほしいまま》にする。「政《まつりごと》も、教会も、祭壇も、土竜《もぐら》の縦恣《ほしいまま》を許して、肥やせり（policie / Churches and altars fed him)」。土竜《もぐら》は、禍《わざわい》である。土竜《もぐら》は、「盲目《めしい》なる手引」、即ち、律法学士、パリサイ人、偽善者の仲間である。

禍《わざわい》なる哉汝等《かななんじら》、盲者《めしい》なる手引《てび》きよ、汝等《なんじら》は云《い》う、「総《すべ》て人〔神〕殿を指して誓うは事にも非《あら》ず、〔神《しん》〕殿《でん》の黄金《こがね》を指《さ》して誓わば果《はた》さざるべからず」と。愚《おろか》にして盲《めしい》なる者等哉《ものどもかな》、孰《いずれ》か大《おおい》なるぞ、黄金《こがね》か、将黄金《はたこがね》を聖ならしむる〔神《しん》〕殿《でん》か。〔汝等《なんじら》は又云《またい》う〕「総《すべ》て人《ひと》祭壇《さいだん》を指して誓《ちか》うは事にも非《あら》ず、其《その》上なる供物《そなえもの》を指して誓《ちか》わば果《はた》さざるべからず」と。盲者等《めしいら》よ、孰《いずれ》か大《おおい》なるぞ、供物《そなえもの》か、将供物《はたそなえもの》を聖ならしむる祭壇か。然《さ》れば祭壇《さいだん》を指して誓《ちか》う人は、祭壇《さいだん》と総《すべ》て其《その》上なる物とを指して誓《ちか》うなり、又総《すべ》て〔神《しん》〕殿《でん》を指して誓《ちか》う人《ひと》は、〔神《しん》〕殿《でん》と其中《そのうち》に住み給《たま》う者とを指して誓《ちか》うなり。又天を指して誓《ちか》う人は、神《かみ》の玉座《ぎょくざ》と其《その》上に坐《ざ》し給《たま》う者《もの》とを指して誓《ちか》うなり。(612)

土竜《もぐら》は、誓いを立てる。しかし、その誓いは、決して、実行されることがない。土竜《もぐら》の誓いは、「偽りの誓約《ちかい》(Perjuries)」である。「偽りの誓約《ちかい》」は、「蚋《ぶよ》(gnats)」であり、「蝿《はえ》(flies)」である。蚋《ぶよ》は、熱病を運ぶ、小さな虫で、血を吸って、炎症を起こさせる。「偽りの誓約《ちかい》」は、人人の血を吸い、人人の心に、ひりひりする炎症を起こさせる。

禍《わざわい》八箇条の第五番目において、蚋《ぶよ》は、次のような文脈で、言及されている。以下の日本語訳では、「蚋《ぶよ》(a gnat)」は、「蜎蠉《ぼうふり》」と訳されているが。

蜎蠉《ぼうふり》を濾出《こしい》だして駱駝《らくだ》を呑《の》む盲者《めしい》なる手引等《てびきども》よ。禍《わざわい》なる哉汝等《かななんじら》、偽善《ぎぜん》なる律法学士ファリザイ人等《じんら》よ、其《そ》は杯《さかづき》と盤《さら》との外を浄《きよ》めて、内《うち》は貧《むさぼり》と汚《けがれ》とに充《み》ちたればなり。(613)

上記の引用文の解釈は、次の通りである。

パリサイ人達は、律法によって、不浄と定められた虫は、どんな虫であれ、飲み込まないように、細心の注意を払い、亜麻布で、飲み物を漉《こ》すようなことまでした。我等《われら》の主キリストは、彼等《かれら》の甚《はなは》だしい矛盾を非難する。小事には、事程左様《ことほどさよう》に、こだわって、蚊を漉《こ》し出《い》だすようなことまでしながら、一方では、平気で「駱駝《らくだ》を飲」み、重罪を犯すからである。(The Pharisees were so scrupulous about not swallowing any insect which the Law declared to be unclean that they went as far as to filter drinks through a linen cloth. Our Lord criticizes them for being so inconsistent—straining mosquitos, being so scrupulous about little things, yet quite happily "swallowing a camel", committing serious sins.)(614)

「偽善なる律法学士、ファリザイ人等《ら》」は、些細《ささい》な形式には、必要以上に、こだわるが、真《まこと》の重要事には、全く、注意を払わない。真《まこと》の重要事とは、「正義と慈悲と忠実」(615)である。それは、つまり、心の清さと、意向の正しさと、言動の一致を意味する。

土竜《もぐら》は、蚋《ぶよ》の如く、人人の生き血を吸い、涙を搾《しぼ》り取るばかりで、真《まこと》の重要事は、何一つ、果たさない。土竜《もぐら》は、律法学士、パリサイ人、偽善者と同様に、「重く擔《にな》い難き荷を括《くく》りて人の肩《かた》に載《の》すれど、己《おの》が指先にて之《これ》を動かす事をすら否《いな》む」。(616)

キリストは、「偽善なる律法学者、ファリザイ人等《ら》」に、天罰を宣告する。

蛇等《へびども》よ、蝮《まむし》の裔《すえ》よ、汝等争《なんじらいか》でか地獄の宣告を遁《のが》れん。

土竜《もぐら》にも、同じ、堕地獄の宣告が、下されるであろう。

土竜《もぐら》は、蠅《はえ》である。蚋《ぶよ》が、血を吸い、熱病を運ぶように、蠅《はえ》も、コレラや、腸チフスを蒔《ま》き散らす。蠅《はえ》は、疫病《えきびょう》の源である。

土竜《もぐら》は、「蠅《はえ》の王」を礼拝する。土竜《もぐら》は、「蠅《はえ》の王」に与《くみ》する者である。

オコジアはサマリアに有《も》てるその高間《たかま》の格子《こうし》の間《あいだ》より落ちて病《や》めり。されば使者を遣《つかわ》すとて、之《これ》に云《い》いけるは、「行《ゆ》きてアッカロンの神なるベールセブブに、我《われ》このわが病《やまい》より回復するや否《いな》やを問《と》え。」と。[618]

ベールセブブ（Baalzebub）とは、「蠅《はえ》の王」を意味する。

ベールセブブ、即ち、「蠅《はえ》の王」はペリシテ人の神に対する、侮辱的な呼び名である。ウンガリットで発見された銘刻文に拠《よ》れば、この名前は、実際には、バールセブル、即ち、「君主なるバール」であった。新約聖書の中では、この名前は、悪魔に付けられ、「悪魔の王」を意味する、と考えられている。(Baal-zebub or "baal (lord) of the flies" is an insulting reference to the Philistine god. According to inscriptions found at Ungarit, the name really was Baal-zebul or "baal, the prince". In the New Testament this name is applied to the devil and is taken to mean "prince of the demons".)[619]

サマリアの王、オコジアは、使者を遣《つか》わすが、最初の使者も、第二の使者も、天から下された火に焼き尽くされる。火は、邪神を頼みとする王に対する、神の怒りである。最後に、エリアが、第三の使者と共に、王の許《もと》に下《くだ》る。

時に主《しゅ》の使《つかい》、エリアに告げて、「彼と共《とも》に下《くだ》れ、恐るるなかれ。」と云《い》いければ、彼乃《すなわ》ち起《た》ちて、之《これ》と共《とも》に王の許《もと》に下《くだ》り、彼に云《い》いけるは、「主《しゅ》かくぞ曰《のたも》う、汝恰《なんじあたか》もイスラエルに言《こと》を問《うかが》うべき天主《てんしゅ》あらざるかの如く、アッカロンの神ベールセブブに問わんとて、使者《ししゃ》を遣《つかわ》したれば、是《これ》によりて汝《なんじ》その上《のぼ》りたる床《とこ》を下《くだ》ることなくして、死に亡《う》すべし。」と。[620]

オコジアは、エリアの言葉通りに、死んでしまった。

新約聖書の中のベエルゼブブ（Beelzebub）は、「悪魔の長《かしら》」である。

> 時に一人、悪魔に憑《つ》かれて盲《めし》い口唖《くちおし》なるもの差出《さしいだ》されしを、イエズス医《いや》し給《たま》いて、彼言《ものい》い且見《かつみ》るに至《いた》りしかば、群衆皆驚きて、是《これ》ダヴィドの子に非《あら》ずや、と云《い》えるを、ファリザイ人《じん》聞きて、彼が悪魔を逐《おい》払うは、唯《ただ》悪魔の長《かしら》ベエルゼブブに藉《よ》るのみ、と云《い》えり。……我若《われもし》ベエルゼブブに藉《よ》りて悪魔を逐《おい》払うならば、汝等《なんじら》の子等《こども》は誰《たれ》に藉《よ》りて逐《おい》払うぞ、然《さ》れば彼等《かれら》は汝等《なんじら》の審判者《しんぱんしゃ》となるべし。然《さ》れど我若《われもし》神の霊に藉《よ》りて悪魔を逐《おい》払うならば、神の国は汝等《なんじら》に格《いた》れるなり。(621)

上記の引用文の解釈は、次の通りである。

> これは、悪魔による憑依《ひょうい》状態の症例である。憑依《ひょうい》状態とは、悪魔が、人間の体を占拠することである。憑依《ひょうい》状態には、通常、癲癇《てんかん》、唖《おし》、盲《めしい》のような、何らかの種類の病《やまい》が、伴われる……。悪魔に取り付かれた人人は、自制を失ってしまっている。憑依《ひょうい》の恍惚《こうこつ》状態に陥《おちい》った人人は、悪魔の手先《てさき》になる。そういう人人を支配する悪霊は、しばしば、彼等《かれら》に、超自然の能力を与える。或《あ》るいは、その人を責め苛《さいな》み、自殺に駆り立てることもある。(Here is a case of possession by the devil. This consists in an evil spirit taking over a human body. Possession is normally accompanied by certain forms of illness or disease—epilepsy, dumbness, blindness.... Possessed people have lost their self-control; when they are in the trance of possession they are tools of the devil. The evil spirit who has mastery over them sometimes gives them supernatural powers; at other times he torments the person, and may even drive him to suicide.)(622)

土竜《もぐら》は、蠅《はえ》である。土竜《もぐら》は、「悪魔の手先《てさき》」である。「悪魔の手先《てさき》」は人人に、不幸と苦をもたらし、人人から、涙を搾《しぼ》り取る。

土竜《もぐら》は、蚋《ぶよ》である。土竜《もぐら》は、人間の生き血を吸う。

土竜《もぐら》の周囲《まわり》には、血と涙が、雨と降り注ぎたれど、土竜《もぐら》は、

血と涙の雨を思う様《さま》飲み乾《ほ》せり。

(It rain'd about him bloud and tears, but he
Drank them as free.)

血は、生命《いのち》そのものである。旧約の時代、人人は、人間の生命《いのち》は、血の中にある、と信じ、更に、血は、人間の生命《いのち》そのものである、と信じた。

凡《すべ》てイスラエルの家の人、及《およ》び彼等《かれら》の中《うち》に寄留《とど》まれる他国《よそぐに》の人にして、血を食《くら》う者あらば、我《われ》はその人にわが顔を背向《そむ》けて、之《これ》をその民《たみ》の中《うち》より剪除《のぞ》くべし。そは、肉の生命《いのち》は血にあればなり。わが之《これ》を汝等《なんじら》に與《あた》えたるは、汝等《なんじら》をして之《これ》を以《もっ》て祭壇の上にて汝等《なんじら》の霊魂《たましい》の為《ため》に贖罪《あがない》をなさしめん為《ため》、血をして霊魂《たましい》の贖罪《あがない》たらしめん為《ため》なり。[623]

神は、「血を食《くら》う者」から、顔を背《そむ》ける。土竜《もぐら》は、「血を食《くら》う者」である。神は、土竜《もぐら》から、顔を背《そむ》ける。

『此の世』の第三スタンザには、先ず、守銭奴《しゅせんど》が、登場する。

守銭奴《しゅせんど》は、びくびくと、錆《さび》の山の上に
座《ざ》して、終生、思い煩《わずら》いたり。己《おの》れ自身の手にさえ、
　滅多《めった》に、金銭《かね》を委《ゆだ》ねることは、なかりき。
然《しか》れども、天《てん》上には、鐚一文《びたいちもん》宝を積もうとはせず、
　唯《ただ》、ひたすら、盗人《ぬすびと》を恐るるなり。

(The fearfull miser on a heap of rust
Sate pining all his life there, did scarce trust
　His own hands with the dust,
Yet would not place one peece above, but lives
　In feare of theeves.)

守銭奴《しゅせんど》の、唯一の関心事は、金銭《かね》である。守銭奴《しゅせんど》の為すべきことは、金銭《かね》を儲《もう》けることと、金銭《かね》を溜《た》めることである。守銭奴《しゅせんど》は、儲《もう》けた金銭《かね》を、己《おの》れ自身の利益のために使うことはない。守銭奴《しゅせんど》は、「己《おの》れ自身の手にさえ、滅多《めった》に、金銭《かね》を委《ゆだ》ねることはなかりき（did scarce trust / His own hands with the dust）」。況《ま》してや、守銭奴《しゅせんど》が、他者のために、財布《さいふ》の紐《ひも》を緩《ゆる》めることは、決して、ない。

守銭奴《しゅせんど》は、不安と恐れに苛《さいな》まれる。失うのではないか、という恐れ。盗《と》られるのではないか、という不安。守銭奴《しゅせんど》は、四六時中、緊張を強いられて、一時《いっとき》も、心が安まらない。

写真十四．は、「貪欲《どんよく》（Avaritia）」の図像である。図像には、次の説明文が、付されている。

貪欲《どんよく》の具現は、青ざめた顔の、痩《や》せた老女で、憂うつそうな表情を浮かべている。老女は、素足《すあし》で、見すぼらし

AVARITIA.
*Reginæ Nictocris Sepulchrum Rex Persarum*
*Darius aperiendum curavit, non dubitans magnas*
*se inventurum esse ibi divitias. Falso.*

Der Geitz.

Nictocris Grab, und Tafel lehrt,
wie Darium der Geitz bethört.

十四

い、百姓《ひゃくしょう》の身形《みなり》をして、手にした財布《さいふ》を、じっと、見詰《みつ》めている。老女は、ミダス王の柱像の前の、手摺《てすり》に寄り掛かっている。ミダス王は、王冠を被《かぶ》り、耳は、驢馬《ろば》の耳である。老女の前には、骨と皮ばかりの、大きな狼《おおかみ》が、立っている。
　老女は、度外《どはず》れの金銭欲のために、自分自身のことさえ頓着《とんじゃく》せず、そのため、具合が悪そうで、身形《みなり》も、見すぼらしい。老女は、財布《さいふ》を凝視している。貪欲な人間は、金を使うことより、金を眺めることの方を、好むからである。伝説によれば、狼《おおかみ》は、がつがつ食らう、貪欲な獣《けもの》である、と見なされている。狼《おおかみ》が、痩《や》せているのは、飽《あ》くことを知らぬ性癖の徴《しるし》である。ミダス王が手を触れる物は、何でも、金《きん》になってしまう、という物語は、貪欲がもたらす必然の結果についての、有名な、ギリシア神話の物語である。（もっとも、ミダス王は、マルシュアスとアポロが、笛の腕競《うでくら》べをした時、マルシュアスの方に軍配《ぐんばい》を上げたために、驢馬《ろば》の耳を頂戴《ちょうだい》したのであるが。）(The personification of Greed is a pale, thin elderly woman with a melancholy expression on her face. Barefoot and dressed in ragged peasant clothing, she contemplates a purse she holds in her hand. She leans on a parapet before a herm of King Midas, with his crown and donkey's ears. Before her stands a large lean wolf.

Her inordinate love of money does not permit her to care for herself, hence her unhealthy look and poor clothing. She stares at her purse, for the greedy prefer to look at money rather than spend it. The wolf is traditionally considered a voracious and avid beast. His leanness indicates his insatiability. The story of King Midas and the golden touch is a famous classical legend of the consequences of greed (though he gained the donkey's ears by preferring Marsyas to Apollo in their music contest).)[624]

守銭奴《しゅせんど》は、金銭《かね》を使うことを知らない。守銭奴《しゅせんど》は、金銭《かね》を仕舞《しま》い込む。仕舞《しま》い込まれた金銭《かね》には、錆《さび》が生じる。

守銭奴《しゅせんど》は、びくびくと、錆《さび》の山の上に

座《ざ》して、終生、思い煩《わずら》いたり。
(The fearfull miser on a heap of rust
Sate pining all his life there.)

仕舞《しま》い込まれた金銭《かね》に、錆《さび》が生じるように、仕舞《しま》い込む者の心にも、錆《さび》が生じる。欲と恐れに固《かた》まった心は、「天《てん》上には、鐚一文《びたいちもん》宝を積もうとはせず（would not place one peece above)」、ひたすら、此の世の富に執着する。

汝等己《なんじらおのれ》の為《ため》に宝《たから》を地《ち》に蓄《たくわ》うること勿《なか》れ、此処《ここ》には錆《さび》と蠹《しみ》と喰《く》い壊《やぶ》り、盗人穿《ぬすびとうが》ちて盗むなり。汝等己《なんじらおのれ》の為《ため》に宝《たから》を天に蓄《たくわ》えよ、彼処《かしこ》には錆《さび》も蠹《しみ》も壊《やぶ》らず、盗人穿《ぬすびとうが》たず盗まざるなり。其《そ》は汝《なんじ》の宝《たから》の在る処《ところ》に心も亦《また》在ればなり。[625]

守銭奴《しゅせんど》にとっては、金銭《かね》が、すべてである。金銭《かね》が、守銭奴《しゅせんど》の神である。

誰《たれ》も二人の主《しゅ》に兼事《かねつか》うること能《あた》わず、其《そ》は或《あるい》は一人を憎みて一人を愛し、或《あるい》は一人に従《したが》いて一人を疎《うと》むべければばなり。汝等《なんじら》は神《かみ》と富《とみ》とに兼事《かねつか》うること能《あた》わず、[626]

アルチャーティの「エンブレム八十四．貪欲（Emblema LXXXIV : Avaritia)」（写真十五．）は、地獄の湖中につながれた、タンタロスの図である。タンタロスが、どうして、こんなことになったのかについて、ギリシア神話は、次のように、伝えている。

タンタロスは、神神の怒りを買い、罰として、未来永劫《えいごう》にわたって、タルタロスに閉じ込められた。タンタロスは、

十五.

神神の食卓に着《つ》き、神神の談話を聴いたために、不死の者となった。しかし、その後《のち》、どうして、タンタロスの身の上に、恐ろしい運命が降《ふ》り懸《か》かったのかについては、様様の説明が為された。一説によれば、タンタロスは、神神を食事に招き、身の程も弁《わきま》えずに、神神の全知を試そうとして、息子のペロプスを殺して、シチューの中に入れ、神食卓に供した。神神は、皆、これが、身の毛もよだつ料理であることを悟ったが、デメテルだけは、失われたペルセポネのことを思って、悲嘆に暮れていたので、上《うわ》の空で、ペロプスの肩を噛《か》み切ってしまった。そこで、ヘルメスが、ペロプスを、黄泉《よみ》の国から連れ戻し、神神が、ペロプスを生き返らせ、損《そこ》なわれた肩の代りに、象牙《ぞうげ》を入れた。しかし、この時以来、タンタロスは、神神から、忌《い》み嫌《きら》われた。タンタロスは、又、神神の食卓から、ネクタルとアムブロシアを盗んで、友人達に分け与え、食卓で聴いた秘密を、死すべき人間達に、漏《も》らしてしまった、と伝えられる。しかしながら、タンタロスのよこしまについては、こんな話もある。パンダレオスが、ゼウスの社《やしろ》から、素晴《すば》らしい、黄金の番犬を盗み、タンタロスに渡して、世話をさせた。ゼウスは、ヘルメスを遣《つか》わして、犬を要求し、その後《のち》、パンダレオスも、犬を返してくれ、と言ったが、いずれの場合にも、タンタロスは、犬のことなど、全く、知らないし、見たこともない、と誓った。

　こうした様様の不届《ふとど》きの、すべての故に、或《あ》いは、そのうちのいくつかの故に、タンタロスは、罰せられて、タルタロスに閉じ込められた。それというのも、タンタロスは、絶え間なく、飢えに苦しめられ続け、焼けつくような渇きに苦しめられ続けたからである。タンタロスは、顎《あご》まで水に浸《つ》かり、頭の直《す》ぐ上には、たわわに実《み》の生《な》る木の枝が、垂《た》れ下《さ》がっていた。ところが、タンタロスが、水を飲もうとしても、水には届かなかった。実《み》を取ろうとすると、決まって、実《み》は、遠退《とおの》いてしまった。（英語の「責め苦を味わわせる（tantalise）」という動詞は、タンタロスの名前に由来するが、この罰の故である。）別の説明によれば、（或《あ》いは、次の説明が加えられることもあるが）、タンタロスの頭上からは、細い糸に吊《つ》るされた、大きな石が、伸《の》し掛《か》かっていたので、タンタロスは、果てしのない恐怖に脅《おびや》かされた。（Tantalus offended the gods, and was punished for eternity in Tartarus. By eating at the gods' table and listening to their conversation, he had become immortal. But how he earned the dire fate which then descended upon him was variously recounted. For one thing, he invited the gods to dine with him, and when they came he presumptuously tested their omniscience by killing his son Pelops, cooking his flesh, and serving it up to them in a stew. All the gods realised the gruesome character of the dish except Demeter, who, in her grief for her lost Persephone, absent-mindedly gnawed Pelops' shoulder. Then Hermes fetched Pelops from the Underworld and the gods restored him to life, replacing his damaged shoulder with ivory; but thenceforth Tantalus was hateful to them. He was also said to have stolen nectar and ambrosia from the gods' table to give to his friends, and to have told mortals the secrets he had heard there. Yet another story of his wickedness tells how Pandareos stole from a shrine of Zeus a wonderful golden guard-dog, which he gave to Tantalus to look after. Hermes was sent by Zeus to claim the dog, and Pandareos later asked for it back, but on both occasions Tantalus swore an oath that he knew nothing of the dog and had never seen it.

For some or all of these various offences Tantalus was punished in Tartarus. For he was kept perpetually famished and parched, standing chin-deep in water and with laden boughs of fruit trees just above his head; he could not reach the water to drink it, and whenever he tried to take the fruit, it receded from him.(The English verb ‘tantalise’ is derived from his name, because of this punishment.) Alternatively(or additionally ) a great stone hung over his head, suspended by a thread, so that he lived in everlasting terror.) (627)

満たされぬ飢えと渇きの底には、神神に対する不遜《ふそん》、不敬、そして、不埒《ふらち》が、潜《ひそ》んでいる。

貪欲は、所有や、獲得ではない。そうではなくて、貪欲は、飢えと渇きである。どれ程獲得しようとも、どれ程所有しようとも、充足しないのが、貪欲である。貪欲とは飽《あ》く無き欲である。これが、貪欲の本質である。貪欲は、魂を「責め苛《さいな》む（tantalize)」。貪欲は、生きながらの地獄である。

『此の世』の第三スタンザにおいて、守銭奴《しゅせんど》の次に登場するのは、美食家と大食漢である。貪欲（covetousness）が、七つの大罪の一つであるように、暴食（glutton）も、その一つである。

守銭奴《しゅせんど》と同じく、狂い乱れたる者は、数多《あまた》ありて、
　銘銘が、己《おの》れの屑《くず》を抱《かか》え込みたり。
あからさまなる食い道楽は、感覚を天国《てん》と見なして、
　お上品振りを蔑《さげす》みたり。
一方、度を過ごしたる暴飲暴食の徒も、
　負けず劣らず、言い分を主張せり。
(Thousands there were as frantick as himself
　And hug'd each one his pelf,
The down-right Epicure plac'd heav'n in sense
　　And scornd pretence
While others slipt into a wide Excesse
　　Said little lesse;)

美食家は、味覚の快楽に溺れ、大食漢は、食べることとそのものの快楽に耽る。

アルチャーティの「エンブレム九十．暴食（Emblema XC: Gula)」（写真十六．）には、鶴《つる》のように首が長く、腹が膨《ふく》れ上がった男が、描かれている。

食の快楽に溺れたことで、悪名高い人人の中に、ローマ皇帝、ヘリオガバルスが、数えられる。ヘリオガバルスの、

十六

皇帝としてのラテン名は、マルクス・アウレリウス・アントニウス（Marcus Aulerius Antonius）である。

この皇帝は、ヘリオガバルスという名前の皇帝で、最も嫌《いや》な皇帝の一人であった。もっとも、例えば、ネロのような、ひどく嫌《いや》な奴は、他《ほか》にも、幾《いく》らでも、いたのであるが。ヘリオガバルスは、取り分け、世界一の大食漢で、珍味や、贅沢《ぜいたく》品や、入手困難な食べ物を、大量に、食することを好んだ。例えば、孔雀《くじゃく》の脳味噌《のうみそ》の大皿を、幾皿も平らげることを好んだが、ヘリオガバルスは、これを、特別な御馳走《ごちそう》と見なしていた。孔雀《くじゃく》は、高価な鳥であったし、その脳味噌《のうみそ》は、恐ろしく小さかったので、それだけ一層、贅沢《ぜいたく》感が増したからである。ヘリオガバルスのところへ、これは、不死鳥だ、と言って、鳥を持って来た者があった。恐らく、実際には、それは、極楽鳥《ごくらくちょう》であったと思われる。この鳥は、実在する鳥の中でも、最も絢爛豪華《けんらんごうか》で、この世のものとも思われぬ。という訳で、ヘリオガバルスは、あの通りの人物であったから、この驚嘆すべき鳥を、食べること以上に、結構な扱いを、思いつかなかった。これを、ヘリオガバルスは、実行した。間もなく、ヘリオガバルスは、暗殺されてしまったが、その死が、臣下の者達から、大いに惜しまれたとは、とても、考えられない。（This emperor was the one named Heliogabalus and he was one of the most unpleasant emperors, though a good many others (like Nero, for example) were pretty unpleasant characters, too. Heliogabalus was, among other things, the world's greatest glutton and he loved to eat large quantities of foods that were scarce or expensive or hard to get—like huge plates of peacock brains which he thought a special delicacy because peacocks were costly birds and because (just to make the dish more extravagant) they had very, very small brains. Well, someone brought him what he was told was a phoenix. Probably it was actually a bird of paradise which is, of all real birds. the one which looks most gorgeously unreal. And Heliogabalus, being the kind of fellow he was, could think of nothing better to do with this wonder than to eat it. This he proceeded to do. Shortly after that he was assassinated and it is hard to believe that he was very much regretted by his subjects.）(628)

此の世の人間は、貪欲や暴食のような、大罪の他《ほか》に、小罪を犯す。
取るに足らぬ、つまらぬ物が、より心弱き輩《やから》を虜《とりこ》にする。
　斯《か》くの如き輩《やから》は、取るに足らぬ、つまらぬ物を、素晴《すば》らしき物と信ずるなり。

(The weaker sort slight, triviall wares Inslave
　Who think them brave.)

守銭奴《しゅせんど》や、暴食の徒に比べて、「より心弱き輩《やから》(the weaker sort)」は、「取るに足らぬ、つまらぬ物 (slight, trivial wares)」を、宝と見なして、愚行に走り、徴罪を犯す。

大罪 (deadly sins) は、堕地獄の重罪である。

蓋《けだし》罪の報酬は死なるに、神の賜《たまもの》は我主《わがしゅ》イエズス、キリストに由《よ》れる永遠の生命なり。(629)

大罪は、魂の死である。

又身《み》を殺して魂を殺し得ざる者を怖《おそ》るること勿《なか》れ、寧《むしろ》魂と身《み》とを地獄に亡《ほろ》ぼし得る者を怖《おそ》れよ。(630)

魂は、小罪 (venial sins) のために、地獄へ堕《お》ちることはない。"Venial"は、ラテン語の *venialis* に由来して、「赦《ゆる》すことが出来る (pardonable)」の意である。

「取るに足らぬ、つまらぬ物」の牽引《けんいん》力は強く、「より心弱き輩《やから》」は、容易に、その力の前に屈する。

我等《われら》は皆多くの事に就《つ》きて愆《あやま》つものなればなり。(631)

人間の心は弱く、罪に傾き、真理を遠ざける。

然《しか》して、蔑《ないがし》ろにされし、哀《あわ》れなる真理は、傍《かたわ》らに座して、つまらぬ物の勝利を、数《かぞ》う。

(And poor, despised truth sate Counting by
Their victory.)

「真理」は、キリストである。

イエズス之《これ》に曰《のたま》いけるは、我は道なり、真理なり、生命なり、我に由《よ》らずしては父に至る者はあらず。(632)

「真理」は、警告する。

誘惑に入らざらん為に、醒《めざ》めて祈れ、精神は逸《はや》れども肉身《にくしん》は弱し、と。(633)

「真理」の言葉に、全く、耳を貸さない人間もあれば、言葉は聞くが、それを実行しない人間もある。「真理」の言葉に、耳を傾け、忠実に従う者は、稀《まれ》である。此の世では、「真理」の勝利よりも、「取るに足らぬ、つまらぬ物」の勝利の方が、遥《はる》かに、大きい。

『此の世』の第四スタンザには、「泣く人（homo lacrimans)」が、登場する。

されど、その一方で、涙を流して、歌う者ありき。
その者は、且《か》つ歌い、且《か》つ涙を流して、環（わ）の中に翔《ま》い上がりたり。
　然《しか》れども、多くの者は、翼《つばさ》を用いんとはせざりき。

(Yet some, who all this while did weep and sing,
And sing, and weep, soar'd up into the *Ring*,
　But most would use no wing.)

「泣く人」は、「福《さいわい》なる」人である。

イエズス群衆を見て、山に登《のぼ》りて坐《ざ》し給《たま》いしかば、弟子等是《でしたちこれ》に近づきけるに、イエズス口を開《ひら》きて、彼等《かれら》に教えて曰《のたま》いけるは、福《さいわい》なるかな心の貧しき人、天国は彼等《かれら》の有《もの》なればなり。福《さいわい》なるかな柔和なる人、彼等《かれら》は地を得《う》べければなり。福《さいわい》なるかな泣く人、彼等《かれら》は慰《なぐさ》めらるべければなり。福《さいわい》なるかな義《ぎ》に飢渇《うえかわ》く人、彼等《かれら》は飽《あ》かさるべければなり。福《さいわい》なるかな慈悲ある人、彼等《かれら》は慈悲を得《う》べければなり。福《さいわい》なるかな心の潔《きよ》き人、彼等《かれら》は神を見奉《たてまつ》るべければなり。福《さいわい》なるかな和睦《わぼく》せしむる人、彼等《かれら》は神の子等《こども》と称《とな》えらるべければなり。福《さいわい》なるかな義《ぎ》の為《ため》に迫害を忍《しの》ぶ人《ひと》、天国は彼等《かれら》の有《もの》なればなり。(634)

「泣く人」は、「苦しむ人」(homo patiens)」である。「泣く人」は、「悔いる人（homo paenitens)」である。ちなみに、『マテオ聖福音書』第五章五節の「泣く人」は、『欽定英訳聖書（*The Authorized Version of the Bible*)』では、「悔いる人（they that mourn)」と訳されている。

「悔いる人人」＝ここで、我等《われら》の主《しゅ》は、こう言っておられる。どんな種類の苦しみにもせよ、苦しみに耐えている人人は、幸いである。取り分け、自分の犯した罪を、心底《しんそこ》から、悔いる人人、或《ある》いは、他人が、神に対して犯している罪に、心を痛める人人、そして、愛と償《つぐな》いの心を以て、苦しみに耐える人人は、幸いである、と。……神の霊は、自分の犯した罪を、嘆き悲しむ人人を、此の世に在るうちから、平和と喜びを以て、慰め給うであろうし、更に、後《のち》に、天国において、完全な幸福と栄光に与《あずか》らせ給うであろう。幸《さいわ》いなる人人とは、このような人人である。("Those who mourn": here our Lord is saying that those are blessed who suffer from any kind of affliction—particularly those who are genuinely sorry for their sins, or are pained by the offences which others offer God, and who bear their suffering with love and with a spirit of atonement...The spirit of God will console with peace and joy, even in this life, those who weep for their sins, and later he will give them a share in the fullness of happiness and glory in heaven: these are the blessed.)(635)

「泣く人」は、「歌う人」(homo cantans)」である。悔悛《かいしゅん》の涙は、讃美《さんび》の歌に、変貌《へんぼう》する。そして、「歌う人」は、「環（わ）の中に翔《ま》い上がりたり」。「環（わ）」は、第一スタンザの「永遠」の「環（わ）」である。

すでに、言及した通り、『ヘルメス文書』には、人間の魂が、肉体の死後、八つの天球の層を通過しつつ、除除に、浄化され、終《つい》には、神の許《もと》に至る過程が、述べられている。第七の圏を通過した後《のち》、人間の魂は、「第八の性質の中に入る。そして、人間は、在るところの者達と共に、御父《おんちち》に、讃《ほ》め歌を歌う」。(636)

悔悛《かいしゅん》の涙によって、浄化された魂は、肉体が此の世に留《とど》められながらも、「永遠」の「環・（わ）」の中に翔《ま》い上がり、「御父《おんち》に、讃《ほ》め歌を歌う」。

しかし、此の世には、「泣く人」は、数少ない。多くの者達は、俗事にかまけ、俗事に没頭する、「俗なる人（homo mundialis)」である。

人間の魂は、本来、翼《つばさ》を与えられている。「然《しか》れども、多くの者は、翼《つばさ》を用いんとはせざりき（But most would use no wing)」。此の世には、「翔《ま》う人（homo volans)」は、稀《まれ》である。

此の世の人人は、光の直中《ただなか》に在りながら、尚《なお》、闇に向かう。

ああ、愚かなる者達よ（我は、言えり）、斯《か》くの如く、真《まこと》の光よりは、
　　暗き夜の方を好み、
洞穴《ほらあな》や洞窟《どうくつ》の中に住まいて、日光《ひかり》を厭《いと》うとは。
　日光《ひかり》は、道を示すが故なり。
そは、死の闇《やみ》の居住《すまい》より出《い》でて、
　　天《てん》上に在《ましま》す神に至る道なり。
その道を辿《たど》らば、汝は、太陽を踏み、然《しか》も、
　　太陽に勝りて、光り輝くべし。

(O fools (said I) thus to prefer dark night
　　Before true light,
To live in grots, and caves, and hate the day
　Because it shews the way,

The way which from this dead and dark abode
　Leads up to God,
A way where you might tread the Sun, and be
　More bright than he.)

人間が、光を厭《いと》い、「暗き夜の方を好む（prefer dark night）」のは、己《おの》れの悪しき行いの故である。

審判《しんぱん》とは是《これ》なり、即《すなわ》ち光《ひかり》既《すで》に世に来《きた》りたるに、人は己《おのれ》の行《おこない》の悪《あし》き為《ため》に、光《ひかり》よりも寧暗《むしろやみ》を愛したるなり。総《すべ》て悪を為《な》す人は光を憎み、己《おの》が行《おこない》を責められじとて光に来《きた》らず。然《さ》れど真理を行《おこな》う人は、己《おの》が行《おこない》の顕《あらわ》れん為《ため》に光に来《きた》る、其《そ》は神の内に行《おこな》われたればなり、と。[637]

光に背を向けて、闇《やみ》の中に暮らす人人は、洞窟《どうくつ》の中の囚人に喩《たと》えられる。ソクラテス（*Sokrátēs*）は、グラウコン（*Glaukōn*）に、こう説明する。

「われわれが本来的な意味での教育を受けるのと、受けないのとの関係を、次のような情態に似ているものと見てくれたまえ。すなわち人間を洞窟状の地中の住いにあるかのように見るのだ。それは光明のあるほうへ入口を開いているのだが、その入口は長い奥行をもち、洞窟の幅に開かれているとしよう。人間はこの住いに子供のときから、手足と首をしばられたままでいるので、そこにそのままとどまっていて、前方しか見ることができず、縛られているので、頭をめぐらすことはできない。かれらのためには火の光が上方から、かれらの後方はるかのところに燃えていて、この火とその囚人との間には高めに道がついているとしよう。そしてその道に沿って、いいかね、ちょっとした城壁のようなものができていると見てくれたまえ。それは人形つかいたちが、その前面に置いておいて、その上へ人形を出して見せる、あの台のようなものなのだ」「はい、見てます」とかれは言った。「それからまた、この城壁らしきものに沿って、各種の器具や人形、あるいは石や木でつくった他の動物など、あらゆる種類の工作物を、その城壁を越えてさし上げるようにしながら、人々が運んで行くものと見てくれたまえ。そういうふうに運んで行く人たちのうち、当然、ある者は声を出し、他の者は黙っているということになる」「奇妙な似像」とかれは言った、「奇妙な囚人のお話ですね」「われわれ自身によく似たね」とわたしが言った、「つまりそのような情態にある人間は、自分自身のにせよ、お互い同士のにせよ、自分たちの正面にある洞窟の一部に、火の光で投影されている影以外に何かほかのものを見たことがあるだろうと、君は思うかね？」[638]

此の世の人人は、洞窟《どうくつ》の中に閉じ入められて、太陽の光に向かって開かれた入口に、背を向けている囚人である。太陽と囚人達の間には、小高い道があり、その道の途中に、「城壁のようなもの」、即ち、仕切り塀がある。そして、塀の上には、様様の物が、人形使いに操《あやつ》られる人形のように、動いているが、牢獄の中の囚人には、洞窟《どうくつ》の奥の壁に映った、それらの物の影しか見えない。此の世の人人が見ている物は、すべて、影である。

囚人の目は、牢獄の薄暗がりと、物の影に慣らされて、光には、耐えることが出来ない。光は、囚人の目を眩《くら》ませる。光は、苦痛である。

「またもし」とわたしが言った。「その地下の住まいから誰かが、力ずくでかれを引っ張って、凹凸が多くて険しい入口への道を通りぬけ、太陽の光が照しているところへと引き出し、そこに行くまで放してくれないとしたら、はたしてかれは苦しがり、引っ張って行かれることに苦情をいい、いざ太陽の光の見えるところへ行ったとしても、目は光輝にみたされて、いまや真実であると言われているものは、一つも見ることができないのではないだろう

か？」(639)

「真《まこと》の光（true light）」は、キリストである。「真《まこと》の光」は、身を屈《かが》めて、地上に降《お》り来《きた》ったが、此の世の人人は、光を悟らなかった。

元始《はじめ》に御言《みことば》あり、御言《みことば》神と偕《とも》に在り、御言《みことば》は神にてありたり。……之《これ》がうちに生命《せいめい》ありて、生命《せいめい》又人間の光たりしが、光暗《やみ》に照ると雖《いえど》も、暗之《やみこれ》を暁《さと》らざりき。……〔御言《みことば》こそ、〕此世《このよ》に出来《いできた》る凡《すべ》ての人を照らす真《まこと》の光なりけれ。(640)

「御言葉《みことば》」は、キリストである。

　聖書は、神の御独子《おんひとりご》を、「御言葉《みことば》」と呼ぶ。「御言葉《みことば》」の概念を理解するのには、次の喩《たと》えが、役立つであろう。人間が、自分自身を意識し始め、心の中に、自画像を形作《かたちづく》るように、それと全く同じ方法で、父なる神は、永遠の御言葉《みことば》を生む。この神の御言葉は、類《るい》がなく、唯一《ゆいいつ》無二である。御言葉《みことば》の内には、神の本質が、完全に、表されているので、他《ほか》には、どんな物も、存在し得えない。であるからこそ、聖書は、神の御言葉《みことば》を、単に、「言葉一般（Word）」とは呼ばず、「唯一の言葉（the Word）」と呼ぶ。（The sacred text calls the Son of God "the Word". The following comparison may help us understand the notion of "Word" : just as a person becoming conscious of himself forms an image of himself in his mind, in the same way God the Father on knowing himself begets the eternal Word. This Word of God is singular, unique; no other can exist because in him is expressed the entire essence of God. Therefore, the Gospel does not call him simply "Word", but "the Word".）(641)

「真《まこと》の光」は、キリストである。キリストは、「死の闇《やみ》の居住《すまい》より出《い》でて、天《てん》上に在《ましま》す神に至る道（The way which from this dead and dark abode / Leads up to God)」である。

我は道なり、真理なり、生命なり、我に由《よ》らずしては父に至る者はあらず。(642)

人間が、「敵なる此の世（The WORLD an Enemie)」(643)と決別し、「真《まこと》の光」に従うなら、その人の魂は、彼方《かなた》の世界に飛翔し、そこで、「太陽に勝りて、光り輝くべし（be / More bright than he)」。

　昇《のぼ》れ、縺《もつ》れを解かれし、我が魂よ、汝の光は、
今や、精錬《きよ》められ、汝の翼《つばさ》を疲労《つか》れさせる物、
汝の翼《つばさ》に錘《おもり》を付ける物は、何一つとして、なし。今や、愛《め》でたき飛翔によりて、
我は、最高天の光に到達《いた》りたり。我は、別個の実在なり。故に、我は、
神の流出を視ること能《あた》う。
然《しか》して、その流出が、熾天使（してんし）を通過《とお》り、更に、
座天使と主天使を流れ下るを視《み》ること能《あた》う。
（Get up my disintangled Soul, thy fire
Is now refin'd & nothing left to tire,
Or clog thy wings. Now my auspicious flight
Hath brought me to the *Empyrean* light.

I am a sep'rate *Essence*, and can see
The *Emanations* of the Deitie,
And how they pass the *Seraphims*, and run
Through ev'ry *Throne and Domination*.)(644)

最高天に到達した魂は、「実在（*Essence*）」、即ち、神と、一つになる。一つではあるが、尚《なお》、魂は、神とは区別される、別個の存在である。「別個の実在（a sep'rate *Essence*）」とは、この意味である。

プロティノス（*Plōtinos*）の流出説については、すでに、トラハーン論の中で、詳述した。「実在」と一つになった魂は、神が、最高位の天使から、第三の位階の天使へ、更に、第四の位階の天使へ、流れ下るのを視《み》る。

天使の位階は、九階級から成る。最高位の三つ組が、熾天使《してんし》（seraphim）、智天使（cherubim）、座天使（thrones）、中級の三つ組が、主天使（dominions）、力天使（virtues）、能天使（powers）、下級の三つ組が、権天使（principalities）、大天使（archangels）、そして、天使（angels）である。

九分割は、九という数字の象徴的な意味の故であろう。

九は、三つ組の三角形であり、かつ、三つ組の三倍である。であるから、九は、三つの世界の完全な似像《にすがた》である。九は、数列が、統一へ戻る以前の、極限である。ヘブライ人にとって、九は、真理の象徴である。九は、掛け合わせると（神秘的な加法によって）、自らを再生する、という特徴があるからである。医薬を施す儀式において、九は、優れて象徴的な数である。九は、三重の統合を表すからである。つまり、肉体的な次元と、精神的な次元と、霊的な次元の、それぞれの次元における素質を表すからである。（*Nine* The triangle of the ternary, and the triplication of the triple. It is therefore a complete image of the three worlds. It is the end-limit of the numerical series before its return to unity. For the Hebrews, it was the symbol of truth, being characterized by the fact that when multiplied it reproduces itself (in mystic addition). In medicinal rites, it is the symbolic number *par excellence*, for it represents triple synthesis, that is, the disposition on each plane of the corporal, the intellectual and the spiritual.)[645]

「実在」と一つになった魂は、最高天の光の中で、神が、熾天使（してんし）から、座天使へ、そして、主天使へと、流出するのを視《み》る。

「実在」と一つになった魂は、天地万物に「遍在」する。

斯《か》くして、我《わ》が肉体《からだ》は、此の世に留《とど》め置かれようとも、
我《わ》が果てしなき想念《おもい》は、天地万物に遍在す。
(Thus, though my Body you confined see,
My boundless thoughts have their *Ubiquitie*.)[646]

『此の世』の第四スタンダ終結部は、再び、第一スタンザ冒頭の、「永遠」の「環（わ）」に戻る。
此の世の人人の愚行百態に、つらつら思いを馳《は》せていると、耳元《みみもと》に、囁《ささや》く声がある。

然《しか》れども、我、斯様《かよう》に、世の人人の愚《ぐ》の骨頂《きわみ》を説き明かせし時、
　耳元《みみもと》に、次の如く、囁《ささや》く者ありき。
(But as I did their madnes so discusse

One whisper'd thus.)

耳元《みみもと》に「囁《ささや》く（whisper'd）」声は、霊の声である。

ヘブライ語でも、ギリシア語でも、「霊」という言葉は、息、又は、風を意味する。それは、目には見えないが、触知し得る力である。それは、創造のエネルギーであり、宇宙を活動させる力である。それは、世界と人間を創造する時の、神の代行者である。それは、預言の源である。それは世界の生命《いのち》の力である。（Both in Heb. and in Gk., the word [i.e. the word 'spirit'] means breath, or wind. It is a force invisible but palpable. It is the energy of creation, the activating force of the cosmos; it is God's agent in the making of the world and man; it is the source of prophecy; it is the life force of the world.）[647]

『此の世』の最終の二行は、霊の預言である。

この環（わ）を、花婿（はなむこ）は、唯（ただ）、花嫁のためにのみ、
　準備（そな）えたり。

『ヨハネ第一書』第二章十六、十七節。

其（そ）は総（すべ）て世に在る事、肉の慾、目の慾、生活の誇（ほこり）は、父より出（い）でずして世より出（い）づればなり。而（しか）して世も其（その）慾も過去（すぎさ）れど、神の御旨（みむね）を行う人は限（かぎり）なく存するなり。

（ *This Ring the Bride-groome did for none provide*

*But for his bride.*

John Cap. 2. ver. 1 6, 1 7.

*All that is in the world, the lust of the flesh, the lust of the Eys, and the pride of life, is not of the father, but is of the world.*

*And the world passeth away, and the lusts thereof, but he that doth the will of God abideth for ever.*）

「この環（わ）（*This Ring*）」は第一スタンザの、「永遠」の「壮大《おお》いなる環（わ）（a great *Ring*）」である。終結部の「環（わ）」が、出《で》出《た》しの「環（わ）」と一致する。こうして、終りが、初めに還《かえ》り往《ゆ》き、作品全体が、ロンド形式を成して、円環を描く。あたかも、回転する天球が、壮大な円環を描くかのように。プラトンに従えば、実在の直観を求める魂の動きは、天球の動きと、軌を一にする。(648)『此の世』のロンド形式は、実在を求める魂の動きが描く軌跡である。

「この環（わ）」は、「清浄《きよ》らにして、果てしなき光より成る、壮大《おお》いなる環（わ）（a great *Ring* of pure and endless light）」である。ヘルメス哲学に従えば、「生命《いのち》と光は、一つである」。(649)更に、ヘルメス哲学は、光は、歌であり、歌は、光である、と教える。(650)生命《いのち》と、光と、歌は、一つである。生命《いのち》と、光と、歌の源は、父なる神である。(651)

『雅歌』が、花婿《むこ》である神が、花嫁である魂に向かって歌う、愛の歌であることは、すでに、再三、言及した。

『此の世』は、形を変えた、『雅歌』である。「永遠」の輝く環《わ》に取り囲まれた地球は、「あたかも、結婚の指輪であるかの如くに、天を身にまとう（wears heaven, like a bridal ring）」。(652)

「永遠」の輝く環《わ》は、光である。「永遠」の輝く環《わ》は、歌である。その歌は、「霊の音楽（the Spirit's music）」(653)である。それは、「人間の感覚には聞こえない旋律《ふし》(melodies inaudible to human senses)」(654)である。その故に、「永遠」の輝く環《わ》は、「静謐《せいひつ》そのもの（all calm）」である。「永遠」の輝く環《わ》は、花婿《むこ》である神が、花嫁である魂に向かって歌う、愛の歌である。

# 第七節　「眩い闇」

## 第七節　眩《まばゆ》い闇《やみ》

『夜（*The Night*）』

　彼《か》の清らなる、汚（けが）れなき社（やしろ）、
即ち、汝の栄光《はえ》ある真昼《まひる》を被《おお》う、彼《か》の聖なる覆《おお》い、
その覆《おお》いによりてこそ、人間《ひと》は、蛍《ほたる》の如く輝きて、生き、
　月と相対《あいたい》すること能《あた》うなれ。
賢きニコデモは、彼《か》の聖なる覆《おお》いを貫きて、暗き夜に、
神を知らしめる光を見たり。

　いと祝されたる、信ずる人、ニコデモよ！
其《そ》の人は、彼《か》の闇《やみ》の土地《くに》に在りて、盲《めしい》たる眼《まなこ》以《も》て、
汝が、昇りし時の、長く待ち望まれたる
　癒《いや》しの翼を見たり。
　然《しか》して、あるまいことか、
夜の最中《さなか》に、太陽と語りたり！

　おお、何人《なんぴと》か、我に告げん、
彼《か》の人が、静寂《しず》けき夜の最中《さなか》に、汝を見出《みいだ》したる場所《ところ》を！
如何なる、孤高の聖地が、斯《か》くまで類《たぐ》い稀《まれ》なる花を、
　生《は》え出《い》でしめしや？
その聖なる花弁《はなびら》の内部《うち》に、
神性が、充《み》ち溢《あふ》れたり。

　黄金《こがね》の玉座も、
塵《ちり》にまみれし、動かぬ智天使も、律法が彫刻《きざ》まれし石の板も、
我が主を有《も》たず、宿さず、唯《ただ》、御自《おんみずか》らの生ける御業《みわざ》の内にのみ、
　主は、在《まし》し給えり。
生ける御業《みわざ》の中に在りて、木や草は、ユダヤ人達が眠りたる間、
目覚めて祈り、彼方《かなた》の世界に目を凝らして、驚嘆せり。

　愛《いと》しき夜よ！此の世の敗北よ。
忙《せわ》しなき愚か者どもへの制止よ。煩《わずら》いの阻止にして、抑制よ。
霊の昼よ。我が魂の、静寂《しず》けき隠遁《いんとん》よ。
　何人《なんぴと》も、これを掻《か》き乱すこと能《あた》わず！
キリストが出《い》でて、祈り給う時よ。

いと高き天が、相和《あいわ》して、一つ旋律《ふし》を奏でる時間《とき》よ。
　神の、密《ひそ》かなる、探索の飛翔よ。
我が主の頭《こうべ》が、夜露に満ち、
その髪《かみ》が、透明なる夜の雫《しずく》に濡れる時間《とき》よ。
　我が主の、低く、優しく呼び給う声よ。
我が主の、扉《とびら》を敲《たた》き給う時よ。魂の、黙《もだ》して、祈る時よ。
此《こ》の時、霊と霊とが、互いに、己れの汚《けが》れなき同類《なかま》を捕《と》らう。

　かまびすしく、悪しき我が生涯が、
汝の暗き幕屋《まくや》の如く、静謐《せいひつ》にして、絶えて、人の出入りのなかりせば、
我は、恒久《とこしなえ》に、天《てん》上に留《とど》まりて、此《こ》の地を
　さ迷うことなかるべし。
汝の幕屋《まくや》の静寂《しず》けさは、天使のはばたきと声の以外《ほか》には、
破るものなし。

　然《さ》れど、我は、太陽が、
万物を蘇《よみがえ》らせる所に在りながら、然《しか》も尚《なお》、万物が、混じり合い、
自他ともに疲弊《ひへい》させる所に在りて、ぬかるみに和合し、
　ぬかるみに向かう。

然《しか》して、此《こ》の世の偽りの光によりて、
夜迷うのにも増して、道を踏み誤る。

人の曰《いわ》く、神の内には、
深く、然《さ》れど眩《まばゆ》い闇《やみ》あり、と。世の人人が、
しかと、見えざるが故に、日暮れて、
冥《くら》し、と言うが如し。
おお、彼《か》の夜の有《あ》らまほしきかな!さすれば、我は、
人知れず、何も見ず、神の闇《やみ》の内に住まうべし。

（　Through that pure *Virgin-shrine,*
That sacred vail drawn o'r thy glorious noon
That men might look and live as Glo-worms shine,
And face the Moon:
Wise *Nicodemus* saw such light
As made him know his God by night.

Most blest believer he!
Who in that land of darkness and blinde eyes
Thy long expected healing wings could see,
When thou didst rise,

And what can never more be done,
Did at mid-night speak with the Sun!

O who will tell me, where
He found thee at that dead and silent hour!
What hallow'd solitary ground did bear
So rare a flower,
Within whose sacred leafs did lie
The fulness of the Deity

No mercy-seat of glod,
No dead and dusty *Cherub*, nor carv'd stone,
But his own living works did my Lord hold
And lodge alone;
Where *trees* and *herbs* did watch and peep
And wonder, while the *Jews* did sleep.

Dear night! this worlds defeat;
The stop to busie fools; cares check and curb;
The day of Spirits; my souls calm retreat

Which none disturb!
*Christs* progress, and his prayer time;
The hours to which high Heaven doth chime.

Gods silent, searching flight:
When my Lords head is fill'd with dew, and all
His locks are wet with the clear drops of night;
His still, soft call;
His knocking time; The souls dumb watch,
When Spirits their fair kinred catch.

Were all my loud, evil days
Calm and unhaunted as is thy dark Tent,
Whose peace but by some *Angels* wing or voice
Is seldom rent;
Then I in Heaven all the long year
Would keep, and never wander here.

But living where the Sun
Doth all things wake, and where all mix and tyre

Themselves and others, I consent and run
　To ev'ry myre,
And by this worlds ill-guiding light,
Erre more then I can do by night.

　There is in God (some say)
A deep, but dazling darkness; As men here
Say it is late and dusky, because they
　See not all clear;
O for that night! where I in him
Might live invisible and dim.)[655]

キーツは、「楽園に在りて」歌うことを教えられた「妖精の鳥（Faery Bird）」である。

我は、楽園に在りて、旋律《ふし》を歌い出《いだ》して、
我が胸を軽くする術《すべ》を教えられたり。
(...I was taught in Paradise
To ease my breast of melodies.)[656]

ヴォーンが、歌うことを教えられたのは、夜である。『火花散らす火打ち石（*Silex Scintillans*）』の題扉には、『ヨブ記』

の次の言葉が記されている。

天主《てんしゅ》は何処《いずこ》に在《ましま》すや、彼は我を造《つく》り、夜に歌を賜《たま》いし者、地の獣《けもの》に越えて我等《われら》に教え、空の鳥に優《まさ》りて我等《われら》に知識を授《さず》け給う者なり。

（***Where is God my Maker, who giveth Songs in the night?***
***Who teacheth us more then the beasts of the earth, and maketh us wiser then the fowls of heaven?***）(657)

歌を聴き、歌を歌うことを、ヴォーンに教えたのは、どのような夜であったのか。他《ほか》ならぬ、『夜（*The Night*）』と題された作品が、その神秘を開示する。

　彼《か》の清らなる、汚（けが）れなき社（やしろ）、
即ち、汝の栄光《はえ》ある真昼《まひる》を被《おお》う、彼《か》の聖なる覆《おお》い、
その覆《おお》いによりてこそ、人間《ひと》は、蛍《ほたる》の如く、輝きて、生き、
　月と相対《あいたい》すること能《あた》うなれ。
賢きニコデモは、彼《か》の聖なる覆いを貫《つらぬ》きて、暗き夜に、
　神を知らしめる光を見たり。

（　Through that pure *Virgin-shrine*,
That sacred vail drawn o'r thy glorious noon
That men might look and live as Glo-worms shine,
　And face the Moon:

Wise *Nicodemus* saw such light
As made him know his God by night.)

第一スタンザ冒頭の、「彼《か》の清らなる汚（けが）れなき社（やしろ）（that pure *Virgin-shrine*）」は、キリストの体を指す。キリストの体は、神の光、即ち、「汝の栄光《はえ》ある真昼《まひる》（thy glorious noon）」を被《おお》う、人間の肉である。それは、「イエズスの己《おの》が肉なる幔《まく》」(658)である。

弱い人間存在は、神を直視することには耐えられぬ。神を目《ま》の当たりにすることは、即座の死を意味する。モーセが、神に、ありのままの姿を求めた時、神は、答えた。

「汝わが面《おもて》を見る能《あた》わず、蓋《けだ》し我を見て生《い》くる人なければなり。」(659)

神の栄光の前では、最高位の天使でさえ、その面《おもて》を覆《おお》う。

オジア王の死したる年に、我主《われしゅ》が高くあがれる玉座《ぎょくざ》に坐《ざ》し給うを見しが、その衣《ころも》の裾《すそ》は聖殿《せいでん》に満ちわたれり。その上には熾天使《セラフィム》等《ら》立ちたり。そは此《これ》にも六つの翼《つばさ》、彼《かれ》にも六つの翼《つばさ》あり、二つもて己《おの》が面《かお》を覆《おお》い、二つもて己《おの》が足《あし》を覆《おお》い、二つもて飛び翔《かけ》り、互《たがい》に呼び交《かわ》して云《い》いけるは、聖なるかな、聖なるかな、聖なるかな、主万軍《しゅばんぐん》の天主《てんしゅ》、その御光栄《みさかえ》は全地《ぜんち》に充満《みちみ》てり、と。(600)

キリストの体は、真昼《まひる》の太陽を被《おお》う雲であり、超自然の輝きを包み隠す塵土《ちり》である。

光の代りに、雲をまとい、
明けの明星を塵土《ちり》で被《おお》うは、
天の移転《うつし》なりき。斯《か》くまで高き天は、
汝、キリストの内にのみ、能《よ》く表現《あらわ》されたり。
(To put on Clouds instead of light,
And cloath the morning-starre with dust,
Was a translation of such height
As, but in thee [i.e. Christ], was ne'r exprest.)(661)

塵土《ちり》は、死すべき人間の体である。「げに汝は塵土《ちり》なり、されば、塵土《ちり》にこそ帰るべけれ」(662)と言われる通りである。キリストは、人間の肉をまとうことによって、神の光を塵土《ちり》の内に包み隠した。神が、肉をまとい、人間《ひと》となることによって、天が、地に、移し運ばれた。英語の"translate"は、ラテン語の *translatus* に由来し、更に、溯《さかのぼ》れば、*transferre* に由来し、これは、「移し運ぶ（carry over）」の謂《いい》である。キリストは、いと高き天の「移転《うつし》（translation）」である。

神の受肉によって、中天に君臨する真昼《まひる》の太陽は、夜の闇《やみ》を照らす月となり、人間は、神と「相対《あいたい》する（face）」ことが、可能となる。『夜』の第一スタンザ第四行目の「月（the Moon）」は、人間が、「相対《あいたい》する」ことが出来る神、即ち、キリストを指す。

もっとも、太陽が、男性原理を表すのに対し、月は、本来、女性原理を表すので、通常、キリストよりは、聖母マリアと結び付けられる。

三日月は、……キリスト教の聖像学においては、童貞《おとめ》マリアの標象である。(The crescent moon is an attribute... in

Christian iconology, of the Virgin Mary.）(663)

第一スタンザには、「月」の他《ほか》に、もう一つ、聖母マリアを暗示する言葉がある。「汚（けが）れなき社（やしろ）（*Virgin-shrine*）」は、すでに、言及した通り、キリストの体を指す。神の光を内に宿す、キリストの体は、「純潔（virgin, or chaste）」そのものである。キリストの体は、「童貞《おとめ》マリア（Virgin Mary）」から生まれた。キリストは、「聖霊によりて受肉し、童貞《おとめ》マリアより生まれ、然《しか》して、人間《ひと》となり給えり（incarnatus est de Spiritu sancto ex Maria virgine: et homo factus est）」と、「使徒信経（"Credo"）」に、唱《とな》えられている。「神の聖母《はは》（Sancta Dei Genitrix）」(664)は、「童貞《おとめ》の中《うち》なる童貞《おとめ》（Virgo virginum）」(665)である。

ニコデモは、「かの聖なる覆《おお》いを貫《つらぬ》きて（Through... / That sacred vail）」、神の光を見た。ニコデモとキリストとの出会いは、聖書に記録されている。

爰《ここ》にファリザイ人《じん》の中《うち》にニコデモと呼ばれて、ユデア人《じん》の長《かしら》だちたる者ありしが、夜イエズスの許《もと》に至りて云《い》いけるは、ラビ、我等《われら》は汝が神より来《きた》りたる教師なる事を知れり、其《そ》は何人《なにびと》も、神之《これ》と共に在《いま》すに非《あら》ざれば、汝の為《な》せる如き奇蹟《きせき》を行《おこな》い得ざればなり。イエズス答えて曰《のたま》いけるは、誠《まこと》に真《まこと》に汝に告《つ》ぐ、人新《あらた》に生《うま》るるに非《あら》ずば、神の国を見ること能《あた》わず。ニコデモ云《い》いけるは、人己《すで》に老いたるに争《いか》でか生《うま》るる事を得べき、豈《あに》再び母の胎内に入《い》りて新《あらた》に生《うま》るるを得んや。イエズス答え給《たま》いけるは、誠《まこと》に実《まこと》に汝に告《つ》ぐ、人は水と霊《れい》とより新《あらた》に生《うま》るるに非《あら》ずば、神の国に入《い》ること能《あた》わず。肉より生《うま》れたる者は肉なり、霊《れい》より生《うま》れたる者は霊《れい》なり。汝等再《なんじらふたた》び生《うま》れざるべからずと我《わ》が汝に告《つ》げたるを怪《あやし》むこと勿《なか》れ。風は己《おの》が儘《まま》なる処《ところ》に吹く、汝其《その》声を聞くと雖《いえど》も、何処《いづこ》より来《きた》りて何処《いづこ》に往《ゆ》くかを知らず、総《すべ》て霊《れい》より生《うま》れたる者も亦然《またしか》り、と。ニコデモ答えて、此等《これら》の事如何《いか》にしてか成《な》り得べき、と云《い》いしかば、イエズス答えて曰《のたま》いけるは、汝はイスラエルに於《おい》て師たる者なるに、是等《これら》の事を知らざるか。誠《まこと》に実《まこと》に汝に告《つ》ぐ、我等《われら》は知れる所を語り、見たる所《ところ》を証す、然《さ》れど汝等《なんじら》は其証言《そのしょうげん》を承《う》けざるなり。我《わ》が地上の事を語りてすら汝等《なんじら》は信ぜざるものを、天上の事を語るとも争《いか》でか之《これ》を信ぜんや。天より降《くだ》りたるもの、即《すなわ》ち天に在る人の子の外《ほか》は、誰《だれ》も天に昇りしものなし。又モイゼが荒野《あれの》にて蛇を揚《あ》げし如く、人の子も必ず揚《あ》げらるべし、是総《これすべ》て之《これ》を信仰する人の、亡《ほろ》びずして永遠の生命を得ん為《ため》なり。蓋《けだし》神の此世《このよ》を愛し給える事は、御独子《おんひとりご》を賜《たま》う程にして、是総《これすべ》て之《これ》を信仰する人の亡《ほろ》びずして永遠の生命を得ん為《ため》なり。即《すなわ》ち神が御子《おんこ》を此世《このよ》に遣《つか》わし給いしは、世を審判《しんぱん》せしめん為《ため》に非《あら》ず、世が彼に由《よ》りて救われん為《ため》なり。彼を信仰する人は審判《しんぱん》せられず、信ぜざる人は既《すで》に審判《しんぱん》せられたり、其《そ》は神の御《おん》独子《ひとりご》の御名《みな》を信ぜざればなり。審判《しんぱん》とは是《これ》なり、即《すなわ》ち光既《すで》に世《よ》に来《きた》りたるに、人は己《おのれ》の行《おこない》の惡《あし》き為《ため》に、光《ひかり》よりも寧《むしろ》暗《やみ》を愛したるなり。総《すべ》て惡を為《な》す人は光を憎《にく》み、己《おの》が行《おこない》を責《せ》められじとて光に来《きた》らず。然《さ》れど真理《しんり》を行《おこな》う人《ひと》は、己《おの》が行《おこない》の顕《あらわ》れん為《ため》に光に来《きた》る、其《そ》は神の内に行《おこな》われたればなり、と。(666)

ニコデモは、サンヘドリン（the Sanhedrin）の一員であった。サンヘドリンは、エルサレムの最高法院で、七十一人の「長《かしら》及びファリザイ人」(667)から成り立っていた。「かつて、夜イエズスに至りし彼《かの》ニコデモは、其中《そのうち》の一人」(668)であった。

ニコデモが、夜、キリストを訪れたのは、ユデヤ人達を恐れてのことであるが、サンヘドリンの一員という、彼の立場を考慮するなら、容易に、理解し得る。しかし、ニコデモは、敢《あ》えて、危険を冒《おか》して、キリストに会《あ》いに行く。(His [i.e. Nicodemus] visiting Jesus by night, for fear of the Jews, is very understandable, given his position as a member of the Sanhedrin: but he takes the risk and goes to see Jesus.)(669)

ニコデモは、地位も教養もある、いわゆる知識人であったが、そのニコデモに、キリストは、驚くべき真実を告げる。神の国を見るためには、人は、生まれ変らなければならない。しかも、霊と水によって、新たに、生まれ変らなければならない、と。ニコデモには、こんな言葉は、訳が分からなかった。一度生まれてしまった人間が、どうやって、母の胎内に戻るのか。水だの、霊だの、一体、何のことか。

キリストは、尚《なお》も、言葉を続ける。神の光を見るためには、「信ずる人 (homo credens)」でなければならない、と。頭脳明晰《めいせき》な人間の、理性による推論だけでは、神の光には、到達し得ない。否、むしろ、人間の小賢《こざか》しい知恵などは、無に帰して、信仰の目が開かれた時、初めて、人間は、闇《やみ》から引き出されて、真《まこと》の光に至る。

「賢きニコデモ (Wise *Nicodemus*)」は、浅知恵《あさぢえ》の人ではなかった。ニコデモは、知識人の理性を棄て、キリストの言葉を信じた。ニコデモは、「信ずる人 (homo credens)」であった。この故に、ニコデモは、「神を知らしめる光を見た (saw such light / As made him know his God)」。

ニコデモは、闇《やみ》の中で、光を見た。ニコデモは、夜の闇《やみ》の中で、そして、理性の闇《やみ》の中で、光を見た。

真夜中にこそ、
汝は、真《まこと》の光を見たり。
（in the dead of night
You only saw true light.）(670)

写真十七・は、「夜 (Nox)」の図像である。銘には、「キリストの教えを学ぶために、ニコデモは、夜、キリストの許《もと》に行き、すべてのキリストの教義に与《あずか》る (To learn the teachings of Christ, Nicodemus went to Him by night, and partook of all His doctrines.)(671) と記されている。この図像の解釈は、次の通りである。

**NOX.**

*Ut diſciplinam Christi capiat Nicodemus,*
*Ipsi nocte adiens dogmata cuncta capit.*

**Die Nacht.**

Nicodemus war befliſſen,
Christi Lehre recht zu wiſſen.

十七.

夜の擬人化は、素足《すあし》の女性で、黒っぽい衣に身を包み、火打ち石を打って、火を起している。裸《はだか》の子供が、炎に向かって、ろうそくを掲《かか》げ、火を付けようとしている。女性の黒っぽい衣装は、夜の色をしている。ボッカチオが、『神々の系譜』第一書において、述べているように、夜は、ろうそくに明かりを灯《とも》して、その影を追い払うべき時である。(The personification of Night is a barefoot female, dressed in dark colors, who makes fire by striking a flint. A nude child holds a candle up to the flame to light it. The woman's dark dress is in the colors of night and, as Boccaccio says in the first book of ***The Genealogy of the Gods***, night is the time to light candles to chase away its shadows.)(672)

更に「要点(the *fatto*)」には、こう記されている。

古代の貴族の館《やかた》の中の、円形の室内に、キリストが座っている。館《やかた》の背景には、星の夜空と、満月の後《あと》の、欠けて行く月が見える。キリストは、七つの明かりが灯《とも》されたランプに照らされ、鬚《ひげ》の老人のニコデモに、教えを説いている。外では、ふくろうが館《やかた》の上に、止まっている。(In a noble classical building, seen against a starry sky with a waning moon, Christ is seated in a circular room, lit by a lamp with seven lights, expounding His teachings to Nicodemus, a bearded old man. Outside, on the building, an owl is perched.)(673)

ニコデモが、夜、キリストを訪れたのは、人目を忍ぶためであったが、夜は、象徴的に、重要な意味を持つ。神と魂の出会いは、闇《やみ》の中で、起こるからである。

わが霊魂《たましい》は、夜に汝を憧《あこが》れ慕えり。(674)

神を求める魂が、観想の極《きわ》みに達した時、そこにあるのは、光ではなく、闇《やみ》である。太陽を直視した肉眼が、盲目とされてしまうように、光そのものである神は、魂にとっては、闇《やみ》としか感じられない。一切を越え、人知を越える神の光。その光は、目も眩《くら》む輝きの故に不可視であり、超自然の光の横溢《おういつ》の故に、人知によっては測り難い。

絶対者の光を、「神の闇《やみ》（Divine Darkness）」と呼んだのは、ディオニュシオス・アレオパギテース（Dionysius Areopagites）である。

すべての存在と、神性と、善を越える、三位一体よ！　キリスト者に、汝の天上の叡智《えいち》を授け給う、汝、三位一体よ！　光を越え、尚《なお》、認識を越えに、越える、かの神秘学の絶頂にまで、我等《われら》を導き給え！　神秘学の内には、天上の真理の、単一にして、絶対、かつ不変の神秘が、密《ひそ》かなる沈黙の、眩《まばゆ》い闇《やみ》の内に、隠されたり。眩《まばゆ》い闇《やみ》は、強烈なる闇《やみ》によって、あらゆる輝きにいや増さり、ありとあらゆる美を越える栄光の、全く触知し得ない、目に見えぬ麗《うるわ》しさによって、我等《われら》の盲目とされた悟性を圧倒するなり！　然《さ》こそあれ、我が祈り。さて、ティモテオ君よ、私は、君に勧《すす》める。神秘的な観想を、ひたすら実践しつつ、感覚を棄《す》て、悟性の働きを棄《す》て、感覚や悟性が識別し得る、すべての物を棄《す》て、又、この無の世界と、かの実在の世界に在る、すべての物を棄《す》てるように。そして、君の認識が停止した状態で、君は、存在によっても、認識によっても、包含し得ない御者《おんもの》との合一に向かって、一意専心、努力するように。それというのも、君自身と、すべての物を、常に、きっぱり放棄することによって、君は、すべての物を、きれいさっぱり、脱ぎ棄《す》てて、すべてから解放され、そして、そのようにして、あらゆる存在を越える、かの神の闇《やみ》の光輝にまで、引き揚《あ》げられるであろうから。（TRINITY, which exceedeth all Being, Deity, and Goodness! Thou that instructeth Christians in Thy heavenly wisdom! Guide us to that topmost height of mystic lore which exceedeth light and more than exceedeth knowledge, where the simple, absolute, and unchangeable mysteries of heavenly Truth lie hidden in the dazzling obscurity of the secret Silence, outshining all brilliance with the intensity of their darkness, and surcharging our blinded intellects with the utterly impalpable and invisible fairness of glories which exceed all beauty! Such be my prayer; and thee, dear Timothy, I counsel that, in the earnest exercise of mystic contemplation, thou leave the senses and the activities of the intellect and all things that the senses or the intellect can perceive, and all things in this world of nothingness, or in that world of being, and that, thine understanding being laid to rest, thou strain (so far as thou mayest) towards an union with Him whom neither being nor understanding can contain. For, by the unceasing and absolute renunciation of thyself and all things, thou shalt in pureness cast all things aside, and be released from all, and so shalt be led upwards to the Ray of that divine Darkness which exceedeth all existence.）[675]

神は、自らを、闇《やみ》で覆《おお》う。

彼は天を傾《かたむ》けて、降《くだ》り給いぬ、その御足《みあし》の下《もと》には暗闇《くらやみ》ありき。かくて智天使《ケルビム》に乗りて飛び、風の翼《つばさ》にて翔《かけ》り、暗闇《くらやみ》をその覆《おおい》となし、空の雲の暗き水を躬《み》に纏《まと》いてその幕《まく》となし給えり。[676]

神は、不可知である。絶対者は、人間の悟性にとって、闇《やみ》である。神と合一することは、「不可知の闇《やみ》（the Darkness of Unknowing）」[677]の中に、没入することである。

合一を求める魂が、辿る過程も、又、不可知の過程である。人間の悟性によっては、神は知り得ない、という、不可能性の認識が、神秘家の出発点である。「知る人（homo sapiens）」であることを放棄して、「不可知の人（homo non-sapiens）」となることが、合一に至る必須《ひっす》条件である。

『不可知の雲』の著者は、言う。

しかし、今、あなたは、私にお尋ねになり、こうおっしゃいます。「私は、神御自身について、どう考えればよろしいのでしょうか。それに、神とは、どんな御方《おかた》なのですか？」と。そして、これに対しては、私は、こうお答えする他《ほか》はありません。「私には、全く、分かりません」と。

と申しますのも、あなたは、この御質問によって、あなた御自身に、お入りになって戴きたい、と私が願う、他《ほか》ならぬ、あの闇《やみ》の中に、つまり、他《ほか》ならぬ、あの不可知の雲の中に、私を、引き入れておしまいになったからです。何故なら、他のすべての創造《つく》られた物と、それらの物の活動《はたらき》について、――のみならず、神御自身の活動《はたらき》についてさえ――人は、恩寵《おんちょう》の御蔭《おかげ》を蒙《こうむ》れば、十分に知ることが出来ますし、又、それらについて、考えを巡《めぐ》らすことも出来ましょう。しかし、神御自身については、何人《なんぴと》も、考えることは出来ません。という訳ですから、私は、考えることが出来る物を、すべて棄《す》て去り、考えることが出来ない物を、好んで、選びたいと思います。それは、何故でしょうか。神は、愛されて然《しか》るべき御方《おかた》であって、考えられて然《しか》るべき御方《おかた》ではないからです。神は、愛によって、獲得され、保有され得ますが、考えによっては、断じて、獲得も、保有もされ得ません。という次第ですから、取り分けて、神の御慈愛や尊《とうと》さについて考えることは、時に、良いことではありますが、又、それは、観想の光であり、観想の一部でもありますが、それにも拘《かか》わらず、目下の仕事においては、それは、投げ棄《す》てられ、又、忘却の雲によって、被《おお》われなければならないのです。そうして、あなたは、敬虔《けいけん》な、喜ばしい愛の動きを以て、雄雄しく、しかし、巧みに、それを踏み越えて、あなたの上の、あの闇《やみ》を、貫通しようと、努めなければなりません。そうして、あの厚い、不可知の雲を、熱望する愛の鋭い槍で、強打してやるのです。そうして、何事が起ころうとも、そこから身を退《ひ》いてはなりません。(But now þou askest me & seiest : 'How schal I þink on him-self, & what is hee?' & to þis I cannot answere þee bot þus : 'I wote neuer.'

For þou hast brouȝt me wiþ þi question into þat same derknes, & into þat same cloude of unknowyng þat I wolde þou were in þi-self. For of alle oþer creatures & þeire werkes—ȝe, & of þe werkes of God self—may a ma*n* þorou grace haue fulheed of knowing, & wel to kon þinke on hem ; bot of God him-self can no man þinke. & þerfore I wole leue al þat þing þat I can þink, & chese to my loue þat þing þat I can-not þink. For whi | he may wel be loued, bot not þouȝt. By loue may he be getyn & holden ; bot bi þouȝt neiþer. & þerfore, þof al it be good sumtyme to þink of þe kyndnes & þe worþines of God in special, & þof al it be a liȝt & a party of contemplacion: neuerþeles in þis werk it schal be casten down & keuerid wiþ a cloude of forȝetyng. & þou schalt step abouen it stalworþly, bot listely, wiþ a deuoute & a plesing stering of loue, & fonde for to peerse þat derknes abouen þee. & smyte apon þat þicke cloude of vnknowyng wiþ a scharp darte of longing loue, & go not þens for þing þat befalleþ.)(678)

闇《やみ》とは、何であるのか。神秘家は、説明する。

何故なら、私が、闇《やみ》と申します時は、認識の欠如のことを意味しているのです。あなたが御存知ないすべての物、あるいは、あなたがお忘れになってしまったすべての物と同様に、それは、あなたにとって、暗いのです。と申しますのも、あなたは、それを、霊の目で、御覧にならないからです。そして、こういう訳で、それは、空の雲とは呼ばれないで、あなたと、あなたの神の間にある、不可知の雲と呼ばれるのです。(For when I sey derknes, I mene a lackyng of knowyng ; as alle þat þing þat þou knowest not, or elles þat þou hast forȝetyn, it is derk to þee, for þou seest it not wiþ þi goostly iȝe. & for þis skile it is not clepid a cloude of þe eire, bot a cloude of vnknowyng, þat is bitwix þee & þi God.)(679)

神秘家は勧《すす》める。

あなたの心を、柔和な愛の動きを以て、神にお揚げなさい。そうして、神御自身に、心をお向けなさい。そうして、神の賜《たまもの》には、決して、心を向けてはなりません。かてて加えてあなたの理性においても、意志においても、神御自身だけが働いて、他の何物も働くことがないように、神御自身のことだけを考えて、それ以外の物については、考えるのを厭《いと》うように、お気を付けなさい。……これが、神を、最もお喜ばせする、魂の働きです。……ですから、躊躇《ちゅうちょ》することなく、あなたが、喜んで、そうなされるように、そのことにお励みなさい。何故なら、最初のうちは、そうなさっても、ただ、闇《やみ》があるのみで、いわば、不可知の雲があるのみだからです。もっとも、あなたは、あなたの意志の内に、神に対する赤裸な意向だけは、お感じになりますが。この闇《やみ》と、この雲は、あなたがどのようになさろうとも、あなたと、あなたの神の間にあり、あなたが、あなたの理性の内にある認識の光によって、はっきりと神を見ることが出来ないように、又、あなたの情愛の中の甘美な愛に満ちて、神を感ずることも出来ないように、あなたの邪魔をするのです。という訳ですから、あなたがお愛しになる神を、絶え間なく、切に、切に、求めながら、出来る限り、この闇《やみ》の中に留《とど》まるように、お努めなさい。何故なら、仮に、この世で、あなたが、神を感じたり、見たりするとしても、常に、この雲の中で、そして、この闇《やみ》の中で、見たり、感じたりしなければならないからです。そうして、もし、あなたが、私が申します通りに、一生懸命、お励みになりますなら、あなたは、必ずや、そこに到達されるであろうと、私は、神の御慈悲《あわれみ》を信頼致します。(Lift up þin herte vnto God wiþ a meek steryng of loue ; & mene him-self , & none of his goodes. & þerto loke þee loþe to þenk on ouȝt bot on hy*m*-self, so þat nouȝt worche *in* þi witte ne in þi wille bot only him-self...þis is þe werk of þe soule þat moste plesiþ God...Lette | not þerfore, bot trauayle þer-in tyl þou fele lyst. For at þe first tyme when þou dost it, þou fyndest bot a derknes, & as it were a cloude of vnknowy*n*g, þou wost neu*er* what, sauyng þat þou felist in þi wille a nakid entent vnto God. þis derknes & þis cloude is, how-so-eu*er* þou dost, bitwix þee & þi God, & letteþ þee þat þou maist not see him cleerly by liȝt of vnderstonding *in* þi reson, ne fele him in swetnes of loue in þin affeccion. & þerfore schap þee to bide in þis derknes as longe as þou maist, eu*er*more criing after him þat þou louest ; for ʒif euer schalt þou fele him or see him, as it may be here, it behoueþ alweis be in þis cloude & in þis derknes. & ʒif þou wilte besily trauayle as I bid þee, I triste in his m*er*cy þat þou schalt come þ*er*-to.）(680)

キリスト教神秘主義は、十三世紀から、十四世紀にかけて、大輪《たいりん》の花花を咲き誇らせた。ドイツにおいては、エックハルト（Johannes Eckhart）（c.1260～1328）のような花を。英国においては、ヒルトン（Walter Hilton）（d.1396）、ロウル（Richard Rolle）（c.1300～49）、『不可知の雲』（c.1350）の著者のような花花を。更に、イタリアにおいては、アッシジの聖フランチェスコ（San Francésco d' Assisi）（1182～1226）、シエーナの聖カテリーナ（Santa Caterina da Sièna）（1347～80）のような花花を。

ところが、スペインにおいては、キリスト教神秘主義が花開いたのは、それから二百年もの時を経た、漸《ようや》く、十六世紀になってからのことである。間もなく、ドイツでは、ベーメ（Jakob Böhme）（1575～1624）が、花を咲かせ、実《み》を結ぼうとしていた。

スペインには、「晩生《おくて》の結実（fruto tardío）」と呼ばれる現象が、見られる。時間的に遠く隔《へだ》たった時に、又、地理的に遠く隔《へだ》たった所で、起こったことが、スペインにおいて、再び、繰り返され、形を変えて、顕在化する。例えば、他のヨーロッパ諸国においては、すでに、廃《すた》れてしまった文学形式が、スペインに移入され、新たな環境のもとで、特異な趣《おもむき》を持つ作品として、生まれ変わる。その典型的な例が、「騎士物語（Libro de caballerías）」である、と言われる。アーサー王物語（the Arthurian romances）、『ロランの歌（*La Chanson de Roland*）』『アレクサンドロス大王物語（*Le Roman d'Alexandre*）』のような、中世の、ロマンス語（Romance languages）で書かれた、韻文物語と、十七世紀に、セルバンテス（Miguel de Cervantes）によって書かれた、『ドン・キホーテ（*Don Quixote*）』を比較すれば、「晩生《おくて》の結実」の何たるかが、明瞭《めいりょう》になるであろう。

文学的な土壌《どじょう》において、起こったことが、神秘主義的な土壌《どじょう》においても、起こった。

フライ・ルイス・デ・グラナダ（Fray Luis de Granada）（1504～88）、アヴィラ（Avila）の聖テレジア（Santa Teresa de Jesús）（1515～82）、フライ・ルイス・デ・レオン（Fray Luis de León）（1528～92）、十字架の聖ヨハネ（San Juan de la Cruz）（1542～91）は、スペインが産んだ、四大神秘家である。

十字架の聖ヨハネは、「暗夜」の神秘家である。この聖者は、膨大《ぼうだい》な量に登る散文の作品と、二十三篇の詩を書き残した。『暗夜（*Noche oscura*）』、『霊の賛歌（*Cantico espiritual*）』、『愛の生ける炎（*Llama de amor viva*）』と題された三篇の詩は、神秘主義が産んだ絶唱と称される。

『暗夜（*Noche oscura*）』

或《あ》る暗き夜、
切望の余り、愛の炎に燃え立ちて、
おお、幸いなる運命《さだめ》よ！
我は、人知れず、出《い》で発《た》ちぬ。
我が家は、すでに、静寂に帰したれば。
　暗闇《くらやみ》の中を、安全に、
装《すがた》を変えて、秘密の梯子《はしご》を辿りつつ、
おお、幸いなる運命《さだめ》よ！
暗闇《くらやみ》の中を、かぶとを着《つ》け、
我が家は、すでに、静寂に帰したれば。
　幸いなる夜、

密《ひそ》かに、人の目に触るることなく、
我も、又、何物をも、見ることなく、
光も、案内者もなく、
唯《ただ》、あるのは、我が心の内に燃え立つ光のみ。

この光こそ、我を導けり
そは、真昼《まひる》の光より、確実《たしか》なりき
我が、良く良く知り尽くしたる御方《おんかた》が
我を待ち給う所へ、
他の何者の姿も見えざる所へ。

おお、導きたる夜よ！
おお、曙《あけぼの》に勝りて、優しき夜よ！
おお、愛する御方《おんかた》と愛されたる魂《もの》とを
結び合わせし夜よ！
愛されたる魂《もの》は、愛する御方《おんかた》に変貌《かえ》られたり！

花の如き我が胸に、
この御方《おんかた》のためにのみ、そっくり、護《まも》られし
我が胸に、憩《いこ》い給いて、愛する御方《おんかた》は、眠り給えり。
然《しか》して、我は、愛する御方《おんかた》をいとおしみ、
然《しか》して、杉の莢《さや》が、風をそよがせたり。

胸壁の風は、

我、愛する御方《おんかた》の髪を撫《な》で梳《と》かしたる間、
その爽《さわ》やかなる手以て、
我が項《うなじ》に触れ、
然して、我がすべての感覚を停止させり。
　我は、その状態に留《とど》まりて、我を忘れ、
愛する御方《おんかた》に、首《こうべ》をもたせかけり。
すべてが止《や》み、我は、身を任せり、
我が煩《わずら》いを、白百合《しらゆり》の中に
放棄《すて》てて、忘れぬ。

(En una noche oscura,
con ansias, en amores inflamada,
¡oh dichosa ventura!,
salí sin ser notada,
estando ya mi casa sosegada;
　a oscuras y segura
por la secreta escala, disfrazada,
¡oh dichosa ventura!,
a oscuras y en celada,
estando ya mi casa sosegada;
　en la noche dichosa,

en secreto, que nadie me veía
ni yo miraba cosa,
sin otra luz y guía
sino la que en el corazón ardía.

Aquesta me guiaba
más cierto que la luz del mediodía
adonde me esperaba
quien yo bien me sabía
en parte donde nadie parecía.

¡ Oh noche que guiaste!;
¡ oh noche amable más que la alborada!;
¡ oh noche que juntaste
Amado con amada,
amada en el Amado transformada!

En mi pecho florido,
que entero para él solo se guardaba,
allí quedó dormido,
y yo le regalaba,
y el ventalle de cedros aire daba.

El aire del almena,

cuando yo sus cabellos esparcía,
con su mano serena
en mi cuello hería,
y todos mis sentidos suspendía.
　Quedéme y olvidéme,
el rostro recliné sobre el Amado;
cesó todo y dejéme,
dejando mi cuidado
entre las azucenas olvidado.)(681)

十三世紀のドイツの神秘家は、神と魂の合一を、光と光の融合に喩《たと》えた。(682)

十六世紀のスペインの神秘家は、神と魂の合一を、愛する者と愛される者との結婚に喩《たと》えた。一切を越える超越神を求めて、人間的なるもの、地上的なるものを、極限にまで切り捨てて、厳しい「否定の道（via negativa）」を辿《たど》った神秘家が、合一の体験を、極度に官能的な喩《たと》えを用いて、表現したことに、驚きを禁じ得ない。この事実は、神秘家の型(683)によっても、「晩生《おくて》の結実」によっても、説明不可能である。十字架の聖ヨハネは、少しも、恋人型の神秘家ではなく、又、神と魂の合一を、男女の愛の交合に喩《たと》えることは、十六世紀のスペインという時と所に見られる、特異な現象ではないからである。

『暗夜』を解説するために、十字架の聖ヨハネは、二つの散文による著作を物した。『カルメル山登攀《とうはん》（*Subida del Monte Carmelo*）』と、『暗夜（*Noche oscura*）』である。いずれも、鋭利な分析に基づく、体系的な神学の書である。この二つの著作によって、十字架の聖ヨハネは、「無の博士（Doctor de la Nada）」と呼ばれる。魂が、一切を否定し、無に帰して、超自然の輝きそのものとなる過程が、詳述されているが、惜しむらくは、これらの書物は、未完で、八つのスタンザのすべてが、説明し尽くされている訳ではない。

二つの書物の中で、十字架の聖ヨハネは、三種類の夜について論ずる。

第三章は、この「夜」の第一の原因、即ち、すべての物事に対する欲求の剥奪（はくだつ）について論じ、又、これが、何故「夜」と呼ばれるかについて、論ずる。（*Habla de la primera causa desta《noche》, que es de la privación del apetito en todas las cosas, y da la razón por que se llama《noche》*）[684]

この「夜」は、感覚の暗夜を指す。

この第一の種類の夜は、後《のち》に述べるように、感覚的な部分によって、魂に属する。そして、この夜は、魂が、神との合一に到達するために、通過しなければならない、二つの夜のうちの、一つである。二つの夜については、上述した。

さて、この感覚の暗夜の状態にある魂が、神との合一に到達するために、自分の家から出ることが、如何に適切であるか、述べたい。（Esta primera manera de noche, como después diremos, pertenece al alma según la parte sensitiva, que es una de las dos que arriba dijimos por las cuales ha de pasar el alma para llegar a la unión.

Ahora digamos cuánto conviene al alma salir de su casa en esta *Nocbe oscura del sentido*, para ir a la unión de Dios.）[685]

第二の夜は、第一の夜に比べて、遙《はる》かに、暗い。第二の夜は、「霊の暗夜（*la Noche oscura del espiritu*）」[686]である。「感覚の暗夜」が感覚の浄化であるように、「霊の暗夜」は、霊の浄化を意味する。

十字架の聖ヨハネは、「この暗黒の観想が、魂にとって、如何に、夜であるばかりか、かてて加えて、苦痛であり、拷問であるか（*cómo esta contemplación oscura no sólo es noche para el alma, sino también pena y tormento*）[687]を論ずる。「深い、深い、闇《やみ》の中で（en una profunda y honda tiniebla）」[688]魂は、「残酷な霊の死（muerte de espíritu cruel）」[689]を体験する。

魂の最大の苦悩は、「神が、魂を見離《みはな》して、魂を、忌《い》み嫌《きら》い、闇《やみ》の中に投げ捨てた（Dios la ha desechado y, aborreciéndola, arrojado en las tinieblas）」[690]という意識である。更に、魂は、神ばかりか、人からも、見捨てられた、と感ずる。魂は、「神に見離《みはな》されたのと全く同様に、すべての人人から、取り分け、友人達から、見捨てられ、無視されている、と感じる（el mismo desamparo siente de todas las criaturas y desprecio acerca de ellas, particularmente de los amigos.）」[691]

一言で言うなら「霊の暗夜」は、地獄である。地獄を来《きた》すのは、他《ほか》ならぬ「魂の弱さと不純（la flaqueza e impureza de el alma）」[692]である。「本来、大層優しく、穏やかな、神の手（la mano de Dios de suyo tan blanda y suave）」[693]が、そっと触れただけでも、弱さのそのもの魂にとっては、恐るべき重圧となり、不純そのものの魂にとっては、耐え難い苦痛となる。

神の光でさえ、魂にとっては、闇《やみ》である。

この暗夜は、神が、魂に及ぼす作用であって、魂を、その習慣的な、自然のままの、かつ霊的な無知と不完全から、浄化する。観想者達は、これを注賦の観想、又は、神秘神学と呼ぶ。神は、これによって、密《ひそ》かに、魂を教え、又、魂に、愛の完徳を教える。魂は、何もせず、どうして、そうなるのかも、分からない。（Esta *Noche oscura* es una influencia de Dios en el alma que la purga de sus ignorancias e imperfecciones habituales, naturales y espirituales, que llaman los contemplativos contemplación infusa, O MÍSTICA TEOLOGÍA, en que de secreto enseña Dios [a] el alma y la instruye en perfección de amor, sin ella hacer nada ni entender cómo.）[694]

神は、光である。が、光そのものである神が、魂にとっては、漆黒《しっこく》の闇《やみ》であり、拷問《ごうもん》であり、苦痛である。どうして、そうなるのか。理由は、二つある。

第一の理由は、神の叡知《えいち》の高さである。その高さは、魂の能力《ちから》を越える。そして、その故に、魂にとっては、闇《やみ》である。第二の理由は、魂の低劣と不純である。そして、その故に、神の叡知《えいち》は、魂にとって、辛《つら》く、苦しく、かてて加えて、暗い。(la primera es por la alteza de la Sabiduría divina, que excede al talento del alma, y en esta manera le es tiniebla; la segunda, por la bajeza e impureza della, y desta manera le es penosa y aflictiva y también oscura.)(695)

光が、強ければ強い程、闇《やみ》も、強烈である。魂は、目が眩《くら》む。

という訳で、この観想の神的光が、まだ、完全に照らされていない魂を攻撃すると、魂に、霊的な闇《やみ》を生じさせる。何故なら、神的光は、魂を越えるばかりか、魂の力を奪い、魂の自然の理解力の働きを、暗くするからである。こういう理由で、聖ディオニュシオスや、その他の神秘神学者達は、この注賦の観想を、闇(やみ)の光線と呼ぶ。つまり、照らされていない魂、浄化されていない魂にとって、闇《やみ》の光線なのである。何故なら、この大いなる超自然の光によって、自然の理解力は、打ち負かされ、奪われてしまうからである。(De donde cuando esta divina luz de contemplación embiste en el alma que aún no está ilustrada totalmente, le hace tinieblas espirituales, porque no sólo la excede, pero también la priva y oscurece el acto de su inteligencia natural. Que por esta causa san Dionisio y otros místicos teólogos, llaman a esta contemplación infusa ***rayo de tiniebla***—conviene a saber, para el alma no ilustrada y purgada—,porque de su gran luz sobrenatural es vencida la fuerza natural intelectiva y privada.)(696)

この「闇（やみ）の光線」こそ、十字架の聖ヨハネの、第三の夜である。
この闇《やみ》は、詩篇の中で、次のように、歌われている。

雲と闇《やみ》と彼〔神〕の周囲《めぐり》にあり。(697)

ヴォーンが、『夜（*The Night*）』の最終スタンザにおいて、乞《こ》い求める「彼《か》の夜（that night）」は、ディオニュシオスの闇《やみ》である。

『夜』の第二スタンザにおいては、ニコデモと太陽の出会いが、歌われる。

いと祝されたる、信ずる人、ニコデモよ！
其《そ》の人は、彼の闇《やみ》の土地《くに》に在りて盲《めしい》たる眼《まなこ》以《も》て、
汝が、昇りし時の、長く待ち望まれたる
癒《いや》しの翼を見たり。
然《しか》して、あるまいことか、
夜の最中《さなか》に、太陽と語りたり！
（
Most blest believer he!
Who in that land of darkness and blinde eyes
Thy long expected healing wings could see,

When thou didst rise,
And what can never more be done,
Did at mid-night speak with the Sun!)

「いと祝されたる、信ずる人（most blest believer)」が、太陽と出会うのは、「彼《か》の闇《やみ》の土地《くに》（that land of darkness)」である。「闇《やみ》の土地《くに》」とは、ディオニュシオスの闇である。この闇《やみ》の真《ま》っ直中《ただなか》で、ニコデモは、正義の太陽なるキリストに出会う。光の源から発せられる、眩《まばゆ》い光輝の故に、「信ずる人」の目は、盲目とされる。闇《やみ》の中で、ニコデモは、「汝が、昇りし時の、長く待ち望まれたる癒《いや》しの翼（Thy long expected healing wings/When thou didst rise)」を見る。

キリストは、人類の罪を贖《あがな》うために、神から遣《つか》わされたメシアである。メシア（Messiah）は、ヘブライ語の ***māšīah*** に由来し、油を塗られた者（the Annointed One）を意味する。キリスト（Christ）は、ギリシャ語の ***Khrīst-os*** に由来し、同じく、油を塗られた者を意味する。油を塗ること（to annoint）は、

物や人に、油を塗ることであり、取り分け、頭に塗ることである。……司祭、預言者、王は、公の儀式によって、油を注がれた。……祭壇、幕屋、備品にも、油が注がれた。（To apply oil to a person or thing, especially to the head... Priests, prophets and kings were anointed officially and ceremonially.... The altar, the Tabernacle, and the furnishings were anointed.）(698)

メシアの到来は、旧約の時代に、様様の預言者達の口を通して、何度も、繰り返し、予告された。

主《しゅ》云《い》い給う、見よ、その日来《きた》らば、我《われ》イスラエルの家及びユダの家と、新しき契約《ちかい》を結《むす》ばん。是《これ》は我《われ》が彼等《かれら》の父祖《ふそ》と、わがその手を取りてエジプトの地より導き出《いだ》し日《ひ》に結びし契約《ちかい》、即《すなわ》ち我彼等《われかれら》の君《きみ》たりしに、彼等《かれら》の破りし契約《ちかい》の如きにあらず、と主《しゅ》云《い》い給う。却《かえ》つてかの日の後《のち》に我《われ》がイスラエルの家と結ばんとする契約《ちかい》はかくあるべし、即《すなわ》ち我《われ》わが律法《のり》を彼等《かれら》の腸《はらわた》に刻《きざ》み、その心に録《かきしる》さん。しかして我《われ》は彼等《かれら》の天主《てんしゅ》となり、彼等《かれら》はわが民《たみ》となるべし、と主《しゅ》云《い》い給う。彼等《かれら》は最早《もはや》何人《なにびと》もその近き者に教え、何人《なにびと》もその兄弟に教えて、汝天主《てんしゅ》を知れ、と云《い》うことなからん。蓋《そ》は彼等《かれら》の小なる者より大《だい》なる者に至《いた》るまで、皆我《われ》を知るべければなり。実《げ》に我彼等《われかれら》の不義《ふぎ》を赦《ゆる》し、最早《もはや》その罪を思い出《いだ》さじ、と主《しゅ》云《い》い給う。(699)

時満ちて、キリストが出現し、新しい契約の時代、即ち、新約の時代が始まる。キリストは、「長く待ち望まれたる」メシアである。

然《しか》して、正義の太陽が、
一度《ひとたび》現《あらわ》れし時、
彼《か》の光景は、一変《いっぺん》したり。

(So when the Sun of righteousness
Did once appear,
That Scene was chang'd.)(700)

「闇《やみ》の土地《くに》」は、光の土地《くに》に、一変した。

暗黒《くらやみ》を歩《あゆ》める民《たみ》は大《おおい》なる光を見、死の蔭《かげ》の地に住める人々、彼等《かれら》には光出《い》でたり。(701)

キリストは、正義の太陽である。その光は、罪の傷を癒《いや》す。

されどわが名を畏《おそ》るる汝等《なんじら》には、正義の太陽さし昇《のぼ》らん、その翼《つばさ》には癒《いや》す力あり。汝等《なんじら》は群《むれ》の犢《こうし》の如く、出《い》でて跳躍《おど》るべし。(702)

太陽の光は、翼である。

キリスト教の象徴において、翼は、事実上、正義の太陽の光である、と言われている。正義の太陽の光は、常に、義《ただ》しい人人の心を照らす。翼は、又、移動性を意味するので、この意味が、照明の意味と結び付いて、「照明における進歩」即ち、霊的発展を表現する。(In Christian symbolism it is said that wings are simply the light of the sun of justice, which always illuminates the mind of the righteous. Since wings also signify mobility, this meaning combines with that of enlightenment to express the possibility of 'progress in enlightenment' or spiritual evolution.)(703)

エジプト神話においても、太陽の光は、翼である。

翼のある太陽の輪郭面は、エジプト神話の太陽神ラーの威厳を象徴する。ラーは、太陽の支配者であるばかりではなく、天界の支配者である。ラーは、世界の創造者であると認められていたので、歴代のファラオに崇《あが》められ、又、ファラオは、ラーの息子をもって自任していた。ラーは、古代都市ヘリオポリスに住み、そこで、オベリスクの形で、礼拝された。オベリスクは、石化された太陽光線である、と信じられていた。（The winged sun disk symbolizes the majesty of the Egyptian sun god Ra, ruler not only of the sun but also of the skies. Recognized as the creator of the world, Ra was revered by the Pharaohs, who considered themselves his sons. Ra resided in the ancient city of Heliopolis where he was worshipped in the form of an obelisk, believed to be a petrified ray of the sun.）[704]

写真十八・は、翼のある太陽の輪郭面（The Winged Sun Disk）を表す。
聖書は、言語化された、神の光である。

おお、輝ける書物よ！おお、我が真昼よ！
そは、恐怖《おそれ》と夜とを、根絶せり！
……
　汝のページは、悉く《ことごと》、真《まこと》の生命《いのち》を、内に宿し、
然《しか》して、神の輝ける心を、文字に表現《あらわ》す。
……
汝は、正確なる、真珠の如き巌《いわお》、
輝ける、生命《いのち》の光の巣箱、
常に変化《かわ》らず、その普く《あまね》広められし貯蔵《たくわえ》は、
今尚《なお》、少しも、欠損《そこ》なわれず、いと暗き夜を消滅し尽くす。
　汝の詩行は、真《まこと》の太陽が放つ光線《ひかり》なり。
汝の一枚一枚《ひとひらひとひら》は、太陽が拡《ひろ》げる、癒《いや》しの翼なり。

十八.

(O beamy book! O my mid-day
Exterminating fears and night!
…
　Each page of thine hath true life in't,
　And Gods bright minde exprest in print.
…
Thou art the faithful, pearly rock,
The Hive of beamy, living lights,
Ever the same, whose diffus'd stock
Entire still, wears out blackest nights.
　Thy lines are rays, the true Sun sheds;
　Thy leaves are healing wings he spreads.)[705]

聖書は、「正確なる、真珠の如き巌《いわお》（the faithful, pearly rock）」である。聖書は、神の光の「正確な（faithful）」、即ち、「誤りのない（correct）」言語化である。

聖書は、「巌《いわお》（rock）」である。「巌《いわお》」とは、支え、拠《よ》り所を意味する。ダヴィデが、諸諸《もろもろ》の敵から救われた時、神に捧《ささ》げた感謝の歌は、巌《いわお》の歌と呼ばれる。神は、巌《いわお》である。

「主《しゅ》は我が巌《いわお》、わが力、わが救主《すくいぬし》なり。強きわが天主《てんしゅ》、我之《われこれ》を恃《たの》みとす。わが楯《たて》、わが救いの角《つの》、我《われ》を高むる者、わが避難場《のがれば》。汝我《なんじわれ》を不義《ふぎ》より救い給わん、わが救い主《ぬし》よ。[706]

聖書は、「価《あたい》高き真珠」である。

天国は又、美《よ》き真珠《しんじゅ》を求むる商人《あきうど》の如し、価《あたい》高き真珠《しんじゅ》一個《ひとつ》を見出《みいだ》すや、往《ゆ》きて其所有物《そのもちもの》を悉《ことごと》く売りて之《これ》を購《か》うなり。(707)

『夜』の第二スタンザにおいて、ニコデモは、文字となった神ではなく、人間《ひと》となった神と、言葉を交わす。ニコデモは、

夜の最中《さなか》に、太陽と語りたり！

(Did at mid-night speak with the Sun!)

キリストは、様様の物に、喩《たと》えられる。キリストは、太陽である。キリストは、石である。キリストは、道である。キリストは、真理である。キリストは、生命《いのち》である。キリストは、善《よ》き牧者《ぼくしゃ》である。キリストは、神の羔《こひつじ》である。キリストは、義《ただ》しき嫩《わかえだ》(708)である。

『夜』の第三スタンザにおいて、キリストは、花である。

おお、何人《なんぴと》か、我に告げん、
彼《か》の人が、静寂《しず》けき夜の最中《さなか》に、汝を見出《みいだ》したる場所《ところ》を！
如何なる孤高の聖地が、斯《か》くまで類《たぐ》い稀《まれ》なる花を、
　生《は》え出《い》でしめしや？
その聖なる花弁《はなびら》の内部《うち》に、

神性が充《み》ち溢《あふ》れたり。

(O who will tell me, where
He found thee at that dead and silent hour!
What hallow'd solitary ground did bear
So rare a flower,
Within whose sacred leafs did lie
The fulness of the Deity.)

「斯《か》くまで類《たぐ》い稀《まれ》なる花（So rare a flower）」は、イェッセ（Jesse）のひこばえより咲き出《い》でた花である。

さて、イェッセの根より一つの小枝出《こえだい》で、その根より一つの花生《しょう》ぜん。しかしてその上には主《しゅ》の霊鎮《れいしず》まり給うべし、是《これ》すなわち、上智《じょうち》と聡明《そうめい》との霊《れい》、賢慮《けんりょ》と剛毅《ごうき》との霊《れい》、知識《ちしき》と孝愛《こうあい》との霊《れい》なり。(709)

イェッセ（Jesse）は、ヘブライ語のYiššayで、ダヴィデ王の父である。『サムエル書』上第十六章において、言及されているが、そこでは、イサイと表記されている。ダヴィデ王家が没落して、切り倒された木の如くになった時、根元から、一つの小枝が生《は》え出《い》でて、花を咲かせ、実を結んだ。その小枝が、メシアである。メシアの出現によって、荒れ野は、花咲く野に変わった。メシアは、生きとし生ける物に、生命《いのち》と力を与える。

荒《あ》れ果《は》てて道なき地は楽しまん、沙漠《さばく》は喜び躍《おど》りて、百合《ゆり》の如《ごと》く花を開かん。そは芽《め》ぐみに芽《め》ぐみ、声をあげて喜び讃《たた》えん。……汝等《なんじら》萎《な》えたる手を強くし、弱れる膝《ひざ》を固《かた》くせよ。心憶《こころおく》したる者に云《い》え、勇気を振《ふる》い起《お》こせ、恐《おそ》るるなかれ。視《み》よ、汝等《なんじら》の天主《てんしゅ》は報復《むくい》の仇討《あだうち》を行《おこな》い給わん。天主御自《てんしゅおんみずか》ら来《きた》りて、汝等《なんじら》を救い給わん。その時盲者《めしい》の眼《め》はあき、聾者《みみしい》の耳は開くべし。その時跛者《あしなえ》は鹿の如く跳躍《とびおど》り、唖者《おし》の舌は解《と》けん、そは荒野《あれの》に水迸《みずほとばし》り出《い》で、沙漠《さばく》に流《ながれ》生《しょう》じたればなり。[710]

上記の引用文中の「百合《ゆり》」は、『欽定英訳聖書（*The Authorized Version of the Bible*）』の中では、"the rose"である。

THE wilderness and the solitary place shall be glad for them; and the desert shall rejoice, and blossom as the rose.

『雅歌』の中で、花嫁は、自らを、"the rose"と称する。

I am the rose of Sharon, and the lily of the valleys.[711]

上記の引用文の日本語版は、以下の通りである。

我は野の花、また谷の百合《ゆり》なり。

いずれにしても、旧約聖書の中の"the rose"が、実際に、何の花であったかは、不明である。

現在知られているバラと、正確に一致するとは思われない。これが、何の花であったかについては、様様の提言がなされた。一．水仙。二．サフラン。三．イヌサフラン：コルキクム。四．水草の、シリア蚊屋釣草（かやつりぐさ)。五. 恐らく、バラと正確に一致するバラ。(Unlikely to be the true rose as we know it. Various suggestions have been made as to its identity. 1. ***Narcissus tazetta***. 2. The crocus. 3. Meadow saffron: ***colchicum autumnale***. 4. A water plant, ***cyperus syriacus***. 5. Poss. the true rose.)(712)

一. は、彼岸花《ひがんばな》科、二. は、菖蒲《あやめ》科、三. は、百合《ゆり》科、四. は、蚊屋釣草《かやつりぐさ》科、五. は、バラ科に属する。

預言者イザヤと、ソロモン王の目を捕らえた花が、実際に、何の花であったかは、永久に、知る術《すべ》がない。ちなみに、『雅歌』、即ち、『歌の中の歌(***The Song of Songs***)』の作者は、長い間、ソロモン王であると考えられていたが、近年、この書は、ソロモン王よりも、後代になって、漸《ようや》く出来たものだ、という説が出された。いずれにしても、預言者イザヤも、『雅歌』の作者も、歌人《うたびと》の中の歌人《うたびと》である。

キリストは、「斯《か》くまで、類《たぐ》い稀《まれ》なる花(So rare a flower)」である。キリストは、真紅のバラである。キリストは、贖罪《しょくざい》の血を流すことによって、人類に、救いをもたらした。

キリスト教においては、赤いバラは、童貞《おとめ》マリア、又は、十字架上で、キリストが流した血を象徴し得る。(In Christianity, the red rose can symbolize the Virgin Mother or the blood shed by Jesus on the cross.)(713)

キリストは、「孤高の聖地(hallow'd solitary ground)」に咲き出《い》でた花である。真紅のバラが花開いた「孤高の聖地」とは、如何なる場所であったか。それは、「ヘブレオ語にてゴルゴタと云《い》える処《ところ》」(714)を措《お》いて、他《ほか》にはない。ゴルゴタは、贖罪《しょくざい》の血が流された場所である。ヘブライ語の ***golgotha*** は、ギリシア語の ***golgothá***、アラム語の ***gūlgūltā*** に相当し、髑髏《されこうべ》(skull)を意味する。髑髏《されこうべ》を意味するラテン語は、***calvāria*** で、calvariae locus は、Golgotha を指す。ゴルゴタは、エルサレム郊外の丘である。

キリストが、十字架上で、息絶えた後《のち》、「兵卒《へいそつ》の一人鎗《やり》もて其脇《そのわき》を披《ひら》きしかば、直《ただち》に血と水と流《ながれ》出《い》でたり」。(715) キリストの懐《ふところ》から流れ出《い》でた血の中にこそ、「神性が、充《み》ち溢《あふ》れたり（did lie / The fulness of the Deity）」。「孤高の聖地」に花開いた真紅のバラは、「孤高の（solitary）」花である。十字架上のキリストは、絶対の孤独を味わった。

斯《かく》て十二時より三時まで、地上偏《あまね》く黒暗《くらやみ》となりしが、三時頃、イエズス声高く呼《よば》わりて曰《のたま》いけるは、エリ、エリ、ラマ、サバクタニ、と、是即《これすなわち》、我神《わがかみ》よ、我神《わがかみ》よ、何《なん》ぞ我《われ》を棄《す》て給《たま》いしや、の義《ぎ》なり。(716) 父なる神からさえ見棄《みす》てられた、という絶対の孤独。頭《かしら》に食い込む「茨《いばら》の冠《かんむり》」(717) と、両の手首、足首に打ち込まれた釘《くぎ》が引き起こす激痛。肉体に課された、極限の苦痛と、精神に課された、言語を絶する苦悶《くもん》と懊悩《おうのう》。

御受難（the Passion）は、最初から、最後まで、孤独の内に、進行し、孤独の内に、成就した。

御受難に先立って、キリストは、ゲッセマニ（Gethsemane）の園で祈った。

斯《かく》てイエズス彼等《かれら》と共にゲッセマニと云《い》える田家《いなかや》に至り、弟子等《たち》に向《むか》いて、我《わ》が彼処《かしこ》に往《ゆ》きて祈る間汝等《なんじら》此処《ここ》に坐《ざ》せよ、と曰《のたま》い、ペトロとゼベデオの二人の子とを携《たづさ》えて、憂悲《うれいかなし》み出《い》で給《たま》えり。然《さ》て彼等《かれら》に曰《のたま》いけるは、我魂《わがたましい》死《し》ぬばかりに憂《うれ》う。汝等《なんじら》此処《ここ》に留《とどま》りて我《われ》と共に 醒《めさ》めて在《あ》れ、と。然《さ》て少《すこ》しく進《すす》み行《ゆ》き、平伏《ひれふ》して祈りつつ曰《のたま》いけるは、我父《わがちち》よ、若能《もしあた》うべくば、此 杯《このさかづき》我《われ》より去《さ》れかし、然《さ》れど我意《わがい》の儘《まま》にとには非《あら》ず思召《おぼしめし》の如《ごと》くになれ、と。斯《かく》て弟子等《でしたち》の許《もと》に至り、彼等《かれら》の眠れるを見てペトロに曰《のたま》いけるは、斯《かく》も汝等《なんじら》、一時間を我《われ》と共に醒《めさ》め居《を》る能《あた》わざりしか、誘惑《ゆうわく》に入《い》らざらん為《ため》に醒《めさ》めて祈れ、精神は逸《はや》れども肉身《にくしん》は弱し、と。再《ふたたび》行《ゆ》きて祈り曰《のたま》いけるは、我父《わがちち》よ、此 杯《このさかづき》我之《われこれ》を飲《の》まずして去《さ》る能《あた》わずば、思召成《おぼしめしな》れかし、と。又 再《ふたたび》至りて彼等《かれら》の眠れるを見給《たま》えり、蓋彼等《けだしかれら》の目労《つか》れたるなり。又彼等《かれら》を離れて行き、三度目《みたびめ》に同じ言《ことば》を唱《とな》えて祈り給《たま》いしが、頓《やが》て弟子等《でしたち》に至りて曰《のたま》いけるは、今は早《はや》眠りて息《やす》め、

すは時は近づけり、人の子罪人《つみびと》に付《わた》されんとす。起《お》きよ、行かん、看《み》よ、我《われ》を付《わた》す者近づけり、と。(718)

これまで、慈《いつく》しみ、育てて来た弟子達は、主人《あるじ》が、血の汗を滴《したた》らせて祈っている折も折り、何と、苦しみを共にするどころか、近い所で、眠りこけていた。人の心の恃《たの》み難さよ！キリストは、言い様のない悲しみと寂寞《せきばく》を味わった。

一番弟子のペトロは、人人から、お前も、キリストの仲間だろう、と図星を指されて、いや、自分は、キリストとは関係がない、と白《しら》を切った。いざという時、人間が考えるのは、己れの保身のみである。ペトロは、三度《みたび》、キリストを否定した。

然《さ》てペトロ外にて庭に坐《ざ》し居《い》たるに、一人の下女是《これ》に近づき、汝もガリレアのイエズスと共に居《お》りき、と云《い》いしかば、彼衆人《かれしゅうじん》の前にて之《これ》を否《いな》み、我汝《われなんじ》の云《い》う所《ところ》を知らず、と云《い》えり。門《もん》を出《い》づる時、又他《た》の下女之《これ》を見て、居合《いあわ》す人々に向《むか》い、是《これ》もナザレトのイエズスと共に居《お》りき、と云《い》いたるに、彼又誓《かれまたちか》いて、我彼人《われかのひと》を知らず、と否《いな》めり。暫時《しばらく》ありて、側《かたわら》なる人々近づきてペトロに云《い》いけるは、汝《なんじ》も確《たしか》に彼等《かれら》の一人なり、汝《なんじ》の方言《なまり》までも汝《なんじ》を顕《あらわ》せり、と。是《ここ》に於《おい》て彼、其人《そのひと》を知らず、とて詛《のろ》い且誓《かつちか》い始めしかば、忽《たちまち》にして鶏《にわとり》鳴けり。斯《かく》てペトロ、イエズスが鶏《にわとり》鳴く前に汝三度我《なんじみたびわれ》を否《いな》まんと曰《のたま》いし言《ことば》を思出《おもいいだ》し、外に出《い》でて甚《いた》く泣けり。(719)

キリストは、唯独《ただひと》り、十字架を荷ない、唯独《ただひと》り、十字架上に、息絶えた。

真紅のバラは、「孤高の」花である。

神は、生ける神である。『夜』の第四スタンザは、生ける神についての歌である。

旧約の時代、神は、モーセに命じて、聖所を作らせた。

また彼等《かれら》わが為《ため》に聖所《せいしょ》を造るべし。さらば我彼等《われかれら》の中《うち》に住まん。凡《すべ》てわが汝に示さん所の幕屋《まくや》、並《ならび》にそこにて祭祀《さいし》のために用《もち》うる器《うつわ》の模型《もけい》に従え。即《すなわ》ち汝等《なんじら》かく造るべし。アカシアの材《き》もて櫃《ひつ》を造れ、その長さは二クビト半、幅《はば》は一クビト半、高さは同じく一クビト半とすべし。しかして汝之《なんじこれ》を内外《うちそと》とも純金もて覆《おお》い、その上に黄金《こがね》の飾縁《かざりぶち》を周囲《まわり》に造るべし。また黄金《こがね》の鐶《わ》四つを造りて櫃《ひつ》の四角《よすみ》に付《つ》くべし。即《すなわ》ち二つの鐶《わ》を一つの側《がわ》に、二つを他《た》の側《がわ》に付《つ》くべし。汝《なんじ》またアカシアの材《き》もて棒《ぼう》をも作り、之《これ》を覆《おお》うに黄金《こがね》を以《もっ》てすべし。しかして汝之《なんじこれ》を櫃《ひつ》の両側《りょうがわ》にある環《わ》に通し、それにて舁《か》くべし。棒《ぼう》は常《つね》に鐶《わ》の中に入れおくべし、如何《いか》なる時にもそれより抜《ぬ》くべからず。しかして汝《なんじ》、わが汝《なんじ》に与《あた》うる證詞《あかし》を、その櫃《ひつ》に納《おさ》むべし。汝《なんじ》また純金もて贖罪所《しょくざいじょ》を造るべし。その長さは二クビト半、幅《はば》は一クビト半とすべし。汝《なんじ》また打ち延《の》べたる黄金《こがね》もて二つの智天使《ケルビム》を造り、之《これ》を神宣所《しんせんじょ》の両端《りょうたん》に置くべし。即《すなわ》ち一つの智天使《ケルビム》を一方《ぽう》に、今《いま》一つを他方《たほう》に置け。彼等《かれら》はその翼《つばさ》を拡《ひろ》げて贖罪所《しょくざいじょ》の両側《りょうがわ》を掩《おお》い、神宣所《しんせんじょ》を掩《おお》うべし。しかして互《たがい》に向《む》き合《あ》い、その顔を櫃《ひつ》の蓋《ふた》なる贖罪所《しょくざいじょ》の方《かた》に向《む》くべし。汝《なんじ》その中《うち》にわが汝《なんじ》に与《あた》うる證詞《あかし》を入れ置くべし、しかして我《われ》は其処《そこ》より命《めい》を下《くだ》し、贖罪所《しょくざいじょ》の上より、證詞《あかし》の櫃《ひつ》の上なる二位《い》の智天使《ケムピル》の間《あいだ》より、わが汝《なんじ》によりてイスラエルの子等《こら》に命ぜんとする諸諸《もろもろ》の事を汝《なんじ》に語らん。[720]

しかし、生ける神は、黄金《おうごん》の櫃《ひつ》の中にも、律法を刻んだ石板の中にも存在しない。上記の引用文中の、「わが汝に与うる證詞《あかし》」とは、律法を録《しる》した、二板の石板を指す。

黄金《こがね》の玉座も、
塵《ちり》にまみれし、動かぬ智天使も、律法が刻まれし、石の板も、
我が主を有《も》たず、宿さず、唯《ただ》、御自《おんみずか》らの生ける御業《みわざ》の内にのみ、
主は、在《まし》し給えり。

（　No mercy-seat of gold,
No dead and dusty Cherub, nor carv'd stone,
But his own living works did my Lord hold
　　And lodge alone;)

生ける神は、「御自《おんみずか》らの生ける御業《みわざ》（his own living works）」の内にのみ、存在する。

生ける神の霊は、石の板の上ではなく、生きた人間の心に刻まれる。

汝等《なんじら》こそ我等《われら》が心に録《かきしる》されたる我等《われら》の書簡にして、万民に知られ且読《かつよ》まるるなれ。汝等《なんじら》は、明《あきらか》に、我等《われら》に由《よ》りて認められたるキリストの書簡にして、而《しか》も墨《すみ》を以《もっ》てせず活《い》ける神の霊を以《もっ》てし、又石碑《せきひ》の上ならで心の肉碑《にくひ》の上に書きたるものなり。(721)

人間が、「活ける神の神殿」(722)であるように、この世の存在物は、すべて、生ける神が宿る器《うつわ》である。神は、「天、地、海、及び其中《そのうち》に在りと有《あ》らゆる物を造り給いし、活《い》ける神」(723)である。神は、万物に、内在する。

人間が、神を待ち望むように、創《つく》られた物も、次の世を待ち望む。

蓋《けだし》被造物の仰ぎて待てるは、神の子等《こども》の顕《あらわ》れん事を待てるなり。被造物は虚《むなしき》に服せしめられたるも之《これ》を好まず、己《おのれ》を希望を以《もっ》て服せしめ給いしものに対して然《しか》するのみ。其《そ》は被造物も自《みずか》ら腐敗の奴隷たる事を脱《のが》れて、神の子等《こたち》の光栄の自由を得《う》べければなり。(724)

創造《つく》られた物は、この世においては、朽《く》ち果てることを免《まぬか》れないが、次の世においては、人間が、神の子となり、神の世継《よつ》ぎとなるように、神の世継《よつ》ぎとなって、自由と栄光を享受する。

聖パウロは、比喩《ひゆ》的に、創造界全体、即ち、物質界が、まるで、生きた人間のように、呻《うめ》き、苦しみ、次の世に起こる事を待ち侘《わ》びて、頭《かしら》を挙げ、何かが、地平線上に現れるのを見ようと、目を凝らしている、と述べている。(St Paul, in a metaphor, depicts the whole of creation,the material universe, as a living person, groaning in pain impatiently waiting for a future event, raising its head, straining to see something appear on the horizon.)[725]

創造《つく》られた物は、彼方《かなた》の世界に対する、止《や》むに止《や》まれぬ欲求に支配される。

生ける御業《みわざ》の中に在りて、木や草は、ユデア人達の眠りたる間、
目覚めて祈り、彼方《かなた》の世界に目を凝らして、驚嘆せり。
(Where *trees* and *herbs* did watch and peep
And wonder, while the *Jews* did sleep.)

木や草は、目覚めて祈る。"To watch"は、「宗教的な務《つと》めのために、寝ずに、徹夜で祈ること(to remain awake for purposes of devotion; keep vigil)」を意味する。徹夜の祈りの起源と意味は、第五スタンザに関する説明の中で、詳述する。

夜の闇《やみ》としじまの中で、目を凝らして、彼方《かなた》の世界を覗《のぞ》き込み、垣間見た世界の素晴らしさに驚嘆する、木や草は、聖パウロ的である以上に、ヘルメス哲学的である。

ヘルメス哲学者の世界が、三重の構造を持つことは、すでに、言及した。

ヘルメス哲学者達の世界は、三重の構造を持ち、地上の世界、天空の世界、思惟《しい》世界から成り、これらは、一つに統合されている。(726)

地上の世界に在る個個の存在物は、天空の世界の、いずれかの星の「同等物 (a counterpart)」(727)であり、更に、天空の世界の星星は、いずれも、彼方《かなた》の思惟《しい》世界の、天使的な存在の同等物である。

草には、草の星がある如く、木には、木の星がある。「天空の星は、自らの光線を、草に突き刺す (the star strikes him [i.e. an herb] with the beam)」。(728)天空の星が、草に突き刺す光線《ひかり》は、「星の火 (star-fire)」である。

万物は、天空に在る、いずれかの星の「同等物」であり、万物の内には、天空の星が突き刺した、「星の火」が宿る。

万物の内に込められた霊は、星なり。

(…each inclosed Spirit is a star.)(729)

万物は、強い回帰願望を持つ。万物は、自らに光線《ひかり》を突き刺した、天空の星星に憧《あこが》れ、更に、天空の星星の光線《ひかり》は、思惟《しい》世界の火に憧《あこが》れる。

回帰願望は、牽引力《けんいんりょく》である。万物を突き動かす、止《や》むに止《や》まれぬ回帰願望は、本源そのものから発せられる、牽引《けんいん》力《りょく》である。思惟《しい》世界の火は、天空の星星を自らの許《もと》に引き寄せ、天空の星星の光線《ひかり》は、地上の万物の内に込められた「星の火」を自らの許《もと》に引き寄せる。

木や草は、夜もすがら、「彼方《かなた》の世界に目を凝らす (peep)」。それは、木や草の、内なる欲求が為《な》せる業《わざ》である以上に、彼方《かなた》の世界の火が為《な》せる業《わざ》である。思惟《しい》世界の火は、強い磁力を及ぼす。その抗《あらが》い難い磁力によって、木も草も、彼方《かなた》の世界に引き付けられ、吸い寄せられる。そこには、木と草の本源がある。木と草は、自らの本源を目の当《ま》たりにする。木と草は、思惟《しい》世界の神秘に「驚嘆する（wonder）」。

『夜』の第五スタンザにおいては、頓呼《とんこ》法が、用いられる。ヴォーンは、夜に、呼びかける。

　　愛《いと》しき夜よ！　此の世の敗北よ。
忙《せわ》しなき愚か者どもへの制止よ。煩《わずら》いの阻止にして、抑制よ。
霊の昼よ。我が魂の、静寂《しず》けき隠遁《いんとん》よ。
　　何人《なんぴと》も、これを掻《か》き乱すこと能《あた》わず！

（　Dear night! this worlds defeat;
The stop to busie fools; cares check and curb;
The day of Spirits; my souls calm retreat
　　Which none disturb!)

夜の帳《とば》りが降《お》ろされて、昼の喧騒《けんそう》が鎮《しず》まり、この世は、闇《やみ》に包まれる。夜は、「此の世の敗北（this worlds defeat）」である。「忙《せわ》しなき愚か者ども（busie fools）」の馬鹿騒ぎも、鳴りを潜《ひそ》める。

斯《か》くして、真昼《まひる》が過ぎ、汝の時間《とき》は、衰退《おと》ろう。他の事どもに、想念《おもい》を巡《めぐ》らせよ。輩《ともがら》も、浮かれ騒ぎも、退けよ。
今や、太陽《ひ》は傾き、その光線《ひかり》を、

暗く、陰うつなる地の下に、隠さんとす。
(High-noon thus past, thy time decays; provide
Thee other thoughts; Away with friends, and mirth;
The Sun now stoops, and hasts his beams to hide
Under the dark, and melancholy Earth.)[730]

夜は、「他の事どもに、想念《おもい》を巡《めぐ》らす（provide... other thoughts）」べき時である。夜は、彼方《かなた》の世界に、想念《おもい》を馳せる時である。「夜は、想念《おもい》の母なり(La notte é madre de pensieri)」とは、イタリアの諺《ことわざ》に、言われる通りである。ヴォーンは、これを、『孤独の祈り（***Solitary Devotions***）』の中で、引用[731]している。

夜は、「煩《わずら》い（cares）」からの解放である。

汝［神］は、（汝の創造《つく》り給いし物に対する、優しき愛と哀《あわ》れみに拠《よ》りて）夜という時を、休息と回復のために、定め給えり。日中の煩《わずら》いと危険から解放され、創造《つく》られし物が、汝の翼の陰《かげ》の下《もと》で、安息と安全を見い出さんがためなり。闇《やみ》の時間《とき》と力から、我を護《まも》り給わんことを、伏して、願い奉《たてまつ》る。今宵《こよい》、我を見守り給え。然《しか》して、我が敵の反乱と謀計を、ことごとく、打ち散らせ給え。我が魂を照らし、我が肉体を浄め、我が情愛を統《す》べ治め、我が想念《おもい》を導き給え。さすれば、我が瞼《まぶた》が、堅く閉じられようとも、我が霊は、汝を見奉《たてまつ》り、深き眠りの最中《さなか》に、汝と、親しく交わるべし。(thou [i.e. God] (out of thy tender love and Compassion on thy Creatures) hast ordained this time for their repose and refreshing, that having past through the Cares and dangers of the day, they might under the shadow of thy wings finde rest and security; keep me, I most humbly beseech thee, from the hours and the powers of darknesse; watch over me this night in thy Almighty providence, and scatter all the rebellions and devices of my Adversaries. Inlighten my soul, sanctifie my body, govern my affections, and guide my thoughts, that in the fastest closures of my eyelids my spirit may see thee, and in the depth of sleep be Conversant with thee.)(732)

夜は、魂が、感覚の世界を越える時である。

この夜は、キリストと、霊的な事柄を愛し、目《ま》の当たりにし、そして、感じたい、という、大いなる欲求と、切なる思いによって、地上の物事についての考えを避けること、又、魂が、地上の物事から退くことに、他《ほか》ならない。これこそ、夜である。ちょうど、夜が、暗く、あらゆる、有形の、創造《つく》られた物から、絶えず、隠れることであり、あらゆる肉体的な活動からの休息であるように。(This nyght is nought elles but a forberynge and a wythdrawyng of the thoughte and of the soule fro erthly thynges by grete desyre and ʒemyng for to loue and see and fele Jhū and ghostly thynges / This is the nyghte / For ryghte as the nyghte is derke and euer hydynge from all bodily creature: and a restynges of all bodily dedes.)(733)

夜の帳《とばり》が降《お》ろされて、創造《つく》られた物の世界は、闇《やみ》に閉ざされる。同様に、「この夜（this nyght）」は、魂の目から、形ある物の像を、覆《おお》い隠す。闇《やみ》の直中《ただなか》で、魂は、ひたすら、キリストの姿を追い求める。「この夜」は、十字架の聖ヨハネの言う「感覚の夜」に相当する。

夜は、正義の太陽が、魂の内に、昇る時である。

汝、正義の太陽よ、汝の翼の下《もと》の癒《いや》しと共に、我が心の内に、昇り給え。我が心を、精錬《きよ》め、生かし、慈《いつく》しみ給え。汝の光を、我が心の闇《やみ》の内に、輝かせ、真夜中の真昼となし給え。(Thou Sun of righteousnesse with healing under thy wings arise in my heart; refine, quicken, and cherish it; make thy light there to shine in darknesse, and a perfect day in the dead of night.)[734]

ヴォーンは、パラケルスス（Philippus Auleosus Paracelsus）の著作に通じていた。パラケルススは、医師であり、又、錬金術士であったが、その関心の的《まと》は、卑金属を純金に変えることではなく、自然界の治癒力にあった。パラケルススの神知学は、新プラトン主義に根差していた。

パラケルススは、次のように、記している。肉体の目覚めは、霊の眠りである。そして、昼は、肉体の活動のために作られたが、夜は、霊の活動の時である。（***Paracelsus*** writes, that the watching of the body is the sleep of the Soul, and that the day was made for Corporeall Actions, but the night is the working-time of Spirits.）[735]

夜は、「霊の昼（the day of Spirits）」である。

夜が、汝を覆《おお》い、全世界が、夜の下《もと》に、まどろむ時、汝は、夜通し、眠りこけることなかれ。何となれば、夜は、悪しき輩《やから》に悪用さるる時なれど、夜は、なかんずく、汝を、祈りに奮《ふる》い立たせるに、最も強き力を及ぼす時なればなり。（When the ***night*** is drawn over thee, and the whole world lies slumbring under it, do not thou sleep it out; for as it is a ***portion*** of time much abused by wicked livers, so is it of all others the most powerful to excite thee to ***devotion;***)[736]

夜は、「主のために守るべき」時である。

イスラエルの子等《こら》がエジプトに住《すま》いしこと、四百三十年なりき。その期満《ときみ》ちて、この日主《しゅ》の隊《くみ》は悉《ことごと》くエジプトの国を出《い》でしなり。是《これ》こそ主《しゅ》の為《ため》に守るべき夜なれ、そは彼が彼等《かれら》をエジプトより連《つ》れ出《い》だし給いし時なればなり。この夜《よ》こそ凡《すべ》てのイスラエルの子等《こら》の代々《よよ》に守るべきものなれ。(737)

キリスト教の典礼は、イスラエルの民の解放を記念するために、徹夜で祈ることを定めた。

神が、イスラエルの民の面倒を見るが故に、イスラエルの民も、又、徹夜で祈ることによって、解放の夜を記念するであろう。キリスト教の典礼は、荘厳な徹夜の祈りによって、主の御復活を祝い、イスラエルの民の解放と、キリスト者の救済と、キリストの、死に対する勝利を記念する。(Because God looks out for them, the Israelites will also commemorate the night of their deliverance by keeping watch. Christian liturgy celebrates the Lords' resurrection with a solemn vigil, commemorating the deliverance of the Israelites, the redemption of Christians, and Christ's victory over death.)(738)

今日《こんにち》では、もう、復活祭に、グレゴリオ聖歌による荘厳ミサが挙げられることは、ないのであろう。某神父を介して、かつて、神学校で使われていた、***Liber Usualis*** を入手した。典礼のための、グレゴリオ聖歌集である。古びた、分厚い書物の、とあるページに、徹夜の祈りの痕跡《こんせき》が、残されていた。復活祭は、満月の次の日曜日に、祝われる。その日、神学生達は、深夜の聖堂に会して、ろうそくを片手に、聖歌を歌っていた。突然、夜風の悪戯《いたずら》か、一人の神学生の、開いていたページが捲《めく》れて、ずっと先のページに、飛んでしまった。慌《あわ》てて、ページを元に戻そうとした時、手にしていたろうそくの雫《しずく》が、滴《したた》り落ちた。早春の夜風の戯《たわむ》れ。灯《とも》されたろうそくの明かり。若い神学生の力強い歌声。二滴の雫《しずく》は、その証しとして、今尚、楽譜の上に、形を留《とど》めている。

夜は、不意打ちの時である。花婿《はなむこ》であるキリストは、不意に、予告なしに、花嫁である魂を、迎えに来る。

其時《そのとき》天国は、十人の処女《おとめ》面々《めんめん》の燈《ともしび》を執《と》りて新郎《はなむこ》と新婦《はなよめ》とを迎《むか》えに出《い》でたる如くならん。其中《そのうち》五人は愚《おろか》にして五人は賢《かしこ》し、愚《おろか》なる五人は燈《ともしび》を執《と》りて油を携《たずさ》えざるに、賢《かしこ》きは燈《ともしび》と共《とも》に油《あぶら》を器《うつわ》に携《たずさ》えたり。新郎《はなむこ》遅《おそ》かりければ、皆仮寝《かりね》して眠りたりしが、夜中《よなか》に「すわ新郎来《はなむこき》たるぞ、出迎《いでむか》えよ」との声《こえ》ありしかば、処女《おとめ》皆起《お》きて其燈《そのともしび》を整《ととの》えたり。愚《おろか》なるが賢《かしこ》きに云《い》いけるは、汝等《なんじら》の油を我等《われら》に分《わか》て、我等《われら》の燈滅《ともしびき》ゆ、と。賢《かしこ》きが答《こた》えて云《い》いけるは、恐《おそ》らくは我等《われら》と汝等《なんじら》とに足《た》らじ、寧《むしろ》売者《うるもの》に往《ゆ》きて自《みずから》の為《ため》に買《か》え、と。彼等《かれら》が買《か》わんとて往《ゆき》ける間《ま》に、新郎来《はなむこきた》りしかば、用意《ようい》してありし者等《ものども》は、彼《かれ》と共《とも》に婚筵《こんえん》に入《い》り、然《さ》て門は鎖《とざ》されたり。軈《やが》て他《た》の処女等《おとめら》も来《きた》りて、主《しゅ》よ主《しゅ》よ、我等《われら》に開《ひら》き給《たま》え、と云《い》い居《お》れども、彼《かれ》答へて、我誠《われまこと》に汝等《なんじら》に告《つ》ぐ、我《われ》は汝等《なんじら》を知らず、と云《い》えり。然《さ》れば警戒《けいかい》せよ、汝等《なんじら》は其日其時《そのひそのとき》を知らざればなり。(739)

この喩《たと》え話の意味は、次の通りである。

この喩《たと》え話の主たる教訓は、警戒《けいかい》を怠るな、ということに関《かか》わる。実際問題として、これは、信仰の灯火《ともしび》を持つことを意味し、灯火《ともしび》は、愛徳の油によって、灯《とも》され続ける。ユダヤの婚礼は、花嫁の父の家で行われた。処女《おとめ》達は、若い、未婚の少女達で、花嫁の家で、花婿《はなむこ》の到着を待ち受ける、付き添いの少女達である。この喩《たと》え話の要《かなめ》は、花《はな》婿《むこ》が到来するまでに、人が採《と》るべき態度である。(The main lesson of this parable has to do with the need to be on the alert: in practice, this means having the light of faith, which is kept alive with the oil of charity. Jewish weddings were held in the house of the bride's father. The virgins are young unmarried girls, bridesmaids who are in the bride's house waiting for the bridegroom to arrive. The parable centres on the attitude one should adopt up to the time when the bridegroom comes.) [740]

夜は、キリストの到来に、備えるべき時である。

夜が来《きた》らば、汝の行為《おこない》を列挙《かぞ》えよ。汝と天の間の
道を、平坦《たい》らかにせよ。躊躇《ため》らいて、道を塞《ふさ》ぐことなく、
汝が眠りに就《つ》く以前《まえ》に、万事を全《まった》からしめよ。然《しか》して、斯《か》く言え。
我が日日の数珠玉（じゅずだま）に、もう一つ、太陽が、連結（つな）げられたり。

(When night comes, list thy deeds; make plain the way
'Twixt Heaven, and thee; block it not with delays,
But perfect all before thou sleep'st; then say
***Ther's one Sun more strung on my Bead of days.)*** [741]

人は、夜、この世の喧騒《けんそう》から退いて、祈る。夜は、「我が魂の静寂《しず》けき隠遁《いんとん》（my souls calm retreat）」である。
然《しか》して、此の世の門が閉じらるる時、天の門が開かるる。
(And heav'ns gate opens, when this world's is shut.) [742]

夜は、神の顕現の時である。闇《やみ》の真《ま》っ直中《ただなか》に、神の光が、輝き出《い》でる。

或《ある》いは、汝の驚嘆《おど》ろくべき光は、
　夜の最中《さなか》に、突如として、現れ出《い》で給うや？
(Or wil thy all-surprizing light
　Break at midnight?)(743)

魂は、光に出会うべく、闇《やみ》の中を進む。

然《さ》すれば、この闇《やみ》を貫《つらぬ》きて、我等《われら》を導き給え。我等《われら》が、
　益益《ますます》、光を愛さんがために。
(So guide us through this Darknes, that we may
　Be more and more in love with day;)(744)

昼の讃美《さんび》は、言葉であるが、夜の讃美《さんび》は、歌である。

我は、夜、汝について、歌を歌い、昼には、汝の驚嘆《おど》ろくべき御業《みわざ》、汝の、いと慈悲深く、惜しみなく与え給う御《おん》腕《かいな》について、語らん。(My song shall be of thee in the night season, and in the day time I will be speaking of thy wondrous works, thy most merciful and liberal arme;)(745)

人は、創造《つく》られた物の美しさによって、神の美しさの何たるかを知る。人は、創造《つく》られた物の偉大さによって、神の偉大さを悟る。人は、創造《つく》られた物の世界全体を見渡すことによって、惜しみなく与える、神の気前の良さを実感

する。絶え間なく、御業《みわざ》を為《な》し続ける「汝の御腕《おんかいな》（thy...arme）」について語るのは昼の言葉である。神は、光である。神は、闇《やみ》である。闇《やみ》の真《ま》っ直中《ただなか》で、魂は、光と一つになる。光は、歌であり、歌は、光である。(746)闇《やみ》の直中《ただなか》で、魂が発するのは、神の歌である。

夜は、キリストの祈りの時である。『夜』の第五スタンザの最終の二行は、そのような夜に対する、呼びかけである。

キリストが、出《い》でて、祈り給う時よ。
いと高き天が、相和《あいわ》して、一つ旋律《ふし》を奏でる時間《とき》よ。
（*Christs* progress, and his prayer time;
The hours to which high Heaven doth chime.）

キリストは、夜、橄欖山《かんらんざん》で祈った。

イエズス昼《ひる》は〔神〕殿にて教え、夜は出《い》でて橄欖山《かんらんざん》と云《い》える山に宿《やど》り居給《いたま》いしが、人民《じんみん》は、之《これ》に聴《き》かんとて、朝早くより〔神〕殿の内《うち》に於《おい》て、御許《おんもと》に至《いた》り居《お》りき。(747)

橄欖山《かんらんざん》は、宗教的に、深い意味を持っていた。エゼキエルが、幻象《まぼろし》を見た、「邑《まち》の東にある山」とは、この山である。

やがて主《しゅ》の栄光《えいこう》は城市《まち》の中《なか》より昇《のぼ》りて、邑《まち》の東にある山の上に降《お》り立てり。折しも霊我《みたまわれ》を挙げ、天主《てんしゅ》の霊《みたま》によりて幻象《まぼろし》の裡《うち》に、カルデアなる捕《とら》え移されし人々《ひとびと》の許《もと》に伴《ともな》い行《ゆ》きぬ。かくてわが見たりし幻象《まぼろし》、我《われ》より取り上げられたり。(748)

キリストは、この山を好み、しばしば、ここに登った。

イエズス未明《みめい》に起出《おきい》で、淋《さび》しき処《ところ》に至《いた》りて祈《いの》り居給《いたま》えるを、シモン及共《およびとも》に居《お》りし人々後《ひとびとあと》を慕《した》い行《ゆ》きて、是《これ》に遇《あ》いしかば、人皆汝《ひとみななんじ》を尋《たづ》ぬ、と云《い》いしに、イエズス彼等《かれら》に曰《のたま》いけるは、我等比鄰《われらもより》の村落市町《むらむらまちまち》へ往《ゆ》かん 彼処《かしこ》にも亦《また》宣教すべし、我《われ》は是《これ》が為《ため》に来《きた》りたればなり、と。斯《かく》て処々《しょしょ》の会堂及《および》ガリレア一般に宣教し且悪魔《かつあくま》を遂払《おいはら》い居給《いたま》えり。[749]

祈りは、キリストにとって、使命を果たし、全うするための、力の源であった。

新約聖書の多くの個所《かしょ》が、祈っているキリストに言及している。四人の福音史家は、公的な使命の、特に重要な場合に祈っているキリストにのみ、言及している。即ち、洗礼（『ルカ』三ー二一）、十二人の弟子の選定（『ルカ』六ー十二）、初めて、パンを殖《ふ》やし給うた時（『マルコ』六ー四十六）、御変容（『ルカ』九ー二十九）、御受難に先立って、ゲッセマニの園で祈り給うた時（『マルコ』二十六ー三十九）、等等。聖マルコとしては、三つの公式の機会における、キリストの祈りに言及している。即ち、公的使命の発端における祈り（一ー三十五）、その途上における祈り（六ー四十六）、そして、最後に、ゲッセマニの園における祈り（十四ー三十二）。(Many passages of the New Testament make reference to Jesus praying. The evangelists point to him praying only on specially important occasions during his public ministry: Baptism(Lk3:1), the choosing of the Twelve(Lk6:12), the first multiplication of the loaves(Mk6:46), the transfiguration(Lk9:29), in the garden of Gethsemane prior to his passion(Mk26:39), etc. St Mark, for his part, refers to Jesus’ prayer at three solemn moments: at the beginning of his public ministry(1:35), in the middle of it(6:46), and at the end, in Gethsemane(14:32).)[750]

キリストの祈りは、完全な祈りである。

キリストの祈りは、父なる神に対する完全な讃美《さんび》の祈りである。キリストの祈りは、キリスト自身と、我我のための、懇願の祈りである。(Jesus' prayer is prayer of perfect praise to the Father; it is prayer of petition for himself and for us;)(751)

完全な祈りは、神の懐《ふところ》の内奥《ないおう》に達する。キリストの讃美《さんび》と感謝の祈りに、「いと高き天」が、相和《あいわ》して、一つの旋律《ふし》が、響き渡る。夜は、

いと高き天が、相和《あいわ》して、一つの旋律《ふし》を奏でる時間《とき》
(The hours to which high Heaven doth chime)

である。

『夜』の、第六スタンザにおいても、頓呼《とんこ》法が、続けられる。

神の、密《ひそ》かなる、探索の飛翔よ。
(　Gods silent, searching flight:)

神の霊は、魂を求めて、闇の中を、密《ひそ》かに、翔う。

夜は、愛する者と、愛される者との、出会いの場である。

我が主の頭《こうべ》が、夜露に満ち、
その髪《かみ》が、透明なる夜の雫《しずく》に濡れる時間《とき》よ。
(When my Lords head is fill'd with dew, and all
His locks are wet with the clear drops of night.)

神が、花婿《はなむこ》に、魂が、花嫁に、喩《たと》えられることは、すでに、再三、言及した。

我《われ》は眠《ねむ》れども、わが心は覚《さ》む。わが愛する者の声す、戸《と》を叩《たた》きて云《い》う、"わが妹《いもうと》よ、わが女友《とも》よ、わが鳩《はと》よ、わが汚玷《けがれ》なき者よ、わが為《ため》に開《ひら》け。わが頭《こうべ》は露《つゆ》に、わが髪《かみ》は夜《よる》の雫《しずく》に満ちたり"と。(752)

花婿《はなむこ》の髪《かみ》に降りた夜露は、月の光を受けて輝くというよりは、花婿《はなむこ》自身の、内なる光が、輝き出《い》でて、玉の露となって、髪《かみ》の上に、晶化されたかの如くである。

「汝〔神〕の露は光の露」(753)である。露が、草木を潤《うるお》し、草木に生命《いのち》を与えるように、光の露は、人間に生命《いのち》を与える。

我が露よ、我が露よ！我が若き日の恋人よ。
我が魂の輝く糧《かて》よ、汝の欠如は、我が死なり！
(My dew, my dew! my early love,
My souls bright food, thy absence kills!)(754)

「汝の草草が、夜、飲み干す露（The dew thy herbs drink up by night）」[755]の如く、魂は、夜もすがら、光の露を吸う。

夜もすがら、絶え間なく、
長き休息《やすらい》の間、絶え間なく、
静寂《しず》けき眠りの経帷子《きょうかたびら》と
雲を貫《つらぬ》きて、
この露は、我が胸に降りたり。

（　All the long houres
Of night, and Rest
Through the still shrouds
Of sleep, and Clouds,
This Dew fell on my Breast;)[756]

光の露を、ヴォーンは、臭《きゅう》覚と触覚によって、享受する。光の露は、没薬《もつやく》の薫《かお》りを放ち、暖かな温《ぬく》もりを発する。

我は、没薬（もつやく）の如き露の香を聞き、ひねもす
我が胸の中《うち》一杯に、円《まろ》き太陽を宿す。
(I smell a dew like *Myrrh*, and all the day
Wear in my bosome a full Sun;)[757]

神の露は、水の雫《しずく》である。その水は、新生をもたらす、清めの水である。
人は水と霊とにより新《あらた》に生《うま》るるに非《あら》ずば神の国に入《い》ること能《あた》わず。(758)
神の露は、血の雫《しずく》である。その血は、救いをもたらす、贖罪《しょくざい》の血である。

汝の血も、
又、我が露なり。
(　Thy bloud
Too, is my Dew,)(759)

贖罪《しょくざい》の血は、癒《いや》しの血である。

汝は、実行《はた》し、来《きた》り、然《しか》して、甘美なる癒《いや》しを
雨と降らせて、汝自身を、我が傷の中《うち》に、
注ぎ給う。
(Thou dost, thou com'st, and in a showr
Of healing sweets thy self dost powr
Into my wounds,)(760)

神の露と魂の関係は、樹液と草木の関係に等しい。罪の傷を負った魂は、「樹液《みず》の枯渇《かれ》たる花（sapless Blossom）」である。「樹液（sap）」は、「植物の中を循環する、生命《いのち》の液体（the vital juice or fluid which circulates in plants）」である。

樹液《みず》の枯渇《かれ》たる花よ、汝の出自《うまれ》を忘却《わす》れ果て、
　相《あい》も変わらず、地を這《は》うことなかれ。
汝は、塵土《ちり》より生まれたるにあらず。然《しか》あらば、何故《なにゆえ》、汝は、
　斯《か》くの如く、露を要求《もと》め、渇望《かわ》くや？
(Come sapless Blossom, creep not stil on Earth
　Forgetting thy first birth;
'Tis not from dust, or if so, why dost thou
　Thus cal and thirst for dew?)（761）

神の露は、天上の都から、降《お》り来《きた》る。

星星の彼方《かなた》に、没薬《もつやく》の山ありて、
　その山より、此方《こなた》に、露の雫《しずく》が、降《お》り来《きた》る。
彼処《かしこ》には、サレムの王が座《ざ》し、
　汝の密《ひそ》かなる糧《かて》を、汝に、与え給う。
(There is beyond the Stars an hil of myrrh

From which some drops fal here,
On it the Prince of *Salem* sits, who deals
To thee thy secret meals.)[762]

ウェイルズの地に在って、ヴォーンは日日、「没薬《もつやく》の山」の写しを、目《ま》の当たりにしていたであろう。ウェルズの、比類ない美しさの山山は、ヘルメス哲学の言葉を借りるなら、いずれも、「没薬《もつやく》の山」の「同等物（a counterpart）」であったに違いない。ちなみに、「没薬《もつやく》の山」の出典は、『雅歌』第四章六節である。

「サレムの王、即ち平和の王」[763]は、「サレムの王メルキセデク」[764]を指す。メルキセデクは、「至高《いとたか》き天主の司祭」[765]である。"Salem"は、ヘブライ語の*Šālōm*に由来し、平和（peace）を意味する。"Salem"は、"Jerusalem"の短縮形である。

上記の詩行の「サレムの王」は、新しき都、エルサレムの王、即ち、キリストを指す。

没薬《もつやく》の山から、キリストが降らせる露の雫《しずく》は、「この、傷《いた》める魂に施す香油（This balm for souls that ake）」[766]である。

「汝の密《ひそ》かなる糧《かて》」とは、これである。

魂の癒《いや》しは、贖罪《しょくざい》の血の中にある。

　サレムの王は、聖なる血を、
思《おぼ》し召《め》しによりて、我等《われら》の樹液《みず》、強壮剤《きつけ》として、与え給えり。この血の中にこそ、
　天《てん》上の如き至福《さいわい》のあれば、
真実《まこと》に、これを一滴なりと、味わう者は、
　断じて、朽ち果つることなかるべし。
（ He [i.e. the Prince of *Salem*] gave his sacred bloud

By wil our sap, and Cordial; now in this
　Lies such a heav'n of bliss,
That, who but truly tasts it, no decay
　Can touch him any way,)(767)

キリストは、露の貯蔵庫である。キリストは、天上の美酒を貯《たくわ》えた、酒蔵《さかぐら》である。

汝の中《うち》には、常に、強力《つよ》く、類《たぐ》い稀《まれ》なる露が、
　封じ込められたり。
(There is at all times(though shut up) in you
　A powerful, rare dew,)(768)

人間は、神から与えられる露の他《ほか》に、自分自身の内に、露を持つ。その露とは、悔悛《かいしゅん》の涙である。

我は、彼《か》の朝《あした》を、汝の痛悔女《つうかいめ》の涙の中《うち》に認む。
そは、御昇天の日の曙《あけぼの》にのみ降りる、露の如く、瑞瑞《みずみず》し。
我は、彼《か》の女人《ひと》の芳香《かおり》を聞く。然《しか》して、彼《か》の女人《ひと》の香油は、
今や、桜草《さくらそう》の咲き乱れる野の如くに、馥郁《ふくいく》たる芳香《かおり》を放つ。
(I see that morning in thy Converts tears,
Fresh as the dew, which but this dawning wears?

I smell her spices, and her ointment yields,
As rich a scent as the now Primros'd-fields:)[769]

「汝の痛悔女《つうかいめ》（thy Convert）」とは、マグダラのマリア（Mary Magdalene, or Mary of Magdala）を指す。

爰《ここ》に一人のファリザイ人、イエズスに会食せん事を請《こ》いければ、其《その》ファリザイ人の家に入《い》りて、食卓に就《つ》き給いしが、折しも其《その》町に罪人《つみびと》なる一個《ひとり》の婦《おんな》ありて、イエズスがファリザイ人の家にて食卓に就《つ》き給えるを聞くや、香油を盛りたる器《うつわ》を持来《もちきた》り、イエズスの足下《あしもと》にて其後《そのうしろ》に立ち、御足《おんあし》を次第に涙にて濡《うるお》し、己《おの》が髪毛《かみのけ》にて之《これ》を拭《ぬぐ》い、且御足《かつおんあし》に接吻《せっぷん》し且《かつ》香油を注ぎければ、イエズスを招きたるファリザイ人、之《これ》を見て心の中《うち》に謂《い》いけるは、彼は果《はた》して預言者ならば、己《おのれ》に触《ふ》る婦《おんな》の誰《たれ》にして如何《いか》なる人なるかを、能《よ》く知れるならん、彼婦《かのおんな》は罪人《ざいにん》なるものを、と。イエズス答《こた》えて、シモンよ、我《われ》汝に云《い》う事あり、と曰《のたま》いければ、彼、師《し》よ、仰《おお》せられよ、と云《い》うに〔曰《のたま》いけるは〕、或債主《あるさいしゅ》に二人の負債者あり、一人は五百デナリオ、一人は五十デナリオの負債《ふさい》あるを、還《かえ》すべき由《よし》なければ、債主《さいしゅ》二人を共に免《ゆる》せり、斯《かく》て債主《さいしゅ》を最も愛《あい》せん者《もの》は孰《いづれ》なるぞ、と。シモン答《こた》えて、我《われ》思うに其《そ》は多くを免《ゆる》されたる者ならん、と云《い》いしに、イエズス、汝善《よ》く判断せり、と曰《のたま》い、然《さ》て婦《おんな》を顧《かえり》みてシモンに曰《のたま》いけるは、此婦《このおんな》を見るか、我《われ》汝の家に入《い》りしに、汝は我足《わがあし》の水を与えざりしを、此婦《このおんな》は涙を以《もっ》て我足《わがあし》を濡《うるお》し、己《おの》が髪毛《かみのけ》を以《もっ》て之《これ》を拭《ぬぐ》えり。汝は我《われ》に接吻《せっ》せざりしに、此婦《このおんな》は、入来《いりきた》りてより絶えず我足《わがあし》に接吻《せっぷん》せり。汝は油《あぶら》を我頭《わがこうべ》に注がざりしに、此婦《このおんな》は香油を我足《わがあし》に注げり。此《この》故に我《われ》汝に告《つ》ぐ、此婦《このおんな》は多く愛したるが故に、多くの罪を赦《ゆる》さるるなり、赦《ゆる》さるる事少き人《ひと》は愛する事少し、と。斯《かく》て彼婦《かのおんな》に向《むか》い、汝の罪赦《ゆる》さる、と曰《のたま》いしかば、食卓を共《とも》にせる人々、心の中《うち》に言出《いいい》でけるは、彼何人《かれなにびと》なれば罪をも赦《ゆる》すぞ、と。イエズス婦《おんな》に向《むか》いて、汝の信仰汝を救えり、安《やす》んじて往《ゆ》け、と曰《のたま》えり。[770]

「罪人《つみびと》なる一個《ひとり》の婦《おんな》」は、自ら流した悔悛《かいしゅん》の涙によって、神の慈悲《あわれみ》を引き寄せ、犯した罪を赦《ゆる》された。その涙は、「この曙《あけぼの》（this dawning）」、即ち、御昇天の日（Ascension Day）の曙《あけぼの》に降りる露の如くに、清めの効力を発揮する。

マグダラのマリアの悔恨《かいこん》は、

悲嘆《かなしみ》なり。その沈黙の涙は、
百合《ゆり》と没薬《もつやく》とを生すべし。
（A grief, whose silent dew shall breed
Lilies and Myrrhe.）(771)

これまでの、肉欲に、溺《おぼ》れた、罪深い生活。悔《く》い改めの、熱い涙。溢《こぼ》れんばかりの、豊かな金髪。惜しみなく注がれる香油。辺《あた》り一面に立ち込める芳香。この場面に、絵画的想像力を鼓舞されて、ヴォルフォルト（Artus Wolffort）は、『キリストの足を洗うマグダラのマリア（Mary Magdalen Washing the Feet of Christ）』と題する作品を産み出した。この作品は、個人の所蔵であるので、画集には載せられていないが、たまたま、ある展示会で、出会う機会に恵まれた。二〇〇九年の二月のある日、「珠玉のヨーロッパ油彩画展」を見るために、静岡アートギャラリーを訪れた折のことである。

ラ・トゥール（George de La Tour）の『痛悔女《つうかいめ》マグダレナ（*La Madeleine Pénitente*）』については、すでに、倫理的想像力論(772)において、詳述した。

ティツィアーノ（Vecellio Tiziano）の『マグダラのマリア（*La Maddalena*）』は、目を天に挙げ、胸に手を当てているが、肌も露《あらわ》に、なまめかしい体と、その体に、しどけなくまといつく、長い金髪の波が、それまでの暮らしの放埒《ほうらつ》を物語っている。この姿を目《ま》の当たりにしたのは、二〇一〇年の七月のある日、「カポディモンテ美術館展」を見るために、国立西洋美術館を訪れた折のことである。ティツィアーノは、同じ表題の作品を、もう一点遺しているが、二つの作品の構図は、ほぼ、同じで、着衣の模様が、わずかに、異なるのみである。

リベーラ（Jusepe de Ribera）の『マグダラのマリア（*La Magdalena*）』は、二〇〇二年三月のある日、国立西洋美術館で催された「プラド美術館展」で、見る機会を得た。

クラショー（Richard Crashaw）は、マグダラのマリアの涙を、登る涙として、形象化した。

汝は、上方《うえ》に向かいて、泣く。
(Vpwards thou dost weep.)[773]

悔悛《かいしゅん》の涙は、重力の法則に逆らって、地上から、天上に、登り行く。

斯《か》くして、天《てん》上の高みに運ばれ、
（汝は、天《てん》国に行く筈なれば）
汝は、心安らかに憩うべし。
（ Thus caryed up on high
(For to Heaven thou must go)
Sweetly shalt thou lye.)[774]

アントリーネス（José Antolínez）の『マグダラのマリアの被昇天（*Asunción de la Magdalena*）』は、天使達に運ばれて、天上に挙げれるマグダラのマリアの図である。二〇〇六年の三月のある日、この被昇天を目撃した。「プラド美術館展」

を見るために、東京都美術館を訪れた折のことである。

ジョルダーノ（Luca Giordano）の『マグダラのマリアの被昇天（*Assunzione della Maddalena*）』は、素描であるが、前述の「カポディモンテ美術館展」に、出品されていた。

画家や詩人達が遺《のこ》した作品の数数は、「罪人《つみびと》なる一個《ひとり》の婦《おんな》」の涙が、如何に、バロック的想像力を引き付け、鼓舞したかを例証する。


人となった神の涙は、死者をも蘇《よみがえ》らせる。

おお、癒《いや》しの涙よ！愛の涙よ！
死者の露よ！そは、死せる体を動かし、
起《た》ち上がらせる。
（O healing tears! the tears of love!
Dew of the dead! Which makes dust move
And spring.）(775)

キリストの涙は、「死者の露（Dew of the dead）」である。その露は、「死せる体（dust）」を起《た》ち上がらせる。“Dust”とは、“dead body”を意味する。人間は、塵土《ちり》から生まれて、塵土《ちり》に帰る。「げに汝は塵土《ちり》なり、されば、塵土《ちり》にこそ帰るべけれ」(776)と言われる通りである。塵土《ちり》に帰った体に、キリストの涙は、再び、生命《いのち》を吹き込み、蘇《よみがえ》らせる。

マリアはイエズスの居《い》給う処《ところ》に至《いた》り、之《これ》を見るや御足下《おんあしもと》に平伏《ひれふ》して、主《しゅ》よ、若此処《もしここ》に在《いま》ししならば、我《わが》兄弟は死なざりしものを、と云《い》いければイエズス彼が泣き居《お》り、伴《ともな》い来《きた》れるユデア人《じん》も泣き居《お》れるを見、胸中《きょうちゅう》感激して御心《おんこころ》を騒《さわ》がしめ給い、汝等何処《なんじらいづこ》に彼を置きたるぞ、と曰《のたま》いしに、彼等《かれら》は、主《しゅ》よ、来《きた》り見《み》給え、と云《い》いければ、イエズス涙を流し給えり。然《さ》ればユデア人《じん》、看《み》よ彼を愛し給《たま》いし事の如何許《いかばかり》なるを、と云《い》いしが又其中《そのうち》に或人人《あるひとびと》、彼は生《うま》れながらなる盲者《めしひ》の目を明《あ》けしに、此人《このひと》を死せざらしむるを得ざりしか、と云《い》いければ、イエズス復心中《またしんちゅう》感激しつつ墓に至り給えり。墓は洞《ほら》にして、之《これ》に石を覆《おお》いてありしが、イエズス、石を取除《とりの》けよ、と曰《のたま》へば死人《しにん》の姉妹マルタ云《い》いけるは、主《しゅ》よ、最早《もはや》四日目なれば彼は既《すで》に臭《くさ》きなり、と。イエズス曰《のたま》いけるは、汝若信《なんじもししん》ぜば神の光栄を見るべし、と我汝《われなんじ》に告《つ》げしに非《あら》ずや、と。斯《かく》て石を取除《とりの》けしに、イエズス目を翹《あ》げて曰《のたま》いけるは、父よ、我《われ》に聴《き》き給いしことを謝《しゃ》し奉《たてまつ》る。何時《いつ》も我《われ》に聴《き》き給う事は、我素《われもと》より之《これ》を知れども、汝の我《われ》を遣《つか》わし給いし事を彼等《かれら》に信ぜしめんとて、立会《たちあ》える人々《ひとびと》の為《ため》に之《これ》を言えるなり、と。斯《か》く曰《のたま》い終りて声高く、ラザル出来《いでき》たれ、と呼《よば》わり給いしに、死したりし者、忽《たちま》ち手足を布に巻かれたる儘《まま》にて出来《いできた》り、其顔《そのかお》は尚汗拭《なおあせふき》に包まれたれば、イエズス人人《ひとびと》に、之《これ》を解《と》きて往《ゆ》かしめよ、と曰《のたま》えり。(777)

罪深い女の涙に動かされ、又、友の死を前にして、激しく涙する人。これが、人となった神、キリストである。『夜』の第六スタンザ後半の三行は、扉《とびら》を敲《たた》くキリストに対する、呼びかけである。

我が主の、低く、優しく、呼び給う声よ。
我が主の、扉《とびら》を敲《たた》き給う時よ。魂の、黙《もだ》して、祈る時よ。
此《こ》の時、霊と霊とが、互いに、己れの汚れなき同類《なかま》を補《と》らう。

（ His still, soft call;
His knocking time., The souls dumb watch,

When Spirits their fair kinred catch.)

神の声は、「低く、優しく、呼び給う声（still, soft call）」である。

主《しゅ》彼に曰《のたま》いけるは、「出《い》でて山に於《お》いて主《しゅ》の御前《みまえ》に立て。視《み》よ、主《しゅ》、過ぎ行き給う。主《しゅ》の御前《みまえ》には、強き大風《おおかぜ》、山を顛倒《くず》し、岩を砕《くだ》かん、されど主《しゅ》は風の中《うち》に在《ましま》さず。また風の後《のち》には、地震《ぢしん》あらん。されど主《しゅ》は地震《ぢしん》の中《うち》に在《ましま》さず。更《さら》に地震《ぢしん》の後《のち》には、火来《きた》らん。されど主《しゅ》は火の中《うち》に在《ましま》さず。さて火の後《のち》には微風《そよかぜ》のささめきあらん。」と。(778)

神の声は、吹き荒《すさ》ぶ大風の唸《うな》り声でもなければ、揺れ動く大地の、轟《とどろ》く地響きでもない。神の声は、「微風《そよかぜ》のささめき」である。

夜は、「我が主の、扉《とびら》を敲《たた》き給う時（his knocking time）」である。

看《み》よ、我門前《われもんぜん》に立ちて敲《たた》く、我《わが》声を聞きて我に門を開く人あらば、我其内《われそのうち》に入りて彼と晩餐《ばんさん》を共にし、彼も亦《また》我と共にすべし。(779)

神は、魂の扉《とびら》を敲《たた》く。「敲《たた》く人（homo battens）」の原型は、『雅歌』の花婿《はなむこ》である。すでに、引用した個所であるが、ここに、その一部を、もう一度、繰り返す。

わが愛する者の声す、戸を叩《たた》きて云《い》う、〝わが妹《いもうと》よ、わが女友《とも》よ、わが鳩《はと》よ、わが汚玷《けがれ》なき者よ、わが為《ため》に開け。〟(780)

花嫁である魂の為すべきことは、花婿《はなむこ》であるキリストのために、扉《とびら》を開くことだけである。

夜は、「魂の、黙《もだ》して祈る時（The souls dumb watch）」である。すでに、詳述した通り、〝watch〟は、徹夜の祈りを意味する。「我が主の、低く、優しく、呼び給う声（His still, soft call）」と、扉《とびら》を敲《たた》く音を聴き分けるのは、内も、外も、静寂に帰した魂のみである。外には、夜の闇《やみ》と静寂があり、内には霊の夜と静寂がある。その静寂の中で、神と魂は、同質的なるものとして、互いに、引き合う。「夜は、霊の活動の時である。（the night is the working-time of Spirits）」。[781] 夜は、霊と霊の合一の時である。

此《こ》の時、霊と霊とが、互いに、己れの汚《けが》れなき同類《なかま》を捕《と》らう。

(When Spirits their fair Kindred catch.)

夜は、祈りと静寂の時である。昼は、この世の喧騒《けんそう》の時である。『夜』の第七スタンザにおいて、ヴォーンは昼の我が身を振り返る。昼の我が身は、内も、外も、騒がしく、波立ち、悪に染められている。

かまびすしく、悪しき我が生涯が、
汝の暗き幕屋の如く、静謐《せいひつ》にして、絶えて、人の出入りのなかりせば、
我は、恒久《とこしなえ》に、天《てん》上に留《とど》まりて、此《こ》の地を、
さ迷うことなかるべし。

（
Were all my loud, evil days
Calm and unhaunted as is thy dark Tent,
Then I in Heaven all the long year

Would keep, and never wander here.)

「汝の暗き幕屋（thy Dark Tent）」は、避難所である。

蓋《けだ》し彼は禍《わざわい》の日に我をその天幕《てんまく》に隠し、その幕屋の奥にかくまい、巌《いわお》の上にあげ給わん。さて今わが頭《こうべ》は、我を囲む敵の上にあげられたり、されば我その幕屋の内にて、歓喜《よろこび》の犠牲《いけにえ》を献《ささ》げん、主《しゅ》に向かいて歌い奏《かな》でん。(782)

たとえ、我が身が、この地に留《とど》められ、様様の悪に取り囲まれ、攻《せ》め立てられていようとも、我が魂は、幕屋の内に匿《かくま》われている限り、安全に護《まも》られ、「天上《てん》に留《とど》まる（In Heaven... / Would Keep）」であろう。大地を被《おお》う天は、神が張り拡《ひろ》げる、宇宙の幕屋である。

彼〔天主〕ただ独《ひと》り天を拡《ひろ》げ、海の波の上を歩《あゆ》み給う。(783)

雲は、天幕であり、雷鳴は、幕屋の内に轟《とどろ》く神の声である。

彼雨の滴《しずく》を引上《ひきあ》げ、驟雨《にわかあめ》を瀧津瀬《たきつせ》の如くに注ぎ給えば、そは全天《ぜんてん》を覆《おお》う雲の中《うち》より流れ下る。彼、雲を天幕の如くに展《の》べ、上よりその電光《いなずま》を閃《ひらめ》かさんとし給う時は、海の涯《はて》をも覆《おお》い給う。(784)

神は、「光を袍《うわぎ》の如く纏《まと》い、天を天蓋《てんがい》の如く張る」(785)者である。神は、「諸天《てん》を無きが如くに展《の》べ、之《これ》を住むべき幕屋の如くに張り給う」(786)者である。

天上の幕屋の玉座に座し給う神は、モーセに命じて、その写しを作らせた。

しかして汝《なんじ》山に於て汝に示されし模型《もけい》に従《したが》いて幕屋を造るべし。[787]

「模型《もけい》」の詳細は、『出エジプト記』第二十六章一～十四節に、記録されている。

神は、モーセに、十戒その他の律法を授け、更に、礼拝のための祭祀《さいき》に関する規定を授けた。神は、礼拝の内容と形式を、両《ふたつ》ながら、授けた。

「数多《あまた》の民族《たみ》の始祖《おや》」[788]であるアブラハムは、幕屋を住居としていた。

・・・・・

アブラハムの幕屋の内に在りて、翼《つばさ》ある客人《まろうど》達は、
（ああ、かつては、何と、天は、親しく、身近でありしことか！）
食し、飲み、語らい、腰を降ろして、休息《やす》む。
涼《すず》やかにして、仄《ほの》暗き夕闇（ゆうやみ）の迫り来《く》るまで。

(In *Abr'hams* Tent the winged guests
(O how familiar then was heaven!)
Eate, drinke, discourse, sit downe, and rest
Untill the Coole, and shady *Even*;)[789]

神は、二人の天使を伴って、アブラハムの幕屋を訪れた。

さて、主はマンブレの谷にて、アブラハムに現《あらわ》れ給いしが、そは彼が日の暑き時刻《ころ》、天幕の入口に坐《ざ》しいたる時なりき。目を挙《あ》げて見しに、三人《みたり》の人彼の傍《そば》に佇《たたず》めり。彼これを認むるや、天幕の入口より走り出《い》でて彼等《かれら》を迎え身を地に屈《かが》めて、云《い》いけるは、「卿《きみ》よ、願い得《う》べくば、下僕《しもべ》の所《ところ》を通り過ぎ給うなかれ。我《われ》、少量《すこし》の水を持ち来《きた》るにより、おんみ等《ら》足を濯《すす》ぎて、この樹《き》の下《もと》に憩《いこ》い給え。また我《われ》は僅《わず》かながら食《しょく》を供《きょう》して、おんみ等《ら》を労《ねぎら》い参《まい》らせん。然《しか》る後《のち》におんみ等《ら》旅を続《つづ》け給えかし。その為《ため》おんみ等《ら》は、その下僕《しもべ》の所《ところ》に立ち寄り給いしなれば。」彼等《かれら》は云《い》いぬ、「汝の云《い》える如くにせよ。」さればアブラハムは急《いそ》ぎて天幕の中《うち》に入《い》り、サラの許《もと》に至《いた》りて云《い》えり、「速《すみやか》に、碾《む》麦《ぎ》粉《こ》三桝《みます》を捏《こ》ね、焼《や》きてパン菓子を作れ。」次《つ》いで自《みずか》らは牛の群《むれ》に走《は》せ行《ゆ》きて、いと柔《やわら》かなる好《よ》き犢《こうし》一頭《とう》を曳《ひ》き来《きた》り、奴僕《しもべ》に之《これ》を付《わた》しければ、その者は急《いそ》ぎて之《これ》を調《ととの》理えぬ。かくて彼はバタと牛乳《ちち》と調《ととの》理えし犢《こうし》とを持ち来《きた》りて、彼等《かれら》に供《そな》え、自《みずか》ら樹《き》の下に立ちて侍《はべ》り居《い》たりき。(790)

遊牧の民は、幕屋によって、厳しい外界から、身を護《まも》る。しかし、移動の時には、幕屋は、巻き上げられ、たたまれる。張られたかと思う間もなく、瞬く間に、たたまれて、跡形もない幕屋。人の生涯も、又、然《しか》りである。

わが代《よ》は去れり、そは牧者《ぼくしゃ》の天幕の如く巻《ま》かれて我より取られたり。わが生命《いのち》は織匠《おりこ》に剪《き》らるるが如くに断《た》たれ、未《いま》だ始めしばかりなるに、その断《た》つ所となれり。(791)

朽ち果てるべき人間の体は、幕屋に喩《たと》えられる。人間は、皆、「幕屋なる我が地上の住処《すみか》」の中で、呻《うめ》き、苦しむ。しかし、その幕屋が、切って捨てられる時、人間は、天上の幕屋を着せられる。

蓋我等《けだしわれら》は、幕屋なる我が地上の住処破《すみかやぶ》るれば、人の手に成《な》らずして神より賜われる住処《すみか》、永遠の家が、我等《われら》の為に天に在る事を知る。即ち我等《われら》は此住処《このすみか》に在りて歎きつつ、此儘《このまま》にして天よりの住処《すみか》を上に着せられん事を希《こいねが》ふ。是《これ》既《すで》に着たるものにして裸《はだか》にて見出《みいだ》されずば誠《まこと》に然《しか》あるべし。蓋《けだし》我等《われら》が此《この》幕屋に在りて、圧迫を蒙《こうむ》りて歎《なげ》くは、是《これ》剝《は》がるるを好《この》まず、却《かえっ》て此上《このうえ》に着せられ、死すべき部分を直《ただち》に生命《せいめい》に呑入《のみい》れられん事を欲すればなり。[792]

次の世において、人間は、神の幕屋を目《ま》の当たりにする。

又大《おお》いなる声の玉座《ぎょくざ》より来《きた》るを聞けり、曰《いわ》く、看《み》よ神の幕屋は人々と共《とも》に在り、神彼等《かれら》と共《とも》に住み給いて、彼等其《かれらその》民《たみ》と成《な》り、神御自《おんみづか》ら彼等《かれら》と共《とも》に在《ましま》して、其《その》神と成《な》り給わん。[793]

『夜』の第一スタンザの「彼《か》の聖なる覆《おお》い（That sacred vail）」は、すでに、述べた通り、キリストの体を指す。それは、神の光を被《おお》い隠す「イエズスの己《おの》が肉なる幔《まく》」[794]である。

『夜』の第七スタンザの「汝の暗き幕屋（thy Dark Tent）」は、夜の帳《とばり》である。それは、自然界の夜を意味すると同時に、不可知の雲の如くに、魂を被《おお》う、霊の夜を意味する。

汝の幕屋の静寂《しず》けさは、天使のはばたきと声の以外《ほか》には、
破るものなし。
（Whose peace but by some *Angels* wing or voice
Is seldom rent;）

『夜』の第八スタンザの主題は、ぬかるみである。

然《さ》れど、我は、太陽が、
万物を蘇《よみがえ》らせる所に在りながら、然《しか》も尚《なお》、万物が、混じり合い、
自他ともに疲弊《ひへい》させる所に在りて、ぬかるみに和合し、
ぬかるみに向かう。

（　But living where the Sun
Doth all things wake, and where all mix and tyre
Themselves and others, I consent and run
To ev'ry myre,)

ぬかるみを引き起こすのは、混合の不均衡である。ルネサンス期の人人は、万物が、地、水、火、風の四元素から成り、各元素の混合の度合の不均衡が、可変の源であると考えた。

朽ち果てる物は、すべて、混合の度合が、均等でなかったのです。
(What ever dyes, was not mixt equally.)(795)

当然のことながら、人間も、四元素の混合体である。

我我の生命《いのち》は、四元素から成り立っているのでは、ございますまいか？

（　Does not our life consist
of the four elements?）(796)

四元説は、遠く、古代ギリシアにまで溯《さかのぼ》る。

エンペドクレスが、四元説を導き出したことは、すでに、審美的想像力論(797)において、詳述した。

弟子のピリスティオン(798)は、先生と同様に、人間は、地、水、火、風の四元素から成る、と考えたが、更に、各元素は、一定の性質を持ち、火は熱を、風は冷を、水は湿を、地は乾を、所有する、という見解を付け加えた。

四元説と性質論が統合されて、体液論(799)に発展したのは、間もなく、紀元前四百年になろうとする頃であった。

もし、万物が、均質の混合物であるなら、万物は、純粋であり、不変であり、不動であり、老朽にも、死にも従属せず、永続的であり、不滅である。

しかし、この世には、均質の混合物は、存在しない。万物は、各元素の割合が、均等でないために、老朽と死に従属する。万物は、四元素から成る、不純な混合物である。

この世の人間は、不純物の中を這《は》い回る、不純物である。この世の人間は、ぬかるみの中を足掻《あが》く、ぬかるみである。

魂は、永続と、不易《ふえき》と、永遠を求める。しかし、この世に在るのは、可変と、老朽と、死である。

魂は、真実を求める。しかし、この世が差し出すのは、虚偽である。

然《しか》して、此《こ》の世の偽りの光によりて、
夜迷うのにも増して、道を踏み誤る。
（　And by this worlds ill-guiding light,
Erre more then I can do by night.）

『夜』の最終スタンザにおいては、夜を求める魂の願いが歌われる。このスタンザは、夜の歌のエピローグである。

人の曰《いわ》く、神の内には、
深く、然《さ》れど眩《まばゆ》い闇《やみ》あり、と。世の人人が、
しかと、見えざるが故に、日暮れて、
冥《くら》し、と言うが如し。

（　There is in God (some say)
A deep, but dazling darkness; As men here
Say it is late and dusky, because they
See not all clear;)

「眩《まばゆ》い闇《やみ》（dazling darkness）」は、ディオニュシオスの闇《やみ》である。この闇《やみ》は、「注賦の観想（contemplación infusa）」(800)の状態にある魂が、体験する闇《やみ》である。神は、光そのものである。しかし、一切を越える神の「超本質的な光線《ひかり》（the Super-Essential Ray）」(801)は、魂にとっては、漆黒《しっこく》の闇《やみ》である。偏《ひとえ》に、魂の「低劣と不純（la bajeza e impreza）」(802)の故である。魂が、完全に浄化された状態にあるなら、神と魂の合一は、「光と光の融合」(803)になるであろう。しかし、魂が、未《いま》だ、「汚《けが》れなく、純白《ましろ》き魂（a pure, and whitend soul）」(804)になっておらず、不純と不完全を残しているなら、超自然の光の横溢《おういつ》を前にして、魂は、目が眩《くら》む。神は、光である。魂は、盲目である。

魂は、……不可解な合一の、盲目の抱擁の裡《うち》に、近寄り難い光の光線と出会うのです。(the sonl, ...meets in the blind embraces of an incomprehensible union the Rays of the unapproachable Light.)(805)

神性の底知れぬ深淵《しんえん》は、人間の言葉と認識を越える。それは、如何なる概念を以てしても、表し得ない。

思念を越える御方《おんかた》は、思念の理解を越え、又、言い表し様のない「善」は、言葉の及ぶ範囲を越えるのです。(...the One which is beyond thought surpasses the apprehension of thought, and the Good which is beyond utterance surpasses the reach of words.)(806)

一切を越える神は、名を持たない。神は、人間の、理性も、言葉も越える。

一切を越える神は、名を持たず、又、理性によって、把握することも出来ません。一切を越える神は、我我が、足を踏み入れることが許されない、はるか彼方《かなた》の領域に住み給うのです。(It [i.e.that Transcendent Godhead] hath no name, nor can It be grasped by the reason; It dwells in a region beyond us, where our feet cannot tread.)(807)

神の栄光は、限りなく、その偉大さは、測り知れない。神性は、人知を越える。それは、推論の力によっても、直観の力によっても、理解不可能である。

この超本質的な、隠れた神性の、実際の性質を理解し、観想することは、何人《なんぴと》にも出来ません。と申しますのも、そのような認識は、超本質的に、すべての人間を、はるかに越えるからです。……神性は、目に見えず、理解することが出来ないばかりか、探求することも、悟ることも出来ないのです。神性の、無限の、隠れた深淵《しんえん》の中に、何者かが入り込んだ痕跡《こんせき》は、全く、ありませんから。(...the understanding and contemplation of Its[i.e. this hidden Super-Essential Godhead] actual nature is not accessible to any being; for such knowledge is superessentially exalted above them all. ...It is not only invisible and incomprehensible, but alos unsearchable and past finding out, since there is no trace of any that have penetrated the hidden depths of Its infinitude.)(808)

一切を越える神との合一は、偏《ひとえ》に、恩寵《おんちょう》の賜《たまもの》である。

それですから、我我は、心が、情欲から解放されて、霊的になりましたなら、キリストが下し給う、霊的な照明に与《あずか》り、我我の精神の能力《ちから》を越える、合一の状態にあって、キリストの眩《まばゆ》い光線《ひかり》の、目も眩《くら》む至福に満ちた刺激の最中《さなか》にあって、今よりも、もっと神神しい方法で、天上の天使達の如くになるでありましょう。(...and so shall we, with our mind made passionless and spiritual, participate in a spiritual illumination from Him [ i.e. Christ], and in an union transcending our mental faculties, and there, amidst the blinding blissful impulsions of His dazzling rays, we shall, in a diviner manner than at present, be like unto the heavenly Intelligences.)(809)

神と合一することとは、「不可知の闇《やみ》(the Darkness of Unknowing)」に、没入することである。

不可解な神の存在は、……真《まこと》の信徒を、不可知の闇《やみ》の中に投じ、信徒は、その闇《やみ》の中で、自身の悟性が理解するものを、一切放棄し、触れることも、見ることも、全く出来ないものに包まれ、一切を越える御方《おんかた》だけの所有《もの》となるのです。自分自身であれ、他者であれ、神以外の者の所有《もの》には、決してなりません。そうして、信徒は、自分自身の推論の能力《ちから》が、すっかり、鎮められ、無抵抗になった状態で、自身の最高の能力《ちから》によって、完全に不可知である御方《おんかた》と合一するのです。このようにして、信徒は、一切の認識を放棄することによって、その御方《おんかた》について、自身の理解をはるかに越える認識を所有するのです。（It [i.e. His incomprehensible presence]... plunges the true initiate unto the Darkness of Unknowing wherein he renounces all the apprehensions of his understanding and is enwrapped in that which is wholly intangible and invisible, belonging wholly to Him that is beyond all things and to none else (whether himself or another), and being through the passive stillness of all his reasoning powers united by his highest faculty to Him that is wholly Unknowable, of whom thus by a rejection of all knowledge he possesses a knowledge that exceeds his understanding.）[810]

ヴォーンが、ひたすら希《こいねが》うのは、「不可知の闇《やみ》」である。闇《やみ》に飲まれた魂は、他者の目には「見えず（invisible）」、又、自身の目にも、闇《やみ》以外のものは、全く、「見えない（invisible）」。『暗夜（*Noche oscura*）』の神秘家が、「密《ひそ》かに、人の目に触るることなく、我も、又、何物をも見ることなく（en secreto, que nadie me veía / ni yo miraba cosa）」[811]、闇《やみ》の中を、導かれたように。

おお、彼《か》の夜の有《あ》らまほしきかな！然《さ》すれば、我は、
人知れず、何も見ず、神の闇《やみ》の内に住まうべし。
（O for that night! Where I in him
Might live invisible and dim.）

# 注

(1) Blake,W., *Auguries of Innocence*, ll. 1～4.

(2) A. E., *Imaginations and Reveries* (Maunsel & Co. Ltd., 1915), p. 54.

(3) *ibid*., p. 50.

(4) 拙著『笛とたて琴—審美的想像力』（近代文芸社、二〇〇〇年）。

(5) A. E., *op. cit*., p. 52.

(6) *ibid*., pp. 65, 66.

(7) *ibid*., p. 80.

(8)『マテオ聖福音書』第十七章一、二節。

(9) A. E., *op. cit*., P. 70.

(10) Browne, Sir Thomas, "Religio Medici", *The Works of Sir Thomas Browne*, ed. by Keyned, G. (The University of Chicago Press, 1964), vol. 1, p. 45.

(11) Underhill, E., *Mysticism: A Study in the Nature and Development of Man's Spiritual Consciousness* (Methuen & Co. Ltd., 1960), p. 6.

(12) *ibid*., p. 5.

(13) *ibid*., p. 5.

(14) *ibid*., p. 93.

(15) *ibid*., p. 83.

(16) *Meister Eckhart, Deutsche Predigten und Traktate*, herausgegeben und übersetzt von Josef Quint (Carl Hauser Verlag, München, 6. Auflage, 1985), S. 303.

(17) *ibid*., S. 303.

(18) *ibid*., S. 304.

(19) *ibid*., S. 306.

(20) *ibid*., S. 307.

(21) *ibid*., S. 307.

(22) *ibid*., SS. 308, 309.

(23) 『詩篇』第四十四篇三〜六節。

(24) 『ヨハネ聖福音書』第十六章七〜十三節。

(25) 同上書、第十四章十七節。

(26) *Meister Eckhart, Deutsche Predinten und Traktate*, herausgegeben und übersetzt von Josef Quint (Carl Hauser Verlag, München, 6. Auflage, 1985), S. 412.

(27) *ibid*., S. 433.

(28) *ibid*., SS. 319, 320.

(29) *ibid*., S. 431.

(30) *ibid*., S. 437.

(31) *ibid*., S. 314.

(32) *ibid*., S. 206.

引用文中の"einfaltingen"は、"einfältingen"の誤りかと思われる。

(33) *ibid.*, SS. 315, 316.

(34) *ibid.*, S. 314.

(35) *ibid.*, S. 297.

(36) Traherne, T., "Silence", l. 81.

(37) Underhill, E., ***Mysticism: A Study in the Nature and Development of Man's Spiritual Consciousness*** (Methuen & Co.Ltd., 1960), pp. 169, 170.

引用文中の "These form" は、原典のまま。

(38) 拙著『笛とたて琴—審美的想像力』（近代文芸社、二〇〇〇年）、注⒇参照。

(39) ***Thoman Traherne: Centuries, Poems and Thanksgivings***, ed. by Margoliouth (O.U.P., 1965) vol. l, pp.xxxviii, xxxix.

(40) Willett, G. E., ***Traherne*** (Folcroft Library Editions, 1974), p. 18.

(41) *idid.*, p. 39.

(42) Thomas à Kempis, ***De imitatione Christi*** (Libreria Editrice Vaticana, Citta del Vaticano, 1982).

(43) Traherne, T., "Thanksgivings for the Body", ll. 530~533.

(44) Traherne, T., "Eden" l. 1.

(45) Nicolson, M. H.., "***The Breaking of the Circle: Studies in the Effect of the "New Science" uopon. Seventeenth-Century Poetry***"(Revised Edition) (Columbia U. P.,1962), p. 196.

(46) Traherne, T., "Dissatisfaction", ll. 111, 112.

(47) *ibid.*, "Dissatisfaction", l. 78.

(48) *ibid.*, "The Evidence", l. 2.

(49) Willett, G. E., *op. cit.*, p. 4.

(50) White, H. C., ***The Metaphysical Poets: A Study in Religious Experience***(Collier Books) (The Macmillan Co.,1936), pp. 338, 339.

(51) Willett. G.E., ***op. cit.***, p. 4.

(52) ***ibid.***

引用文中の "proceed" は、"proceed to" の誤りかと思われる。

(53) ***ibid.***

(54) ***ibid.***

(55) Taherne, T., "The Author to the Critical Peruser", l. 1.

(56) ***ibid.***, l. 3.

(57) ***ibid.***, ll. 11~14.

(58) Traherne, T., "The Person", ll. 17~26.

(59) ***ibid.***, ll. 49, 50.

(60) Warnke, F. J., ***Versions of Baroque: European Literature in the Seventeebth Century*** (Yale U. P., 1972), p. 216.

(61) 拙著『笛とたて琴—審美的想像力』(近代文芸社、二〇〇〇年)、注(102)参照。

(62) 同上書、注(106)参照。

(63) 同上書、注(103)参照。

(64) 同上書、注(105)参照。

(65) 同上書、注(109)参照。

(66) 同上書、注(104)参照。

(67) Tillyaed, E.M.W., ***The Elizabethan World Picture*** (Penguin Books Ltd., 1966), p. 36.

(68) Traherne, T., ***The First Century***, 27.

(69) （注）(1)参照。
(70) Traherne, T., "The Demonstration", ll. 26, 27.
(71) Traherne, T., *The First Century*, 31.
(72) Traherne, T., *The Second Century*, 97.
(73) Traherne, T.," The Enguiry",l.36.
(74) Traherne, T.,"Thanksgivings for the Body", ll. 178~181.
(75) Traherne, T., *The Second Century*, l.
(76) Traherne, T.,"The Circuiation",l .29.
(77) *ibid.*, l. 1.
(78) *ibid.*, ll. 38, 39.
(79) Traherne,T., *The Third Century*, 20.
(80) Traherne,T., *The Second Century*, 21.
(81) *Plotin; Ennéades*, texte établi et tradnit par Émile Bréhier (Société d' Édition《Les Belles Lettres》, 1960), t. I., II-4.
(82) Traherne, T., *The First Century*, 92
(83) Traherne,T., *The Third Century*, 18.
(84) *ibid*,. 22.
(85) Salter, K.W., *Thomas Traherne: Mystic and Poet* (Edward Arnold Ltd., 1964),p. 34 ff.
(86) *ibid.*, p. 37.
(87) *ibid.*, p. 88.
(88) Martz, L. L., *The Paradise Within : Studies in Vaughan, Traherne, and Milton* (Yale U. P.,1964),p. 36.

(89) Clements, A. L., *The Mystical Poetry of Thomas Traherne* (Harvard U. P., 1969), p.14.

(90) Willett, G. E., *Traherne* (Folcroft Library Editions, 1974), pp. 6, 7.

(91) Traherne, T., *The Third Century*, 60.

(92) Traherne, T., "Dissatisfaction", ll. 59～63.

(93) Traherne, T., *The Third Century*, 52.

(94) Traherne, T., "Insatiableness", Ⅱ, ll. 1, 2.

(95) Traherne, T., *The Third Century*, 18.

(96) *ibid*., 46.

(97) Traherne, T., "Insatiableness", Ⅰ, l. 19.

(98) Traherne, T., "The World", ll. 81～83.

(99) Traherne, T., *The Second Century*, 26.

(100) Traherne, T., *The Third Century*, 44.

(101) *ibid*.

(102) *ibid*

(103) Traherne, T., *The Fourth Century*, 3.

(104) Traherne, T., *The Third Century*, 41.

(105) *ibid*., 44.

(106) 拙者『笛とたて琴―審美的想像力―』（近代文芸社、二〇〇〇年）、注(473)参照。

(107) Traherne, T., *The Third Century*, 70.

(108) Traherne, T., *The First Century*, 3.

(109) Traherne, T., "Ease", ll. 17, 18.
(110) Traherne, T., *The First Century*, 29.
(111) Traherne, T., "Ease", ll. 2, 3.
(112) Traherne, T., *The First Century*, 30.
(113) Traherne, T., *The Fourth Century*, 73.
(114) 注(20)参照。
(115) Traherne, T., "My Spirit", l. 8.
(116) Traherne, T., "Desire", ll. 21, 22.
(117) Traherne, T., *The Third Century*, 83.
(118) Traherne, T., "Misapprehension", l. 54.
(119) Traherne, T., "Thanksgivings for the Soul", l. 175.
(120) *ibid.*, ll. 80～84.
(121) Traherne, T., *The Second Century*, 100.
(122) Traherne, T., "Nature". ll. 6, 7.
(123) 注(10)参照。
(124) 同上参照。
(125) 同上参照。
(126) Traherne, T., "Dreams", l. 29.
(127) Traherne, T., "The Praeparative", l. 61.
(128) *ibid.*, l. 66.

(129) Traherne, T., "Nature", ll. 11, 12.
(130) Traherne, T., "The Inference", ll. 49 〜 51.
(131) Traherne, T., "The Enguiry", l. 19.
(132) Traherne, T., *The Third Century*, 84.
(133) *Meister Eckhart*, A Modern Translation by Raymond Bernard Blakney (Harper&Row, Publishers, 1941), p. 206.
(134) Traherne, T., "The Praeparative", l. 55.
(135) Traherne, T., "My Spirit", ll. 32 〜 39.
(136) Traherne, T., "The third Century", 61.
(137) *ibid*.
(138) *ibid*.
(139) *Meister Eckhart*, A Modern Translation by Raymond Bernard Blakney (Harper Torch books)(Harper & Row, Publishers, 1941), p. 167.
(140) Traherne, T., " The Second Century", 78.
(141) Jordan, R. D., *The Temple of Eternity: Thomas Traherne's Philosophy of Time* ( Kennicat Press, Inc., 1972), p. 99.
(142) Traherne, T., " The Third Century", 61.
(143) Traherne, T., " My Spirit", l. 39.
(144) Traherne, T., "The World", l. 38.
(145) Traherne, T., "Christendom", l . 35.
(146) *ibid*., l. 69.
(147) Traherne, T., "The Third Century", 3.

(148) *ibid*.

(149) Traherne, T., "The Third Century", 61.

(150) Traherne, T., "The Third Century", 22.

(151) Traherne, T., "The Fourth Century", 77.

(152) Willett, G.E., *Traherne* (Folcroft Library Edition, 1974), p. 5.

(153) Traherne, T., "The Fourth Century", 74.

(154) Pater, W., "Pico della Mirandola", *The Renaissance* (Macmillan & Co. Ltd., reprinted 1967), p. 30.

(155) *ibid*., pp. 47, 48.

(156) Hulme, T. E., *Speculations: Essaya on Humanism and the Philosophy of Art*, ed. by Herbert Read (Routledge & Kegan Paul Ltd., 1960), p. 25.

(157) *ibid*., p. 13.

(158) 拙著『死の舞踏—倫理的想像力』（近代文芸社、二〇〇六年）、注(226)参照。

(159) Hulme, T. E., *op. cit*., p. 59.

(160) Hulme, T. E., *op. cit*., p. 70.

(161) Jones, A. R., *The Life and Opinions of T. E. Hulme*(Victor Gollancz Ltd., 1960), p. 69.

(162) Hulme, T. E., *op. cit*., p. 57.

(163) 注(153)参照。

(164) Traherne, T., "The Odour", ll. 49～52.

(165) Traherne, T., "Admiration", ll. 1～7.

(166) 注(10)参照。

(167) 注(127)参照。

(168) 注(132)参照。

(169) Traherne, T., "The Odour", ll. 53, 54.

(170) 注(165)参照。

(171) Traherne, T., "The Odour", l. 23.

(172) 注(149)参照。

(173) Traherne, T., "The Image", ll. 6, 7.

(174) Traherne, T., "The Third Century", 61.

(175) *ibid*.

(176) *ibid*.

(177) Traherne, T., "The Third Century", 60.

(178) Traherne, T., "The Third Century", 97.

(179) Traherne, T., "The Third Century", 13.

(180) Traherne, T., "The Third Century", 47.

(181) Traherne, T., "Of the Nature of Felicity", ***Christian Ethicks***, ed. by M. H. Abrams, Francis E. Mineka, William M. Sale, Jr.(Cornell U. P., 1968), p. 19.

(182) 拙著『笛とたて琴—審美的想像力』（近代文芸社、二〇〇〇年）、注(338)参照。

(183) Traherne, T., "The Third Century", 42.

(184) Traherne, T., "The Improvment", ll. 23, 24.

(185) Traherne, T., "The Fifth Century", 3.

(186) Traherne, T., "The Third Century", 67.

(187) Traherne, T., "The Third Century", 19, ll. 11, 12.

(188) Traherne, T., "Sixth Day", ll. 38, 39.

(189) Traherne, T., "The Anticipation", l. 91.

(190) Traherne, T., "The Third Century", 64.

(191) Traherne, T., "The Third Century", 63.

(192) 注(20)参照。

(193) Traherne, T., "My Spirit", l. 29.

(194) ***ibid***., ll. 18～26.

(195) Traherne, T., "The Second Century", 48.

(196) Traherne, T., "The Fourth Century", 95.

(197) Traherne, T., "The Third Century", 67.

(198) Traherne, T., "The Inference", l. 21.

(199) Traherne, T., "Dreams", l. 52.

(200) Traherne, T., "The Review", l. 19.

(201) Traherne, T., "Dreams", l. 55.

(202) Traherne, T., "Thoughts. III", l. 54.

(203) Traherne, T., "Hosanna", ll. 58, 59.

(204) Traherne, T., "Thoughts. III", l. 6.

(205) Traherne, T., "Thoughts. III", ll. 66～70.

(206) *ibid.*, ll. 73 ~ 76.
(207) Trahene, T., "The Fourth Century", 74
(208) *ibid.*
(209) *ibid.*
(210) Traherne, T., "An Infant-Ey", ll. 1 ~ 4.
(211) *ibid.*, l. 17.
(212) Ross, M.M., *Poetry and Dogma : The Transfiguration of Eucharistic Symbols in Seventeenth Century English Poetry* (Octagon Books,1969), p. 95.
(213) Traherne, T., "Wonder", l. 30.
(214) Eliot, T.S., 'Hamlet', *Selected Prose* (Penguin, Books Ltd., 1958), P. 107.
(215) Underhill, E., *op cit.*, pp. 126, 127.
(216) *ibid.*, p. 129.
(217) *ibid.*, p. 305.
(218) Martz. L.L., op.cit., p. 39.
(219) Traherne, T., "Right Apprehension", l. 8.
(220) Traherne, T., "The Third Century", 3.
(221) Traherne, T., "The Third Century", 5.
(222) Stewart, S., *The Expanded Voice: the Art of Thomas Traherne*(The Huntingtom Lidrary,1970), p. 78.
(223) 『マルコ聖福音書』第十章十五節。
(224) 『ヨハネ聖福音書』第三章三節。

(225) Traherne, T., "News", l. 24.
(226) Traherne, T., "The Return", ll. 1. 2.
(227) Traherne, T., "The Third Century", 43.
(228) Traherne, T., "Silence", ll. 75 ～ 78.
(229) Traherne, T., "The Fifth Century", 10.
(230) Traherne, T., "Innocence", 8.
(231) Traherne, T., "The Fourth Century", 81.
(232) Traherne, T., "The Second Century", 84.
(233) Traherne, T., "An Infant-Ey", ll. 3, 4.
(234) Traherne, T., "Thoughts. IV", l. 29.
(235) Traherne, T., "The Preparative", ll. 11 ～ 20.
(236) 注(36)参照。
(237) ***Plotin: Ennéades***, texte établi et traduit par Émile Bréhier(Société d' Édition《Les Belles Lettres》, 1956), t. V, V-9.
(238) 『創世記』第1章1節。
(239) Traherne, T., "The Design", ll. 1 ～ 4.
(240) Traherne, T., "The Fourth Century", 75.
(241) "Poemandres", Chap. Ⅳ-2, ***The Divine Pymander and Other Writings of Hermes Trismegistus***, tr. from the Original Greek by John D. Chambers(Samuel Weiser, Inc., 1975), p. 31.
(242) Traherne, T., "The Fourth Century", 76.
(243) 注(241)参照。

(244) Traherne, T., "The Second Century", 66.
(245) Traherne, T., "The Fourth Century", 48.
(246) Traherne, T., "The Third Century", 42.
(247) Traherne, T., "Dumnesse", l. 1.
(248) Traherne, T., "The Recovery", l. 53.
(249) Traherne, T., "Thoughts. II", ll. 43 ～ 45.
(250) Traherne, T., "The Fourth Century", 15.
(251) Traherne, T., "Amendment", l. 49.
(252) Traherne, T., "Thanksgivings for the Soul", ll. 314, 315.
(253) Traherne, T., "The Second Century", 90.
(254) Traherne, T., "The Second Century", 84.
(255) Traherne, T., "The Circulation", ll. 80 ～ 84.
(256) Traherne, T., "The Second Century", 90
(257) Traherne, T., "The Improvement", ll. 1, 2.
(258) Traherne, T., "The Demonstration", ll. 59, 60.
(259) *ibid.*, ll. 75, 76.
(260) Traherne, T., "Amendment", ll. 36 ～ 42.
(261) Blunden, E., ***On the Poems of Henry Vaughan*** (Russell & Russell, A Division of Atheneum Publishers Inc., 1969), p. 8.
(262) Sassoon, S., "At the Grave of Henry Vaughan", ***The Heart's Journey***.
(263) 拙著『カンタベリー日記』（丸善出版サービスセンター制作）、九七～一〇七頁。

(264) Williamson, E. W., Bishop of Swansea & Brecon, ***Henry Vaughan***, Annual lecture broadcast in the Welsh Home Service on 8 January 1953 (Broadcast in the Welsh Home Service), p. 11.

(265) ***The Works of Henry Vaughan, Silurist***, collected & ed.: with Memorial-Introduction: Essay on Life and Writings: and Notes by the Rev. Alexander B. Grosart (AMS Press, 1983), vol. I, p. xx.
(The text will below be abbreviated to Grosart.)

(266) ***ibid***., vol. I, p. xxix.

(267) ***ibid***., vol. II, pp. xi, xii.

(268) ***The Works of Henry Vaughan***, ed. by Martin, L.C. (O.U.P., 1963), p. 178.
(The text will below be abbreviated to Martin.)

(269) 『ヨハネ聖福音書』第十章十一節。

(270) Martin, p. 458 ll. 1 ~ 4.

(271) ***ibid***., p. 474, ll. 97 ~ 100.

(272) ***ibid***. , p. 491 ,l. 16.

(273) ***ibid***., p. 539, l. 6.

(274) 拙著『笛とたて琴―審美的想像力』（近代文芸社、二〇〇〇年）、注(503)、(504)参照。

(275) Martin, p. 539, ll. 7, 8.

(276) 『黙示録』第二十二章一、二節。

(277) Grosart, vol. II, p. xii.

(278) ***ibid***., vol. II, p. xix.

(279) ***ibid***., vol. II, p. xx.

(280) *ibid*., vol. II, p. xx.

(281) *ibid*., vol. I, p. xxxvi.

(282) *ibid*., vol. I, p. xxxvii.

(283) ***Athene Oxonienses: An Exact History of all the Writers and Bishops who have had their Education in the University of Oxford***, by Anthony à Wood, M. A. of Merton College (A New Edition, with Additions and a continuation, by Philip Bliss,1817), vol. IV, p. 425.

(284) Grosart, vol. I, p. xxxix.

(285) Blunden, E., ***op. cit***., p. 38.

(286) Sassoon, S., ***op. cit***., l. 7.

(288) 『ヨハネ聖福音書』第三章三節。

(287) Martin, pp. 419, 420.

(289) 『マルコ聖福音書』第十章十五節。『マテオ聖福音書』第十九章十四節。『ルカ聖福音書』第十八章十七節。

(290) Martin, p. 542, ll. 17～22.

(291) 注(215)参照。

(292) Eliot, T. S.,"The Silurist", *Dial*, vol. 83 (1927), p. 259.

(293) ***ibid***., p. 260.

(294) ***ibid***., p. 260.

(295) Martin, p. 542, ll. 15, 16.

(296) Eliot, T. S., ***op. cit***., pp. 260, 261.

(297) cf. Johan Wolfgang von Goethe, ***Aus meiner Leben. Dichtung und Wahrheit***.

(298) Martin, p. 498, ll. 45, 46.

(299) *ibid*., p. 498, l. 34.

(300) *ibid*., p. 468, ll. 30, 31.

(301) Doughty, W. L., *Studies in Religious Poetry of the Seventeenth Century*(Kennicat Press, Inc., 1969), p. 2.

(302) Grosart, vol. II, p. xxvii.

(303) *ibid*., vol. II,p. x1vii.

(304) Bush, D., *English Literature in the Earlier Seventeenth Century* : 1600-1660 (O. U. P., 1973), p. 151.

(305) Grosart, vol. II, p. xxxvii.

(306) Martin, p. 423, ll. 18, 19.

(307) Hodgson, G. E., *A Study in Illumination* (Heath, Cranton & Ousley Ltd., 1914) ,p. 61.

(308) Grosart, vol. II, p. x.

(309) Martin, p. 521, ll. 35 〜 38.

(310) Martin, p. 83, l. 1.

(311) Bailey, M. L., *Milton and Jakob Boehme: A Study of German Mysticism in Seventeenth Century England* (Haskell House Publishers Ltd., 1964), p. 57.

(312) *ibid*., pp. 77, 78.

(313) *Jakob Böhme : Aurora oder Morgenröte im Aufgang*, Herausgegeben von Gerhard Wehr (Insel Verlag, 1992), Kap. 7-14, SS. 139, 140.

(314) *ibid*., Kap. 13-31, S. 227.

(315) Martin, p. 338.

(316) *ibid.*, p. 338.

(317) Böhme, J., *Von der Gnadenwahl*, Herausgegeben von Gerhard Wehr (Aurum Verlag, 1978), Kap. 5-35, S. 84.

(318) *ibid.*, Kap. 5-31, S. 81.

(319) *ibid.*, Kap. 5-32, S. 83.

(320) *Hermes Trismegiste: Corpus Hermeticum*, texte établi par A. D. Nock, traduit par A.-J. Festugière(Société d'édition Les Belles Lettres, 2006), t. I, Traité X-15, p. 120.

The text will below be abbreviated to *Hermès*.

(321) Wardle, R. M., "Thomas Vaughan's Influence upon the Poetry of Henry Vaghan", ***PMLA***, 51(1936), p. 937.

(322) *ibid.*, p. 939.

(323) Blunden, E., *op cit.*, p. 13.

(324) Rudrum, A.,"The Influence of Alchemy in the Poems of Henry Vaughan", ***P. Q.***, vol. 49 (1970), p. 480.

(325) Martin, p. 282.

(326) 『黙示録』第二章四節。

(327) Martin, p. 284.

(328) Hutchinson, F. E., *Henry Vaughan : A Life and Interpretation*(O. U. P., 1971), p. 162.

(329) Martin, p. 83.

(330) 注(37)参照。

(331) *Meister Eckhart, Deutsche Predigten und Traktate*, herausgegeben und übersetzt von Josef Quint (Carl Hauser Verlag, Munchen, 1985), S. 305.

The texte will below be abbreviated to Quint.

(332) *ibid*., S. 305.

(333) A. E., ***Imaginations and Reveries*** (Maunsel & Co. Ltd., 1915), p. 52.

(334) Martin, p. 436, ll. 15, 16.

(335) Underhill, E., ***op. cit***., p. 344.

(336) *ibid*., p. 344.

(337) *ibid*., pp. 344, 345.

(338) ***Hermès***, t. I, Traité V-9, pp. 63, 64.

(339) ***The Works of Thomas Vaughan : Mystic and Alchemist***, ed. by Waite, A. E., new forword by Rexroth, K. (University Books Inc., 1968), p. 84.
The text will below be abbreviated to Waite.

(340) *ibid*., p. 297.

(341) Quint, S. 313.

(342) Martin, p. 438, ll. 95, 96.

(343) Martin, p. 511, l. 28.

(344) Martin, p. 479, ll. 48 ~ 54.

(345) Martin, p. 461, l. 37.

(346) Holmes, E., ***Henry Vaughan and the Hermetic Philosophy*** (New York / Russell & Russell, 1967), pp. 34, 35.

(347) 拙著『笛とたて琴―審美的想像力』（近代文芸社、二〇〇〇年）、注(288)、写真十三、十四参照。

(348) Godwin, J., ***Robert Fludd : Hermetic Philosopher and Surveyor of Two Worlds*** (Thames & Hudson Ltd., London, 1979), p. 71.

(349) Shakespeare, W., ***The Sonnets***, No. 29, l. 12.

(350) Waite, p. 10.
(351) Waite, p. 297.
(352) Rola, Stanislas Klossowski de, *Alchemy : the Secret Art* (Thames & Hudson Ltd., London, 1973), Plate. 39.
(353) Baigent, M. & Leigh, R., *The Elixir and the Stone : A History of Magic and Alchemy* (Arrow Books) (The Random House Group Ltd., 2005), p. 42.
(354) Rudrum, A., *op. cit.*, p. 469.
(355) Martin, p. 424, ll. 1, 2.
(356) プラトン「パイドロス」(加来彰俊訳)、『プラトン名著集』(田中美和太郎編)(新潮社、(昭和五一年)、一六四頁。
(357) 『黙示録』第七章九、十節。
(358) 『申命記』第三十四章三節。
(359) 注(37)参照。
(360) Martin, p. 386.
(361) Blunden, E., *op. cit.*, pp. 62, 63.
(362) Grosart, vol. II, p. xlix.
(363) Bush, D., *English Literature in the Earlier Seventeenth Century : 1600–1660*(O. U. P., 1973), p. 155.
(364) Freeman, R., *English Emblem Books* (Chatto & Windus, 1967), p. 148.
(365) *ibid.*, p. 151.
(366) Martin, p. 462, l. 60.
(367) Martin, p. 249, ll. 10. 11.
(368) 『イエレミア預言書』第二十三章二十九節。

(369) Martin, p. 441, l. 9.
(370) Martin, p. 462, ll. 58, 59.
(371) Martin, p. 426, l. 8.
(372) Martin, p. 403, l. 41.
(373) 『マラキア預言書』第三章二節。
(374) 同上書、第三章三節。
(375) Martin, p. 493, ll. 12 ~ 14.
(376) Martin, p. 483, l. 30.
(377) Martin, p. 486, ll. 59 ~ 62.
(378) 『申命記』第四章二十四節。
(379) Rudrum, A., *op. cit.*, p. 471.
(380) 注(371)参照。
(381) 注(372)参照。
(382) Rudrum, A., *op. cit.*, pp. 470, 471.
(383) 注(378)参照。
(384) 同上参照。
(385) Martin, p. 541, l. 23.
(386) Martin, p. 541, ll. 17 ~ 22.
(387) Martin, p. 444, ll. 30 ~ 36.
(388) Martin, p. 459, ll. 4 ~ 6.

(389) Martin, p. 441, ll. 5 ～ 8.

(390) 『出エジプト記』第十六章十三節～十五節。

(391) 『ヨハネ聖福音書』第一章十四節。

(392) 注(353)参照。

(393) Hilton, W., *The Scale of Perfection, Early English Books, 1475–1640*(Microfilm), Capl. xxx.

(394) *ibid.*

(395) 注(378)参照。

(396) 同上。

(397) Martin, P. 396.

(398) Martin, P. 538, ll. 23 ～ 28.

(399) Waite, p. 417.

(400) 『ヨハネ聖福音書』第三章五節。

(401) 『黙示録』第七章十七節。

(402) 『詩篇』第百十三篇八節。

(403) 『出エジプト記』第十七章、五、六節。

(404) 『雅歌』第四章十二、十五節。

(405) 注(33)参照。

(406) Martin, p. 397, l. 1 ～ p. 399, l. 85.

(407) Durr, A. R., "Vaughan's Theme and its Pattern: "Regeneration"", *S. P.*, vol. 54(1957), p. 26.

(408) Ellerodt, R., *Les Poètes Métaphysiques Anglais*(Librairie José Corti, 1960)(3 vols.), Première Partie, t. II, p. 238.

(409) 『詩篇』第三十八篇七節。
(410) 注(37)参照。
(411) 『伝道書』第一章二節。
(412) *Quarles' Emblems*, illustrated by Charles Bennet and W. Harry Rogers(James Nisbet & Co., MDCCC LXXX VI), p. 21.
(413) 『創世記』第二十九章一節。
(414) 同上書、第二十八章十～十二節。
(415) Martin, p. 515, ll. 18 ～ 21.
(416) 注(139)参照。
(417) 拙著『笛とたて琴—審美的想像力—』（近代文芸社、二〇〇〇年）、写真十四・参照。
(418) Waite, p.170.
(419) 『創世記』第二十八章十六～十九節。
(420) 『ヤコボ書』第二章二十三節。
(421) 『創世記』第二十二章、一、二、九～十二節。
(422) Ellerodt, R., ***op. cit.***, p. 240.
(423) 『雅歌』第四章十二～十四節。
(424) 『ヨハネ聖福音書』第四章十～十四章。
(425) Durr, A. R., *op. cit.*, p. 24.
(426) 『雅歌』第四章五節。
(427) Martin, p. 365, ll. 12 ～ 15.
(428) 『イエレミア預言書』第二章十三節。

(429) ***Hermès***, t. II, p. 200.

(430) 『ペトロ前書』第二章、四、五節。

(431) 『エゼキエル預言書』第三十六章、二十六、二十七節。

(432) Ellerodt, R., ***op. cit.***, p. 240.

(433) Waite, p. 100.

(434) Ellerodt, R., ***op. cit.***, p. 241.

(435) Martin, p. 419, l. 25.

(436) 注(359)参照。

(437) 『雅歌』第二章一節。

(438) 『雅歌』第一章十五節。

(439) ***Cant.***, 1-16.

(440) 『使徒行録』第二章一〜三節。

(441) 『ヨハネ聖福音書』第三章五節。

(442) ***Saint John's Gospel***, in the Revised Standard Version and New Vulgate with a commentary by the Faculty of Theology of the U. of Navarre(Scepter Publishers, Inc., 2005), p. 62.

(443) 『ヨハネ聖福音書』第三章八節。

(444) 注(418)参照。

(445) ***Jakob Böhme : Aurora oder Morgenröte im Aufgang***, Herausgegeben von Gerhard Wehr(Insel Verlag, 1992), Kap. 29, S. 450.

(446) Martin, p. 482, l. 7〜p. 483, l. 12.

(447) 『コロサイ書』第三章、九、十節。

(448) *Hermès*, t. II., XIII-4, p. 202.
(449) ibid., t. II., XIII-7, p. 203.
(450) FitzGerald, E.,"To Allen, Jan. 10, 1837", *Letters of Edward FitzGerald*, ed. By Wright, W. A.(Macmillan & Co.,1901),vol. 1, pp. 45, 46.
(451) Bush, D ., *English Literature in the Ealier Seventeenth Century: 1600-1660*(O. U. P., 1973), p. 152.
(452) Grosart, vol. I. p. xix.
(453) Martin, p. 483, l. 1 ～ p. 484, l. 40.
(454) Pettet, E. C., *Of Paradise and Light: A Study of Vaughan's Silex Scintillans*(C. U. P., 1960), p. 156.
(455) *ibid.*, p. 164.
(456) Freeman, R., *English Emblem Books*(Chatto and Windus, 1967), p. 124.
(457) 拙著『笛とたて琴―審美的想像力―』（近代文芸社、二〇〇〇年）参照。
(458) 拙著『死の舞踏―倫理的想像力―』（近代文芸社、二〇〇六年）、写真十三、写真十四 参照。
(459) Cirlot, J. E., *A Dictionary of Symbols*(Routledge & Kegan Paul, 1971), p. 309.
(460) Mahood, M. M., *Poetry and Humanism*(Kennikat Press Inc., 1967), p. 254.
(461) *ibid.*, p. 254.
(462) 注(328)参照。
(463) 注(139)参照。
(464) Martin, p. 512, ll. 31 ～ 34.
(465) Cirlot, J. E., op. cit., p. 309.
(466) Martin, p. 441, ll. 3, 4.

(467) Rola, Stanislas Klossowski de, ***Alchemy: The Secret Art***(Thames & Hudson Ltd., 1973), p.10.

(468) ***ibid***., p. 10.

(469) ***ibid***., p. 11.

(470) 注(353)参照。

(471) Martin, p. 464, ll. 17 ～ 20.

(472) cf. "Auf Flügeln des Gesanges", composed by Heine, H. and set to music by Mendelssohn, F.

(473) Martin, p. 650, l. 21 ～ p. 651, l. 34.

(474) 拙著『死の舞踏―倫理的想像力―』（近代文芸社、二〇〇六年）、写真六：参照。

(475) Martin, p. 528, ll. 7 ～ 12.

(476) 注(429)参照。

(477) ***Hermès***, t. II, Traité XIII-18, p. 208.

(478) ***ibid***., t. II, Traité XIII-21, p. 209.

(479) 『ロマ書』第八章二十一節。

(480) 『コリント前書』第十三章十二節。

(481) 『出エジプト記』第三十八章八節。

(482) Martin, p . 402, ll. 51 ～ 56.

(483) Martin, p. 488, l. 1 ～ p. 489, l. 48.

(484) 『ヤコボ書』第一章第十七節。

(485) Waite, p. 81.

(486) Cirlot, J. E., ***op. cit***., pp. 51, 52.

(487) Waite, pp. 279, 80.
(488) Martin, p. 448, ll. 1 ～ 6.
(489) Martin, p. 421, l. 18.
(490) Waite, pp. 218, 219.
(491) *Hermes*, t. II, Traité XVI-18, p. 237.
(492) *ibid*., XVI-12, p. 235.
(493) Martin, p. 476, ll. 15, 16.
(494) Holmes, E., *Henry Vaughan and the Hermetic Philosophy* (New York / Russell & Russell, 1967), p. 38.
(495) Pater, W., *op. cit*., p. 45.
(496) Waite, p. 299.
(497) Martin, p. 497, ll. 19, 20.
(498) Martin, p. 489, l. 17 ～ p. 490, l. 28.
(499) Pater, W., *op. cit*., pp. 45, 46.
(500) Shakespeave, W., *Hamlet*, I. i. 166, 167.
(501) 注(429)参照。
(502) 注(477)参照。
(503) 拙著『笛とたて琴—審美的想像力—』（近代文芸社、二〇〇〇年）、注(124)、(125)参照。
(504) Martin, p. 458, l. 1.
(505) Martin, p. 40, l. 59.
(506) Martin, p. 40, l. 37.

(507) Martin, p. 452, l. 33.

(508) Martin, p. 442, ll. 7 ~ 10.

(509) Martin, p. 43, ll. 34 ~ 36.

(510) Martin, p. 177.

(511) 拙著『笛とたて琴—審美的想像力—』（近代文芸社、二〇〇〇年）

(512) Martin, p. 443, ll. 3, 4.

(513) Martin, p. 424, ll. 17, 18.

(514) Waite, p. 84.

(515) 注(345)参照。

(516) Martin, p. 45, l. 31.

(517) Martin, p. 497, ll. 13 ~ 16.

(518) *Hermès*, t. II, Traité XVIII-1, p. 248.

(519) *Protrepticus*, I. p. 5P, IX. p. 72P, *Clemens Alexandrinus*, Herausgegeben von. Dr. Otto Stählin(J. C. Hinrichs'sche Buchhandlung, 1905), Erster Band, SS. 5, 65.

(520) Martin, p. 460, ll. 35 ~ 40.

(521) 注(315)参照。

(522) Waite, pp. 266, 267.

(523) 『詩篇』第十七篇二十九節。
*Ps.*, 18-28.

(524) 『ヨブ記』第二十九章二、三節。

(525) Shakespeare, W., *The Sonnets*, "No.18", l. 11.

(526) 『詩篇』第十二篇四節。

Ps., 13-3.

(527) 『箴言』第二十章二十七節。

*Prov.*, 20-27.

(528) Martin, p. 541, l. 1 ~ p. 542, l. 17.

(529) Paracelsus, T., *Lebendiges Erbe*, Eine Auslese aus seiner sämtlichen Schriften mit 150 zeitgenössischen Illustrationen(Rascher Verlag, MCMXII), S. 153.

(530) *ibid.*, SS. 158, 159.

(531) *ibid.*, S. 159.

(532) ***Jacob Böhme: Werke, De Signatura Rerum***, Herausgegeben von Ferdinand van Ingen (Deutcher Klassiker Verlag, 1997), S. 682.

(533) *ibid.*, S. 683.

(534) Martin, p. 483, ll. 35,36.

(535) 『マテオ聖福音書』第二十六章二十八節。

(536) Martin, p. 508, ll. 39, 40.

(537) Martin, p. 445, ll. 16 ~ 19.

(538) 『ヨハネ聖福音書』第一章二十九節。

(539) Martin, p. 512, l. 36.

(540) 『黙示録』第七章九、十、十三、十四節。

(541) 『ルカ聖福音書』第二十一章二十五~二十八節。

(542)『ロマ書』第一章二十節。

(543) Martin, p. 457, ll. 6 ~ 8.

(544) Bethell, S. L., *The Cultural Revolution of the Seventeenth Century*(Dobson Books Ltd., 1963), p. 56.

(545) *ibid.*, p. 55.

(546) *ibid.*, p. 57.

(547) Martin, p. 459, ll. 7 ~ 10.

(548) Bethell, S. L., op. cit., p. 159.

(549) 注(484)、注(485)参照。

(550) Waite, p. 141.

(551) Pettet, E. C., *Of Paradise and Light: A Study of Vaughan's Silex Scintillans*(C. U. P., 1960), p. 73.

(552) 注(328)参照。

(553) Post, W. E., *Saints, Signs and Symbols*(S. P. C. K., London, 1978), p. 9.

(554) *ibid.*, p. 9.

(555) 拙著『笛とたて琴—審美的想像力』（近代文芸社、二〇〇〇年）

(556) 拙著『死の舞踏—倫理的想像力』（近代文芸社、二〇〇六年）

(557)『出エジプト記』第十章二十一～二十三節。

(558) Martin, p. 514, ll. 47 ~ 50.

(559) 拙著『笛とたて琴—審美的想像力』（近代文芸社、二〇〇〇年）、注(403)参照。

(560) 拙著『死の舞踏—倫理的想像力』（近代文芸社、二〇〇六年）、注(885)参照。

(561) Santa Teresa de Jesús, *Libro de la Vida*, cap. 29-13. *Obras Completas*, ed. Efren de la Madre de Dios, O. C. D, Otger Steggink, O.

Carm. (Biblioteca de Autores Cristianos, Madrid, MMVI) , pp. 157, 158.
(562) Martin, p. 409, ll. 43 ~ 52.
(563) Hart, C., *Images of Flight*(U. of California P., Ltd., 1988), p. 210.
(564) *ibid*., p. 206.
(565) *ibid*., p. 206.
(566) *ibid*., p. 206.
(567) *ibid*., pp.194, 195.
(568) *ibid*., pp. 168, 169.
(569) プラトン「パイドロス」（加来彰俊訳）、『プラトン名著集』（田中美和太郎編）（新潮社、一九七六年）、一五八頁。
(570) Dante Alighieri, *Purgatorio*, can. XII, vv. 95, 96.
(571) プラトン、前掲書、一五九頁。
(572) Verdi, G., *Nabucco*, III. ii.
(573) 『コリント後書』第三章十三〜十八節。
(574) Martin, p. 542, ll. 8 ~ 6.
(575) 注(528)参照。
(576) Martin, p.542, ll. 5, 6.
(577) 『フィリッピ書』第三章二十一節。
(578) 『ロマ書』第八章二十一節。
(579) 注(37)参照。
(580) 『雅歌』第二章一節。

(581) 同上書、第二章二節。
(582) 同上書、第二章十六節。
(583) Martin, p. 466, l. 1 ～ p. 467, l. 65.
尚、作品の末尾の引用は、*John*, 2-16, 17ではなく、正しくは、*I John*, 2-16, 17である。訂正した形で、訳出した。
(584) Dante Alighieri, *Paradiso*, can. XXVII, v. 99.
(585) *ibid*., can. XXVII, v. 104.
(586) *ibid*., can. XXVII, vv. 106 ～ 120.
(587) Dante Alighieri, *Paradiso*, Italian text with translation and comment by Sinclair, J. D.(O. U. P., 1971), p. 396, note 14.
(588) *Hermès*, t. I, Traité I, 25, 26, pp. 15, 16.
(589) ***Plotin: Ennéades***, text établi et traduit par Émile Bréhier(Société d' Édition《Les Belles Lettres》,1960), t. I., I-7, p. 103.
(590) プラトン「パイドロス」(加来彰俊訳)、二四八、『プラトン名著集』(田中美知郎編)(新潮社、一九六三年)、一六一頁。
(591) 注(586)参照。
(592) Dante Alighieri, *Paradiso*, Italian text with translation and comment by Sinclair, J. D.( O. U. P., 1971), p. 400.
(593) Martin, p. 418, ll. 1 ～ 8.
(594) Martin, p. 501, ll. 18 ～ 26.
(595) Ripa, C., ***Baroque and Rococo Pictorial Imagery*** (Dover Publications, Inc., 1971), p. 12.
(596) ibid., p. 12.
(597) 拙著『笛とたて琴―審美的想像力―』(近代文芸社、二〇〇〇年)、写真:十五、十六、十七、十八、参照。
(598) Dante Alighieri, *Paradiso*, Italian text with translation and comment by Sinclair, J. D. (O. U. P., 1971), pp. 398, 399.
(599) Martin, p. 425, ll. 11 ～ 14.

(600)『ヨハネ一書』第二章十六、十七節。
(601) Martin, p. 214, ll. 37 ~ 41.
(602) Martin, p. 484, ll. 37, 38.
(603) Martin, p. 479, l. 50.
(604) Martin, p. 636, l. 57.
(605) Martin, p. 413, ll. 11 ~ 16.
(606) Martin, p. 426, l. 6.
(607) Martin, p. 443, l. 2.
(608) Martin, p. 413, l. 18.
(609) 注(600)参照。
(610)『ヘブレオ書』第十二章一、二節。
*Hebrews*, 12—1, 2.
(611)『レヴィ記』第十一章二九~三二節。
(612)『マテオ聖福音書』第二十三章十六~二十二節。
(613) 同上書、第二十三章二十四、二十五節。
(614) ***Saint Matthew's Gospel*** in the Revised Standard Version and the New Vulgate with a commentary by the Faculty of Theology of the University of Navarre (Sceptre Publishers, Inc., 2005), p. 153.
(615)『マテオ聖福音書』第二十三章二十三節。
(616) 同上書、第二十三章四節。
(617) 同上書、第二十三章三十三節。

(618) 『列王記略』下第一章二節。

(619) "2 Kings I : I", *The Books of Joshua, Judges, Ruth, 1 and 2 Samuel and 1 and 2 Kings* in the Revistd Standard Version and New Vulgate with a commentary by the Faculty of Theology of the University of Navarre (Scepter Publishers, Inc., 2008),p. 516.

(620) 『列王記略』下第一章十五、十六章。

(621) 『マテオ聖福音書』第十二章二十二〜二十四、二十七、二十八節。

(622) *Saint Matthew's Gospel* in the Revised Standard Version and New Vulgate with a commentary by the Faculty of Theology of the University of Navarre (Sceper Publishers, Inc., 2005), PP. 97, 98.

(623) 『レヴィ記』第十七章十、十一章。

(624) Ripa, C., *op. cit.*, p. 115.

(625) 『マテオ聖福音書』第六章十九〜二十一節。

(626) 同上書、第六章二十四節。

(627) Grant, M. & Hazel, J., *Gods and Mortals in Classical Mythology* (Michael Grant Publications Ltd. & John Hazel, 1973), pp. 371, 372, 377.

引用文中の "tantalise" は、原文のまま。

(628) Krutch, J. W., *The Most Wondefrul Animals that Never Were* (Houghton Mifflin Co., 1969), pp, 37, 38.

(629) 『ロマ書』第六章二十三節。

(630) 『マテオ聖福音書』第十章二十八節。

(631) 『ヤコボ書』第三章二節。

(632) 『ヨハネ聖福音書』第十四章六節。

(633) 『マテオ聖福音書』第二十六章四十一節。

(634) 同上書、第五章一〜十節。

(635) ***Saint Matthew's Gospel***, in the Revised Standard Version and New Vulgate with a commentary by the Faculty of Theology of the U. of Navarre(Scepter publishers, Inc., 2005), pp. 48, 49.

(636) 注(588)参照。

(637) 『ヨハネ聖福音書』第三章十九、二十節。

(638) プラトン「国家」、第七巻、1、514, 515,『プラトンⅡ』(世界古典文学全集　第十五巻)(筑摩書房、S・四十五年)、一八七頁。

(639) 同上書、一八八頁。

(640) 『ヨハネ聖福音書』第一章一、四、五、九節。

(641) ***Saint John's Gospel*** in the Revised Standard Version and New Vulgate with a commentary by the Faculty of Theology of the U. of Navarre (Scepter Publishers, Inc., 2005), p. 40.

(642) 『ヨハネ聖福音書』第十四章六節。

(643) Martin, p. 403, l. 42.

(644) Martin, p. 636, ll. 75〜82.

(645) Cirlot, J. E., ***op. cit.***, p. 234.

(646) Martin, p. 636, ll. 89, 90.

(647) ***Collins Gem Dictionary of the Bible*** (William Collins Sons & Co. Ltd., 1964), pp. 229, 239.

(648) 注(590)参照。

(649) 注(429)参照。

(650) 注(477)参照。

(651) 注(478)参照。

(652) Martin, p. 539, l. 3.

(653) 拙著『笛とたて琴―審美的想像力―』（近代文芸社、二〇〇〇年）、注(103)参照。

(654) 同上書、注(104)参照。

(655) Martin, p. 522, l. 1 ~ p. 523, l. 54.

(656) 拙者『笛とたて琴―審美的想像力』（近代文芸社、二〇〇〇年）、注(101)参照。

(657) 『ヨブ記』第三十五章、十、十一節。

(658) 『ヘブレオ書』第十章二十節。

(659) 『出エジプト記』第三十三章二〇節。

(660) 『イザヤ書』第六章一～三節。

(661) Martin, p. 415, ll. 5 ~ 8.

(662) 『創世記』第三章九節。

(663) Fontana, D., *The Secret Language of Symbols : A Visual Key to Symbols and their Meanings*(Chronicle Books, 1993), p. 121.

(664) "Litaniae".

(665) *ibid*.

(666) 『ヨハネ聖福音書』第三章一～二十一節。

(667) 同上書、第七章四十八節。

(668) 同上書、第七章五十節。

(669) *Saint John's Gospel*, in the Revised Standard Version and New Vulgate with a commentary by the Faculty of Theology of the University of Navarre (Sceptre Publishers, Ins., 2005), p. 60.

(670) Martin, p. 471, ll. 5, 6.

(671) Ripa, C., *op. cit.*, p. 16.

(672) *ibid.*

(673) *ibid.*

(674) 『イザヤ書』第二十六章九節。

(675) *Dionysius the Areopagite: The Divine Names and the Mystical Theology*, tr by Rolt, C. E. (S. P. C. K., 1977), pp.191, 192.

(676) 『詩篇』第十七篇十～十二節。

(677) *Dionysius the Areopagite: The Divine Names and the Mystical Theology*, tr by Rolt, C. E. (S. P. C. K.,1977), p. 194.

(678) *þe Clowde of Vnknowing*, þe sixþe chapitre, *The Cloud of Unknowing and the Book of Privy Counselling*, ed. by Hodgson, P. (Published for the Early English Text Society by O. U. P., 1944), pp. 25, 26.

(679) *ibid.*, þe feerþe chapitre, p. 23.

(680) *ibid.*, þe þrid Chapitre, pp. 16, 17.

(681) San Juan de la Cruz, *Obras Completas*, edición crítica, notas y apéndices por Lucinio Ruano de la Iglesia (Biblioteca de Autores Cristianos, 2005).

(682) 注(34)、注(35)参照。

(683) 注(215)、注(217)参照。

(684) San Juan de la Cruz, *Subida del Monte Carmelo*, L, l, cap. 3, *Obras Completas*, p. 261.

(685) *ibid.*, pp. 262, 263.

(686) San Juan de la Cruz, *Noche oscura*, L. 2, cap. 1, *Obras Completas*, p. 521.

(687) *ibid.*, L. 2, cap. 5, p. 527.

(688) *ibid*., L. 2, cap. 6, p. 530.
(689) *ibid*., L. 2, cap. 6, p. 530.
(690) *ibid*., L. 2, cap. 6. p. 530.
(691) *ibid*., L. 2, cap. 6, p. 530.
(692) *ibid*., L. 2, cap. 5, p. 529.
(693) *ibid*., L. 2. cap. 5, p. 529.
(694) *ibid*., L. 2. cap. 5, p. 527.
(695) *ibid*., L. 2, cap. 5, p. 527.
(696) *ibid*., L. 2, cap. 5, pp. 527, 528.
(697) 『詩篇』第九六篇二節。
(698) ***Collins Gem Dictionary of the Bible*** (William Collins Sons & Co. Ltd., 1964), pp. 31, 32.
(699) 『イェレミア預言書』第三十一章三一～三四節。
(700) Martin, p. 451, ll. 21 ～ 23.
(701) 『イザヤ書』第九章二節。
(702) 『マラキア書』第四章二節。
(703) Cirlot, J. E., *op. cit*., p. 374.
(704) Fontana, D., ***The Secret Language of Symbols : A Visual Key to Symbols and their Meanings*** (Chronicle Books, 1993), p. 120.
(705) Martin, p. 529, ll. 13, 14, 23, 24, 31 ～ 36.
(706) 『サムエル書』下第二十二章二～四節。
(707) 『マテオ聖福音書』第十三章四五、四六節。

(708)『イェレミア預言書』第二十三章五節。

(709)『イザヤ書』第十一章一、二節。

(710)『イザヤ書』第三十五章一～六節。

(711) ***Cant***. 2-1.

(712) ***Collins Gem Dictionary of the Bible*** (William Collins Sons & Co. Ltd., 1964), p. 506.

(713) Fontana, D., ***op. cit***., p. 104.

(714)『ヨハネ聖福音書』第十九章十七節。

(715) 同上書、第十九章三十四節。

(716)『マテオ聖福音書』第二十七章四五、四六節。

(717) 同上書、第二十七章二九節。

(718) 同上書、第二十六章三六～四六節。

(719) 同上書、第二十六章六九～七五節。

(720)『出エジプト記』第二十五章八～二十二節。

(721)『コリント後書』第三章二、三節。

(722) 同上書、第六章十六節。

(723)『使徒行録』第十四章十四節。

(724)『ロマ書』第八章十九～二十一節。

(725) ***St Paul's Epistles to the Romans and Galatians,*** in the Revised Standard Version and New Vulgate with a commentary by members of the Faculty of Theology of the U. of Navarre(Scepter Publishers, Inc., 1998), p. 117.

(726) 注(494)参照。

(727) 注(495)参照。
(728) 注(496)参照。
(729) 注(497)参照。
(730) Martin, p. 438 , ll. 103 ~ 106.
(731) Martin, p. 169.
(732) Martin, p. 152.
(733) Hilton, W., *op. cit.*, (BK. II), Capl'm xxiiii.
(734) Martin, p. 151.
(735) Martin, p. 305.
(736) Martin, p. 187.
(737) 『出エジプト記』第十二章四〇～四二節。
(738) ***The Book of Exodus***, in the Revised Standard Version and New Vulgate with a commentary by members of the Faculty of Theology of the U. of Navarre (Scepter Publishers, Inc ., 2010), p. 87.
(739) 『マテオ聖福音書』第二十五章一～十三章。
(740) ***St. Matthew's Gospel***, in the Revised Standard Version and New Vulgate with a commentary by members of the Faculty of Theology of the U. of Navarre (Scepter Publishers, Inc., 2005), p. 161.
(741) Martin, p. 439, ll. 115 ~ 118.
(742) Martin, p. 436, l. 12.
(743) Martin, p. 451. ll. 5, 6.
(744) Martin, p. 470, ll. 51, 52.

(745) Martin, p. 152.

(746) 注(477)参照。

(747) 『ルカ聖福音書』第二十一章三十七、三十八節。

(748) 『エゼキエル書』第十一章二十三～二十四節。

(749) 『マルコ聖福音書』第一章三十五～三十九節。

(750) *Saint Mark's Gospel*, in the Revised Standard Version and New Vulgate with a commentary by members of the Faculty of Theology of the U. of Navarre (Scepter Publishers, Inc., 2009), p. 58.

(751) *ibid*., p. 58.

(752) 『雅歌』第五章二節。

(753) 『イザヤ書』第二十六章十九節。

(754) Martin, p. 510, ll. 5, 6.

(755) Martin, p. 449 , l. 39.

(756) Martin, p. 424, ll. 3 ～ 7.

(757) Martin, p. 441, ll. 10, 11.

(758) 『ヨハネ聖福音書』第三章五節。

(759) Martin, p. 445, ll. 18, 19.

(760) Martin, p. 473, ll. 49 ～ 51.

(761) Martin, p. 475, ll. 1 ～ 4.

(762) Martin, p. 475, ll.11 ～ 14.

(763) 『ヘブレオ書』第七章二節。

(764) 『創世記』第十四章十八節。
(765) 同上。
(766) Martin, p. 476, l. 44.
(767) Martin, p. 475, ll. 26 ~ 30.
(768) Martin, p. 475, ll. 39, 40.
(769) Martin, p. 481, ll. 19 ~ 22.
(770) 『ルカ聖福音書』第七章三十六～五十章。
(771) Martin, p. 505, ll. 48, 49.
(772) 拙著『死の舞踏―倫理的想像力』(近代文芸社、二〇〇六年)、写真十四.参照。
(773) Crashaw, R., "The Weeper", l. 19.
(774) ***ibid.***, "The Teare", ll. 37 ~ 39.
(775) Martin, p. 504, ll.10 ~ 12.
(776) 『創世記』第三章十九節。
(777) 『ヨハネ聖福音書』第十一章三十二～四十四節。
(778) 『列王記略』上第十九章十一、十二節。
(779) 『黙示録』第三章二十節。
(780) 『雅歌』第五章二節。
(781) 注(735)参照。
(782) 『詩篇』第二十六篇五、六節。
(783) 『ヨブ記』第九章八節。

(784) 同上書、第三十六章二十七～三十節。
(785) 『詩篇』第一〇三篇二節。
(786) 『イザヤ書』第四十章二十二節。
(787) 『出エジプト記』第二十六章三十節。
(788) 『創世記』第十七章四節。
(789) Martin, p. 404 , ll. 13 ～ 16.
(790) 『創世記』第十八章一～四節。
(791) 『イザヤ書』第三十八章十二節。
(792) 『コリント後書』第五章一～四節。
(793) 『黙示録』第二十一章三節。
(794) 注(658)参照。
(795) Donne, J., *The good-morrow*, l, 19.
(796) Shakespeare, W., *Twelfth Night*, II. iii. 9, 10.
(797) 拙著『笛とたて琴―審美的想像力』（近代文芸社、二〇〇〇年）、注(343)参照。
(798) 同上書、注(346)参照。
(799) 同上書、注(347)参照。
(800) 注(694)参照。
(801) *Dionysius Areopagite: The Divine Names and the Mystical Theology*, tr. by Rolt, C. E. (S. P. C. K., 1977), p. 58.
(802) 注(695)参照。
(803) 注(35)参照。

(804) Martin, p.455, l. 1.
(805) *Dionysius the Areopagite: The Divine Names and the Mystical Theology*, tr. by Rolt, C. E. (S. P. C. K., 1977), p. 103.
(806) *ibid.*, p. 53.
(807) *ibid.*, p. 188.
(808) *ibid.*, p. 53.
(809) *ibid.*, p. 58.
(810) *ibid.*, p. 194.
(811) 注(681)参照。

## 写真の出典

写真一：Grigson, G., *Poets in their Pride* (Phoenix House Ltd., 1962), p. 57.
写真二：*The Works of Henry Vaughan*, ed. by Martin, L. C. (O. U. P., 1963).
(The text will below be abbreviated to Martin.)
写真三：Godwin, J., *Robert Fludd : Hermetic Philosopher and Surveyor of Two Worlds* (Thames & Hudson Ltd., London, 1979), P. 71.
写真四：Rola, Stanislas Klossowski de, *Alchemy: The Secret Art* (Thames & Hudson Ltd., London, 1973), Plate 39.
写真五：Martin.
写真六：Wittkower, R., *Gian Lorenzo Bernini* (The Phaidon Press Ltd., 1955), pl. 68.
写真七：*Quarles' Emblems*, illustrated by Charles Bennett and W.Harry Rogers(James Nisbet & Co., MDCCCLXXXVI), p. 18.

写真八：Roob, A., *Alchemy and Mysticism(The Hermetic Museum)*(Benedikt Taschen Verlag GmbH, Köln, 1997), p. 522.

写真九："Emblem XIV", *Quarles' Emblems*, illustrated by Charles Bennett and W. Harry Rogers(James Nisbet & Co., MDCCCLXXXVI), p. 58.

写真十：Roob, A., *op. cit.*, p. 41.

写真十一：*ibid.*, p. 51.

写真十二：Ripa, C., *Baroque and Rococo Pictorial Imagery* (Dover Publications, Inc., 1971), p. 12.

写真十三："Emblem IX", *Quarles' Emblems*, illustrated by Charles Bennett and W. Harry Rogers (James Nisbet & Co., MDCCCLXXXVI), p. 38.

写真一四：Ripa, C., *op. cit.*, p. 115.

写真一五：Alciati, A., *A Book of Emblems: The Emblematum Liber in Latin and English*, tr. & ed. by Moffitt, J. F. ( McFarland & Co. Inc., Publishers, 2004), p. 103.

写真一六：*ibid.*, p. 109.

写真十七：Ripa, C., *op. cit.*, p. 16.

写真十八：Fontana, D., *The Secret Language of Symbols : A Visual Key to Symbols and their Meanings* ( Chronicle Books, 1993), p. 120.

# 著者紹介

**奥田裕子**（おくだ　ひろこ）

1940年生まれ。
東京都立大学大学院人文科研究科修士課程修了。
英文学専攻。
静岡大学助教授、静岡大学教授を経て、
現在、静岡大学名誉教授。

著　書
『カンタベリー日記』、『笛とたて琴—審美的想像力—』（近代文芸社）、
『死の舞踏—倫理的想像力—』（近代文芸社）

論　文
形而上詩人論多数。

翻　訳
共訳『小泉八雲作品集』（河出書房新社）、
『ラフカディオ・ハーン著作集』（恒文社）、他。

# 眩《まばゆ》い闇《やみ》　宗教的想像力

2013年6月21日　初版第1刷発行

著　者　奥田裕子《おくだひろこ》

発行者　原　雅久
発行所　株式会社　朝日出版社
101-0065 東京都千代田区西神田 3-3-5
電話(03) 3263-3321(代表)
ブックデザイン　越海辰夫(越海編集デザイン)
印　刷　協友印刷株式会社


ISBN978-4-255-00724-3 C0082